KB115176

안개바람의 지편 2

초판 1쇄 찍은 날 | 2012년 5월 25일
초판 1쇄 펴낸 날 | 2012년 5월 31일

지은이 | 송여희
펴낸이 | 서경석

편집장 | 권태완
편집책임 | 이수민

펴낸곳 | 도서출판 청어람
등록번호 | 제1081-1-89호
등록일자 | 1999. 5. 31
어람번호 | 제5-0306호

주소 | 경기도 부천시 원미구 심곡2동 163-2 서경B/D 3F (우) 420-822
전화 | 032-656-4452 팩스 | 032-656-4453
http://www.chungeoram.com
E-mail | chungeoram@chungeoram.com

ISBN 978-89-251-2885-6 04810
ISBN 978-89-251-2883-2 (SET)

안개바람의 저편 2

송여희 장편 소설

Chungeoram romance novel

도서출판
청어람

目次

1장

月白雪白天地白

달도 희고 눈도 희고 하늘과 땅도 희네

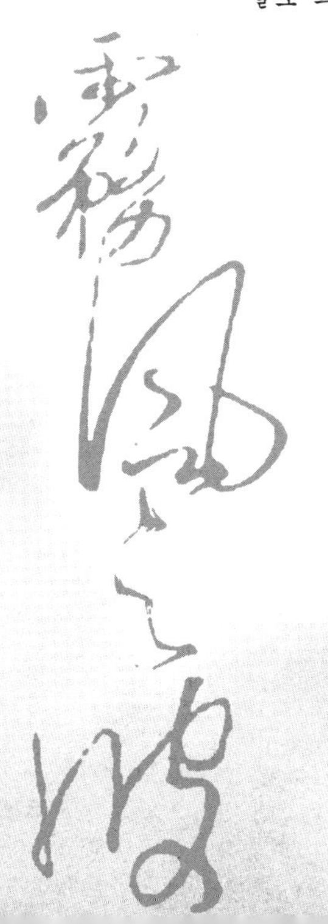

欲去又依依

떠나려다 다시 떠나지 못하였네

마호는 무천이 마시던 차에서 며칠 전만 해도 자신의 것과는 다른 향이 흘러나오던 것을 기억했다. 한동안 그는 그 차만을 고집하면서도 오랜 친우와도 맛을 공유하지 않으려 해 마호가 태자전을 찾을 때면 언제나 궁에는 두 가지 향이 공기 중에 떠돌곤 했었다. 그러던 것이 근 이레 동안 그의 처소 안을 맴도는 것은 이제 연잎향 하나뿐이다.

마호가 이제 곧 암행을 떠날 친우의 얼굴을 흘깃 바라보았다.

그의 얼굴이 어두운 것은 궐을 떠나는 것에 대한 걱정이 아닐 것이다. 허면 현재 들이키는 차맛이 마음에 들지 않아서인가, 그런 물음을 가졌다가도 마호는 그것에 동의할 수가 없었다. 요전 날 너무도 흐뭇하고 행복한 표정으로 차를 음미하기에 친우를 졸라 한 번 시음試飮했던 그 국화차 맛은 정말이지 형편없이 떫고 아릿했으니까.

"대체 이것이 누구의 작품이냐."

그리 물으며 마호는 찻주전자의 뚜껑을 열어 동동 떠 있는 국화잎을 보았더랬다. 한눈에도 차에 대한 지식이 짧은 이가 야생에서 채취한 것을 손수 말려 만들었다는 것을 알 수 있었다. 어찌해서 이런 것을 가까이하느냐고 또다시 태자에게 물으려다 마호는 그만 입을 다물 수밖에 없었다. 문득 머릿속을 스치는 것이 온풍의 공주가 머물던 전각에 처음 무천을 따라 걸음했을 당시 그때 맡았던 향과 비슷하다는 것을 떠올린 까닭이었다. 그와 동시에 마호는 무천과 그녀와의 무성한 풍문마저 생각해 냈더랬다. 하지만 친우가 매우 행복해하는 것을 보며 애써 별다른 물음은 하지 않았었다.

헌데 어느 날부턴가 그의 얼굴은 근심이 한가득이다. 이제 곧 암행을 떠나야 하는데, 이 아침 무천의 얼굴에는 그 어느 때보다도 슬픈 빛이 아련했다.

시선을 내리던 마호가 천이 매어진 그의 오른손을 다시 보게 되었다. 그것에 대해서는 무슨 상처냐고 묻지도 못했다. 마호로서는 무천의 심기가 어지럽다는 것을 잘 아는 마당이라 이래저래 선화와 관련된 수사에 대해서도 입을 열 수가 없었다. 게다가 아직은 뚜렷한 정황이 잡히지 않아 사건을 좀 더 두고 보는 중이었다. 다만 시전市廛상인들을 수소문한 결과 도성 곳곳에 나붙은 황색 종이를 주문한 상대를 알아내는 것은 시간문제일 거라는 결론을 얻게 되었다. 일단 마호는 느긋한 마음으로 사건의 실마리가 잡히길 기다리기로 했다.

그가 복잡한 생각들을 잠시 물리고 눈앞의 친우를 향해 시선을 돌렸다.

"많이 버티었다. 황후가 널 그리도 내보내려 용을 썼는데 말이지. 내 생각엔 요즘 들어 기세등등한 황후의 기를 다소나마 죽여놓기엔 충분한 시간이었어."

사실 무천이 그간 암행을 가기로 해놓고서 시간을 끌어온 것은 황후에 대적하려는 이유 때문은 아니었다. 그것을 알면서도 마호는 괜스레 쾌활한 어조로 친우의 기분을 북돋으려 했다.

"폐하께서는 뭐라 하시더냐?"

말이 없던 무천이 그제야 마호에게로 고개를 돌리더니 빙긋 웃었다.

"잘 다녀오라고 하시지, 뭐. 암행이라는 것은 본디 비밀스럽게 다녀와야 하는 것인데 유난을 떨게 되었구나. 여러모로……."

무천의 눈동자가 희미하게 흔들리고 있었다. 그가 끊어냈던 뒷말을 나직이 읊었다.

"죄송하구나. 아바마마나 다른 이들에게……."

마호가 그런 친우를 바라보다 부러 한숨을 크게 내쉰 뒤 벌떡 일어서서 기합을 넣듯 말했다.

"자! 그럼 출발해 보실까요, 태자마마님?"

친우의 장난에 무천도 그제야 씩 웃으며 일어섰다.

털빛이 온통 검은 가라말의 갈기를 손질하며 말구종은 녀석의 주인인 태자저하가 오시길 기다렸다. 이윽고 변복을 한 태자가 환한 얼굴로 애마를 향해 다가왔다. 열 명 남짓한 무리는 그와 전쟁터를 함께 누빈 자들로 현재는 궐의 호위무사가 된 신료들이기도 했다. 사마호를 비롯한 군목정, 감배수, 승동우 외 몇몇이 모습을 드러냈는데 모두가 태자의 친우로서가 아닌 가라한의 무신들로서 암행길에 동참하게 되었다.

말 열 필이 그들을 태우고 갈 예정이었고 나머지 두 필의 말은 짐을 실은 수레 한 채를 끌 예정이었다. 네 명의 동궁 소속 노비들이 이들을 따를 채비를 하고 있었는데 꽤 장시간을 걸어야 할 것이었기에 뽑힌 자들은 다들 튼튼한 장정들이었다.

"너희들은 밤이 아닌 아침에 궐을 나서게 되었으니 각별히 몸가짐에 신경을 써야 할 것이다. 이제부터 우리는 이 나라의 평범한 백성들이다. 알겠느냐!"

"예!"

그들은 일러준 대로 마마나 저하 따위의 존칭을 생략한 채 대답했다.

"좋다!"

볼일이 있어 잠시 궐에 들른 상인의 무리인 양 가장한 행렬이 궐의 대문 하나를 통과했다.

말 위에 올라탄 무천의 얼굴을 찬바람이 스치고 지나갔고 손바닥의 상처를 말고삐의 가죽끈이 압박해 왔다. 그러나 그는 추위도 고통도 느끼지 못했다. 제법 활기차게 길을 떠나는 것이었건만 왜 이리 마음이 편치 않은가. 터덕터덕 그의 애마가 한 발 한 발 내디딜 때마다 오히려 마음은 점점 뒤로 물러나고 있었다.

'괴롭혀도 내가 괴롭힌다.'

어둡게 가라앉아 있던 사내의 얼굴이 뒤바뀐 것은 순간이었다. 결국 무천의 마음이 기운 것이다.

"멈추어라!"

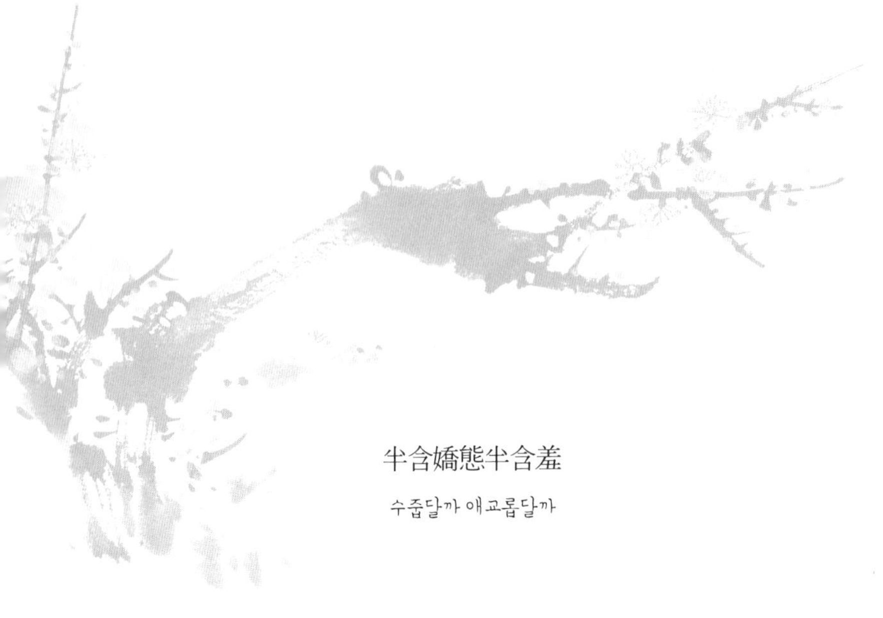

半含嬌態半含羞

수줍달까 애교롭달까

공기가 제법 찼지만 아루는 살 것만 같았다. 그간 근 열흘 동안 바깥출입을 하지 않았었는데 어떤 경로가 되었든 이리 바람을 쏘이니 기분이 한결 나아지는 듯했다.

장 내관을 따라 동궁의 정전正殿으로 향하는 내내 궐 안 사람들의 시선이 쏟아지는 것을 느꼈지만 그녀는 부러 빳빳하게 고개를 들었다. 여인으로서의 치부를 감추고자 표정마저 없애 버린 터였다.

누각의 모서리를 돌자 드넓은 박석薄石 위에 평복을 한 사내의 무리가 보였다. 등롱군 역할을 하며 명월관에서 본 적이 있는 몇몇 사내들이 그들 사이에 섞여 있었다. 그들의 시선 역시 그녀에게로 쏠려 있기는 매한가지였다.

그러나 아루는 행렬의 끝에 서며 아무것도 담지 않은 눈을 허공에 고정시켰다.

무천은 드러난 여인의 미모에 신분의 귀천貴賤을 넘어 사내들의 눈이 그녀에게로 향하는 것을 느꼈다. 게다가 산전수전 다 겪은 친우들마저 소문으로만 듣던 여인에 대한 호기심을 누르지 못하고 있었으니.

개중에는 아루를 괴롭혔던 목정이나 배수도 있었다. 검댕을 벗긴 아루의 얼굴을 마주하고 그들은 꽤나 놀란 모습이었다. 그 옛날 자신들이 짓궂게 괴롭혔던 그 소녀가 너무도 아름다운 모습으로 다시 나타났고, 더구나 그들보다 한참 아래 신분이라는 것이 사내들의 마음을 흔들어놓고 있었다. 친우이자 이 나라의 태자 무천이 품었다는 이야기를 들었을 텐데도.

갑자기 아루를 그의 말에 태워 소유권을 확실히 보여줄까 하는 생각이 무천의 머릿속을 스쳤다.

장 내관이 여인에게서 눈을 떼지 못하는 그런 태자에게 다가가 조심스레 허리를 숙여 보였다.

"마마, 먼 길 행차하시는 동안 부디 옥체 보존하시옵소서."

그러나 상전의 눈은 저 너머를 향해 있었고 그의 인사말에는 도통 관심이 없어 보였다.

"검정을 바르지 마라 했더니 무어라 하더냐?"

여인에 대해 묻는 말에 그가 주저하다 입을 열었다.

"……그분께오서 스스로가 저어하시는 듯했사옵니다."

그 말에 무천의 입꼬리가 비스듬히 올라갔다.

그녀의 마음이 보이는 듯했다. 늘 막되먹게 행동하더니 그 일이 있고 난 후로는 약간 사납다뿐 되레 옛날의 그 소녀처럼 행동하는 것이 그런 식으로나마 아루가 자존심을 세우려 한다는 것을 무천은 알고 있었다.

정작 본인은 모르고 있는 듯했지만 무천은 이번 일을 통해 아루의 태생을 극명하게 느끼고 있었다. 다른 여인들이라면 그에게 들러붙어 어찌하든 팔자를 바꿔보려 기를 쓸 텐데 그녀의 머릿속은 온통 그 밤을 외면하고 거부하는데 급급해 보였으니.

계속되는 그의 시선을 느꼈음인지 아루의 눈동자가 살짝 움직였고 두 사람의 눈이 마주쳤다. 하지만 그의 시야에서 완전히 벗어나려는 듯 그녀가 단박에 고개를 숙여 버렸다.

'그러지 마. 그러지 말아라, 여난아루.'

나를 꺼려하는 마음을 알기에 너를 찾지 않은 지 이레가 지났건만 정녕 얼굴 한 번 제대로 보여주지 않을 참이냐.

무천이 말 위에 앉아 토라진 아이 바라보듯 그녀를 부드러운 시선으로 머금었다. 그간 빼먹지 않고 그녀에 대한 소식을 전해 들어왔지만 이레 만에 마주하니 얼굴에 화색이 돌고 있는 것이 더 예뻐 보였다.

"휘랑."

궐을 나서기 전 무천에게 약속했듯 옆에 선 마호가 그의 이름

대신 아명을 스스럼없이 부르며 길을 재촉했다.

무천이 마지못해 몸을 돌려 자세를 바로 했다.

"가자!"

그들을 태운 말의 행렬이 차례차례 궐의 문을 나서며 여행은 시작되었다.

마호의 시선이 눈이 날리는 저잣거리의 풍경을 더듬어 내렸다. 하층민들이 주로 이용하는 장터인 듯 거리는 지저분했고 늘어선 객점 역시 오래된 목조건물들로 허름하기 그지없었다. 썩은 고기 비린내가 어디선가 풍겨 오는 것이 어서 이곳을 뜨고 싶은 마음이 가득한데 앞서 가는 주군은 좀체 속력을 내지 않는다. 눈이 내리고 난 이후로 무천은 내내 그랬다. 이곳저곳을 살피느라 말고삐를 느슨하게 쥐었다고 하기에는 자꾸만 뒤를 돌아보는 것이 분명 어딘가에 집중하지 못하는 모양새였다. 보다 못한 마호가 입을 열었다.

"휘랑, 속력을 더 내는 것이 어떠냐? 이러다간 끼니때를 한참 넘겨 나루터에 도착할지 모른다."

그 말이 끝나기도 전에 태자의 말이 우뚝 멈추어 섰다. 무천이 번개같이 말에서 몸을 내려 성큼성큼 행렬의 끝으로 향했다. 호위무사들은 물론, 수레 뒤로 늘어선 노비들 역시 의아한 눈으로 주인을 응시했다. 그가 다가간 곳은 행렬의 맨 끝, 바로 아루에게로였다.

무천이 그녀를 내려다보았다. 빨갛게 얼은 볼이 안쓰러워 손을 뻗는데 그의 접근을 잔뜩 경계하면서도 그녀는 긴장한 것을 감추려 애를 쓰고 있었다. 그가 두루마기를 벗자 결국 그녀의 얼굴에 당황한 기색이 번져 나갔다.

사내의 겉옷이 부지불식간 몸을 감싸자 아루가 몸을 틀어 거부하며 앙칼지게 말했다.

"놓아라!"

그러거나 말거나 그는 자그만 몸을 폭 감싸고도 남는 옷을 행여 바람들세라 단단히 여며주고는 허리 근처에서 야무지게 매듭까지 지어주었다. 그런 뒤 잠시나마 온기를 나누어주려 여인의 양 뺨을 커다란 두 손으로 쥐는데 그를 향해 날카롭게 치켜뜬 눈매가 제법 매서웠다. 그에 무천은 지그시 웃어주기까지 했다.

아루는 아무리 밀어내려 해도 꿈쩍도 않는 사내의 손힘에 잔뜩 인상을 썼다. 그럼에도 그로 인해 한결 추위가 가시자 그것이 반가운 것만은 부정하지 못했다. 며칠을 앓았고 열흘간 바깥출입을 하지 않아 오랜 시간 찬바람을 맞으며 걷는다는 게 실상 그녀로서는 꽤 힘든 일이었다.

짐승의 털가죽으로 안을 댔는지 강인한 남자의 체온을 고스란히 머금은 갖두루마기는 너무도 포근하기 그지없었고 얼은 볼을 감싸 쥔 따스한 삼촉도 솔직히는 밀이내고 싶지 않았다.

다만 이 순간 얼굴을 훑어 내리는 사내의 집요한 눈길만큼은 결코 달가운 것이 못 되었다. 문득 사람들의 호기심 어린 시선이 넘실대는 것을 느끼고 아루가 당혹감에 얼굴을 찌푸리는데 다행히도 누군가 끼어들었다.

"지체하면 안 될 것 같으니 휘랑, 이제 그만 가자."

마호였다. 그는 무천이 아랫것들에게 못 볼꼴을 보일까 봐 걱정스러운데다 길 한복판에서 노비에게 저리 다정하게 구는 주인이라면 누구든 이상하게 여길 것이라 생각해 부러 나설 수밖에 없었다.

무천이 아루를 응시한 채로 마호의 말에 고개를 끄덕이더니 천천히 그녀의 얼굴에서 손을 내렸다. 아쉬움을 잔뜩 드러낸 그 느릿한 몸짓이 언제였냐는 듯 돌아선 그는 빠른 보폭으로 그의 애마를 향해 걸음을 옮겼다.

다행이라고 마호가 조용히 한숨을 내쉬며 그 뒤를 따랐다. 그리고 다시 이동이 시작되었다. 동리를 벗어나는 동안 무천은 이전과 달리 단 한 번도 뒤를 돌아보지 않았다.

마호는 한결 마음을 놓으며 이번엔 새로운 걱정거리가 되어버린 거세진 눈발을 불안한 눈으로 훑었다.

그때였다.

"멈추어라!"

무천이 다시 말에서 내려서자 다급해진 마호가 저도 모르게 암행의 규칙을 잊고서 태자의 이름을 외쳤다.

"무천! 왜 그런 것이냐?"

그리고는 그도 황급히 말에서 따라 내렸다.

"말리지 마라. 빨리 가려면 이 수밖에 없다."

무천이 아루에게 다가가 반항하는 여인을 막무가내로 품에 안아 데려오는 것을 보며 마호는 결국 크게 한숨을 내쉴 수밖에 없었다. 대체 여인을 왜 일에 끌어들여서……. 찬 공기 속에 퍼져 나가는 허연 입김 속에는 짜증과 안타까움이 잔뜩 서려 있었다.

친우의 그런 걱정은 안중에도 없이 무천의 관심은 오로지 여인에게로 향해 있었다.

행여 그날의 공포를 상기시킬까 그의 가슴팍을 때리며 몸을 비트는 그녀를 힘껏 안아 흔들었다. 그렇게 부드럽게 그녀를 제압한 뒤 그가 나지막이 그녀의 귓가에 속삭였다.

"말을 듣지 않으면 사람들 앞에서 망신을 줄 테다."

그것이 효력을 발휘했음인지 그녀의 몸이 뻣뻣하게 굳어지더니 이내 잠잠해졌다. 부루퉁한 얼굴이었지만 한층 고분고분해진 그녀를 말에 태우고서 무천도 그 뒤에 올라탔다. 하지만 말을 타고 가는 내내 아루는 그와 닿지 않으려는 듯 몸을 바짝 세우고 있었다. 저리 간다면 등이며 허리, 허벅지, 그녀의 모든 신체기관이 다음날이면 고통을 호소할 것이 분명했다.

무천이 부러 그녀의 엉덩이에 그의 허벅지를 바짝 대보기도 하고 자그만 능을 널따란 가슴으로 가두어보기도 했지만 그럴 때마다 아루는 더욱 딱딱하게 굳어지곤 했다. 결국 그는 그녀와

일정거리를 유지하는 것을 택할 수밖에 없었다. 말고삐를 쥐느라 그녀를 감싸 안고는 있었지만 겨우 체온을 유지하는 정도에 불과한 접촉이었다.

어찌되었거나 그녀를 말에 태우고 난 뒤 무천은 속도를 높일 수 있었고 행렬은 드디어 양자강 근처에 다다랐다. 강어귀의 입구에 이르자 역시나 상인들이 많이 오가는 곳인지라 다닥다닥 붙은 객점들이 그 마을의 고유한 풍경을 만들어내고 있었다.

"예서 잠시 멈춘다."

무천이 말을 멈춘 곳은 비단옷가게였다. 긴 시일이 걸릴 일이었다. 마냥 그의 옷을 입히는 것으로 아루에게 추위를 견디라 할 수는 없었다.

그저 단순한 마음일 뿐이다, 무천은 그리 되뇌며 상점 안으로 발을 들였다. 그러나 그의 눈은 생각을 배신하고 자꾸만 최상품의 옷을 흘깃거리고 있었다. 그중에서도 연보랏빛 저고리가 마음에 쏙 드는 것이 어쩐지 저것을 아루에게 입혀보고 싶다는 생각에 무천은 즐거우면서도 마음 한켠이 아릿해져 왔다. 그는 억지로 고급스런 여인의 옷에서 시선을 뗀 뒤 변복을 한 그들의 신분과 어울릴 만한 여인의 옷가지 몇 벌을 골랐다.

처음에는 무천의 복장을 보고 뜨내기손님이라 생각해 관심을 두지 않던 상인도 그가 여러 벌의 옷을 고르자 다가와 바람을 넣기 시작했다.

"물건을 보실 줄 아는 분이시구려. 이곳엔 강을 거슬러 와 없는 물건이 없습죠. 서역에서 바로 비단을 떼어 와 만드니 품질이야 둘째가라면 서럽습니다."

그 말에 여인의 옷에 정신을 놓고 있던 무천이 고개를 돌려 상인을 바라보았다.

"그렇다면 관아의 허가가 나지 않은 물건이란 소리요?"

"그렇습죠. 차림으로 보아 이곳을 드나드는 상인 같은데 아직 물정을 잘 모르시나 보네. 이미 이 나라의 귀족들 사이에서 대유행하는 옷감입니다. 아마도 금지령을 내린 황제폐하만 입지 못하실까? 허허허. 뭐 바닷길이 열리고 나라가 이리 풍요로워지니 부자가 된 가라한의 귀족들은 그 세간이 황실사람 못지않지요."

더불어 허풍과도 같은 자랑을 늘어놓는 상인에게 무천은 손님인 척 물건의 이동경로를 묻고는 상점을 나섰다.

"저자에 대한 신상을 알아볼까?"

곁에 섰던 마호가 다가와 조용히 물었다.

아무리 질이 좋아도 나라에서 허가를 내주지 않은 데는 분명 이유가 있을 터. 필시 국내의 양잠사업을 보호하기 위한 목적이었을 텐데……. 무천이 곰곰이 생각하다 고개를 저었다.

"아니다. 이것은 일개 상인을 족친다고 해서 될 문제가 아니다. 분위기로 보아 이는 이미 사회 전반에 퍼진 현상이라는 것인데……."

그리 말하며 늘어선 행렬로 다가가던 무천이 갑자기 고개를 돌려 빠르게 무언가를 살폈다. 아루가 없어진 것이다. 그러나 잔뜩 굳어져 있던 그의 눈매는 대기하고 있던 무사들의 눈짓에 금세 봄날의 산뜻한 바람처럼 풀려 버렸다. 사내들은 아루에 대해 선뜻 나서서 입을 열지는 못했으나 표정을 통해 한결같이 주군에게 그녀의 행방을 알리고 있었다.

무천이 맞은편의 노리개가게를 바라보며 슬며시 웃음을 감추었다.

'저도 여인이라 이건가?'

아무래도 노리개 상인이 오해를 한 듯했다. 긴 행렬의 우두머리 격으로 보이는 자와 함께 말을 타고 온 데다 몸에 둘러진 사내의 비단두루마기로 인해 그녀의 노비 복장이 가려져 있었던 것이다.

"지금은 구하기도 어려운 물건인데 암암리에 거래가 되고 있습죠. 원하는 이는 많으나 이제 온풍이 망해 만들어내는 이가 없으니 품귀현상이 벌어져 가격이 계속해서 폭등하고 있어요. 일부러 투기차원에서 장만을 하시는 분들도 있으니 지금 구매하신다면 결코 손해는 보지 않을 것입니다요."

가게의 시렁 위에 놓인 온풍의 머리꽂이들을 하염없이 바라보는 아루에게 상인은 온갖 감언이설甘言利說을 늘어놓기 바빴다.

처음에는 그녀를 잡아끄는 그에게 정중히 거절의 의사를 표했지만 온풍의 노리개도 있으니 구경하고 가라는 말에 아루는 그만 솔깃해졌다. 상점 안의 노리개들이 탐이 나서가 아니라 그저 온풍의 물건이라는 말에 그녀의 걸음이 저절로 가게 안으로 향한 것이다.

결국 아루는 섬세한 온풍의 노리개들을 황홀하고도 아픈 마음으로 내려다보게 되었다.

"만져 보십시오."

상인의 말이 이어지자 아루가 퍼뜩 정신이 들어 고개를 내저으며 웃었다.

"아…… 아니외다. 나는 이것들을 살 만한……."

"만져 보아라."

대뜸 들려온 무천의 목소리에 그녀가 화들짝 놀라 고개를 들었다. 시렁의 맞은편, 언제부터 있었는지 그가 물건을 사이에 두고 그녀를 지척에서 내려다보고 있었다.

어쩐지 얼굴이 달아올라 아루는 표정을 굳히고서 쌩하니 몸을 돌렸다.

"내자內子 되십니까?"

무천이 가게를 나서는 그녀의 뒷모습에서 시선을 떼지 못하며 상인에게 되물었다.

"그리 보이십니까?"

"네. 십수 년 동안 여인의 물건을 팔아오며 저리 고우신 분은 처음 뵙습니다. 나리와 잘 어울리시네요."

그 말에 무천의 웃음이 더욱 깊어졌다.

그가 노리개상점을 나왔을 때 아루는 고집스럽게도 이미 행렬의 뒤에 가 서 있었다. 무천이 짐짓 표정 없는 얼굴을 하고서 그녀에게 다가가 손을 강하게 옭아맸다. 그리고는 다리에 힘을 주고 버티는 아루를 향해 엄한 목소리 하나를 보탰다.

"말 안 들으면 망신을 준다고 했다."

그 말에 마지못한 듯 그녀가 끌려오자 무천의 입가에 장난꾸러기 같은 미소가 걸렸다. 아루는 크기가 남다른 검은 털빛의 말로 질질 끌려가며 울상을 지었다. 그러거나 말거나 그는 그녀의 허리를 잡아 아이처럼 번쩍 들어 올리더니 말 위에 태웠다.

붉어진 얼굴을 가리려 아루는 한껏 고개를 숙였고 뒤이어 말에 올라타는 사내의 재빠른 몸짓에 몸을 굳히며 슬금슬금 그와 간격을 벌렸다. 저것을 품에 확 끌어당겨 골려줄까, 무천은 순간 갈등하다 아루가 얼마나 긴장하고 있는지 느껴져 결국 그 생각을 떨칠 수밖에 없었다.

곧 강어귀에 도착할 터였다. 마을의 형상이 드러난다 싶던 그때, 무천의 등에 툭 하고 여인의 작은 체구가 떨어졌다.

무천이 빙그레 웃었다. 아까부터 꾸벅꾸벅 졸던 아루는 정신을 차리려 고개를 내젓곤 했는데 짐짓 그 안쓰러운 몸짓을 못 본 척했더랬다. 기다리던 차에 결국 잠을 이기지 못한 그녀가 그의 품으로 쓰러져 버린 것이다.

최대한 따듯하게 가라, 무천은 그녀가 깨지 않도록 조심하며 천천히 허벅지를 움직여 아루를 품에 끌어안았다.

쌔근쌔근. 여인의 숨소리가 규칙적으로 퍼져 나가며 그의 가슴께에 가느다란 숨결이 와 닿았다. 장난기를 머금었던 무천의 입가가 주체를 못하고 무너져 내린 것은 순간이었다. 뜻하지 않게 몸에 열이 오르기 시작한 것이다.

'현무천, 네 꼴 참으로 우습구나. 잠이 든 여인을 상대로 음욕을 품다니.'

그가 고개를 절레절레 저었다.

*

마호의 고동빛 말이 무천의 애마를 향해 다가오고 있었다.

차가운 날씨로 인해 강가가 얼어 배를 타지 못한 뜨내기 선원들이 행여 이 동리의 여각旅閣을 죄다 잡았으면 어떡하나 걱정했는데 마호의 표정으로 보아 숙소를 잡는데 성공한 것이 분명했다. 본디는 자신이 움직여야 마땅했으나 곤히 잠든 아루를 깨우고 싶지 않아 무천은 부러 마호를 시킨 터였다.

"어찌 됐느냐?"

"좋진 않지만 강어귀의 주막을 잡는데 성공했다."

무천이 고개를 끄덕이며 말했다.

"모두들 주린 듯하니 얼른 가자꾸나."

싸리로 된 울타리가 마호의 말대로 그리 좋은 곳은 아니라 말해주고 있었으나 다행스러운 것은 방이 꽤 많아 주막이 일행을 다 수용할 정도의 규모였다는 것이다. 모두들 아궁이에서 흘러나오는 연기를 보며 기분이 상기된 듯 왁자지껄 떠들어댔다.

그런 가운데 마호는 주막의 마당에 서서 무천의 하는 양을 지켜보고 있었다. 그토록 아끼는 애마를 마구간에 넣어두지도 않은 채 그는 여인을 품에 안아 방으로 향하고 있었다. 목정이며 배수, 동우 같은 지기知己들이 그것을 보는 것은 크게 저어되지 않았지만 짐을 부리는 노비들의 눈도 따라 이동하자 마호의 입에서 절로 한숨이 나왔다. 대체 아랫것들의 눈을 어찌하려고 저러시는 건가?

차라리 방 하나를 따로 잡자고 그렇게 사정하다시피 말씀을 드렸건만 주군은 끝내 여인을 그의 처소에 함께 머물게 할 요량인 듯싶었다.

무천이 안에 들어서자 아니나 다를까 온돌방이 드러났다. 가옥의 겉모양으로 짐작은 했지만 침상이 눈에 보이지 않자 어쩐지 약간은 생소함이 밀려왔다. 강바람이 불어오는 추운 지역이라서인지 처소는 입식立式구조가 아닌 온돌방의 좌식坐式구조였다. 다행히 손님을 맞을 채비를 오래전에 마친 듯 방은 뜨끈뜨끈했다.

무천은 조심스레 아루를 아랫목에 내려놓으며 그녀의 얼굴을 응시했다. 기척을 느꼈음인지 그녀 역시 살며시 눈을 떠 그의 가슴팍을 바라보았다. 그러나 잠기운이 가득한 눈동자가 서서히 올라오다 무천의 것과 마주치자 급격하게 굳어버린다. 급기야 그녀는 얼굴을 찌푸리기까지 했다.

누운 여인과 그녀를 내려다보는 사내의 시선이 한동안 지척에서 오가는가 싶더니 아루가 얼굴을 돌려 어색하게 몸을 비켰다. 잠이 든 그녀를 상대로 음탕한 생각을 품었던지라 무천도 평소답지 않게 무뚝뚝하게 몸을 일으켰다.

"갈아입어라."

그가 보퉁이를 내밀었는데 겉 보자기마저 고급스러운 것이었다. 아루는 틈새로 보이는 비단옷을 말없이 바라보기만 할 뿐 그의 말을 무시해 버렸다.

"너 때문에 이동속도가 느려져 부러 말에 태우고 왔거늘, 한번 생각해 보아라. 노비를 태우고 가는 주인이라니 사람들이 어찌 보겠느냐? 다른 의도는 없으니 얼른 갈아입어라!"

무천이 여러 말을 더 보태자 아루의 얼굴이 미세하게 흔들렸다. 갈등하던 그녀가 마지못해 보자기를 쥐어 자신 쪽으로 끌어당기며 말했다.

"나…… 나가라."

이미 볼 장 다 본 사이인데……. 무천이 부러 능글맞게 웃는데 그의 표정을 본 아루가 긴 속눈썹을 파르르 떨더니 순식간에 슬픔으로 뒤덮인 얼굴을 어쩌지 못했다. 결국 그의 얼굴에서마저 미소가 사라지고 없었다. 그녀를 상대로 농弄을 뱉고 싶던 아까의 마음도 자취를 감추어 버렸다.

그는 굳은 얼굴로 밖을 나갈 수밖에 없었다.

남겨진 아루는 지난 며칠간 애써 지우려 노력했던 기억이 스멀스멀 되살아나려는 것을 간신히 잠재우고는 보자기를 풀었다.

연보랏빛 저고리와 갈맷빛 치마가 나오자 그것을 주섬주섬 챙겨 입었다. 그리고는 그가 다시 방으로 들어오면 어쩌나 하는 생각에 그것만큼은 막고 싶어 황급히 문고리에 손을 얹었다.

무천은 애마를 쓰다듬으며 여물을 먹였다. 마구간에 둘러쳐진 통나무울타리에 기대어 친우들이 그것을 지켜보고 있었다. 명월관에서 보았던 그 더러웠던 사내종이 온풍의 공주였다니, 모두가 저간의 내막을 묻고 싶어 잔뜩 무천의 눈치를 살피는 중이었다. 궁금증을 참지 못하고 개중 쾌활한 감배수가 먼저 나섰다.

"흠, 휘랑. 저 계집이 그니까 그 계집이란 말이지?"

아루의 신분이 낮다 여겨서인지 그녀를 함부로 일컫는 말에 애마를 쓰다듬던 무천이 저도 모르게 친우에게로 번쩍 고개를 돌렸다. 날카로운 그 시선에 배수가 움찔했고 다른 친우들도 결국 여인에 대해 묻지를 못하고 이리저리 먼 산만 바라보았다. 자신의 싸늘함에 짓눌려 친우들 사이에 어색함이 떠도는 것을 느낀 무천이 부러 화제를 돌렸다.

"오다보니 투전꾼들이 왜 이리 많은 것이냐?"

무천의 말에 마호는 애써 별것 아니라는 듯 가볍게 대꾸했다.

"뜨내기들이 많이 드나드는 곳이지 않냐?"

하지만 그는 여전히 생각에 잠겨 있었다.

그때 벌컥 문이 열리자 사내들이 무심코 고개를 돌렸다가 그만 아루에게로 모조리 시선을 빼앗겨 버렸다. 칙칙한 사내노비의 옷을 벗어던지고 고운 비단치마를 입은 그녀에게서는 진정 여인의 향취가 물씬 풍겨져 나오고 있었다. 노비들마저 넋을 놓고 그녀를 쳐다보자 무천이 큰 보폭으로 아루를 향해 다가갔다.

"왜 나온 것이냐."

툇마루에 앉아 사라진 신을 찾느라 고개를 숙인 아루를 보며 무천이 토방에 무릎을 대고 앉았다.

"바람을 쏘이고 싶었던 것이냐. 이제 밥시간이다."

그리 말하면서도 그는 마루 아래서 새로 산 꽃신을 꺼내들며 그녀의 표정을 살폈다. 헌데 예상과 달리 그것을 차갑게 밀어내는 여인의 시선에 무천은 그만 오기가 생겨 한사코 거부하는 발을 잡고 손수 꽃신을 신겨주었다.

그때 상을 들고 나르는 한 무리의 젊은 처자들이 살랑살랑 엉덩이를 흔들며 무천에게 물어왔다.

"나리, 죄송하세 됐지 뭡니까? 그만 국밥이 먼지 끊여져서……."

"됐소. 배고픔에 귀천이 어디 있겠소?"

안 그래도 사내의 잘난 용모를 힐끔거리던 여인들이 그 말에 대놓고 무천에게 추파를 던지자 그도 싫지 않은지 부드러운 눈웃음을 지어 보였다. 여인들과 은밀한 눈짓을 주고받던 그가 못내 아쉽다는 듯 분주히 움직이는 노비들에게로 시선을 돌렸다.

"먼저들 들어라!"

신이 난 장정들이 평상으로 모여드는 것을 지켜보는데 순간 그의 곁을 스치는 비단자락이 있었으니. 아루가 슬금슬금 그리로 걸어가 한 자리를 차지하고자 기웃거렸던 것이다.

무천이 성큼성큼 걸어가 그녀의 팔을 잡아 돌려세우는데 그의 눈에 들어온 것은 여인의 선명한 불안감이었다.

'길을 떠날 때만 해도 미처 생각지 못했는데 어쩐지 이 남자와 같이 보내야 하는 시간이 많은 것 같다. 단순 노비로 대하지도 않고 더구나 여인은 나 하나뿐이다. 그렇다면 혹시 나는 이 사람의 노…… 노리개?'

아루의 겁에 질린 표정을 흘깃 바라보며 무천이 태평한 어조로 말했다.

"우리도 밥이나 먹자."

"시, 싫다. 나, 난 여기서……."

결국 그가 화를 참지 못하고 지그시 아루를 노려보자 그녀의 손에 힘이 풀리고 말았다.

태자를 따라 방에 들어선 아루는 잔뜩 굳은 채로 찬바람이 숭

숭 들어오는 문가에 자리를 잡고 앉았다. 차마 고개를 들지 못하는데 사내의 다리가 움직이는 게 곁눈으로 보이는가 싶더니 갑자기 확 몸이 들렸다. 가슴팍을 밀어내 보았지만 태자는 꿈쩍도 않고 아루를 아랫목에 내려놓았다. 위험을 느낀 그녀가 다급하게 일어서서 문가로 가려 하자 억센 손이 다가와 도로 몸을 눌렀다.

그러더니만 아예 긴 그림자가 위로 드리워진다. 금방이라도 그녀를 덮칠 듯 태자는 무척이나 위압적으로 보였다.

"나, 난 저기서……."

침을 꼴깍 삼키며 그녀가 더듬거리는데 그가 단칼에 말을 잘랐다.

"안 잡아먹는다."

그리고는 마치 도망갈 구멍을 차단하듯 몸을 돌려 그가 문가로 가 앉아버렸다.

온갖 생각이 머릿속을 스치고 지나가며 아루는 결국 몸을 잃게 되더라도 절대 자존감은 잃지 말자, 빳빳이 고개를 들어 올렸다. 헌데 그 역시 그녀를 빤히 쳐다보고 있는 것이 아닌가.

무천은 놀라 굳어지는 그녀의 고운 자태를 부러 무심한 눈으로 훑으며 한마디 툭 던졌다.

"시장하지만 널 잡아먹지는 않을 터이니 긴장 풀어라."

그리고는 바깥을 향해 냅다 소리쳤다.

"주모! 밥 다 안 되었소?"

"갑니다요!"

마침 아낙네의 커다란 목소리와 함께 툇마루에 상을 내려놓는 소리가 들려왔다. 이윽고 문이 열리며 주모가 들어섰고 무천은 아루 보란 듯 열린 문새로 그를 힐끔거리는 여인들에게 미소를 날렸다.

"아고, 나리! 성질도 급하시긴……. 이리 잘나게 생기셔서 당최 장사치는 아닐 것이다, 생각했는데 성정으로 보아 상인이 맞는가 보네."

그리 말하며 주모가 구석의 뻣뻣해 보이는 아루를 호기심 넘치는 눈으로 흘깃 살폈다.

"내가 조금만 젊으면 서방질할 텐데……."

뜨내기 상인들을 상대하며 늘은 것이 능청이라 그녀는 부러 아루를 의식해 한발 물러나는 척하며 무천에게 농염한 시선을 보냈다.

"아직도 늦지 않았소."

아루 들으라고 그는 답지 않게 농을 했다. 그러자 주모가 옷고름으로 입을 가리며 잔망스레 웃음을 쏟아낸다.

필요한 게 있으면 언제든 부르라는 묘한 말을 남기고 그녀가 사라지자 그가 상으로 다가가며 아직도 구석에서 몸을 사리고 있는 아루에게 차가운 시선을 던졌다.

"들자!"

"……됐다."

조그맣지만 뚜렷한 거부의사를 밝혀 오는 아루를 향해 무천이 목소리에 힘을 주었다.

"반 남은 상 물려 남들 눈에 띌 만한 짓 할 생각 없다! 먹으랄 때 와서 먹어라!"

사내가 만들어내는 험한 방 공기를 이기지 못하고 결국 아루가 쭈뼛거리며 상으로 다가갔다. 억지로 수저를 쥐었지만 태자와 겸상을 하게 되었다는 생각에 그녀는 좀체 맛을 느낄 수가 없었다.

결국 앞에 놓인 초 절인 채소를 유일한 찬饌 삼아 밥을 뜨는데 갑자기 고개 숙인 시야 사이로 이 반찬 저 반찬 밀어주는 사내의 손이 들어왔다. 생선이며 귀한 산나물에서 시선을 들어 올리자 태자가 밥을 한가득 퍼 입으로 가져가며 무표정하게 말했다.

"객지 나와 돈 뿌릴 생각 없다. 남기지 마라."

그 말을 흘려들으며 아루가 다시 고개를 숙였다. 모래 씹듯 묵묵히 밥만 떠먹는데 갑자기 그릇 위에 두툼한 하얀 생선살이 얹어졌다.

"강가라 신선할 거다. 먹어라."

우뚝 멈추었던 아루의 숟가락이 그것을 밥그릇 한쪽으로 밀어내고 다시 밥을 뜨는데 사내의 젓가락이 도로 다가와 밥술 위에 생선살을 얹어놓는다.

그녀가 눈을 치켜떠 그를 바라보자 마치 아루를 흉내 내기라도 하는 듯 사내가 새침한 눈을 하고서 그녀를 흘기고 있었다. 그것도 밥을 입안에 가득 물어 볼이 빵빵한 상태인지라 태자의 모습은 평소와 어울리지 않게 조금 우스워 보였다.

행여 마음이 풀리게 될까 두려워 아루는 얼른 고개를 내렸다. 그 뒤 그녀의 밥그릇으로 오가는 태자의 젓가락질은 고집스레 이어졌다. 그만 힘이 빠지고 귀찮아져 아루는 그가 주는 대로 받아먹었고 그러자 어느 순간 먹지 못할 것만 같았던 밥 한 공기를 다 비워낼 수 있었다.

아루가 주막의 마당, 우물가 한켠에서 바가지로 물을 퍼 조용히 양치를 하고 있었다. 그때 또 다른 바가지 하나가 톡 놓이더니만 누군가 철퍼덕 주저앉는다. 고개를 돌리니 태자였다. 아까까지만 해도 일하는 여인들과 주거니 받거니 희롱질에 빠져 있더니만 또 어찌 괴롭히려고 이러는 걸까.

그녀가 몸을 옆으로 비키며 모른 척 이를 닦았다. 헌데 사내의 시선이 집요하기도 하다. 아루가 일부러 괴팍하게 손가락을 놀리며 추한 모습으로 치아를 문지르는데 그런 그녀를 바라보는 태자의 얼굴에는 되레 요상한 웃음이 걸려 있었다.

무천은 사납게 미간을 구기는 아루에게서 시선을 떼지 않았다. 본인으로서는 정 떨어져라, 저리하는 모양인데 오히려 새침해 보이는 것이 그녀를 몰래 쳐다보는 주막의 사내들로부터 완전히 감추고 싶을 만큼 귀여웠다. 더구나 붉어진 입술에 물기가 묻은 것이 가슴을 들끓게 한다.

부러 그녀의 곁에 바짝 다가가 요란한 소리를 내며 그도 양치를 했다. 그런 그를 아루가 심술궂게 흘기며 자리를 뜨려 하기에 무천이 대뜸 팔을 잡아 다른 손으로 그녀의 얼굴에 물을 확 튕겼다.

"꺅!"

아루는 방 안에 들어서 고개를 모로 돌린 채로 구석에 웅크렸다.

그녀로서는 부끄럽고 화가 나는 일이었다. 갑자기 얼굴에 뿌려진 차가운 물방울 세례에 비명을 지르며 눈을 뜨는데 마당의 모든 이들이 자신을 쳐다보고 있었다. 심지어 문을 열어 힐끔거리는 사내들도 있었다. 태자의 껄껄거리는 웃음을 뒤로하고 그녀는 붉어진 얼굴을 숨기고자 황급히 방으로 들어설 수밖에 없었다.

헌데 저 남자는 문가에 앉아 계속 저리 쳐다만 본다. 그의 시선에 갇힌 것만 같아 아루는 어느새 창피함보다도 불편함이 크게 느껴졌다.

무천 또한 그런 그녀의 마음을 훤히 들여다보고 있었다. 그림에도 두 다리를 모으고 무릎 위에 가지런히 손을 얹은 채 새침히게 고개를 돌린 여인에게서 눈을 뗄 수가 없다. 오히려 장난기만 덕지덕지 생겨날 뿐.

그때 밖에서 그를 불러 왔다.

"나리, 물건을 둘러보러 가셔야지요."

상인인 척 위장한 말이었으나 실상은 주변을 둘러보자는 아랫사람의 재촉이었다.

"알았다."

날씨가 찼다. 아루를 데리고 다닐 수는 없다는 생각에 무천이 일어나 횃대에서 두루마기를 들어 올리며 그녀에게 말했다.

"너는 여기 있어라."

그 말에 여인의 얼굴에 순간 화색이 돌며 숨길 수 없는 기쁨이 드러나자 무천은 갑자기 속에서 뭔가가 치밀어 오르는 것을 느꼈다. 성큼성큼 다가가 그가 그녀를 포위하듯 앉았다.

"뭐…… 뭐냐?"

"저녁까지 못 볼 터이니 지금 실컷 봐두어라."

그의 말에 도도하게 얼굴을 돌렸지만 벽과 사내의 덩치에 갇혀 버린 꼴이라 아루는 두근거리는 마음을 어쩌지 못했다.

무천은 끝내 그를 외면하는 아루를 바라보다 그녀의 엉덩이에 두 손을 가져다 대고 품으로 확 돌려 앉혔다. 그에 놀랐는지 아루의 눈이 크게 뜨였다.

"봐두랄 때 봐두어라!"

말은 그렇게 했지만 기실 그가 그녀의 얼굴을 보고 싶었던 것이다. 근 이레 동안 보지 못했던 얼굴인데 야속하게도 눈길 한 번 마주치길 꺼려하니 그로서는 속이 탈 수밖에 없었다.

그녀의 얼굴을 느릿하게 훑어 내리다 도톰한 입술을 응시하며 비스듬히 고개를 기울이는데 밖에서 재차 소리가 들려왔다.

"나리."

시간이 멈추어진 순간 바라본 그녀의 두 눈은 공포를 있는 대로 드러내듯 질끈 감겨 있었다. 무천이 그대로 일어섰다.

잠시 뒤 문이 열렸다 닫히는 소리가 나자 아루가 살그머니 눈을 떴다. 방 안에는 그녀뿐이었다.

마음을 진정시키는 동안 주변이 고요해지자 그녀가 불현듯 생각에 잠겨 눈동자를 이리저리 굴렸다.

'도망쳐야 한다!'

갑자기 든 생각에 아루가 문으로 다가가 문고리를 벌컥 열어젖혔다.

"무슨 일입니까?"

동공을 찌를 듯 새하얗게 쌓인 눈밭, 그 위에 태자의 곁을 늘 지키던 사내가 서 있었다. 기대감으로 두근대던 아루의 마음이 순식간에 바닥으로 추락해 버렸다.

여인이 조용히 문을 닫자 마호가 저도 모르게 웃음을 흘렸다. 무천은 인근을 살피러 떠나며 그에게 그녀를 지키라 신신당부한 터였다. 지난 5년간 전장에서 태자를 늘 지켜보았지만 그가 선화 낭자에게 가졌던 감정은 신의와도 비슷한 것이었니 보다. 그것을 깨닫게 한 이가 바로 저 온풍의 공주였다.

그럴 수밖에 없는 것이 무천은 수컷의 기운을 풀풀 풍기며 누가 봐도 그를 밀어내는 여인을 건드리고 싶어 애가 닳은 모습이었고 행여 다른 사내의 시선이 그녀에게 오래 머무른다 싶으면 아랫것들에게도 눈을 부라렸으니 가히 집착의 정도가 심해 보였다. 아무리 천하절색天下絶色의 여인이라지만 계집에 그리 무심했던 현무천이 맞나 싶을 정도였다. 마호로서는 그것이 신기하기만 했다.

"하아."

아루는 한숨을 내뱉으며 절망 어린 몸짓으로 구석에 가 앉았다. 고이는 눈물을 애써 참아내던 때 그녀의 눈에 사내의 짐꾸러미가 들어왔다. 보자기에 쌓여 있었지만 모양새로 보아 서책들임에 분명했다. 어느새 슬픔을 잊고서 아루가 침을 연신 꼴깍꼴깍 삼켰다. 어려서부터 책을 좋아한데다 글자를 읽지 못한 지도 오래라 유혹이 꽤 컸다.

어차피 저녁에 온다 했으니 잠깐만…….

아루의 무릎이 슬금슬금 그리로 향했다.

*

"상점의 문도 죄다 닫혔고 거리에도 사람이 없는 것이 아무래도 날씨 탓인 것 같습니다."

아랫사람의 말을 들으며 무천은 펑펑 쏟아지는 눈을 바라보았다. 바닥에는 이미 소복이 눈이 쌓여 말이 걸음을 옮길 때마다 발굽이 푹푹 패이고 있었다. 첫날부터 무리할 까닭이 없다고 판단한 무천이 결국 용단을 내렸다.

"말을 돌려라."

반시진半時辰이 지나 그의 무리가 주막으로 들어섰을 때 마호는 툇마루에 앉아 서찰을 읽고 있었다. 무천이 마구간에 손수 말을 넣어놓고 그에게 다가가 나직이 물었다.

"무엇이냐?"

그제야 주막을 들어선 이가 태자였다는 것을 알아챈 마호가 번쩍 고개를 들어 올렸다. 하늘에서 눈이 쏟아지는 것으로 보아 날씨 탓에 잠행潛行이 취소된 모양이었다.

"파발擺撥꾼이 다녀갔다."

이제는 무천도 알아야 할 것 같아 마호가 구불거리는 두루마리를 넘겼다.

그것을 받아든 무천이 빠르게 내용을 읽어 내려갔다. 시전상인을 상대로 탐문을 벌인 결과라며 서신에는 황색 방을 도성 곳곳에 나 붙인 용의자의 이름이 쓰여 있었다.

"대숙정이라."

문득 무천의 머릿속에 전쟁에서 돌아와 명월관에 처음 걸음하던 날 마주쳤던 불손한 사내 하나가 스치고 시나갔다.

"대…… 대산 대씨 32대손 숙정이라 하옵니다."

생각에 잠긴 친우를 보며 마호가 옆에서 채근하듯 물었다.

"어찌할까? 이자를 잡아들이라 할까?"

뜻밖에도 무천이 고개를 저었다.

"아니다. 이자는 대교영 달솔의 자제이다. 신중을 기할 필요가 있다."

그 말에 마호가 어안이 벙벙해져 눈을 깜빡이며 물었다.

"이름자만 들었는데 어찌 가문까지 알 수가 있는 거냐? 혹, 아는 자더냐?"

무천은 길거리에서 만난 적이 있는 자라는 것을 마호에게 말하지 않았다. 그가 토방 위에 신을 벗으며 툇마루를 오르다 평이한 어조로 친우를 향해 덧붙였다.

"무언가 확실한 꼬투리를 잡을 때까지는 좀 더 두고 볼 필요가 있다. 부러 사람들의 관심을 불러 모으는 것은 자칫 긁어 부스럼 만드는 일이다. 우리가 상대하는 자들은 다들 가라한의 내로라하는 실세들이니 신중을 기해야 한다. 아랫사람에게도 이 점을 숙지시키고 조심히 내막을 알아보라 명해라."

그리 말한 뒤 아루가 있을 방을 향해 걸음을 디디던 무천은 무언가 생각난 듯 밝아진 얼굴을 하고서 고개를 돌렸다.

"내가 가고 난 뒤 무슨 일 없었더냐?"

친우의 말에 곰곰이 생각에 잠겨 있던 마호가 무천을 따라 씩 웃음을 흘렸다.

"너 가고 나자마자 밖으로 나왔다가 나를 보더니만 금세 표정을 굳히더라. 그리고는 다시 방으로 들어가서 그 이후로 나오지 않고 있다."

그 말에 무천이 장난기 가득한 미소를 머금고서 살금살금 걸음을 옮겼다.

벌컥!

그녀를 놀래켜 줄 요량으로 소리를 죽였다 갑자기 문을 열어젖힌 것인데 정작 무천의 얼굴이 놀라 굳어지고 말았다. 아루가 서책을 보고 있었던 것이다.

숨을 죽이고는 있었으나 그녀 역시 놀라기는 마찬가지였다. 밖이 소란스럽다고 느끼긴 했지만 워낙에 많은 사람들이 드나드는 곳이고 저녁에 온다던 태자의 말을 철썩같이 믿었던 터라 그가 이리 모습을 드러낼 줄은 꿈에도 생각 못했다.

남의 물건에 손을 댔으니 도둑질을 하다 들킨 거나 진배없다는 생각에 아루의 얼굴이 달아올랐다. 표가 나지 않길 바라며 짐짓 아무렇지 않게 그녀가 슬쩍 그를 향해 시선을 들어 올렸다가 얼른 내렸다.

워낙에 길고 숱이 많아 그녀가 잠들었을 때는 수차례 쓰다듬어 본 적조차 있음에도 한차례 춤을 추듯 움직이는 여인의 속눈썹에 무천은 다시 마음을 빼앗겼다. 문득 정신을 차리고 보니 찬바람이 바깥에서 불어오는 것이 아직도 문을 열어놓은 상태다. 그가 여닫이를 닫고 안으로 들어섰을 때는 아루도 이미 책을 구석으로 밀어내고 벽을 향해 돌아누워 있었다. 무안하면서도 그를 외면하고 싶은 마음이 읽혀지는 듯해 무천의 입가에 미소가 걸렸다.

부러 그를 피하고자 벽을 향해 누운 것이었는데 갑자기 바람의 내음과 함께 찬 기운이 느껴지자 아루가 가만 눈을 떴다. 태자가 팔을 뻗어 그녀를 가둔 자세로 얼굴을 내려다보고 있었다. 심장이 콩닥콩닥 뛰기 시작했다.

"재미있더냐?"

서책은 죄다 율법과 관련되어 딱딱하고 무거운 내용이었지만 그럼에도 아루는 정신없이 빠져들었었다.

"별로였다."

이왕 이렇게 된 거 뻔뻔해지기로 마음먹은 그녀가 차갑게 말을 뱉은 뒤 눈을 감았다.

"어느 부분이 어떻게 별로였는데?"

그 말과 함께 확 눌러오는 사내의 무게에 아루가 다시 번쩍 눈을 뜨니 그의 얼굴이 코앞에 있었다. 놀란 아루가 있는 힘껏 그를 밀쳤다.

"곤하니 건드리지 마라."

한동안 사내의 호탕한 웃음소리가 방 안을 울린다 싶더니 잠시 뒤 웃음기가 밴 나지막한 음성이 들려왔다.

"누가 주인이고 누가 노비인지를 모르겠구나."

무천은 유쾌한 얼굴을 하고서 벽장문을 열어 이불을 꺼냈다. 요도 깔아주고 싶었지만 그녀가 워낙에 민감하게 구는 터라 어쩔 수 없이 덮을 것만 찾은 것이었다. 바닥이 뜨끈뜨끈한 것이 다행이랄까?

눈을 감고 있었지만 몸에 이불이 덮이는 느낌 정도는 아루도 알 수 있었다. 그러나 누워 있는 것뿐인데도 미동도 하지 않으려니 긴장으로 인해 숨소리가 편히 나오지를 않는다.

그런 그녀의 불편을 무천 역시 선명하게 느끼고 있었다. 그러던 것이 시간이 흐르자 어느새 쌔근쌔근 자그만 어깨가 규칙적으로 오르락내리락했다. 무천이 살며시 아루를 들어 한기를 느낄까 얼른 이불로 싸매 옆으로 뉘인 뒤 잽싸게 요를 깔아 그 위에 다시 눕혔다. 그리고는 조심히 버선도 벗겨주고 좀 더 편히 자라 저고리도 벗겨주는데 어인 일인지 손이 떨려오고 목이 탄다. 차마 치마는 손을 대지 못하고 놔둘 수밖에 없었다. 그렇게 마지막으로 이불을 꼼꼼히 덮어주는데 무천의 가슴이 아쉬움으로 타들어갔다.

그가 그녀 곁에 바짝 붙어 누웠다. 그리고는 벽을 향한 아루의 고개를 그 쪽으로 돌려놓은 뒤 어여쁜 얼굴을 바라보았다. 손은 어쩌지 못해도 시선만큼은 그녀를 가지고 싶었던 것이다.

'이레 동안 보고 싶어서 얼마나 애가 탔는지 아느냐?'

밖은 흰 눈이 소복이 쌓이고 있었고 덕분에 드나드는 이가 없어 주막은 고요하기만 했다. 반면 옆방에서는 술판이 벌어진지라 사내들의 왁자지껄한 웃음소리가 드높았다.

그 자리조차 마다한 무천이다.

'이리 소란스러운데 잘도 자는구나. 야속한 계집 같으니.'

결국 손가락이 움직였다. 그가 살며시 그녀의 얼굴을 더듬어

내려갔다.

"마마, 대체 왜 이리 늦으신 것이옵니까?"

구겨지고 흙먼지로 더러워진 옷차림을 하고서 태연하게 걸어 들어오는 미소년을 향해 내관들이 다가서며 안절부절못했다.

"오늘이 어떤 날인지 잊으신 것이옵니까?"

"잊은 것은 아니다. 축국이 더 중요했을 뿐."

"저하."

소년의 무심한 대답에 늘 그의 편이던 장 내관조차 원망 어린 한숨을 감추질 못했다. 그가 아랫것들에게 어서 새 의복을 가져오라 손짓했다.

"되었다!"

제 아무리 풍요롭다 하나 가라한보다 세력이 미약한 나라일진대 무엇하러 의관衣冠까지 정제整齊한단 말이냐.

무천이 혼담이 오가고 있을 연회장의 문을 열어젖히며 성큼성큼 안으로 들어섰다. 히에엑, 놀란 장 내관의 음성을 무심히 흘려들으며 그는 다소 불량한 몸짓으로 그의 자리임이 분명한 공석에 다가가 앉았다. 이미 자리한 황제 현상양 또한 상대국의 기를 꺾어놓고자 하는 태자의 수를 읽고서 그의 태도를 나무라지 않았다.

시장했던지라 맞은편 온풍의 사람들을 향해 인사도 하지 않고 무천은 젓가락을 이리저리 바쁘게 움직이며 배를 채워 나갔다. 웅성거림이 일기에 슬쩍 고개를 드니 온풍의 왕으로 보이는 자가 헛기침을 하며 표정을 수습하고 있었다.

진지한 얼굴로 보아 이 혼약을 꽤나 깊게 받아들이는 모양인데……. 그리 생각하며 상대를 자세히 훑고자 무천이 그제야 젓가락을 내려놓고 천천히 시선을 움직였다. 그러던 중 소녀가 눈에 들어왔다. 그의 시선이 꽤 오래 그녀에게 머물렀다. 그의 짝임이 분명한 그 계집을 보고서 무천이 처음 느낀 것은 여인의 선이란 저런 것이구나, 하는 뜻밖의 감탄이었다. 유곽이나 홍등가를 종종 드나들었지만 그때도 내심 그보다 더 잘난 여인을 본 적이 없었는데 맞은편의 소녀에게서는 말 그대로 빛이 흘러나오는 듯 얼굴이 수려하기 그지없었다.

그를 쳐다보고 있는 다른 사람들과 달리 계집은 차분한 눈을 하고서 그의 아버지인 가라한의 황제가 하는 말에 귀를 기울이고 있었다.

'꽤나 약은 계집일세.'

무천은 계집이 그의 시선을 끌고자 부러 저리 굴고 있다고 생각했다. 때문에 소녀와 눈이 마주치면 한껏 비웃음을 날려주리라 그는 마음먹었다.

이윽고 아바마마의 소개가 이어지자 그녀의 눈이 그에게로 향했다. 마음먹은 대로 무천이 입꼬리를 비스듬히 올리며 계집을 쳐다보는데 뜻밖에도 담담한 얼굴의 소녀는 으레 지을 수 있는 가벼운 미소를 살짝 머금고서 고개를 숙여 보일 뿐이었다.

그리고는 다른 이에게로 시선을 돌렸다. 무척이나 무심하게도.

"너는 그때 이미 내게 단단히 찍혔다."

무천이 잠든 아루를 보며 속삭였다.

"기억하느냐, 여난아루? 한 번이 아니었다. 고로 나도 너를 괴롭히는 것을 이번 한 번으로 끝내지는 않을 것이다. 네가 벌인 일이니 감내하여라."

몇 번의 눈 맞춤 끝에 그는 계집의 담백한 시선이 그에게 잘 보이고자 계산된 행동이 아니라는 것을 눈치챌 수 있었다.

연회장을 나오며 그는 그간 한 번도 관심을 보이지 않았던 정혼녀의 연치에 대해 내관에게 슬쩍 물었더랬다.

그 후 부러 단정한 차림을 하고서 온풍의 궐과 가까운 거리를 맴돌며 계집과 부딪칠 일을 만들곤 했으나 늘 격식을 차리는데 급급한 소녀는 단 한 번도 그 고운 낯을 제대로 보여준 적이 없었다. 되레 짓궂은 풍월도들의 모습에 놀라기 일쑤더니 후에는 꺼려하는 태도마저 보이곤 했다.

"순전히 사내의 자존심을 건드린 너의 잘못이다."

무천이 낮게 속삭이며 벌주듯 아루의 입술을 머금었다.

*

아무도 일어나지 않은 새벽, 눈 쌓인 주막마당에 여인의 치맛자락이 바닥을 스치는 소리가 사락사락 새어 나왔다.

다른 이들이 깰까 몸가짐을 조심하며 아루가 우물가를 향해 걷고 있었다. 어제 겪어보니 다른 사내들 틈에서 씻는다는 것이 여간 고역이 아니다.

찰박!

바가지를 우물 안으로 던져 넣으며 아루는 어젯밤을 떠올렸다. 태자가 부득불 깨우는 통에 아루는 비몽사몽간 먹기 싫다는 밥을 해치울 수밖에 없었다. 그리고는 간신히 양치만 한 채로 다시 잠에 빠졌었다.

물을 끌어올리며 아루가 고개를 절레절레 흔들었다. 어쩌자고 내게 몹쓸 짓을 했던 사내가 곁에 있는데도 그리 태연하게 잠만 잤던 걸까. 행여 그가 자신을 낮잡아 보아 또다시 나쁜 마음을 먹을까, 그에 생각이 미치자 차가운 물이 닿기도 전에 화드득 정신이 들었다.

앓은 이후로 몸이 상당히 약해진 것인지 기력이 좀 달린다는 생각을 하긴 했지만 스스로도 밖에 나와 이렇게 맥을 못 출 줄은 몰랐다. 다행이라면 태자가 아직까지 그녀에게 별다른 생각을 가진 것으로 보이지 않아 그것이 안심이었다.

검은 머리에 시린 물이 닿자 각오를 했음에도 아루는 그 소름 돋는 기운에 진저리를 쳤다. 이를 악물고 숱 많은 머리 안으로 손을 밀어 넣는데 조르륵, 생각지도 못했던 따뜻한 기운이 머리 위에서 떨어져 내렸다.

"가…… 감사합니다."

이곳의 주모인가? 아루는 그리 생각하며 말했다.

헌데 그때 찬물로 얼얼해진 머리 한켠으로 손가락이 다가오더니 부드럽게 문지르게 시작한다. 두툼한 느낌이 정말 주모의 손인 듯도 싶었다.

"괘…… 괜찮아요."

아무리 여인이라도 타인의 손이 닿는다는 게 영 어색해 아루가 엉덩이를 슬금슬금 뒤로 뺄 때였다. 차가운 물이 닿아 얼어붙은 그녀의 손가락과 주모의 손가락이 엉켰다. 어쩐지 몸 둘 바를 몰라 아루가 멈칫하는데…….

"옷 젖는다. 가만히 있어라."

태자의 음성에 아루가 화들짝 놀라 고개를 들어 올렸다.

그가 그런 그녀의 머리를 다시 잡아 부드럽게 내렸다. 그러나 이미 아루의 시선 안에는 그녀의 머리를 감겨주려 하는 사내의 모습이 담긴 상태였다.

"놓아라!"

매몰차게 말하는 것도 모자라 아루는 제 손으로 사내의 손가락을 초겨울 마당에 듬뿍 쌓인 낙엽 쓸어내듯 짜증스럽게 밀어냈다.

한동안 가만히 곁에 있는가 싶더니 태자가 커다란 함지박을 슥 아루 곁으로 밀며 말했다.

"따뜻한 물 예 두고 가니 이걸로 씻어라."

하고는 돌아갔다.

정신 너갱이 빠진 놈! 아루는 욕을 하면서도 그가 내민 함지박 안의 물을 주춤주춤 퍼다 쓸 수밖에 없었다.

머리를 다 감고 물기를 질끈 짜내는 그사이에도 옷깃 사이로 찬바람이 솔솔 들어와 몸이 부르르 떨린다. 아루도 얼른 돌아섰다.

처마 밑에 대롱대롱 매달린 고드름을 보며 아루가 과연 강가의 추위는 그 기세가 매섭구나, 생각할 때 난데없이 부뚜막에서 여인의 목소리가 들려왔다.

"이봐!"

주막에서 일하던 젊디젊은 여인네를 주축으로 뒤에 두 명의 여인의 더 서 있었는데 아루는 저번 날 그네들이 태자와 낯부끄러운 줄 모르고 농을 주고받던 것을 기억해 냈다.

"무…… 무슨 일로 날 부르시오?"

노비생활 어언 5년이었지만 눈앞에, 그것도 여인들이 떼로 서서 그녀를 향해 눈을 흘기자 아루는 저도 모르게 기가 죽었다. 헌데 여인들 또한 아루가 하대下待도, 그렇다고 존대尊待도 아니하자 노골적인 눈을 하고서 그녀를 훑어 내렸다. 신분을 가늠해 보느라 그네들이 그런 줄은 꿈에도 모르고 아루가 속으로, 이것이 대체 무슨 상황이야? 아무도 없는 틈을 타 엽전이라도 뜯어낼 요량인가? 할 때였다.

"저 방의 휘랑이라는 남정네와 무슨 관계니?"

"휘…… 휘랑?"

아루가 곰곰이 생각하다 함께 온 이들이 태자를 주인나리, 아니면 휘랑이라고 부르는 것을 곧 기억해 내고 고개를 들어 올렸다.

"아무 관계 아니다."

이번엔 아루도 하대를 하였다.

"헌데 왜 한 방을 쓰는 거야?"

"그, 그건……."

태자의 당부든 뭐든 자신이 그의 노비라는 것을 말할 수 없어 아루가 입술을 지그시 깨물 때였다. 갑자기 부엌에서 여인 하나가 나오더니 내뱉듯 말했다.

"이것들아! 호들갑 좀 그만 부려라. 원, 나만 알려 했는데. 내가 어제 휘랑 님에게 여쭈어보았더니 오누이라더라. 그러면서 나에게 꽃미소를 날리시는데……. 흐흥."

그녀가 코로 바람 빠지는 요상한 소리를 내며 웃음을 흘리더니 대뜸 아루를 향해 곱게 눈을 접어 보였다.

"오라버니께 말 좀 전해주어. 연홍이 밖에 있다고."

"얘! 네가 무슨 연홍이야? 끝순이란 이름 놔두고, 어데서 연홍은, 풋!"

씩씩거리는 여인을 둘러싸고 잔망스런 웃음을 쏟아내고 있는 그들 곁을 아루가 고개를 갸웃하며 지나쳤다. 그네들로부터 시간을 빼앗긴 터라 따뜻한 물로 감았음에도 머리는 이미 빠르게 식어내려 한기가 온몸을 파고들고 있었다.

끼익!

문을 열고 들어가자 방 안의 온기가 덮쳐 와 되레 피부가 쭈뼛 곤두섰다.

"하아, 추워."

조그맣게 중얼거리며 문을 닫고 돌아설 때였다. 시야에 하얀 무언가가 내리덮이더니 정신없이 그녀의 머리를 털어댄다. 순간 얼어붙었던 아루가 가려진 시야 사이로 눈을 깜빡이며 물었다.

"뭐…… 뭐냐?"

무천이 자꾸만 올라오는 자그만 손을 잡아 내리며 그녀를 끌어안다시피 해 아랫목으로 데려갔다.

사내의 손길이 한결 부드러워진 틈을 타, 아루가 손으로 광목천을 잡아 내리며 무천을 응시하는데 웬일인가, 무심한 눈길이 슥 마주해 올 뿐이다.

"고뿔 든다."

"내…… 내가 하면 된다."

그녀의 말에도 태자는 무표정한 얼굴을 하고서 꿋꿋하게 그녀의 머리를 말려줄 뿐이었다. 사실 물기가 닿아 말갛게 윤기가 흐르는 보드라운 피부와 촉촉한 눈망울을 마주하지 지금 무천은 아루를 끌어안아 무던히도 살을 부비고 싶었다. 간신히 그것을 참아내고는 있었지만 그럼에도 그녀에게로 향한 손길을 멈추라면 그건 정말이지……. 그럴 수가 없었다.

이른 아침을 먹고 나자 해가 떴다.

아루는 젖은 머리를 어쩌지 못해 밥을 먹는 동안 계면쩍은 마음이나마 감추고자 한 손으로 머리채를 쥐고 불편하게 식사를 했다. 그래서 고개를 제대로 들지 못해 무천이 얼마나 흐뭇하게 그 모습을 바라보는지 미처 알지 못했다.

상을 물리고 제법 시간이 흐르자 따뜻한 방 안 공기 때문에 머리가 그새 말랐다. 그의 시선 때문에 불편했지만 남정네 앞에서 머리를 풀고 있는 것 또한 못할 짓이라 아루가 벽을 향해 돌아섰다.

옷에 맞게 머리를 땋아 내려가는데 아무리 해도 어색하고 손이 설다. 예전에는 아지가 해주던 것이고 노비로 살았던 세월 동안은 남복을 입어 머리를 하나로 묶기만 하면 되었는데. 그리 생각하며 아루의 손가락이 머리카락 사이를 헤매는데 갑자기 사내의 손가락이 또다시 불시에 내려와 머리에 닿았다.

아루의 얼굴이 화르르 달아올랐다. 내내 상황이 창피하다 여기던 차였는데 마치 태자와 연정을 품은 남녀처럼 청춘놀음을 주고받는 듯해 부끄러움이 더했던 것이다. 전혀 그렇지 않은데.

"노…… 놓아라."

아루가 입술을 지그시 깨물며 낮게 말했다.

"이리 하면 되는 것이냐?"

그가 그녀의 손을 잡아 총총 땋아진 머리로 가져가는데 웬걸, 손에 닿는 느낌이 제법 괜찮다.

"부, 부끄럽지도 않으냐? 사내가 여인네 머리나 땋아주고 말이다. 내가 궐에 들어가 이 일을 소문이라도 내면……."

아루가 민망한 마음을 감추려 괜스레 주절주절거리는데 갑자기 몸이 확 돌려지더니 그의 얼굴이 코앞에 불쑥 다가왔다. 태자는 여전히 땋은 머리의 끝부분을 잡고 있었는데 그 바람에 몸으로 둘러진 팔 때문에 마치 아루는 그의 품에 안긴 느낌마저 들었다.

"소문!"

대뜸 그 한마디를 내뱉는 태자를 아루가 휘둥그레 뜬 눈으로 바라보았다.

"……진정 낼 것이냐?"

당황한 아루가 사내의 얼굴을 하염없이 바라보는데 짙은 눈썹이 꿈틀거리는가 싶더니 그가 어깨를 떨며 쿡쿡 웃어댔다.

"칫, 생활이 장난질의 연속이로군."

아루가 그에게서 머리를 잡아 빼며 벽을 향해 몸을 돌리는데 갑작스런 그의 행동에 놀라 가녀린 손이 아래로 툭 떨어져 내렸다. 태자가 널따란 가슴으로 등을 폭 감싸 안더니 그녀를 붙잡아 이리저리 흔들어대며 웃음삼매경에 빠진 것이다.

"정말 장난이 지나치구나!"

옥신각신 아무리 그를 밀어내도 놓아주질 않는 사내 때문에 결국 몸을 굳힌 아루가 고개를 떨어뜨리는데 참아내려 해도 눈에서 눈물이 아롱아롱 떨어지는 게 그가 이리 미울 수가 없었다. 그것을 눈치챘는지 태자도 웃음을 멈추더니 고개를 한참 숙여 그녀의 얼굴을 살폈다.

"우지 마라. 아침부터 왜 눈물바람이야?"

사내의 손가락을 피하며 갑자기 서러워진 아루가 알아듣지 못할 말을 쏟아냈다.

"무서……. 나, 나느…… 여 있으면서 기자하고 차말 무서다 말이다. 괴로피지, 끅끅, 마라."

여기 그와 함께 있어 긴장되고 무서우니 괴롭히지 말라는 그녀를 무천이 물끄러미 바라보다 천천히 고개를 끄덕였다.

"알았다. 약속하마."

그러자 눈물을 쏟던 아루가 살며시 고개를 들어 올렸다.

"차말, 끅끅, 이냐?"

"참말이다. 누이가 없다 보니 내 잠시 너를 귀여운 누이처럼 생각했을 뿐이다."

무천의 말에 설마, 하는 빛이 아루의 눈에 감도는가 싶더니 고여 있던 눈물이 톡 떨어졌다. 다가오는 그의 손을 피해 그것을 야무지게 닦아낸 그녀가 감정을 내보인 것이 그제야 부끄러운지 무천의 얼굴을 피하며 마냥 고개만 끄덕거렸다.

그의 말을 받아들이는 그녀의 기색에 무천은 순간 안도하면서도 허탈해지고 말았다.

'어찌 너를 누이라고 생각할 수 있겠느냐? 사내마음은 모른다 해도 여난아루, 그 밤은 무어라 할 건데? 정말 그리도 인정하기 싫은 것이냐?'

한동안 방 안에 어색한 기운이 오가자 아루가 주춤 무천에게서 물러나며 다시 머리를 땋으려 뒤로 손을 뻗었다. 곁눈으로 그가 일어서는 게 보였다.

나처럼 어지간히 어색했나 보다. 나가려나? 그리 생각하던 때 태자가 갑자기 다시 다가오자 아루가 그를 살피지 않은 척 황급히 눈동자를 벽 한가운데로 고정시켰다.

무천은 새침하게 움직이는 긴 속눈썹을 보며 웃음을 베어 물 수밖에 없었다.

"돌아앉아 보아라."

아루의 얼굴에 이젠 짜증의 빛이 어렸다.

"괴롭히지 않는다 했잖느냐?"

그도 짐짓 건조한 얼굴을 한 채 딱딱하게 말했다.

"내가 너를 누이처럼 생각한다 해서 다른 이들도 우리를 그리 생각할까? 남녀가 한 방에 있는데 과연 주막 안의 사람들이 어찌 볼지 생각 안 해본 것이냐?"

아루가 망설이다 천천히 그의 얼굴을 향해 고개를 돌리자 무천이 무심한 어조로 몇 마디를 더 보탰다.

"순전히 이번 일을 위해서다. 널 데리고 온 연유도 지어미가 있는 사내처럼 보여 내 신분을 위장하기 위함이었어."

그리 말하더니 이번엔 그가 돌돌 말려진 비단천을 짜증스럽게 풀어헤쳤다.

되레 그가 화를 내자 이번에는 아루가 오히려 그의 눈치를 보게 되었다. 슬금슬금 그의 얼굴을 살피는데 그가 무언가를 꺼내어 치마에 툭 던졌다.

아루가 고개를 내렸다. 그것은 비녀였다. 이곳을 올 때 들렀던 노리개상점, 거기서 보았던 그 온풍의 비녀.

그녀의 눈이 커지는데 무천이 차가운 눈으로 얼굴을 응시해왔다.

"뒤로 돌아라."

"하, 하지만……."

"잔말 말고 뒤로 돌아라. 시간 없단 말이다."

아루는 그만 이것이 무슨 상황인가 싶어 몸을 돌렸다. 참빗으로 머리가 빗기는 느낌이 나고 이윽고 긴 머릿단이 돌돌 말리는가 싶더니 차가운 무언가가 뒷머리를 스쳤다.

그것을 만지려던 아루가 기분이 이상해 그만 손을 내렸다.

그가 그런 아루를 바짝 돌려세우고는 눈을 마주보는데 그녀가 어쩔 줄 몰라 한다. 시선을 떨어뜨린 아루에게 무천이 청동거울 하나를 내밀었다.

마지못해 그것을 들어 올려 면경에 비친 모습을 바라보는데 그녀가 보기에도 자신이 정말 시집간 새색시같이 보였다. 어색해하며 거울을 내려놓는데 문득 사내의 시선이 느껴져 아루가 고개를 들었다.

태자가 흐뭇하게 웃으며 그녀를 바라보다 황급히 미소를 지우며 고개를 돌렸다.

저도 모르게 그 모습을 유심히 살피던 아루가 밖에서 그를 불러오는 소리에 문으로 시선을 비켰다.

"주인나리, 서두르셔야 질이 좋은 물건을 볼 수 있을 듯합니다."

바깥소리에 무천이 흠흠 헛기침을 하더니 아루를 물끄러미 바라보며 입을 열었다.

"거짓이 아니다. 볼 수 있을 때 지금 실컷 보아라."

태자의 말이 뿜어내는 진지함에 시간이 멈춘 듯 아루는 눈도 깜빡이지 못했다.

그가 만족한 듯 웃음을 씩 흘리더니 일어나 시렁 위의 보자기를 집어 아루에게로 내밀었다.

"무어라 하지 않으니 보고 싶으면 안에 있는 서책 얼마든지 풀어서 보란 말이다."

그 말에 아루가 계면쩍어 그의 눈을 피하며 말없이 보자기의 매듭을 만지작거렸다. 그런 그녀를 한동안 바라보던 무천이 이윽고 몸을 돌렸다.

"갔다 오마."

문을 열고 나가 토방의 신으로 다리를 뻗는데 그의 시선 끝에 순간 방 안 틈을 기웃거리는 사내들의 모습이 들어왔다. 툇마루에 앉아 있던 무천이 방 안으로 고개를 돌렸다.

아루는 이 순간이 영 어색하고 불편해 치맛자락 위의 맞잡은 손에 연신 힘을 주었다. 태자가 말에 짐을 실으며 떠날 채비를 하고 있었다. 헌데 거기에 자신은 지아비를 배웅하는 지어미의 꼴이 되었으니. 어디 그뿐인가? 혼인한 아녀자처럼 올림머리를 하고 나왔더니 느낌인지 모르겠으나 사내들 사이에 이상한 기운이 도는 것만 같다.

무천의 친우들 가운데 능글맞은 성격의 감배수는 물론이거니와 그녀를 땅에 메다꽂았던 군목정까지도 아루에게서 시선을 떼지 못했다. 그들은 여인이 무천의 마음속에서 차지하고 있는 위치를 가늠하느라 정신이 없어 보였다.

마호만이 태연함을 유지하고 있었는데 그는 이미 무천의 여인을 마음으로 받아들인 상태인지라 한술 더 떠 아루에게 짓궂은 시선을 보내기까지 했다. 어차피 언제고 끝날 인연이 아니겠는가. 상황이 어지러우니 여색을 가까이하는 것도 무천에게는 잠시 긴장을 풀 수 있는 방법이겠지, 그것이 그의 생각이었다.

마호의 묘한 눈빛을 참지 못하고 결국 아루가 짜증스레 인상을 쓰며 그를 노려보았다. 점잖은 사내라 생각했는데 어찌 이리 사람 부끄러워지는 웃음을 실실 흘려대는가.

“왜 사람 앞에 두고 웃는 것이야?”

그에 마호가 눈을 반짝이며 아루를 향해 얼굴을 바짝 드밀었다.

"아씨, 아니, 마님, 밤새 강녕하시었는지요?"

그리도 나에게 데면데면하게 굴던 그 사내가 정녕 맞단 말인가? 저 능글맞은 웃음이란? 아루가 미간을 확 찌푸리는데 마호가 그 표정을 보고 짐짓 놀란 척 입을 벌리다 또다시 짓궂은 웃음을 흘리었다.

"얼굴빛이 하루 새에 더 고와지셨습니다. 뭐 좋은 일이라도 밤새 있으셨는지요?"

그러더니 주막 안이 떠나가라 태자를 불렀다.

"휘랑! 어제 술자리도 마다하고 대체 방에서 뭘 한 게야?"

여장을 꾸리느라 잠시 그들에게서 시선을 뗐던 무천이 들려오는 마호의 물음에 역시나 장난기를 머금은 채로 고개를 돌렸다. 그러나 그의 얼굴이 순간 싸늘하게 식어버렸다. 아루가 마호의 팔을 잡더니 자그만 주먹으로 내려치고 있었던 것이다.

아야, 아야 하며 엄살을 부리는 마호와 씩씩대는 그녀, 낄낄 웃음을 흘리며 그들을 바라보는 친우들, 거기다 주막 안 사람들의 행태까지, 왜 이리 심기를 상하게 하는 것인가.

무천의 얼굴이 삽시간에 구겨졌다.

"놀리는 걸 멈추지 않으면 가만두지 않을 네다."

"가만두지 않으면 어쩔 건데요, 마님?"

그녀에게 팔뚝 하나를 내주었던 마호가 대뜸 그녀의 얼굴로 고개를 내밀자 무천의 걸음이 빨라졌다. 그가 아루에게로 다가가 가녀린 팔을 잡아 자신에게로 끌어당겼다.

"아루!"

마호와 티격태격하던 아루가 돌연 의아한 눈으로 그를 올려다보았다. 순진한 여인의 얼굴빛을 보는 순간 자신이 너무 흥분했다는 것을 깨달았지만 마호에게로 시선을 돌리자 갑자기 화가 치밀어오는 것을 어쩌지 못했다. 언제 이리 친해졌단 말인가? 어제 이곳을 비우던 그때……?

친우의 살벌한 눈빛에 마호에게서도 서서히 웃음기가 걷히고 있었다.

"내, 내가 왜 따라가야 하는지……."

아루가 억울한 얼굴로 말에 오르며 태자를 쳐다보았지만 그의 얼굴빛이 너무도 사나워 말을 채 끝맺을 수도 없었다. 결국 홀로 말 등에 앉아 고개를 처박고 한숨을 폭 내쉴 수밖에 없었다.

하루에 열두 번도 더 변하는 듯한 태자의 기분을 이젠 잠행에 따라가면서까지 참아내야 하다니.

슬쩍 고개를 돌리니 그가 사내들을 향해 무언가를 조용히 지시하고 있었다. 얄미운 마음이 샘솟아 아루가 휙 얼굴을 바로 했다. 그가 말을 타러 다가왔을 때 얼마나 화가 났는지를 보여주려 부러 눈에 힘을 주고 허공을 쏘아보는데…….

그녀의 머릿속에 무언가가 스치고 지나갔다. 천천히 고개를 내려 앞을 응시하자 가라한 것들 천지였던 궐 풍경이 아닌, 무언가 확 트인 공간이 눈앞에 펼쳐져 있었다.

저도 모르게 손이 고삐를 쥐었다.

"이랴!"

무천이 뒤를 돌아보았다. 펄럭이는 여인의 치맛자락이 그의 시야에 넘실거렸다. 번개에 맞은 듯 그가 굳은 채로 서서 말을 타고 떠나는 여인의 모습을 넋 놓고 바라보았다. 붉은 댕기머리와 연보랏빛 저고리의 그 소녀가 그의 눈에 선연히 펼쳐지며 코끝에 창포향이 맴돌았다. 분명 말을 타고 가는 여인은 비녀를 꽂은 올림머리에 저고리의 빛깔 또한 청록이라 그때의 소녀와는 판연히 다른데 무천은 정신을 놓고 그녀에게서 소녀의 모습을 보고 있었던 것이다.

그녀를 태운 말이 이윽고 동구洞口 밖을 향해 사라져 갔다. 번뜩 정신이 든 무천이 그제야 황급히 몇 발자국 내달리며 손가락을 입에 물어 휘익, 거센 바람 소리를 냈다.

히이이이잉.

달리던 말이 갑자기 앞발을 쳐들고 멈추어 서자 놀란 아루가 말 등에 바짝 엎드렸다. 낙마할까 두려워 벌벌 떠는데 말이 제 맘대로 방향을 틀더니 왔던 길을 다시 되돌아가는 것이 아닌가. 그제야 정신이 든 아루가 고삐를 쥐고는 말머리를 돌리려 했지만 검은 갈기를 사방으로 휘날리며 내달리는 이놈의 힘이 보통이 아니었다.

다그닥다그닥!

흔들리는 시야 속에서도 아루는 확연히 느껴지는 사내의 거센 분노에 그만 눈을 질끈 감아버렸다.

푸르르르르!

마호는 무천의 애마가 주인 앞에 와 서며 제 나름 죄스러운 듯 머리를 터는 것을 지켜보았다. 저 충직한 가라말이 친우인 무천 외에 다른 사람을 태우고 저리 달릴 수 있다는 것을 처음 본 친우들은 놀라움에 입을 벌린 채로 여인을 바라볼 수밖에 없었다. 그녀는 눈을 꼭 감은 채로 다각거리는 말의 움직임에 몸을 싣고 있었다.

무천이 움직였다.

"꺅!"

그의 어깨 아래에서 풍성한 쪽빛 치마가 부풀었다 꺼지는 것을 사내들이 지켜보았다. 여인의 볼기짝을 내리치려던 주군은 결정적인 순간에 힘을 풀어 치맛자락에 가벼이 손을 얹고는 그녀를 들쳐 멘 채로 방으로 성큼성큼 향해 버렸다.

사내들의 고개도 따라 이동했다.

"행상行商은 다음으로 미룬다!"

주막의 사람들이 모두 나와 겁에 질려 하는 여인을 데리고 방 안으로 들어서는 무천을 그렇게 바라보고 있었다. 그중 부뚜막의 여인들이 마당으로 슬금슬금 나오더니 기가 막힌 듯 혀를 차며 고개를 절레절레 흔들었다.

"오누이 좋아하시네."

주춤주춤 뒤로 물러서던 아루가 손끝에 딱딱한 벽이 닿아오자 파랗게 질린 얼굴로 고개를 번쩍 들었다. 사내가 무서운 기세로 그녀를 내려다보고 있었다.

"네, 두 번째다. 도망치려 한 것이."

태자의 눈에 떠오른 것을 아루는 쉽게 읽어낼 수 있었다. 그녀가 무언가 말을 하려고 입을 열었지만 소리가 나오지 않아 입술만 달싹거릴 뿐이었다. 그가 천천히 다가오자 아루가 고개를 절레절레 내젓다 눈을 질끈 감아버렸다.

정적이 흘렀다.

슬며시 눈을 뜨자 족건에 감싸인 사내의 발이 보였다. 그녀가 고개를 천천히 위로 들어 올리는데, 느낌인 걸까? 어딘지 모르게 마음을 저미어 오는 아련한 느낌은. 마치 저 가라앉은 검은 눈동자가 5년 전 그녀의 손목을 움켜쥐고 마음을 보아달라 요구하는 듯했던 바로 그 소년의 눈빛과 닮아 있다면 이번에도 역시 착각인 걸까?

허공에서 두 사람의 시선이 얽혀들었다.

이윽고 아루가 눈을 한 차례 깜빡였다. 그리고 한 번 더 조심스레 사내의 눈을 살피며 깜빡 눈꺼풀을 감았다 올리는데 태자가 돌아서더니 바닥의 보자기를 주워 들어 그녀를 향해 던졌다.

"쳐다보지 마라! 그 낯, 참으로 꼴도 보기 싫구나. 심심하거든

책이나 보거라!"

아루는 벽에 기대 서책을 들여다보는 척했다. 하지만 도저히 집중을 할 수가 없었다. 무릎에 팔을 얹고 화를 가라앉히려 노력하는 사내의 모습은 그녀의 마음을 이상하게도 불편하게 했다.

그러던 것이 시간이 지나자 아루는 슬슬 화가 나기 시작했다. 제까짓 게 무어라고 나를 이리 가시방석으로 몰아간단 말이야?

털썩!

화가 난 아루가 경망스럽게 바닥에 드러누우며 말괄량이처럼 서책을 바닥에 내려놓고 팔을 괴었다. 다 읽은 장은 요란하게 종이를 넘겨 있는 대로 성질을 내자 신기하게도 점차 화가 사라지며 서서히 책에 빠져들 수 있었다.

그런 아루를 내려다보며 무천은 입가에 번지는 웃음에 스스로도 어이가 없어졌다. 잠시 고개를 들어 올려 천장을 바라보던 그가 다시 고개를 내렸다.

'여난아루, 너를 어찌해야 한단 말이냐.'

"재미있는 모양이구나."

태자의 말에 아루가 그를 쳐다보지도 않은 채 목소리에 잔뜩 반항기를 담아 귀찮다는 듯 말했다.

"그렇지 않다. 형편없구나!"

이 순간 어떤 방식으로든 한껏 지지 않으려 하는 아루가 귀여운 아이 같다고 생각하며 무천은 나오는 웃음을 꾹 참았다. 그리고는 다시 물었다.

"뭐가 그리 형편없는데?"

묻는 말에 대답도 않고 책에 빠져 있는 아루를 보며 무천이 되레 조급해져 대답을 재촉했다.

"말해보아라. 뭐가 형편이 없는데?"

그에 아루에게서 그제야 맑은 음성이 흘러나왔다.

"논리가 있어야 할 율법 체계가 어디는 중복되어 있고 그런 가운데 서로 내용이 맞지 않으니 귀에 걸면 귀걸이, 코에 걸면 코걸이, 한마디로 이현령비현령耳懸鈴鼻懸鈴이다."

너무도 태연한 대답이었다.

순간 할 말을 잃고 그는 아루를 쳐다보았다. 그저 자신에게 지고 싶지 않은 마음에 서책의 내용이 형편없노라, 객기를 부린 거라 생각했는데 동그란 이마가 이 순간 왜 이리 총명해 보이는 것인가.

"말해볼 수 있느냐?"

책에 빠진 터라 다시 한 박자 느린 대답이 그녀에게서 흘러나왔다.

"……무얼 말이냐?"

무천은 어이가 없어져 소리 없이 웃음을 흘리다 그녀를 향해 재차 요구했다.

"어디가 어떻게 잘못되었는지 말이다."

그러자 아루가 그제야 고개를 살며시 돌리더니 씩 웃었다. 마치 비웃는 듯한 그 웃음에 무천의 눈이 커다래졌다.

"어디가 잘못되었다니. 본디 율법이란 하나의 판결 내용이 쌓여 그것이 나라의 근간이 되는 커다란 논리체계가 아니냐. 헌데 그 체계를 구성하는 기능들이 짜임새 있게 엮이지 않고 있단 말이다. 분명 드러내고자 하는 뜻은 동일한데 저마다의 논리가 곳곳에 다르게 숨겨져 있으니 내 말은 일단은 법률 개개의 내용, 그 옳고 그름을 따지기 전에 얼개부터 찾아 풀어 헤쳐야 한다는 것이다. 그러니 무엇이 잘못되었다고 말을 한다는 것은 어불성설語不成說이 아닌가 싶다."

이 방대한 양의, 그것도 이해하기 어려운 내용들을 여인은 분명 머릿속에 나름의 체계까지 만들어가며 읽어 내려간 것이 분명했다.

"더, 더 자세히 말해……. 아니, 여난아루, 나와 잠시 대화를 해보자꾸나."

그리 말하며 무천이 아루를 바라보는데 책을 보던 그녀가 미간을 찌푸리더니 퉁명스레 말했다.

"내가 왜?"

그를 향해 치켜올렸던 예의 그 긴 속눈썹이 새침하게 도로 내리 감기는 모습을 보고 있자니 여인에게 감탄했던 무천의 마음이 서서히 다른 것들로 옮겨가기 시작했다. 그의 입가에 이내 사내기운을 머금은 미소가 들어찼다.

눈에 들어온 여인의 자태는 단순히 곱다는 말로는 부족한 무언가가 있었다. 서책을 보느라 들어 올린 가녀린 어깨, 활처럼 휘어지듯 내려오는 허리까지의 선, 이어지는 동그란 곡선.

무천이 침을 삼켰다. 그의 눈동자가 자신을 훑어 내리고 있다는 것을 꿈에도 모르고 그녀는 책에 빠져 있었다.

갑자기 그의 눈이 거칠게 번쩍였다. 휙 시선을 올려 얄미운 계집의 얼굴을 쏘아보던 무천이 번쩍 벽에서 등을 뗐다.

그녀에게 다가가 바짝 몸을 숙이자 아니나 다를까, 찬 기운을 뿜어대던 요 얄미운 것이 대번에 몸을 굳힌다. 그것이 더 미워 무천이 얼굴을 숙여 여인의 뺨을 찾았다. 그리고는 놀라 내빼는 머리통을 붙잡아 고정시킨 뒤 입술로 그녀의 얼굴을 더듬어 내렸다.

자신을 내리누른 자세로 있는 사내 때문에 아루는 몸을 들어 올릴 수도, 그렇다고 바닥에 아주 엎드릴 수도 없는 기묘한 상황을 맞게 되었다. 다급해진 그녀가 더듬거리며 말을 토해냈다.

"왜, 왜 이러느냐? 아까 전 분명 나를 누이라……."

그녀의 몸이 그에 의해 확 돌려지더니 한순간에 사내와 마주한 자세가 되었다. 놀란 눈동자가 가까이 있는 태자의 얼굴에 꽂혔다.

그의 눈이 몹시 어두웠다.

"네가 진짜 내 누이는 아니지 않느냐?"

목소리 또한 몹시 가라앉아 있었다. 그 말과 함께 사내의 입술이 내려왔고 방 안에는 금세 입술을 빠는 민망한 소리가 들리게 되었다.

태자의 등을 부여잡은 아루의 주먹손이 뼈마디가 하얗게 도드라질 정도로 힘이 들어갔지만 그에게는 미미한 영향만 미치는 듯 사내의 혀가 점차 안으로 밀려 들어왔다.

무천은 사정없이 여린 것을 빨고 쓸며 강하게 옭아맸다. 조금의 반항도 허락지 않겠다는 듯 그는 아루의 머리를 잡은 팔에서도 힘을 풀지 않았다.

결국 그녀도 지쳐 가고 있었다. 헌데 힘이 빠져 반항을 멈출 무렵, 그리도 싫던 사내의 혓바닥이 거센 움직임을 바꿔 부드럽게 핥기 시작하자 이상하게도 가슴이 울렁거리는 게 어떻게 해서든 그를 떼어내려던 손에서 스르르 힘이 빠져나가 버렸다.

숨이 몹시도 가쁘고 대체 어떻게 이 상황을 견뎌야 하는지 모르겠는데 목 언저리에 놓여 있던 손이 천천히 피부를 쓸어내리자 한술 더 떠 이제는 그것이 너무도 다정하게 느껴질 정도였다. 아루가 풀려 버린 눈을 멍하니 깜빡이는데 마치 그녀에게 잠시 호흡할 시간을 주겠다는 듯 태자가 잠시 입술을 뗐다.

"하아, 하아……."

숨을 몰아쉬며 몽롱한 눈으로 그를 바라보는데 그녀의 눈동자를 쏘아보는 태자의 눈이 무척이나 어둡고 사납다. 정말 이 거칠어 보이는 사내에게서 다정함을 느낀 것이 맞나. 그리 생각할 때 그의 손이 저고리의 앞섶을 헤치기 시작했다.

아무런 영향도 주지 못할 이 상황 속에서, 아루가 그러지 마라 천천히 고개를 내젓는데 밖에서 행인지 불행인지 모를 음성 하나가 날아들었다.

"휘랑! 술상 봐두었으니 건너와라! 응?"

잠시 굳어지는 듯했으나 그가 문을 향해 얼른 입을 열었다.

"되어……."

잔뜩 가라앉은 목소리가 입 밖으로 새어 나온 것이 마음에 들지 않았는지 그가 다시 침을 삼켜 목소리를 가다듬고는 말했다.

"되었으니 너희들끼리 마셔라!"

그리고는 그가 다시 손을 움직였고 결국 청록 저고리가 헤쳐지며 아루의 뽀얀 속살이 드러났다.

그때 다시 밖에서 외침이 있었다.

"행상길과 관련해 긴히 할 말이 있다. 중요한 일이니 나와보아라."

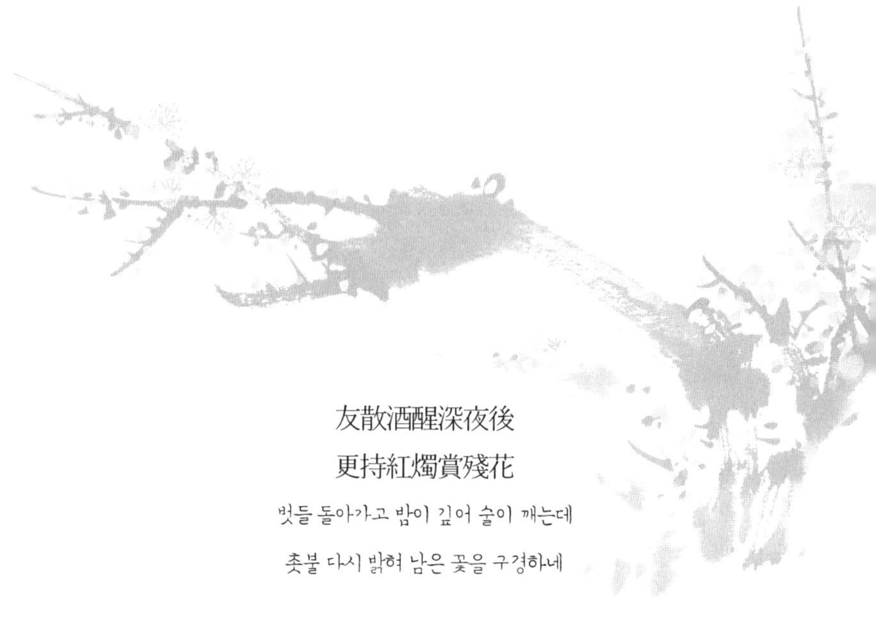

友散酒醒深夜後
更持紅燭賞殘花

벗들 돌아가고 밤이 깊어 술이 깨는데

촛불 다시 밝혀 남은 꽃을 구경하네

젖은 빨래가 겨울 햇살 아래 하얗게 빛났다. 밤새 잠을 제대로 이루지 못해 그것을 바라보는 아루의 눈은 더 시렸다.

손목을 걷어붙인 그녀가 새물내 물씬 풍기는 속곳을 주막마당의 빨랫줄에 펼쳐 널고 있었다. 망설이고 망설였지만 태자가 있는 방 안에 속곳을 널어놓는다는 것은 더욱이 안 될 말이었다.

가만 보니 사내들이 많이 드나드는 곳임에도 다른 여인들은 보란 듯 더한 속곳도 빨랫줄에 널었으니 단속곳 정도야 괜찮을 듯싶었다. 몸 안 은밀한 곳이야 야밤에 몰래 나와 찬 기운을 맞아가며 씻는다 해도 한겨울 밤공기에 젖은 빨래가 마를 리 만무한 것이었다. 그 때문에 한동안 아루의 고민은 깊어만 갔고 그에 따라 빨랫감도 쌓여만 갔다. 결국 그녀는 다리속곳은 잘 때 이불 아래 깔거나 품고 자는 것으로 해결했고 단속곳은 다른 여인들처럼 마당의 빨랫줄에 널기로 했다.

헌데 그러고 있자니 이곳에서 일하는 저 여인들이 왜 이리 얄미워지는가. 부엌의 가마솥에 잠시만 빨래를 올려놓겠다, 그리 사정을 했건만 면전에서 문짝을 닫아버리는 것이 아루는 찬바람만 얼굴에 듬뿍 맞고는 그만 발길을 돌릴 수밖에 없었다.

'싸가지 서 푼어치도 없는 저 여시들.'

아루가 빨래를 널다 말고 입술을 삐죽 내밀며 무천 곁에서 호호 웃음을 날리는 그네들을 흘겨보았다. 연홍인가 끝순인가 했던 계집은 아궁이에서 일을 하다 왔는지 재가 잔뜩 묻은 당그래를 한 손에 쥐고도 귓바퀴로 머리칼을 넘겨가며 새침을 떤다. 헌데 저 투박한 것이 궐에서 보았던 어느 귀한 여인들의 노리개보다도 더 요염한 빛을 띠니 참으로 이상할 노릇이었다.

한숨을 쉬던 아루가 고개를 숙여 품 안의 빨래를 주섬주섬 꺼내다 입술을 질끈 깨물었다. 여인들과 희롱에 빠진 저 사내가 정녕 어젯밤 나에게 그리 뜨겁게 고백을 해오던 그자가 맞단 말인가. 그녀의 눈에 희미한 서운함이 서렸다.

문득 어젯밤의 그 가슴 떨리던 순간들이 거대한 파도가 되어 또다시 머릿속을 섬렁해 왔다.

웃고 떠드는 사내들의 소리가 그야말로 질펀한 밤이었다. 수 시간째 이어진 소음에 아루가 이불을 머리 위까지 확 덮어썼다. 하지만 한 번 잠 때를 놓쳐서인지 자꾸만 헛생각이 머릿속을 파고든다.

저 수많은 사내들의 목소리 중, 태자의 것은 어느 것일까. 약간 낮고 굵으면서 부드러운 것이니 저자의 것도 아니고 저자도 아니고 지금 이자도 아니겠구나. 분명 그런 음색이라는 것은 알겠는데 어쩐지 도통 찾을 수가 없는 것이 진정 내가 태자의 목소리를 기억하고 있……. 어! 여인이 섞이었나 보다. 간드러진 목소리가 간간이 들리는 것을 보니. 그러하면, 그도 여인들과 말을 섞고 있을까. 아니, 자리가 파하면 말뿐이 아닌 다른 것도…….

아루가 이불을 확 걷었다. 찬 공기가 입안으로 밀려들자 살 것만 같았다. 그녀가 마음을 괴롭히는 사념思念마저 몰아내려는 듯 고개를 힘껏 내저었다. 그리고는 자세를 바꿔 잠을 청하려다 문득 올라오는 생각에 몸을 일으켰다.

늦은 아침, 그러니까 태자와 한참 저간의 일이 있을 때 문밖에서 마호란 자가 그를 불렀더랬다. 그렇게 나간 뒤로 그는 여직 방에 들어오지 않고 있었다.

그녀가 고개를 돌려 호롱불을 응시했다. 다음 사람 들어왔을 적에 방 안이 어두우면 헤매게 될 거란 생각에 단지 한 방 쓰게 된 예우禮遇다 싶어 끄지 못하고 저리 켜놓은 것인데…….

“구차하다. 구차해, 여난아루.”

아루가 이불을 완전히 걷고 무릎걸음으로 다가가 호 하며 바람을 불었다.

사위가 금세 어두워졌다. 그녀가 다시 이불 안으로 들어와 몸을 뉘었다. 또다시 가늠하기 힘든 시간이 흐르고 있었다.

사락사락, 후, 사락사락, 후우.

정말로 때를 놓친 것인지 그 밤 아루는 이불 속에 누워 내내 뒤척이다 간혹 한숨을 내뱉는 일을 그렇게 반복했더랬다.

얼마나 지났을까. 어느덧 옆방의 소란스러움도 가라앉아 있었다. 두런두런한 말소리가 들려오곤 했었는데 그마저도 사라지고 없는 너무도 고요한 밤이었다.

끼이이익.

나무문이 열리는 소리에 자세를 바꾸려던 아루가 황급히 벽쪽으로 몸을 돌리며 눈을 질끈 감았다. 문 닫히는 소리가 들렸고 이어 방바닥을 울리는 사내의 둔탁한 걸음 소리가 이어졌다.

헌데, 분명 그 다음 소리가 왜 들리지 않는 것인가. 호롱을 켜는 소리도, 옷 벗는 소리도, 도포를 횃대로 가져가는 소리도, 벽장에서 이불을 꺼내는 소리도, 무엇도 없다!

아루의 심장이 뛰었다. 그녀가 그렇게도 긴장할 수밖에 없었던 이유는 바로 지척에서 달큼한 술냄새가 풍겨오고 있었기 때문이었다.

너무나 힘을 주었던지 감고 있던 눈가가 파르르 떨려올 그 무렵, 결국 견디지 못한 아루가 천천히 눈을 떴다.

"흡!"

놀란 숨을 이미 들켜 버렸는데도 아루가 뒤늦게 황급히 제 입을 틀어막았다. 하지만 커다랗게 뜨인 눈은 어쩌질 못했다.

창호지문 사이로 들어오는 달빛을 받아 벽에 태자의 그림자가 아루와 마주하고 있었다. 그는 그러니까 그녀 바로 곁에 앉아 있었던 것이다. 눈앞에는 커다란 사내의 그림자가 놓여 있고 등 뒤에는 그 주인인 진짜 사내가 앉아 있는 형국. 아루는 무천이란 사내에게 그렇게 오도 가도 못하게 붙잡힌 채로 터져 버릴 듯 뛰는 가슴을 어떻게 해서든 진정시키려 애를 써보았다.

깊이 침잠해 버린 겨울밤, 사내가 만들어내는 그 가라앉은 공기를 깨뜨린 것은 뜻밖에도 바로 그 사내였다.

"너를 안고 싶다. 마음이…… 그러하다."

그에게서 흘러나온 그 말은 침묵보다도 더 가라앉아 있었다. 그리고 뜨거웠다.

또다시 정적이 흐르는데 아루가 결국 심장을 쪼개놓는 그 초조함을 이겨내지 못하고 입을 열었다.

"무, 무슨 소리를 하는 것이냐!"

퉁명스런 그 말을 듣지 못한 것처럼 그가 손을 뻗어 아루의 목 근처 이불 끝에 손을 대었다. 사내에게서 뿜어져 나오는 그 뜨거운 기운을 느끼자마자 아루가 그것을 확 쳐내며 벌떡 일어났다.

"무슨 짓이냐?"

노려보았지만 달빛을 등진 터라 그의 얼굴이 너무도 어두워 무엇도 보이지 않았다.

하지만 그녀의 얼굴은 달빛을 한껏 받아 눈부시도록 찬연히 빛나고 있었다. 정작 그녀는 그것을 몰랐지만. 결과적으로 그가 어떤 눈으로 그녀를 응시하고 있는지, 그 눈의 애절함이 얼마인지, 결국 이 밤이 어떻게 흐르게 될지 아루는 그 또한 알지 못했다.

그가 천천히 입을 열었다.

"궐에 돌아가면…… 너를 곁에 두고, 많이…… 아껴줄 것이다."

의미를 곱씹듯, 한 음 한 음 끊어 말하는 그를 아루가 멍하니 바라보았던 듯하다. 그러던 것이 이불을 꼭 쥔 가녀린 손에서 힘이 빠져나가며 그녀의 얼굴이 분노로 물들어갔다. 수치스러웠던 것이다. 기껏해야 노비 신분으로 그의 노리개밖에 더 되겠는가. 입는 거, 먹는 거, 자는 거, 그런 것들이 나아질지는 몰라도 그리 살 수는 없었다. 그렇게 살기 싫었다. 헌데 그것을 태연히 말하는 사내가 너무도 미웠다.

"맘대로 나를 어찌 할 수 있다고 생각한다면 오산이다. 설령 내 몸을 가진다 해도 이 또한 알아두어라. 경멸도 함께 얻게 될 것이니."

잠시 뒤 그의 말이 이어졌다.

"나를…… 받아줄 여지가, 진정으로…… 조금도 없는 것이냐?"

입술을 지그시 깨물며 아루가 매몰차게 내뱉었다.

"다른 이는 몰라도 너라서 안 된다. 노비년의 발악이라 생각할지 모르나 진정이다."

묘한 슬픔이 방 안에 깔린 것만 같다고 느낄 때 정말이지 바람처럼 빠르게 다가온 그가 그녀의 머리채를 쥐었다.

"헉!"

내내 어둠에 가려 있어 보지 못했던 태자의 얼굴을 아루는 그의 손에 붙잡힌 채로 올려다보게 되었다. 마주한 얼굴을 통해 선연히 드러난 그 표정은 기묘했다. 슬프다고, 어쩐지 마음 아파하는 것만 같다고 느껴지는데도 그는 웃고 있었다. 그 비틀린 미소가 악몽 같았던 그때의 밤처럼 잔혹해 보여 아루가 몸을 떨었다.

"좋다. 건드리지 않으마."

분명 그가 그리 말했건만 아루는 기이한 경험을 하고 있었다. 눈빛을 섞는데도 한쪽이 일방적으로 다른 한쪽을 범한다는 것이 진정 가능한 것인가. 날카로운 작살에 찔린 것처럼 태자의 검은 눈에 붙잡혀 있던 아루는 차마 그의 손을 뿌리칠 용기는 내지 못하고 그만 질끈 눈을 감아버렸다.

"눈 떠."

낮은 음성이었으나 도저히 거역할 수 없는 무게가 실린 말이었다. 그에 아루의 눈꺼풀이 부르르 떨리며 천천히 올라갔다.

그의 검은 눈이 그녀의 눈을 느릿하지만 깊게 가져 나가는 동안 아루는 망연자실하게 그의 눈을 마주하고 있을 수밖에 없었다. 눈을 깜빡여 자꾸만 숨으려 할 때마다 그녀의 머리채를 쥔 태자의 손에 힘이 실렸고 결국 그녀는 내내 그의 눈에 포획되어 붙잡혀 있어야만 했다. 급기야 흔들리던 눈동자 사이로 연한 물기를 몽글몽글 뿜어냈을 때에야 그의 손에서 힘이 풀렸다.

그것이 어제의 그 깊은 밤에 있었던 일이었다.

무천의 친우들이 어딘지 뾰로통해 보이는 아루를 지켜보고 있었다. 여인을 건드리고 싶어 몸이 근질거리는지 감배수가 한 발을 떼자 마호가 그의 가슴팍을 얼른 막아 세웠다. 그리고는 설핏 웃음을 깨물며 본인이 직접 그녀에게로 다가갔다.

아루는 무천과 그의 곁에 모인 여인들을 내내 응시하고 있었는데 어느 순간 갑자기 시선을 거두더니 품 안에서 거칠게 빨래를 빼들었다. 그러더니만 별것 아닌 속곳 너는데도 사람들에게 자신의 귀한 태생 알리기라도 하려는 듯 엄청 조심하던 그녀가 갑자기 손에 힘을 주어 허공에 대고 탁탁 털며 빨래를 널기 시작했다.

결국 빙그레 웃음을 흘리며 마호가 그런 아루의 앞에 가 섰다.

"무에 화가 난 일이라도 있으십니까?"

고운 얼굴이 드러난 이후로 그녀는 무심한 얼굴로 모두를 힐긋 바라보곤 했는데 마호는 그것이 사람들을 경계하는 그녀의 방법이라는 것을 알았다. 사내에게는 더욱이 그러했으니 지금 그에게로 향한 시선에도 예외는 없었다. 그뿐인가? 자주 그랬듯 이번에도 말조차 꿀꺽 먹어버렸으니. 그러나 마호는 전혀 기분 상하지 않은 듯 콧노래까지 낮게 흥얼거리며 아루가 넌 옷가지들을 천천히 훑어나갔다.

"뭐, 뭐야?"

놀란 아루가 두 팔을 활짝 펼치며 깨금발을 들어 그의 시야를 가리려 애쓰자 마호가 비죽이 나오는 웃음을 슬그머니 삼키며 고개를 이리저리 빼들었다.

"거 좀 얼마나 예쁜가 봅시다!"

"이, 이……."

"싸가지 서 푼어치도 없는 놈."

아루의 다음 말을 그렇게 낚아채며 마호가 태연히 여인을 놀려먹었다. 그러자 씩씩거리던 그녀가 서서히 얼굴을 물들이기 시작한다. 붉은 기운을 머금고서 자신을 노려보는 여인이 어찌 이리 귀여운가. 단순히 꽃 같은 얼굴 때문이 아니어도 왜 친우가 평소답지 않게 계집들과 희롱질까지 벌이며 이 여인의 관심을 끌고자 하는 것인지 마호는 이해가 되었다.

"이상도 하지 않겠어요? 분명 들어올 땐 댕기머리였는데 그새 비녀를 꽂고 있으니 혹시 계집 보쌈이라도 하신 것인가?"

"댕기머리는 아니었고 사내 도포자락을 뒤집어쓰고 있었지, 아마? 그래도 그걸 벗고 나왔을 때는 분명 머리를 하나로 묶고 있었어. 지금처럼 쪽진머리가 아니었다고."

다른 여인이 말을 보탰다. 동무를 힐끔 보던 시선을 거두고는 끝순이가 앙탈부리듯 입술을 삐죽이 내밀었다. 그리고는 새치름한 눈을 하고서 무천을 다시 바라보았다. 그는 그저 껄껄 웃기만 하고 있었다.

자신들의 말에 이렇다 할 대답이 없는데도 사내가 웃자 여인들은 그 잘난 얼굴에 홀려 질질 침을 흘렸다. 여시 중의 상여시, 끝순이만이 정신을 번뜩 차리고는 흠흠 헛기침을 한 뒤 다시 입을 열었다.

"무어라 대답을 좀 해보시지요."

그때였다.

"어맛! 저기 좀 봐! 저 두 사람, 요전 날 심상치 않다 싶더니 정분났나 보네."

그와 함께한 여인이 사뭇 다른 느낌의 의미심장한 눈웃음을 그에게로 보내오는 것을 그때까지만 해도 무천은 그저 부심히 받아넘겼더랬다. 끝순이의 말이 이어지기 전까지는.

"휘랑 님 말씀이 참말인가 보네. 저 계집과 오누이 사이가 맞나 보죠? 그게 아니라면 이건 뭐…… 사내 잡는 암캐인가?"

천연덕스럽게 눈알을 굴리는 끝순이에게서 그제야 무천이 황급히 고개를 돌렸다. 마호가 아루를 향해 고개를 내밀며 웃음을 흘리고 있었다. 그뿐인가? 그만이 볼 수 있다 믿었던 아루의 잔뜩 삐진 얼굴이 역시 친우에게로 향해 있었다.

무천의 눈에서 불이 튀었다.

"아랫것들의 분위기가 심상찮다. 우리가 여길 왜 나온 것인데? 여인 하나로 인해 일이 어그러진다는 게 말이 돼?"

무천은 침묵했더랬다. 그러자 흥분한 마호가 재차 말을 이었다.

"첫날은 눈 때문이었다 쳐도 우리들이 친목을 도모하고 여행의 뜻을 다져 나가야 할 때 앞장서서 아랫것들을 휘어잡았어야 할 네가 내내 여인을 끼고서 술자리에조차 나타나질 않다니. 아랫사람들 눈에 대체 어떻게 보일지 무, 아니, 휘랑, 제발 생각을 해보아라. 그들이 궐에 들어가……."

"알았다."

계속되는 친우의 잔소리를 무천은 그렇게 한마디로 일축해버렸다. 그러나 불안한 듯한 마호의 시선은 그에게 따라붙어 내내 떠날 줄을 몰랐다. 그에 무천은 마호의 어깨를 짚으며 나를 믿어라, 그리 웃어 보였었다.

그리고 무천은 그대로 늦은 밤까지 부하들과 술을 마셨다. 그 자리에서 앞으로 잘하겠노라, 모두 앞에서 그리 다짐했었다. 하지만 그렇다고 해서 아루를 소홀히 할 생각도 결코 없었다. 술을 흠뻑 마시며 사내들과 밤을 보낸 뒤 방으로 돌아와 무천은 떨리는 마음으로 아루를 불렀다. 그것이 어젯밤의 일이었다.

그랬는데…….

무천이 성큼성큼 다가가 빨랫줄을 지탱하고 있는 긴 바지랑대를 확 걷어차며 요란하게 그의 등장을 알렸다.

대나무대가 나동그라지며 줄이 오뉴월 더위에 지친 개마냥 축 늘어지자 매달린 빨래들이 소맷단, 바짓단을 흔들어대며 우줄우줄 춤추듯 바닥으로 떨어졌다.

"어어!"

이리저리 땅바닥에 흩어지는 빨래들을 다급하게 주우며 아루가 울상을 지었다. 손이 에이는 그 시린 고통을 참아가며 어떻게 빨아낸 것인데……. 그러나 환하게 웃고 있는 태양빛 아래 녹아버린 눈들로 질척이는 땅바닥은 이미 흰 빨래에 더러운 기운을 잔뜩 묻히고 있었다.

아루가 고개를 번쩍 치켜들었다. 헌데 정말 뻔뻔하게도 저놈 얄미운 태양처럼 태자가 천연덕스럽게 웃고 있는 것이 아닌가. 어찌 이리 미운가!

"뭐 하는 짓이야!"

매섭게 쏘아보는데 씩 웃고 있던 그의 미소가 천천히 걷히더니 정말이지 아루의 성난 표정은 새 발의 피였던 양 북풍한설과도 같은 싸늘한 얼굴이 그녀에게로 머물렀다.

오싹, 아루가 얼어붙었다.

"여기서 빠져나가고 싶으냐?"

낮지만 분명한 어조로 그가 묻고 있었다. 무슨 뜻인지 선뜻 이해가 되질 않아 아루가 멍하니 그를 올려다보았다. 그러자 그가 고개를 숙여 그녀의 귓가로 얼굴을 가져다 댔다. 그에 순간 움찔했지만 귀를 타고 들려오는 말에 그녀는 갑자기 힘이 빠져 어깨를 축 늘어뜨리고 말았다.

그의 말은 이러했다.

"궐이 아닌 다른 곳으로 가고 싶지 않으냐 말이다."

고개를 들어 올려 아루가 멍청히 태자의 얼굴을 응시했다. 그가 다시 씩 웃는데 그 웃음이 너무도 부드럽고 따스해 보였다. 목소리도 다정하기 그지없었다.

"뭐, 나도 부릴 사람은 많다. 굳이 내키지 않은 수족手足까지 데리고 있을 필요가 없다는 생각이 들었거든."

갑자기 마음이 날카로운 무엇으로 찔린 듯 시리게 아파 오는 것을 느끼며 아루는 그저 그를 바라만 볼 수밖에 없었다.

태자가 말했다.

"기회를 주마."

그의 손끝이 가리킨 곳으로 천천히 고개를 돌리자 마구간이 보였다.

"저 말 말이다."

그가 타고 온 덩치 큰 검은 말을 가리키는 것이었다.

"저 말과 함께 널 보내줄 생각이다. 하지만 다루기가 힘드니 당분간은 예서 연습을 해라."

그러더니 그가 더욱 환하게 웃어 보였다.

"어제처럼 그리 내달리기만 해선 안 된다. 네가 말을 잘 다루게 되는 날 노잣돈도 듬뿍 얹어줄 테니……."

"무, 휘랑!"

지금까지의 대화를 엿들었던 듯 곁에 선 마호가 날카롭게 끼어드는데 외려 태자가 그를 매섭게 쏘아보았다. 결국 마호는 입을 다물어야만 했다.

고개를 돌린 무천이 아루의 얼굴을 보며 다시 미소를 지었다. 그러더니 천천히 시선을 내려 그녀의 손에 들린 진흙 묻은 빨래를 보며 말했다.

"그건 미안하게 됐다."

다정한 그 음성을 들으며 아루가 혼란스럽기만 한 머리를 천천히 내저었다.

"아…… 아냐."

왠지 힘이 빠진 목소리였다.

한동안 시선이 얽힌 채로 두 사람이 마주 본 채 서 있었고 겨울치고는 따스하게 풀린 바람이 그들 사이를 지나쳤다.

그때 주막의 싸리문이 열리더니 다급하게 들어서는 말발굽 소리 하나가 있었다. 말 위에서 내려서는 동궁 소속의 사람을 보고는 마호가 아루에게서 시선을 뗄 줄 모르는 무천 곁에 다가가 낮게 읊조렸다.

"사람이 왔다."

그에 무천이 냉정하게 그녀에게서 돌아섰다.

툇마루로 향하는 친우를 향해 마호가 바짝 다가서며 물었다.

"어인 일로 파발꾼이 아닌 것이냐."

"따로 사람을 시켰다."

태연히 말하는 친우는 이미 이 사건을 그보다도 더 꿰뚫어 보고 있는 듯했다.

상인인 양 위장을 하고는 있었으나 주군에게로 다가선 사내는 무사의 기질을 숨기지 못하고 마루에 앉은 무천을 향해 절도 있게 읍하며 두루마리 하나를 내밀었다.

마당 한가운데 멀거니 서서 아루는 그런 태자를 바라보았다. 주막의 일하는 여인들이 한껏 비웃음을 담아 사내에게 버림받은 꼴을 한 그녀를 잠시 아래위로 훑다가 그에게로 조르르 달려갔다.

"어머머, 글을 아셔요?"

두루마리의 끈을 잡아당기던 긴 손가락이 나긋나긋한 여인의 말에 멈춰지는가 싶더니 태자가 고개를 들어 그네들을 향해 눈매를 접어 보였다.

"이리저리 떠도는 장사치라도 글월은 알아야 셈도 하고 거래

문서도 작성할 것 아니오.”

“호호호호.”

뭐가 그리 좋은지 여인들이 까르르 웃어댄다.

아루가 힘없는 얼굴로 그들을 하염없이 바라보는데 태자가 그네들에게서 시선을 떼더니 그녀를 무심히 쳐다보았다. 그 시선에 아루가 멈칫거리다 발을 돌려 우물가로 걸어갔다.

그녀의 하는 양을 무표정하게 지켜보던 무천이 여인들에게로 다시 시선을 돌려 꽃미소를 지어 보였다.

“그럼 이만 소인이 일이 있어서…….”

왁자지껄한 여인들의 인사를 전부 받아주고 난 뒤 무천은 언제 그랬냐는 듯 진지한 얼굴로 서찰을 펼쳐 들었다. 옆에 선 사내가 그런 주군을 향해 입술을 거의 열지 않고 낮게 고했다.

“대산 대씨의 그 가문이 맞았습니다.”

그 말을 새겨들으며 마호가 서신의 내용을 읽는 친우를 곁에서 바라보았다.

잠시 뒤 내용을 다 살폈는지 무천이 두루마리를 차분한 얼굴로 다시 접었다. 그 잠깐의 시간을 기다리지 못해 마호가 무천을 향해 움직이려던 그때 사내가 다시 낮게 읊조렸다.

“아씨께서 해산하시던 날, 그 댁을 드나들었던 의원이 있었답니다.”

그 말에 무천이 턱을 쓰다듬으며 천천히 고개를 끄덕였다.

“연루된 자가 있다니 다행이군. 지금이야 유씨 집안과 척을

졌다지만 훗날 살길을 도모코자 대숙정의 가문이 다시 그 집안과 결탁할지 모른다. 어쨌거나 유 좌평 세력을 가라한에서 제거해 버릴 방도는 이로써 생긴 셈이니."

친우의 말을 듣는 마호의 눈동자는 이미 커질 대로 커져 있었다. 서찰의 내용이 무엇인지 대충 감이 오는데도 정작 그것을 직접 읽어 내린 무천에게서는 전혀 흔들림이 없어 보였다. 선화낭자가 어떤 짓을 저질렀다 해도 이제 눈 하나 깜빡하지 않을 정도로 온풍의 저 여인에게 빠진 것인가.

그리 생각하며 마호가 흔들리는 눈동자를 깜빡이던 때 무천이 일어섰다.

"잠시 예서 기다려라. 안에 들어가 서신 하나를 적어주마. 그에 따라 움직이도록 하고 우리가 이동하는 방향은 그때그때 알려주겠다."

"예."

부하의 대답을 들으며 방으로 향하기 위해 신을 벗으려던 무천이 문득 생각난 듯 살며시 우물가를 바라보았다. 친우를 따라 마호의 시선도 그리로 향했다.

아루가 빨래를 빨다 말고 손이 시린지 붉게 얼은 손을 입가로 가져가고 있었다.

끼이익!

방문 닫히는 소리에 마호가 황급히 고개를 돌리니 이미 무천은 방 안으로 사라진 뒤였다. 그 역시 안으로 들어서고자 부랴

부라 토방 위에 신을 벗었다.

*

여러 날이 지났다.

말 위에 앉아 황색 두건을 쏘아보던 아루가 좀 더 시선을 내려 그것의 주인인 군목정의 무표정한 얼굴과 마주했다. 그리고는 그만 허탈해져 고개를 돌렸다.

저 지긋지긋한 시선이 따라붙은 것이 대체 며칠째인가? 모두들 잠행을 떠나고 없는 가운데 저 사나운 인상의 사내만이 홀로 남아 그녀를 감시하고 있었으니.

그는 태자 곁을 늘 따르던 마호란 자와는 달랐다. 그녀와 엄격히 거리를 두며 사람들이 언제 오냐, 배가 고프니 말 좀 해다오, 하는 물음에도 일체 한마디 대답을 한 적이 없었다. 하긴 언젠가부터 그 마호란 자 역시 나에게 거리를 둔 것은 마찬가지였구나. 그리 생각하며 아루가 고개를 내려 검은 털빛의 말을 쳐다보았다.

'지루하고 지겹구나. 대체 언제란 말이냐?'

왜인지는 모르겠지만 처음엔 마냥 마음이 아릿아릿했더랬다. 아마 홀로 어딘가로 떠난다는 생각에 또다시 시작될 고생길을 은연중에 떠올리며 마음이 그리도 시렸나 보다. 아루는 그런 자신을 향해 노비생활에 젖은 것이냐, 하며 엄히 꾸짖었다.

지난 5년 억울하고 속상한 일들이 있을 때마다 그런 식으로 버텨왔는데 역시 방법이 먹혔음인지 시간이 흐르자 마음이 담담해졌다. 오히려 온풍부곡의 사람들 틈에 섞이어 평생 그들을 돌보다 죽을 수 있게 됐다는 생각에 이제는 오롯이 기쁨만이 남게 되었다.

그 때문인지 말 위에서 보내는 이 시간들이 답답해져 가고 있었다. 어서 빨리 태자에게서 허락이 떨어져 이곳을 벗어났으면 정녕 좋을 것만 같았다.

그나저나 아직 해가 이리 중천인데 언제 온단 말이냐? 아루가 허공에 대고 한숨을 내쉬었다.

태자가 보고 싶은 것은 아니었으나 조용하다 못해 적막감마저 감도는 주막 안이 심심하고 또 스산했다. 주막여인들조차 오수午睡를 즐기는지 모습을 드러내지 않고 있었다. 그녀를 미워하던 그네들인데 어쩐지 보고 싶어져 아루는 여인들의 방을 하릴없이 쳐다보았다. 그래도 오랜만에 만난 또래들인데.

휑한 주막을 훑던 아루는 결국 태자를 기다리는 수밖에 없음을 깨달았다. 예전 날 그녀를 기루 바닥에 내던졌던 군목정이란 사내에게서, 아니, 그 시선에서 벗어날 수 있는 시간 또한 태자가 돌아오는 그 늦은 저녁뿐이었으니 아루가 그를 기다리게 된 것은 어찌 보면 당연한 일이었다.

그녀의 아련한 시선이 생각을 담아 움직였다.

사실 요즘 들어 태자는 그녀를 길가의 돌 보듯 그리 대하고 있었다. 귀찮고 무섭다, 그리도 멀리했건만 떠난다 생각하니 괜스레 미안한 마음이 들어 나를 놓아주어 고맙다, 그 한마디 말이나마 해주고 싶은데 언제나 바쁜 그는 이제는 그녀와 밥도 같이 먹질 않는다. 눈도 마주치질 않고.

'정말 마음이 떠났나 보다.'

순간 아루는 스스로의 생각에 화들짝 놀라 고개를 번쩍 치켜들었다.

'마음이라니. 그자와 나 사이에……. 너 그 사람 때문에 어떤 짓을 저질렀던 건지 잊은 게냐? 당치도 않다, 여난아루.'

아루가 고개를 내저으며 말에서 내렸다. 그리고는 따라붙는 사내의 시선을 마주 한 번 되쏘아주고는 방으로 휭 들어갔다.

그녀의 손이 시렁 위를 더듬어 내렸다. 언젠가 태자가 무언가를 적어 내려가는 것을 본 적이 있었다. 서책이야 허락을 받았다 치지만 주인 몰래 남의 물건에 손을 댄다는 것이 영 꺼림칙하면서도 어쩔 수가 없었다. 떠나기 전에 찬갈에 보낼 서신을 써두어야 했다.

딱딱한 감촉이 손끝에 느껴지자 아루가 그것을 쥐어 조심스레 바닥에 내려놓았다. 보자기를 펼치자 아니나 다를까 벼루와 먹, 붓, 종이, 연적까지 문방사우文房四友가 다 갖추어져 있다.

그녀가 한지를 곱게 편 뒤 정성 들여 글씨를 써 내려갔다.

한참 뒤, 붓을 내려놓고 아루는 홀가분하게 웃었다. 그리고는 그것을 곱게 접어 하얀 광목천으로 싼 뒤 방 이곳저곳을 두리번거리다 벽장이 좋을 듯싶어 그리로 가져갔다. 당분간만 이것을 보관해 다오. 칸칸이 쌓인 이불 맨 아래 그녀는 조심히 그것을 넣어두었다.

그날 저녁 잠행에서 돌아온 무천이 씻고 방으로 들어서는데 아루와 눈이 마주쳤다. 무슨 생각을 하는 것인지 그녀가 벽에 기대어 홀로 웃다 그와 눈이 마주치자 어색하게 웃음을 거둔다. 그 역시 무표정한 얼굴로 그녀에게서 시선을 떼며 시렁 위에 놓인 정갈한 천을 집어 들어 얼굴과 손을 닦았다.

"나리, 식사하러 건너오십시오."

그때 아랫사람의 목소리가 문밖에서 들려왔다.

"알았다. 나가마."

문을 열고 나가는데 마침 주모가 아루 몫의 저녁상을 툇마루에 탕, 하고 내려놓다 그와 눈이 마주쳤다. 여인이 얼른 화사하게 웃어 보였다.

아루가 뒤따라 나오다 바보같이 그녀를 향해 감사하다 고개를 숙이며 제 손으로 빈약한 찬 두어 가지가 담긴 상을 들고 안으로 들어서려 했다. 딱 보니 하루 이틀 일이 아닌 듯싶었다.

몸을 돌린 아루가 문 앞을 지키고 선 그의 모습에 멀거니 가슴팍만 응시하다 그래도 비켜주지 않자 슬쩍 시선을 들어 올려 어색하게 웃어 보였다.

'이 계집이 이리도 잘 웃었던가?'

무천이 그녀의 얼굴을 차갑게 쏘아보는데 아루가 시선을 떨어뜨리며 한마디 했다.

"저, 저녁…… 잘 먹어."

이만 비켜달란 의미가 더 강한 그 말에 무천이 그때까지도 그들을 살피고 선 주모를 향해 차갑게 말했다.

"지금 이 방으로 한 사람 분의 밥을 더 가지고 오는데 찬은 신경을 써주시오."

놋그릇에 젓가락 부딪히는 소리만이 달그락달그락 방 안을 울렸다. 늘 볼 수 없었던 그가 태도를 바꿔 자신과 겸상을 하는 것이 어쩐지 불안하고 이상해 아루는 잔뜩 긴장한 상태였다. 또다시 제 앞에 놓인 것만 집어 밥을 뜨는 아루를 보던 무천이 부러 그녀 앞의 찬을 한 움큼씩 집어 없애 나갔다. 결국 사라진 눈앞의 찬들 사이에서 젓가락을 이리저리 오가던 그녀가 살짝 시선을 들어 그 앞에 놓인 찬을 바라보았다.

묵묵히 밥을 먹고 있는 듯했지만 무천은 망설이는 그녀의 젓가락을 곁눈으로 보고 있었다. 한 쌍의 그것들이 주춤주춤 다가오는가 싶더니 공중에서 멈춰 버린다. 그러더니만 상 위에 가만 얹어졌다. 그렇게 아루가 밥 먹기를 포기해 버리자 그간 유지해 온 무천의 무표정이 순식간에 사라지며 얼굴이 잔뜩 일그러졌다.

"여난아루."

그의 부름에 엉덩이를 돌리던 그녀가 어깨를 움찔했다.

"왜…… 왜?"

무천은 아무런 말도 하지 않았다. 그녀가 다시 숟가락을 쥘 때까지 그리할 참이었다.

그런데 그를 향해 주춤주춤 다시 몸을 돌리기까진 했으나 그녀는 그의 의도를 파악하지 못한 듯싶었다.

"아, 저기……. 매일 바빠 보여. 그래서 지금이 적기인 것 같아 말을 하는데……."

그의 눈을 쳐다보지도 않은 채로 아루가 긴장이 되는지 잠시 입술을 축였다 다시 운을 뗐다.

"나 이제 말 제법 타."

그의 일그러졌던 얼굴이 느슨하게 풀어졌다.

말이 없는 그가 이상했던지 아루가 그제야 고개를 들어 무천을 바라봤다. 둘의 눈이 마주쳤으나 차가운 시선을 이기지 못한 아루가 죄인처럼 고개를 떨어뜨렸다.

"내, 내 말은……. 날짜를 잡아주면 나도 말 타는 게 지루하지 않을 거라는 그런……."

이만 보내달라는 진짜 속내를 감추고 말을 더듬는 아루에게 무천이 단박에 되쏘았다.

"내일 보내주마!"

아루가 번쩍 고개를 들더니 정말이지 난생 처음 그 앞에서 환하게 웃어 보였다.

"참말이냐?"

그는 이내 씩 웃으며 술적심의 국물을 떴다. 그러느라 고개를 숙인 그의 얼굴에서 두 눈이 얼마나 어둡게 번쩍이는지 아루는 보지 못했다. 입가의 그 웃음이 묘하게 험한 기운을 풍기고 있었음에도.

*

이윽고 아침이 되었다.

"어웃!"

아루는 품 안에 떨어지는 무거운 엽전꾸러미를 두 손으로 간신히 받아 들며 신이 난 얼굴로 태자를 바라보았다. 그것을 그녀에게로 던져 준 그 역시 환하게 웃고 있었다.

"그리 좋으냐?"

미소가 흔들리며 아루의 표정이 무너진 것은 한순간이었다. 그녀가 태자에게로 다가가 그의 얼굴을 올려다보았다.

"고맙……"

'……고 미안했다.'

그리 말하고 싶었다. 하지만 아루는 물기가 어리는 눈을 부러 연신 깜빡여 눈물을 몰아낸 뒤 입가에 다시 미소를 만들어냈다.

"흠! 고맙다. 이 은혜는 정말 잊지 않으마."

무천이 활짝 웃으며 몸을 돌리는 아루를 바라보다 서서히 입가에서 미소를 지웠다. 그가 내어준 말에게로 향하던 그녀가 무언가 생각난 듯 다시 몸을 돌렸다. 그도 얼른 다시 웃음을 만들어 보였다.

"저기 이거……."

그녀가 품 안에서 뭔가를 꺼내는데 무천은 순간 이성을 잃고 그녀를 끌어안을 뻔했다. 마음이 무너지는 상황이라 정신마저 없었던 것이다. 꽉 그러쥐었던 주먹을 펴며 천에 곱게 싸인 서찰을 받아드는데 지난 수일간의 그 응어리진 마음이 풀리는 듯해 그녀에게로 향한 순간의 웃음이 진정으로 따스하게 흘러나왔다.

그러나 그의 웃음은 곧 차갑게 굳어지고 말았다.

"궐에 돌아가면 이걸 찬갈에게 꼭 전해줘. 부탁이다, 꼭! 절대 읽어보지 말고. 뭐, 당연한 얘기겠지만."

간신히 웃음을 만들어낸 듯했다. 무천은 뒤돌아서는 아루를 바라보며 서서히 그 미소마저 지워냈다. 주막의 여인들이 그녀에게로 다가가 바리바리 싼 음식을 건네고 있었는데 이 상황이 마냥 기쁜지 아루는 답지 않게 헤픈 웃음을 지어 보이고 있었다.

"그간 미안했어."

별달리 그네들에게 잘못한 것이 없음에도 아루는 여인들에게 미안하다 사과까지 하고 있었다. 정작 여인들은 귀찮은 표정으로 얼른 가라, 손을 내저을 뿐인데도.

말에 오르기 전 아루가 몸을 돌려 사람들에게 일일이 고개를 숙이는데 무천은 정말이지 이 상황을 두고 볼 수가 없어 획 몸을 돌렸다. 작별인사를 하던 그녀가 툇마루로 향하는 그의 뒷모습에 멈칫 굳어진 것도 모른 채.

서걱거리는 마음을 애써 눌러 담은 뒤 아루는 지난 며칠 함께 해 온 말에 올라타 고삐를 쥐었다. 헌데 어찌된 일인가? 녀석이 움직이질 않는다.

"이랴!"

다시 한 번 말허리를 발로 차보았지만 놈은 꼼짝도 하질 않았다.

어디가 아픈 걸까? 아루가 빠끔히 고개를 내밀어 말을 살피는데 놈의 커다란 눈망울에 신기하게도 물기가 어려 있었다.

"얘야."

이름을 몰라 아루가 그저 손을 뻗어 갈기를 쓸어주려 하던 그때 옆에서 태자를 부르는 마호의 음성이 들려왔다.

"휘랑!"

잠시 뒤 그가 말의 곁으로 다가왔다.

커다란 웃음과 함께 콧등을 쓸어주는 것도 모자라 마치 사람에게 하듯 녀석의 귓가에 무언가를 속삭이는 태자의 모습에 아루는 순간 그가 그녀에게 지어 보인 그 작별의 미소들이 어쩐지 녀석에게보다 못한 것이 아니었나, 하는 정말이지 그런 엉뚱하고도 서운한 마음이 들었다. 말을 달래준 뒤에는 태자는 그녀를 쳐다보지도 않고 몸을 돌려 버렸으니.

서운함을 이기고자 애써 마른침을 삼킨 뒤 아루가 고삐를 쥐었다. 말이 움직이고 있었고 이제는 정말 떠나야 할 때였다.

"가자!"

마당에 서서 뒷짐을 지고 있던 무천이 몸을 돌렸다. 검은 말을 탄 사내 복장의 여인이 사라지고 있었다. 옛날처럼 검댕을 묻히지 않고 낯을 훤히 드러낸 지금 아무리 사내 옷을 입었다 한들 사내처럼 보일 리 만무하건만 그녀는 그것을 모르는 걸까.

어찌되었거나 노비 옷이 아닌 귀공자의 옷을 입혀놓았더니 묘하게 시선을 잡아끄는 것이 이 또한 눈요깃거리구나 그리 생각하며 무천은 애써 차오르는 서운함을 덜고자 가벼이 미소를 지어 보였다. 그녀의 이마에 둘러진 유건의 끝자락이 휘날리는 것도 이제 시야에서 점차로 멀어지고 있었다.

마호가 다가와 그의 곁에 섰다.

"네 말대로 어젯밤 나루터의 뱃사공들을 전부 매수해 놓았다. 무슨 생각인 거냐?"

무천이 말없이 살짝 미소를 띠운 채 친우를 바라보다 아루가 건넨 서찰로 다시 얼굴을 내렸다. 그리고는 거칠게 광목천을 벗겨내 바닥에 내던진 뒤 종이를 펼쳐 들었다.

—찬갈, 잘 지내고 있는지?

긴말은 하지 못해.

다만 내 걱정은 절대 하지 말라는 거야.

난 온풍부곡에 있을 거야.

궐에서 내 모습을 볼 수 없다 해도 너무 걱정 말고 우리 늘 그랬던 것처럼 부곡에서 봐.

안부 길게 묻지 못해 미안하고 살아서 꼭 보자.

너라면 충분히 가능하리라 믿어.

아루.

무천의 손에서 서찰이 형체를 알아볼 수 없게 구겨졌다. 입매는 웃고 있었으나 눈가는 전혀 그러하질 않았으니.

아루는 말을 타고 달리며 갑자기 볼을 타고 흐르는 간지러움에 한 손으로 얼굴을 더듬어 내렸다. 물기가 묻어나자 그것을 훔치며 그녀가 혼잣말을 했다.

"너도 참!"

그렇게 눈물을 쏟던 아루가 넓은 강이 눈앞에 펼쳐지자 순간 환히 웃었다.

겨울이었지만 요사이 따뜻한 날씨가 계속되었던지라 얼어붙었던 강도 완전히 녹아 있었다. 햇빛을 받아 잔란하게 반짝이는 물결의 그 유유한 움직임에 아루의 마음이 들뜨기 시작했다. 이제 곧! 곧이다!

"하아, 하아……."

말고삐를 바짝 죄어 나루터에 멈추어 서며 아루가 오롯이 희망으로 가득 찬 숨소리를 뱉어냈다.

✻

힘없는 시선이 바닥을 이리저리 떠다녔다.

터걱터걱. 느린 말의 걸음에 따라 흐릿한 눈동자도 같이 부유했다.

그때였다.

"휘익!"

고막을 파고드는 날카로운 휘파람 소리에 고개를 드니 그녀에게로 향한 사내들의 웃음이 보였다. 모닥불을 지펴놓고 모여 앉아 투전을 하고 있던 그들은 처음 보는 여인이 계속해서 동리를 맴돌자 관심을 보이기 시작했다.

본디 어중이떠중이들이 드나드는 마을인데 너무도 아름다운 처자가 처량 맞은 얼굴을 하고서 갈 곳 없이 오가자 노름에 빠져 있던 사내들도 슬슬 음흉한 속내를 품고 그녀를 쳐다보았던 것이다.

"정인에게 버림을 받은 게냐? 그래서 집을 나온 거야? 갈 데 없음 나랑 같이 가자!"

낄낄거리며 웃던 사내들이 일어서서 다가오기까지 하자 놀란 아루가 황급히 말머리를 돌렸다. 붉게 충혈된 저 눈들이 흡사 오전에 보았던 뱃사공들의 그것과 비슷해 소름이 돋았다.

"대체 왜 안 간단 말이오?"

"안 가는 게 아니라 못 가는 거야."

"……왜요?"

"수지가 안 맞거든. 드나드는 객이 없어 노를 저어봤자 힘만 빠진다. 돈 몇 푼 벌자고 그 짓을 왜 하누?"

"내, 내가 삯은 충분히 치를……"

"가라!"

사공이 아루의 말을 자르며 냉정하게 돌아섰다. 이 사람 저 사람 붙잡고 사정도 해보고 하소연도 해보았지만 다들 냉랭한 대답뿐이라 아루는 그만 맥이 빠지고 말았다. 뚜렷한 궁여지책도 없이 말을 돌릴 수밖에 없었는데 동리를 떠돌며 생각을 모아보아도 답이 나오질 않았다. 뱃길은 막혔고 그렇다고 육로를 택하자니 혼자 몸으로 장안까지 갈 엄두가 당최 나질 않았던 것이다. 게다가 슬쩍 돌아본 동네풍경이 꽤나 거칠어 보여 그 안을 차지하고 있는 사내들에게도 어쩐지 말 걸기가 꺼려졌다.

아루는 다시 말을 돌려 나루터로 향했더랬다.

"이보오."

뱃머리에 기내앉아 있던 사공들이 그녀의 목소리에 고개를 돌렸다.

"왜 또 온 것이야?"

"그러지 말고 내가 섭섭지 않게 할 테니 나만이라도 태우고 가는 게 어떻소?"

그러자 생선의 배를 가르던 사내가 씩 웃었다.

"섭섭지 않게 어떻게?"

그리 말하곤 피 묻은 손으로 생선 살 한 점을 입안으로 가져가며 그녀를 훑는데 사내의 눈이 빨갰다.

바로 아까 보았던 그 투전꾼들처럼.

배가 고팠다. 문득 여인들이 싸준 음식이 생각나 말허리에서 달랑거리는 보퉁이를 끌어다 손에 쥐는데 노비생활을 5년이나 해왔음에도 거리에서, 그것도 말을 타고 홀로 끼니를 해결한다는 것이 어째 거북스러웠다.

그럼에도 더는 주린 배를 참지 못하고 아루는 식어버린 산적을 몇 입 베어 물었다. 맛도 느끼지 못하고 그것을 씹어 삼키는데 갑작스런 생각에 면구스러워진 그녀가 웃음을 흘렸다.

"못난 주인 만났구나. 이해를 하렴. 내가 지금 정신이 없어 네 생각을 못했다."

그래서 향한 곳은 인적이 없는 들판이었다. 말에게도 배를 채워주자며 그리로 가는데 그녀는 사실 아까부터 올라오는 공포심을 꾸역꾸역 눌러 참고 있었다. 홀로 아무도 없는 곳에서 스산한 바람을 맞는 것은 마을 사내들의 시선을 참아내는 것과는 또 다른 느낌의 두려움이었다. 기이하고 괴괴했다. 말고삐를 쥔 손에 저도 모르게 힘을 꽉 주는데 순간 허벅지를 스치는 감각에 아루가 쭈뼛 굳었다.

오싹!

온몸이 차갑게 식어 내리는 것을 느끼며 천천히 고개를 숙이는데 바로 옆 갈대가 난출난출 흔들리고 있었다. 바람에 나부끼는 그것들을 커다래진 눈으로 응시하던 아루가 퍼뜩 말 허리를 찼다.

그곳을 나와서야 아루는 자신이 한참 배를 채우던 놈을 억지로 끌고 왔다는 것을 깨달았다. 그 순간 몸에서 모조리 힘이 빠져나가 버리는 듯한 기분이 찾아들었다. 제대로 먹지 못하고 추위에 떨어서 그런 것 때문만은 아닌 듯했다.

*

툇마루에 앉아 생각에 잠겨 있는 무천을 친우들이 응시하고 있었다. 모두가 밥을 먹을 때에도 그는 점심도 거른 채 내내 저리 앉아만 있었다. 그때 주막의 싸리문이 열리며 여인의 뒤를 딸려 보냈던 자가 황급히 들어섰다.

"지금 이리로 오십니다."

그의 말에 무천의 눈이 반짝 빛나며 얼굴에 화색이 돌았다. 그가 이마 위의 유건儒巾을 질끈 묶더니 신을 신고 그것도 마저 꼼꼼히 묶었다. 그리고는 친우들을 올려다보며 씩 웃었다.

"마호, 준비해!"

타각타각. 말에 올라탄 채로 멍하니 시간을 흘려보내는데 어디선가 왁자한 소리가 들려 아루가 고개를 들었다. 놀란 그녀가 너 이리로 오면 어떡하니, 하며 원망하듯 말 등을 톡톡 두드리다 입술을 깨물었다.

주막마당, 오늘은 잠행을 나가지 않은 것인지 사내들이 족구에 빠져 있었다.

"이리로! 이리로!"

"읏차!"

"꺅! 휘랑!"

태자가 날쌔게 몸을 꺾어 빈곳에 세게 공을 찔러 넣자 주막 여인들의 목소리가 덩달아 드높아졌다. 그러느라 문가에 선 아루에게로 관심을 기울인 자는 아무도 없었다.

"이, 이봐!"

내내 그들을 바라보던 아루가 용기를 내어 운을 뗐지만 떠들썩한 저들의 목소리에 허망하게도 말이 계속 묻혔다. 그러길 수차례, 어쩌다 고개를 돌린 끝순이가 그녀를 발견하고는 소리쳤다.

"어맛! 너 여기 왜 왔니?"

그제야 모두가 고개를 돌리는데 순간 죄인이 된 듯해 아루의 얼굴이 붉어졌다. 그녀가 끝순이에게서 태자에게로 슬쩍 시선을 돌렸다.

모두가 그녀를 쳐다보고 있는데도 그는 발로 공을 가지고 노는 데에만 온통 정신이 팔려 있는 듯했다. 주막의 여인 하나가 물을 떠다 건네주었을 때에야 그는 발끝에서 공을 내려놓았다. 그리고는 여인에게 살뜰히 미소를 지어 보이는데 그네가 못마땅한 눈을 아루에게로 향하자 그제야 그도 시선을 돌렸다. 화사했던 그의 웃음도 걷히고 있었다.

태자가 잠시 인상을 찌푸리더니 물을 마시며 아루를 무표정하게 응시해 왔다.

잠시 뒤 입에서 표주박을 떼어내며 그가 느긋하게 물었다.

"놓고 간 물건이라도 있는 게냐?"

"어? 아, 어."

말에서 내린 아루가 황급히 방으로 향했다. 그러나 안으로 들어서서 문을 닫는 순간 허탈함이 밀려와 그만 바닥에 주저앉을 뻔했다. 왜 이 시간까지 그녀가 배를 타지 못했는지 그는 그런 것 따위에는 관심조차 없어 보였다.

갑자기 눈물이 톡 떨어지자 아루가 황급히 소매로 그것을 닦아내며 고개를 저었다. 다른 것이 아니야. 그저 나는 이 방 안 온기를 뒤로하고 다시 나가야 한다는 것이 서운한 것뿐이야. 그리 생각하며 그녀는 차분한 표정을 지어 보이려 애를 썼다.

한참을 그러고 있는데 문밖에서 와 하는 사내들의 요란한 함성 소리가 들려왔다. 정신을 차린 아루가 밖으로 나갔다.

허나 떠나는 순간까지 아무도 그녀에게 관심을 보이는 이들이 없었다.

또다시 시간이 흘렀다.

음습한 골목길은 더럽고 냄새가 났다. 그럼에도 아무도 없다는 사실이 오히려 그녀의 마음을 편안하게 했다.

아루가 환히 웃으며 시금치를 맛나게 먹는 녀석의 머리를 쓰다듬어 주었다.

"이맘때 시금치가 달다는 걸 용케도 아는구나. 넌 이제 당근은 못 먹는다."

부러 힘을 내어 말했지만 말끝이 떨리고 있었다.

"다 먹었다."

칭얼거리듯 음식보자기를 물어뜯는 녀석에게서 천의 반대편을 잡아 빼며 아루가 달래듯 그리 말할 때였다.

부스럭!

갈대숲의 그 공포가 또다시 엄습해 왔다. 천천히 고개를 돌리는데…….

야옹, 하며 고양이 한 마리가 어둠 속에서 잽싸게 달려 나가는 것이 아닌가.

어스름이 깔린 시간, 고양이의 눈이 번쩍 빛났던 게 눈앞에 어른거렸다. 아루가 말 목을 끌어안고 소리 없는 눈물을 쏟아냈다.

터걱터걱 하는 말발굽 소리에 터덜터덜 하는 걸음 소리도 함께 섞이어 있었다. 바로 녀석과 아루였다.

말고삐를 쥔 자는 분명 그녀였지만 사람이 말을 끄는지 말이 사람을 끄는지 고개가 갸웃해질 만한 그림이었다. 그도 그럴 것이 아루의 걸음은 느릿했고 그에 반해 마치 목적지를 아는 듯한 녀석의 걸음은 보무도 당당하기 그지없었다.

그리고 이상도 했다. 주막이 또다시 왁자지껄하니.

"잔치를 벌이나?"

아루가 혼잣말을 하며 싸리울 밖에서 안을 응시했다. 이 추운 날 모두가 평상에 나와 뜨거운 국을 호호 불어가며 저녁을 먹고 있었다.

용기를 내어 그녀는 말을 데리고 주막 문가로 향했다. 그리고 멀거니 서서 그들을 바라보았다.

"국밥 하나 추가!"

누군가 외치자 가요, 하며 부엌에서 끝순이가 나온다. 헌데 또 그녀가 제일 먼저 아루를 발견해 버렸다. 끝순이가 인상을 잔뜩 찌푸리며 주막이 떠나가라 외쳤다.

"뭐야? 너 또 온 거야? 참나!"

아루가 진짜 죄인이 되어 말을 하지 못하는데 국밥을 들이키던 마호가 어이, 휘랑! 한다.

평상에 앉아 있던 그가 느릿하게 고개를 돌렸다. 눈이 마주쳤고 아루는 면구스런 웃음을 살짝 지어 보였던 것 같다.

"어인 일이냐?"

태자가 무표정하게 묻고 있었다.

좀 더 큰 웃음을 억지로 만들어낸 뒤 그에게로 다가가자 그가 얼굴을 찌푸리는 게 보였다. 그녀의 웃음도 덩달아 사그라졌지만 아루는 다시 입가를 끌어올렸다.

"저, 저기…… 날이 풀릴 때까지만이라도 나를 다시……."

"너를 다시 써달란 말이냐?"

그가 잔뜩 얼굴을 찡그리며 물었다.

아루가 고개를 숙이며 침을 삼켰다. 냉랭한 태자의 목소리가 뒤를 이었다.

"사실 너 내보내고 오늘 하루 정말 편했다. 지어미노릇 해달라 데려왔건만 솔직히 그간 짐만 되었질 않느냐? 돌아가도 너보다 일 잘하는 놈들 많으니 이참에 밥 축내는 일꾼 덜어내어 나는 내심 좋아하고 있었단 말이다."

그의 말을 한 자 한 자 들으며 아루의 눈동자가 계속해서 흔들렸다. 파르르 떨리는 입술을 꾹 깨물고 그녀가 다시 입을 열었다.

"내, 내가 다시 잘하마."

"필요 없다!"

그가 냉정하게 말하더니 볼일 다 보았다는 듯 고개를 돌려 감배수란 자에게 무언가 말을 걸었다. 재미있는 농이었던지 사내들의 웃음이 시끄러웠다.

나가라 하는 이가 아무도 없었지만 차라리 누군가 그런 말이나마 해주었으면 하고 바랄 정도로 낯을 들 수 없는 시간들이 이어지고 있었다. 발을 돌리게 되면 그런 자신의 움직임마저 누군가 알아보고 비웃을까 봐 아루는 걸음조차 돌리지 못하고 있었다. 그때 누군가 어깨를 툭 치고 지나갔는데 다분히 조롱의 몸짓임에도 그녀는 일말의 숨통이 트인 듯 살 것만 같았다.

얼음처럼 굳었던 순간에서 풀려나 아루가 발을 떼었고 그녀는 그렇게 주막을 나올 수 있었다.

"이제부터 강해져야 한다. 이쯤이야 뭐……."

거리 위의 눈을 이용해 양치하고 낯을 씻은 뒤 아루가 숙인 몸을 들어 올려 말을 향해 씩 웃어 보였다.

"다 됐다! 가자!"

제대로 먹지 못했을 녀석을 생각해 아루는 아까처럼 말 등에 타지 않고 고삐를 쥔 채로 걸음을 옮겼다. 녀석의 등에 올라타면 체온도 보존하고 힘도 아끼겠지만 여행길의 유일한 동무가 될 아이에게 잘해주고 싶었다.

이제 육로 위의 여정이 펼쳐질 것이었다. 정말로 강해져야 했다.

"장안으로 가려 합니다. 어느 길로 가야 합니까?"

이상한 시선들이 따라붙긴 했지만 다행히 눈에 잔뜩 힘을 주어 험한 인상을 만들어낸 것이 먹힌 듯 사람들은 길을 알려주었다. 이미 어둠이 깔린 터라 머물 곳을 찾아야 했지만 아루는 그저 길을 서둘러야 한다며 마음을 다지고 있었다. 진짜 속내는 따로 있었음에도.

기실 태자에 대한 서운함으로 눈물이 차오르는 것을 참고 있었고 또한 이곳에 하룻밤 더 머물다 우연히라도 그와 마주치게 된다면 행여 미련이 남아 그런 것으로 보일까 봐 어서 가자 어서 가자, 아루는 스스로를 그리 채근하고 있었다.

이제 마을 어귀가 보였다. 드디어 이곳에서 벗어난다는 생각에 아까 주막에서 당했던 면박과 무시가 떠올라 코끝이 찡해 왔지만 입가에는 미소가 감돌았다. 복잡다단한 기분이었다.

"힘을 내어보자."

아루가 고삐를 그러쥐고 장난치듯 커다란 말을 잡아당기는데 놈이 갑자기 우뚝 멈추어 섰다.

"왜 그러……."

"어이!"

어둠 속에서 어슬렁어슬렁 장정 여럿이 걸어나오고 있었다. 각자 몽둥이를 한 손에 들고서.

다그닥다그닥! 다그닥다그닥!

참으로 정신없이 달려왔다. 사내들은 정작 잠시 쫓아오다 말았는데도 아루는 정말 걸음아 나 살려라, 그렇게 말을 몰았던 것 같다.

다시 마을 한복판에 들어섰지만 이미 한밤중이라 객점도 문을 죄 닫은 상태였고 사위는 어둡기만 했다.

터덕터덕, 다시 향한 곳은 아까의 그 골목이었다.

"아, 추워."

배고픔은 잊혔지만 추위를 견딜 수가 없었다. 그리고 너무도 무섭고 두려웠다.

말에서 내린 아루가 녀석의 목을 또다시 끌어안았다. 눈물이 터져 나왔다.

"네가 공주냐? 그도 아니면 노비냐? 참으로 불쌍타, 여난아루. 네 대체 무어냐?"

나라가 망했으니 주제에 혼자 공주노릇 할 수도 없는 것인데 자존심은 살아 절대로 기가 죽으려 하질 않고 그렇다고 노비처럼 강하게 살아가자니 찬갈 없이 할 줄 아는 게 아무것도 없었다.

아루가 눈물을 흘리다 목을 스치는 차가운 기운에 고개를 들어 하늘을 바라보았다. 그녀를 버렸던 하늘에서 이 순간 반갑지 않은 눈을 보내오고 있었다. 어둠 속에서 반짝반짝 떨어지는 하얀 점들을 그녀가 원망스레 바라보았다.

나각다각, 더벅터벅.

말 한 필의 발굽 소리와 힘없는 여인의 걸음 소리가 어두운 밤거리를 울렸다. 모두가 깊이 잠든 시각일 터였다.

아루가 또다시 주막문 밖에 섰다. 오는 동안 내내 그랬듯 고개를 숙인 채였다.

헌데 어인 일인지 싸리문이 열려 있다. 천천히 고개를 들어 올리는데…….

"여난아루."

마당에 눈을 맞으며 태자가 그녀를 쳐다보고 있었다.

아루가 멈칫, 뒤로 물러서다 초조한 마음에 다시 그를 바라보았다. 찬바람이 불어오자 순간 긴장했던 것도 사라져 버렸다. 그러나 잊혔던 감각은 되레 살아나 떨어져 나갈 것 같은 통증이 귓가로 밀려왔다. 아루가 얼굴을 찌푸렸다.

무천이 그런 그녀를 표정 없는 얼굴로 응시하고 있었다. 마을 어귀를 벗어나려 한다는 말에 부랑배들을 고용해 겁을 준 뒤 내내 이렇게 기다리고 있던 참이었다. 꽤 오래 버티었다, 대견하고 안쓰러운 마음을 눌러 담아 열 걸음가량 떨어진 그녀를 바라보는데 가녀린 어깨며 머리 위에 하얗게 쌓인 눈이 보였다.

"들어와라."

아루의 눈이 커졌다. 그녀가 황급히 당황한 표정을 갈무리하며 말고삐를 쥐고 안으로 들어섰다. 마구간으로 향하려는데 어둠 속에서 누군가 다가와 녀석을 데리고 사라진다.

멀거니 말의 뒷모습을 바라보는 그녀를 무천이 응시하고 있었다. 전쟁터에서 온갖 거친 꼴을 다 겪은 놈인데 아루 손에 들려 보냈더니 퍽이나 애지중지 화초처럼 다룬다는 말에 그는 그때부터 심각한 표정이 좀체 유지가 되질 않았더랬다.

놈마저 어둠 속으로 완전히 사라지자 무언가 허전한지 그녀가 안절부절못했다. 다른 때 같으면 그를 무시하고 당당히 방으로 향했을 아루인데 완전히 기가 꺾인 모습이었다. 게다가 공교롭게도 그가 딱 처소의 토방 옆에 버티고 있으니.

무천은 설핏 나오는 웃음을 깨물었다.

아루가 고개를 들지 못하고 있는데 그가 재차 입을 열었다.

"이리 와라."

그녀가 슬며시 고개를 들어 그를 보다 다시 시선을 아래로 내렸다.

"이리 오래도."

두 번의 부름이 이어지자 망설이던 아루가 천천히 움직였다. 그러나 좁은 보폭으로 단지 두어 걸음 떼었을 뿐이다.

지켜보던 무천이 천천히 그러나, 단번에 그녀 앞에 다가와 섰다. 아루의 고개가 더 아래로 향했다. 가까이서 본 그녀의 얼굴은 완전히 빨갛게 얼어 있었다.

'아직은 아니다.'

그리 생각하며 무천은 뒷짐 진 손에 꽉 힘을 주었다. 그의 시선이 오래 그녀에게 머물렀다. 이윽고 그가 입을 열었다.

"다신 안 그릴 테냐?"

무엇을 의미하는지 모르겠지만 어조만큼은 분명 그녀를 받아주겠다는 허락의 의미인 듯해 아루는 안도감에 그만 눈물이 나올 것만 같았다. 고개를 들어 물기 어린 눈으로 그를 올려다보며 그녀가 연신 고개를 주억거렸다.

하지만 그는 여전히 못미더운 표정이었다. 다급해진 아루가 얼어버린 입을 용케 움직였다.

"다…… 다신 안 그런다."

그러자 그가 휙 몸을 돌리며 말했다.

"차다. 들어와라."

그때까지도 그에게선 냉기가 감돌고 있었다. 그래도 아루는 진정으로 살았구나 생각이 들어 온몸에서 힘이 빠져나가는 기분이었다.

방 안으로 들어가자 몽롱한 느낌마저 밀려들었다. 온돌방은 호롱불이 여전히 은은하게 켜진 채였다. 온기가 훅 끼쳐 오자 어질어질하기까지 했다.

쭈뼛거리며 서 있는 그녀에게로 사내의 팔이 다가왔다. 오늘 주막을 나온 이래 처음 있는 접촉이었다. 그가 가녀린 팔을 꼭 쥔 채로 딱 한 채만 깔려진 이불을 향해 아루를 이끌었다.

그의 손이 요를 걷어냈고 이윽고 따뜻한 아랫목에 앉혀진 그녀는 급격한 온도 차에 온몸이 저릿저릿해졌다. 그리고 그녀 앞에 그가 마주 앉아 있었다.

경황이 없어 아루는 태자가 그녀의 두 손을 비벼주고 입가로 가져가 입김을 불어주는 것을 그저 멍하니 바라볼 수밖에 없었다. 손이 어느 정도 녹자 그가 고개를 들어 한 치의 망설임도 없이 그녀의 볼을 양손으로 쥔 뒤 똑같이 입김을 불어가며 온기를 나눠주었다.

몸이 풀리고 있었다. 그리고 아루의 멍한 정신도 서서히 돌아오고 있었다.

그의 손이 녹아내린 어깨 위의 눈들로 향했다가 다시 머리 위로 향했다. 그제야 아루의 눈에서 눈물이 흘러내렸다.

그러자 눈을 털어주느라 그녀의 머리 위에 머물렀던 시선이 자그만 얼굴로 내려오며 다정한 웃음기가 서렸다. 결국 그녀의 얼굴이 무너지며 울먹울먹했다.

그가 더 커다란 웃음을 지어 보인 듯했지만 아루는 그것이 완벽한 호선을 그리는 것을 미처 보지 못했다. 무천이 아루를 끌어안아 품으로 데려온 때문이었다.

"고생했다."

나라가 망한 뒤로 엉엉 소리를 내어 울어본 적이라곤 노비생활 첫해 맞이한 생일, 찬갈이 감또개를 선물했을 때뿐이었다. 당시 부모님을 그리며 목 놓아 울던 아루는 이날이 지나면 다시는 가라한 땅에서 설움을 토하지 않겠노라 마음으로 다짐하고 또 다짐했더랬다. 그런데 가라한의 천자天子가 될 이의 품에 안겨 이리 울게 되다니, 이 무슨 조화인가.

사내의 가슴팍이 여인의 눈물로 축축이 젖어들었다. 아루가 서서히 눈물을 그칠 때까지 무천은 계속해서 그녀의 등을 부드럽게 쓸어내렸다. 하지만 어느 순간 그의 호흡도, 그의 손길도 색이 변하고 있었다.

뒤늦게야 아루도 그것을 느끼고는 쭈뼛거리며 그의 품을 가만 밀어내 얼굴을 떼었다. 그가 부드러운 시선을 하고 그녀의 볼에서 눈물을 닦아주더니 천천히 고개를 숙여 왔다. 그 몸짓에 아루가 멈칫했다.

태자도 따라 멈추었는데 다정한 얼굴이 금세 걷히었고 또다시 차가운 기운이 그의 눈가에 들어차 있었다. 그것을 마주한 순간 아루가 숙명처럼 어깨에서 천천히 힘을 뺐다.

그녀가 눈을 감았고 남아 있던 눈물이 주르륵 볼을 타고 미끄러졌다.

무천이 다시 다가와 아루의 입술을 머금었다.

"하아……."

반밖에 들어가지 않았는데 어찌 이리 아파하는지 무천이 되레 죽을 지경이었다. 그의 시선이 하얀 피부 위에 점점이 흩뿌려진 붉은 기운들을 지나 섬세하게 뻗은 목선으로 향했다. 가는 뼈대가 도드라지게 솟아오른 것이 딴에는 얼마나 힘들어하는지가 느껴졌다.

옆으로 꺾어진 그녀의 얼굴을 쓰다듬는 그의 손길도 미세하게 떨리고 있었다.

"참지 못하겠느냐?"

그녀의 눈이 살며시 뜨이더니 고개를 돌려 그를 올려다보았다. 그 희망 섞인 눈망울에 무천이 미안한 얼굴을 하고서 허리에 바짝 힘을 주어 여인의 안으로 마저 들어가 버렸다. 그녀의 기대를 그렇게 꺾어놓으며 덩달아 그의 음성에도 힘이 실렸다.

"그리…… 보지 마라."

아루의 미간이 다시 좁혀졌다.

첫길을 내는 것이 본디 힘든 것인데다 힘들어하는 그녀를 배려하고 있다 보니 합일하는 순간은 매우 조심스럽기만 했다.

사내의 양물이 결국 몸 안 가득 자리 잡힌 것을 느낀 그녀가 그 빼근하고 생소한 감각에 혀로 입술을 살짝 축였다. 그와 몸이 맞지 않는 것인지, 혹 내가 어디 문제가 있는 것인지. 그리 생각할 때 뜨거운 것이 느릿하게 다시 움직였다. 아루는 어지러움을 느끼며 질끈 눈을 감았다.

무천 또한 황홀하게 조여 오는 느낌을 마음껏 즐기지 못해 애가 타들어가기는 마찬가지였다. 뱉어내는 호흡마다 툭툭 끊겨나갔다. 부드럽게 한다 하지만 그녀 안에 온전히 몸가락을 묻는 마지막 순간에는 결과적으로 그도 모르게 잔뜩 힘을 주어 허리를 곧추세우곤 했으니 그럴 때마다 여인의 몸은 그의 힘을 채 이기지 못하고 가냘프게 흔들렸다.

그는 문득 중심을 제외한 다른 곳은 그녀와 전혀 연결되어 있지 않다는 걸 깨달았다. 게다가 이 상황을 외면하듯 모로 돌려버린 고개라니. 무천이 가녀린 손을 쥐어 빠르게 뛰는 그의 가슴팍에 가져다 대었다. 그렇게나마 너와 나는 진정 하나가 되는 것이다, 위안 삼으며 그가 다시 허리를 놀리는데…….

가슴에 쥔 자그만 손에 갑자기 힘이 들어간다 싶더니 아루의 무릎이 슥 접히며 그의 허벅지에 가느다란 다리가 바짝 붙었다. 그 움직임에 자극을 받은 중심이 터져 버릴 듯 뜨거워졌다. 때문에 무천은 그만 아찔해져 아루의 손을 툭 놓쳐 버렸다.

"하아, 하아……."

숨을 몰아쉬며 잠시 고개를 들어 벽을 노려보다 다시 얼굴을 내렸다. 잔뜩 몸이 다는데 여인의 의도가 읽혀 화가 난다.

다른 계집들은 잘도 가락을 맞추어 비비며 으흥, 으흥 좋아죽는데 이것은 못 참겠는지 버티어내겠다 결정한 듯 발가락에 잔뜩 힘을 주고 있었다.

얄미운 것, 얼굴을 슬쩍 보니 이까지 악물어 제친 것이 빨리 끝내라 고사 지내고 자빠졌다. 사내 자존심을 이리 쥐고 흔드는 네년 성질머리를 누가 모른다 했더냐?

무천도 이를 악 물었다.

"으읏!"

참아내겠노라 엉덩이에 힘을 주던 계집이 그의 허리힘을 감당해 내지 못하고 아픈 신음을 토해냈다.

여인의 몸이 낭창낭창 흔들릴 정도로 무천은 부풀 대로 부푼 몸가락을 욕심껏 넣다 빼었는데 이미 이성은 멀찌감치 날아가 버린 상태였고 여리고 좁은 속맛에 그는 미칠 듯한 쾌감만을 느끼고 있었다. 결국 그녀의 허리와 엉덩이를 단단히 고정시키고 아직은 제 것을 감당하기 벅찬 속을 있는 대로 샅샅이 음미해 나갔다.

쓰라려 눈물을 쏟는 아루가 무천의 힘을 이기지 못해 들어 올렸던 다리를 무너뜨렸으나 억센 손이 다시 그것을 잡아 스스로 진입을 도우며 행위를 이어나갔다.

"허억!"

이윽고 늑대의 울음처럼 그가 납작한 배 위에 한껏 허리를 밀착시키며 굳게 몸을 휘어 올리자 그녀는 사내의 놀이가 끝이 났다는 것을 직감으로 깨달았다. 안으로 따뜻한 무언가가 가득히 퍼지고 있었다. 헌데 태자가 여태 쏟아내고 있는 그 아픔 끝의 기운이 이상하게도 포근하게 느껴져 슬쩍 눈물이 나오려고까지 한다.

그가 느릿하게 그녀의 다리를 놓아주었고 그런 뒤 고개를 내려 그녀의 얼굴을 저와 마주 보게 한 뒤 길게 입을 맞추었다. 이윽고 입술을 물리며 그는 흔들리는 그녀의 시선을 붙잡아 살며시 미소까지 지어주었다. 아루는 진한 밤의 향기에 그만 어지러워졌다.

그녀와 달리 무천은 여인과의 정사가 처음이 아니었음에도 아루에게 무어라 말을 건네주어야 하는지, 어찌 마음을 어루만져 주어야 하는지 매사 늘 당당하던 그도 이 순간이 마냥 어색하기만 했다. 결국 그가 꺼낸 말은 이러했다.

"……애썼다."

그 말에 순간 그녀는 다리 사이의 따스한 기운이 그저 얼얼한 통증으로만 느껴져 멈칫 몸을 굳혔다.

그것을 모른 채 무천이 그녀에게서 천천히 몸을 빼냈다.

사내의 것이 빠져나가며 미끄덩한 것도 함께 흘러내리는 것을 아루는 멍하니 느끼고 있었다. 시선이 무의식중에 그의 움직임을 좇았다. 이불을 끌어온 그가 고개를 돌리며 생긋 웃어 보였다.

"다음 번은 이러지 않을 것이다."

아루는 자신의 얼굴이 찌푸려진 것도 느끼지 못했다.

무천도 흐려 있는 표정을 마주하고는 한껏 부풀었던 마음이 살며시 꺼지는 것을 느꼈다. 하지만 애써 웃음을 지어 보였다.

"운우지정雲雨之情은 차차 알면……."

그러나 호기롭게 뱉어낸 그 말은 끝에 가서 방향을 잃고 허공으로 흩어져 버렸다. 아루가 이불을 쥔 채로 바로 몸을 돌려 방바닥에 널린 옷가지 사이로 손을 뻗었던 것이다.

사내의 옷을 입고 있었던지라 무엇이 누구의 것인지를 몰라 손이 바닥을 한참 더듬었다. 게다가 흘러내리는 이불까지 신경써야 했기에 움직임은 더디기만 했다. 뒤로는 그녀의 움직임을 따라 가만히 유영하는 사내의 시선까지 느껴졌으니.

그때 갑자기 벗은 상체가 불쑥 튀어나오더니 훅 하고 호롱불을 꺼버렸다.

"어어……."

어두운 사위에 사물을 분간할 수 없게 된 아루가 안타까운 신음을 뱉어내는데 불을 끈 사내가 이불 안으로 내려오며 그녀의 몸을 빠르게 낚아채 품 안으로 끌어당겼다. 아루는 단단한 맨살이 얼굴에 부딪히자 급히 숨을 들이킬 수밖에 없었다.

"바닥은 뜨거워도 공기는 차니 너랑 나랑 체온이나 나누자꾸나."

무천은 그녀를 품에 안고 그렇게 한동안 가만히 있었다.

잠시 침묵이 흘렀고 그는 그녀가 애써 긴장을 숨기려 한다는 것을 알았다. 그녀의 미세한 숨결이 가슴팍을 간질이자 그는 다 풀리지 않은 욕정에 또다시 몸이 뜨끈뜨끈해져 왔다. 결국 무천이 아루를 천천히 놓아주었다.

늘 쌔근쌔근 잠들어 버리는 그녀를 곁에서 지켜보며 욕구를 풀어내지 못해 한숨 쉬던 밤이 얼마였던가. 마음 같아서는 새벽닭이 울 때까지 아루를 원 없이 품고 싶은데 오늘 밤은 여기서 끝내야 한다. 그녀를 위해서였다.

헌데 주춤거리며 그에게서 물러나는 그녀를 보니 무천의 가슴에 스멀스멀 이상한 감정이 샘솟았다. 저러라고 풀어준 것이 아닌데…….

그가 장난기 어린 미소를 지으며 그녀와의 거리를 좁혔다.

이제 세밉 어둠이 익숙해져 서로가 서로의 얼굴을 눈에 담을 수 있는 시각, 무천의 눈은 웃고 있었고 반대로 그를 바라보는 아루의 눈에는 묘한 빛이 감돌고 있었다. 내가 또 화를 낼까, 용케 두려움까지는 감추어냈구나. 무천이 다가가 아루의 입술을 머금었다.

"아얏!"

그가 웃으며 고개를 들어 올리는데 그제야 그녀의 눈에 겁이 떠올라 있었다.

"더…… 더는 무…… 물어뜯지는 마셔요."

존대?

어둠 속에서 커다래진 무천의 눈에 섬광이 돌다 사라졌다. 그가 눈매를 접어 웃으며 짐짓 그 빛을 얼른 감추어냈다.

사내를 처음 맞았다고 지아비 대하듯 여인이 보이는 예의는 필시 아닐 것이고, 아루는 지금 두려워하고 있었다. 그녀 자신조차 존대를 했는지 느끼지 못할 만큼.

"아팠느냐?"

"까…… 깜짝깜짝 노…… 놀란 정도."

존대는 사라졌지만 더듬거리는 말투가 얼마나 기가 죽어 있는지가 느껴져 무천은 제가 벌인 짓임에도 그만 아루가 안쓰러워졌다. 그런데 귀여움은 그것을 배로 넘어서니 어쩐단 말인가.

"네가 깨물기가 아주 적당한 살이다."

무천의 손이 이마 위의 머리칼을 넘겨주기 무섭게 이번에는 아루의 눈이 커다래졌는데 주춤주춤 엉덩이를 뒤로 빼는 모양새가 사뭇 웃기다. 그 모습을 무천이 짐짓 표정 없는 얼굴로 가만 바라보다 입을 열었다.

"너 그러다 요 밖으로 밀려난다."

그녀는 진짜로 간당간당 이불 끝에 몸을 걸치고 있었다. 한참을 바라보자 그녀도 그의 시선에 묶여 그를 놓지 못했다.

맹수 앞의 토끼가 된 것처럼 부들부들 떨어대는 아루의 모습은 사내 마음을 꽤나 자극하고 있었다. 무천이 움직임을 크게 해 확 다가가자 놀란 그녀가 몸을 쑥 빼려다 이불 밖으로 밀려났다. 그런 그녀를 낚아채 그가 한 바퀴 굴렀고 동시에 사내의 호쾌한 웃음소리가 방 안을 갈랐다.

이제 그들은 처음 이곳에 짐을 풀며 들어섰던 날, 무천이 정해놓은 그 각자의 자리에 위치해 있었다. 그녀가 벽을 등지고 그가 문을 등졌던 그 자리. 차이가 있다면 좁은 이불을 하나로 해서 그 아래 그가 그녀를 품고 있다는 것뿐.

"그때 왜 그랬느냐? 모르겠어? 생각 안 나?"

잠이 가득한 눈꺼풀을 깜빡이며 아루가 간신히 무천의 말을 듣고 있었다. 웃으며 말하는 그의 목소리가 가물가물했다.

"그때 내가 낮술을 엄청 마시고 네 앞에 나타났는데도 그런 내가 정녕 기억이 나지 않는단 말이냐? 네 앞에서 허리를 더 숙이라며 행패를 부렸는데도?"

비몽사몽한지라 아루는 대답할 기력도 없었다.

무천이 그녀의 보드라운 뺨을 쓸다 손을 떼어 그의 턱으로 가져가며 다시 말을 이었다.

"흐음, 생각이 안 난단 말이지? 너 그때 내가 예의 없다며 한갓진 길로 끌고 가 수십 번 인사교육을 시켰는데 그 통에 네 얼굴이 사색이 될 정도로 하얗게 질렸었단 말이다. 나는 기억하는데 정작 너는 왜 기억을 못 해?"

감겨 있던 아루의 눈이 느리게 뜨였다. 그에 무천이 눈을 빛내며 다시 속삭였다.

"그거, 너 왜 그랬는 줄 아느냐?"

아루가 간신히 고개를 저었다.

무천이 씩 웃었다.

"처음에 지저분한 몰골로 너를 만났다 하여 네가 그 첫인상만 가지고서 나를 계속 무시하니 내가 참다가 그날 터져 버린 것이었다. 이래봬도 나 좋다는 여인네들이 그때부터 지금까지 얼마나 많은 줄 아느냐? 왜 유독 너만 내가 싫은 건데?"

무천이 짐짓 화가 난 얼굴을 하고서 아루의 이마를 손가락으로 살짝 미는데, 반응이 없다.

'결국 잠이 들었나?'

무천이 다소 허탈한 미소를 지으며 아루의 얼굴을 물끄러미 바라보는데 그래도 여인에게로 향한 소곤거림을 멈출 수가 없다.

"나중에 내가 좋은 옷만 골라 입고 갔는데도 너는 모르쇠로 일관했지. 처음부터 내 생김 따위 관심 두지 않았던 것처럼. ……알고 있었다. 네 눈에 무례함 따위는 없었다는 걸. 오히려 어찌나 예의가 바르던지……. 그게 얼마나 내 속을 뒤집어놓았는지 아느냐? 다시는 그러지 마라, 여난아루."

그가 아루에게 바짝 다가가 입술을 부드럽게 머금었다 떼었다. 그리고는 그 입술에 웅얼거리듯 마저 속삭였다.

"너 내보내고 나서 나도 오늘 하루가 정말 속이 탔다. 그래서 피곤한 줄 알면서도 재우지 못하고 이리 주절댄 거니 팔푼이 사내 만났다고 한탄하지 마라. 잘해주마."

무천이 고운 얼굴에서 아쉬운 손길을 떼어내며 조심히 이불을 걷고 일어났다.

잠시 뒤 어둠 속에서 문이 열렸다 닫히는 소리가 났다.

"수고했소. 간밤엔 고맙기도 했고."

"웬걸요. 헌데 누가 아프기라도……."

"알 거 없소."

밖에서 태자와 주모의 대화 소리를 들으며 아루가 우두커니 방 안에 앉아 있었다. 이제 막 목욕을 마친 그녀는 젖은 머리칼을 늘어뜨린 채로 생각에 잠겨 있었다. 곁눈으로 대야의 물과 함께 피 묻은 무명천이 보였다. 그녀는 애써 눈을 깜빡여 그것을 시야에서 몰아냈다.

늦게까지 잠을 자고 일어나니 아무도 나올 리 없다며 부엌에서 목욕을 하라고 태자가 눈짓했다. 밖으로 나가니 정말이지 희한하게도 마당은 쥐 새끼 한 마리 보이지 않도록 고요했고 커다란 나무목욕통에서는 뜨거운 김이 모락모락 피어오르는게 어서 들어오라 유혹하고 있었다.

헌데 늘 그리던 따뜻하고 개운한 목욕을 그렇게 호사스럽게 마쳤음에도 아루는 주체할 수 없이 기분이 가라앉고 있었다. 어차피 마음을 내려놓고 그를 받아들인 것이기에 어젯밤 그와 몸을 섞은 것이 그녀를 이토록 우울하게 만드는 것은 아니었다.

"아니 이런 여윳돈까지 주시다니 고마워서 어쩐대. 상 들고 제가 안으로……."

"되었소."

끼익.

무천이 상을 들고 안으로 들어서며 활짝 웃었다. 하지만 아루는 먹빛 머리칼을 무릎에 가닥가닥 쏟은 채로 고개를 푹 숙이고 있었다. 순간 그의 얼굴이 그녀가 만들어내는 분위기만큼이나 어두워졌다.

하지만 그는 짐짓 밝은 어조로 입을 열었다.

"밥 먹자꾸나."

탁 하고 무천이 그녀 앞에 상을 내려놓았고 아루가 천천히 고개를 들어 제 앞에 수북이 쌓인 밥과 소고기국을 바라보았다.

그녀가 그것을 멀거니 보기만 하자 무천이 재차 재촉했다.

"어제 먹은 것이 없잖느냐? 먹고 나서 부족하면 더 달라 하자."

그러나 아루는 힘없는 미소만 지어 보일 뿐이었다.

"아니야. 이제 밥 축내지 않을 테니 부엌간에 얘기해서 내 밥은 반만 달라 해도 좋아."

손에 들린 숟가락이 우뚝 멈추었다. 무천은 예기치 않은 싸한 통증이 순식간에 가슴 안을 파고드는 것을 느꼈다. 진심이 아니었는데 어제 했던 그 말을 그녀가 많이 새겼나 보다.

그가 침을 삼키며 부러 웃음을 지었다.

"어제는 그저…… 그저 해본 말이다. 너는 너무 안 먹어. 나는……. 흠! 건강한 여인이 좋다."

그리 말을 해주었는데도 아루는 여전히 우울한 얼굴이다. 보다 못한 무천이 상을 번쩍 들어 일단 옆으로 치웠다. 그리고는 그녀 앞으로 다가가 턱을 들어 올려 고운 얼굴을 응시했다. 어쩐지 듣기 싫은 대답이 나올 것만 같은데도 그는 물을 수밖에 없었다.

"왜 그러는데?"

그가 싫고 어젯밤이 끔찍해 그런 거라 하면 품에 안아 마음을 다해 달래주며 그래도 너는 내 것이니 어쩔 수 없다, 그리 납득시킬 생각이었다.

헌데 그녀에게서 나온 말은 뜻밖의 것이었다.

"아무래도…… 내가 어딘가가 아프지, 싶어서. 죽어도 좋다고 줄곧 생각해 왔는데……. 막상 어디가 이상한 것 같으니까 왠지 이대로 사라지는구나 싶어서……. 허무해."

가슴을 저미게 하는 그 말에 무천은 눈을 감았다 뜨며 물었다.

"어디가, 좋지 않은 것이냐?"

그녀가 고개를 들어 올리며 불안한 눈망울로 그를 쳐다보았다. 한참을 말이 없던 그녀가 입을 열었다.

"……알잖아. 알고 있잖아. 어젯밤에 내가 잠이 들었을 때 내 피를 닦아주고, 그랬잖아."

그 말에 무천의 미간이 쭉 펴지며 입이 벌어졌다. 그녀가 고개를 떨어뜨리며 힘없이 말을 이어나갔다.

"목욕하러 들어갔는데……. 내내 아팠다."

"흡!"

무천이 털썩 주저앉으며 터지는 웃음을 참으려 황급히 입을 다물었다.

아루는 잔뜩 일그러진 그의 얼굴을 보며 울먹울먹했다. 방울방울 떨어지는 눈물을 참아가며 그녀가 떨리는 손을 그에게로 뻗더니 갑자기 허리춤을 걷기 시작했다.

이처럼 놀란 적이 없어 무천은 눈이 밖으로 튀어나오는 것은 아닌가 생각할 정도였다. 그러나 가느다란 손가락이 맨살에 닿아오자 그 서늘한 감촉에 웃음을 참으려 애쓰던 것이 언제였냐는 듯 금세 색다른 감각이 서서히 찾아드는 것을 느꼈다.

아루가 그날의 상처, 그 허리에 난 긴 흉터를 더듬으며 물기 어린 음성으로 묻고 있었다.

"너도 피를 쏟고 난 뒤에 이리 아팠냐? 죽을 만큼 아팠냐?"

저도 모르게 무천은 살짝 미소를 머금었다.

'너를 사랑한 결과라 괜찮다. 헌데 말이야…….'

늘 왜 아루는 이 긴 상처를 몇 번 보았는데도 그때마다 놀라지 않는 건지, 그날의 마지막 스침에 대해 왜 묻지 않는 건지 궁금함을 넘어 서운했더랬다. 다른 여인들은 그러지 않았으니까. 심지어 목숨을 구해준 선화마저 보고서 놀란 흉터인데.

'너는 처음부터 그랬지. 네 맨 얼굴과 나신을 몰래 훔쳐보게 된 다음날…….'

발을 씻겨라, 명을 받은 너는 상체를 벗고 있는 나를 보고 놀랐을 뿐 이 상처에 대해서는 전혀 오래 눈에 담지 않았다.

"네 참으로 이상하구나."

"그렇지?"

불안하게 흔들리는 눈망울만큼이나 그녀의 손가락이 의미 없이 그의 허리를 더듬어 나가자 그의 호흡이 결국 밖으로 거칠게 토해져 나왔다. 그가 잠시 열기로 뜨겁게 달아오른 얼굴을 숙였다 불쑥 들어 올리며 불만스레 말했다.

"너는 어젯밤에는 나를 단 한 차례도 만지지 않고 그저 편하게 누워 즐기기만 하더니 이젠 해가 이리 중천에 떴는데도 고새를 못 참고 유혹을 해 오는구나. 참으로 이리 요망스럽게 밝혀오는 너를 데리고 살아야 한다니 벌써부터 내 명줄이 걱정이다. 허나 그런 계집의 청을 사내가 모른 척한다면 그 또한 실례일

터. 밥도 먹지 못해 힘이 무척 없지만 너를 위해 내 젖 먹던 순간까지 어디 한번 기억해 보마."

풀썩!

무천이 아루를 덮치자 방울방울 눈물을 흘리던 그녀가 바닥에 고꾸라지며 이게 뭔 일이야, 황망히 눈알을 굴렸다.

그녀가 무릎에 두 팔을 얹은 채로 툇마루에 쪼그리고 앉아 있었다. 토방 위에 한쪽 다리를 짚고 신을 신던 무천이 갑자기 얼굴을 들어 올리더니 그런 그녀를 향해 사내다운 웃음을 씩 흘렸다.

하지만 아직도 화가 덜 풀린 것인지 아루는 바람처럼 쌩 고개를 돌려 버린다. 붉은 입술을 삐죽이는 것이 예전의 바로 그 여난아루였다.

무천이 미소를 감추지 못하고 그런 아루의 얼굴을 내내 응시했다.

"누가 만져 줬는지 머리도 참 곱다."

그 말에 아루가 눈에 힘을 주어 그를 올려다보는데 무천이 어우 무서워, 하며 그녀의 약을 바짝 올렸다.

아까 전 영문도 모르고 그에게 어버버 당한 뒤 그녀는 그만 힘이 빠져 축 늘어져 있었더랬다. 그런 아루를 태자는 그의 무릎 위로 끌어안아다가 머리에 비녀를 꽂아주며 태연히 말했다.

“너는 나를 서방 삼겠다, 약조까지 맺어놓고 정작 중요한 교육은 받질 못했구나. 그런 줄 알았더라면 인사교육이 아니라 네 손을 잡아다가 기루로 끌고 가는 것이었는데.”

까만 눈으로 아루가 그를 올려다보자 태자가 흠흠 헛기침을 하며 소위 그 중요한 교육이라는 것을 읊어나갔다. 논어를 말하는 듯 진지한 얼굴로 강의를 해나가는데 그것을 들으며 결국 아루는 침도 삼키지 못할 정도로 얼어버렸다.

그가 마지막 말을 장식하길 궐에 들어가면 따로 선생을 붙여줄까, 아니면 오라버니 한번 믿어볼래, 그 말에 그때까지도 넋이 나가 있던 그녀가 번쩍 고개를 치켜들며 확 그를 떠다밀었다. 그때 아루의 얼굴은 무천이 따주었던 그 까치밥 홍시마냥 엄청 익어 있었다.

“모르는 게 있으면 언제든지 이 오라버니에게 물어보아라, 여난아루.”

씩씩거리는 그녀를 내려다보던 그가 앙증맞은 콧잔등을 손가락으로 톡 건드리자 그녀가 파리 떼를 쳐내듯 그 손을 확 걷어내는데 짜증이 몹시 난 듯 급기야 눈에 눈물까지 어리어 있었다.

일어서서 방 안으로 돌아가려는 아루를 무천이 뒤에서 번쩍 안아 들어 올렸다. 놀란 그녀가 결국 꺅 소리를 지르며 외쳤다.

“놓아라! 이거 놓아!”

무천은 다시 기가 살아난 그녀가 귀여워 쿡쿡 웃음을 쏟아냈다.

"녀석을 본다고 했잖느냐. 안 볼 거야?"

그때서야 아루는 입술을 뾰로통하게 내밀며 입을 다물었다. 무천이 빙그레 웃으며 성큼성큼 그녀를 안고 걸음을 옮겼다.

가는 내내 마당이 참으로 고요한 것이 어쩐지 이상해 아루는 태자의 품에 안겨 불안한 눈으로 주막 이곳저곳에 시선을 두었다. 그러던 것이 태자의 가라말이 보이자 입가에 절로 미소가 지어졌다.

"보아라."

마구간에 도착한 무천이 그녀가 보기 편하도록 몸을 돌려주었는데 아루는 어느새 편안하게 그의 품에 안기어 어제의 동지를 마주한 반가움에 웃음 짓고 있었다.

아루가 손을 뻗어 말의 콧등을 쓸어내리는데 태자의 음성이 들려왔다.

"몸이 약한지 골골거리는 거 몇 번 봤다. 거기다 도통 밖에 나오지 않으려 하기에 너 운동시킬 겸 명분 만들어 한 며칠 녀석이랑 있게 한 것이다."

그 말에 아루의 놀란 눈이 무천을 향했다. 그가 어여쁜 얼굴을 보기 위해 고개를 숙였을 때는 의아함과 불신이 뒤섞인 흐릿한 눈이 그에게로 향해 있었다.

무천이 황급히 얼굴을 들어 올리며 화제를 돌렸다.

"녀석의 이름, 알려줄까?"

아루 역시 몇 차례 눈을 깜빡이다 이상한 생각을 털어내려는 듯 검은 말을 보며 웃었다.

"이름이 있는 아이였어? 근데 왜……?"

"아이? 풋!"

그가 웃음을 깨물며 그녀를 번쩍 고쳐 안았다.

"저놈을 아이라 하는 것은 놈에 대한 실례다. 녀석의 이름은 아무도 모르는 기밀이나 어차피 우리는 알 거 모를 거 다 공유하는 사이이니 이제 너도 저 녀석의 이름 정도는 알아도 되겠지. 손을 내밀어보아라."

아루가 무천이 내뱉은 묘한 농에 눈을 흘기며 손을 내밀자 그가 능청스레 웃다가 그녀의 손바닥을 곧게 폈다. 그리고는 무언가를 써 내려갔다.

"'飛'…… '霧'…… '風'……?"

히이이이잉!

말이 끝나기도 전에 말 울음소리가 들려오자 놀란 그녀가 고개를 돌려 녀석을 쳐다보았다.

"전쟁터에서 밤에 함께 시간을 보내며 수도 없이 불러준 이름이다. 저리 반응하는 건 당연한 거야. 간단히 무풍이라 불러도 된다."

자신의 이름이 불리자 또다시 녀석이 히이이잉 했다.

아루가 가만 뜻을 읊었다.

"안개바람."

"그래. 정확히는 비무풍, 고로 안개바람을 날아라, 이다."

그녀가 무풍에게서 눈을 떼며 태자를 올려다보았다. 궁금증이 담긴 아루의 눈빛에 그가 허공을 쳐다보며 짐짓 딴청을 피웠다. 어쩐지 그의 귓가가 붉어 보인다.

망설이듯 시선을 이리저리 두던 그가 드디어 입을 열었다.

"녀석의 이름이 그렇게 된 데는 말이야……."

"휘랑! 너 말이야. 그러는 거 아니다. 그 지도에 관심 없는 척 가라한만이 신세계고 지상낙원이라며 우리한테 그리도 면박을 줘놓고 네 애마 이름을 그따위로 지었던 거냐?"

불쑥 들려온 마호의 말에 두 사람 모두 자리에서 굳어버렸다.

마호가 건초더미 사이에서 걸어나오며 손을 탈탈 털고 있었다. 그에 무천이 버럭 성을 냈다.

"방 밖으로 나오지 말라고 했지 않느냐!"

"그랬지. 근데 꼼짝도 말라는 말에 너무도 답답해서 몰래 나왔다. 그것이 참으로 잘못이었음을 지금 깨닫고 있어. 친우에게 이리 심한 배신감을 느끼게 될 줄이야."

마호가 무천에게서 느릿하게 시선을 떼어 두 사내를 향해 영문 모를 시선을 보내고 있는 아루를 쳐다보았다.

"간밤이야말로 강녕하시었겠지요?"

장난기가 가득 밴 그 말에 그녀는 저번과는 달리 마호를 쏘아보지 못하고 고개를 푹 숙였다.

마호가 쿡쿡 웃으며 그녀의 얼굴을 향해 천천히 고개를 들이미는데 여인이 무천의 품에서 자꾸만 자라목이 되어 움츠러든다.

"너 아들은 잘 있던가?"

무천의 뜬금없는 말에 아루를 상대로 장난을 걸던 마호가 황당하다는 듯 친우를 올려다보았다.

무천이 흠흠 헛기침을 하더니 아루에게로 대뜸 말했다.

"저놈 아들이 다섯 살이다."

태자의 뜬금없음에 이상한 시선을 보내기는 아루 역시 마찬가진데 어쩐지 마호는 여인 앞에서 서툰 질투를 해 보이는 친우가 웃겨 그의 수줍은 정인이 더욱 놀리고 싶어졌다.

"어우, 이 주막 말이야. 지어진 지가 상당히 오래되었나 봐. 흙벽이 완전 낡았는지 밥 먹을 때 건넛방의 숟가락질 소리가 다 들리더라고."

그 말을 하며 그가 침을 꼴깍 삼키는 아루를 빤히 쳐다보았다. 이번에는 무천도 짐짓 웃음을 삼키고 있었다.

"이건 좀 딴 얘기인데요. 간밤에는 모두들 잠을 이루지 못한 모양이더라고요. 근데 이 불쌍한 사내들이 아침을 먹다말고 밥알도 죄다 흘리는 게……. 그거 왠지 아세요, 마님?"

아루가 태자의 가슴팍을 손으로 확 밀치며 바닥에 황급히 발을 디뎠다.

무천이 웃음을 깨물며 그녀의 팔을 잡아 돌려세우려 했지만 아루는 벌게진 얼굴로 말도 잇지 못한 채 황급히 몸을 내빼느라 정신이 없어 보였다. 치맛자락 아래 신을 신지 않은 버선발이 자그맣고 예뻐 보였다.

두 사내가 마주보며 껄껄 웃었다. 옆에서 무풍도 히이이잉 따라 웃고 있었다.

2장

恁知此意不可忘

그대가 이 마음 잊어서는 아니 됨을 안다면

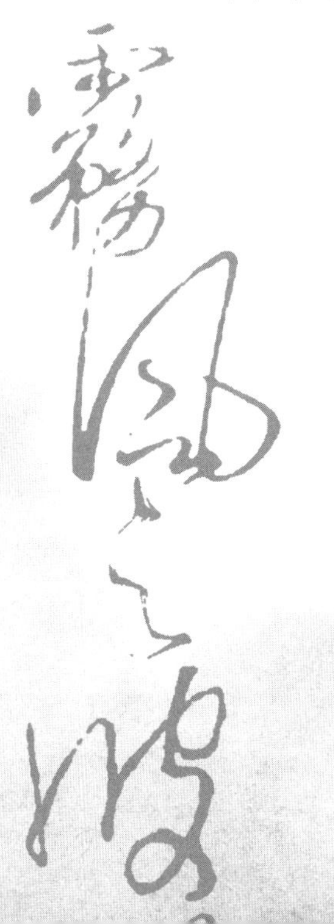

但有舊歡新怨

지나간 즐거움과 새로운 원망이 있을 뿐

어둠 속에서 고기를 우적우적 씹는 사내의 눈이 야차같이 번득였다. 형형하게 늘어뜨린 퍼석거리는 머리 다발은 윤기라곤 하나 없었는데 그 아래로 꿈틀대는 턱 근육이 매우 사나워 보였다.

그가 손을 뻗어 때가 꼬질꼬질 낀 옷소매로 기름진 입술을 슥 닦아냈다. 입가에 맺혔던 그날의 상처는 이제 아물어 흔적도 없이 사라진 상태였지만 마음 안에 새겨진 상처는 전혀 그렇질 않았다. 되레 곪고 터져 핏물이 질질 흐르고 있었으니.

"더 먹지 그래?"

옥 밖에서 소야의 조심스런 음성이 들려왔다. 늘 그렇듯 찬갈에게서는 대꾸가 없었다. 그의 눈이 어딘가를 헤매며 또다시 누군가를 그리고 있었다. 바로 아루였다.

달포가 훨씬 지났건만 그녀의 모습은 코빼기도 보이지 않았다. 대신 무성한 소문들이 들려왔는데 세상과 단절된 이 어둡고 습한 곳에까지 말들이 전해 와 찬갈은 그것이 오히려 괴롭고 힘들었다.

그가 가만 눈을 감았다 떴다. 어느새 칼날 같은 찬 빛은 사라지고 아련한 기운이 눈가에 맴돌고 있었다.

"찬갈! 찬갈!"

아루가 거꾸로 매달린 채 공포에 질려 울부짖고 있었다. 그는 포승줄에 감기어 몰매를 맞으면서도 그녀에게서 눈을 떼지 않았다. 그럴 수가 없었다. 아루를 데려가느라 펄럭이는 놈의 도포자락이 그의 마음을 미치게 했다.

"놓아라! 놓으란 말이다!"

지난 5년이 늘 험하고 굴곡진 나날의 타래들이었지만 그때처럼 죽을힘을 다해 세상에 분노해 본 적은 없었다. 헌데 아루의 목소리는 아련하게 들려오다 사라지고 있었다. 그리고 영영…….

"곰치, 오늘 아침 말이야. 높으신 분들이 지나가는데 무언가 궐에 말이 많더라."

소야기 또다시 계집을 그리고 있음이 분명한 찬갈의 마음을 대번에 알아채고는 곰치를 보며 뜬금없는 운을 뗐다.

곰치가 소야의 말에 화들짝 놀라며 흠흠 헛기침을 했다. 그녀가 무슨 말을 내뱉어 다시 찬갈의 심기를 건드릴지 바짝 긴장이 되어 괜스레 팔꿈치로 툭툭 소야를 건드려 보는데 그녀는 눈썹 하나 꿈쩍을 안 한다.

소야가 천연덕스런 얼굴로 고개를 갸웃하며 입을 열었다.

"참 이상해. 그 계집이 수많은 사내들 틈에 끼어 홀로 궐을 나섰다는데, 그 후부터 흉흉한 소문들이 떠도니. 과연 그 계집 지금쯤 사내들이 가만……. 헙!"

찬갈의 매서운 눈이 소야에게로 향하자 그녀가 그 매서운 기운에 저도 모르게 입을 다물었다. 결국 그의 기세에 밀려 고개를 숙인 그녀였지만 서러움이 밀려오는 것은 어쩌지 못했다. 자신이 이리 지극정성을 보이는데 찬갈은 저리 냉담만 하고, 그것도 모자라 그년만을 애타게 그리는 것이 몹시도 서운해 소야는 옥을 나설 때마다 눈물을 쏟은 것이 한두 번이 아니었다.

현재 궐 안에서 자취를 감춰 버리신 태자마마는 이상하게도 목숨을 노린 찬갈에게 특식을 넣어주라, 명까지 내렸는데 사람들은 이를 두고 말이 많았다. 맛난 것을 즐기며 편히 옥생활을 하다 고통스럽게 죽음을 맞으라는 뜻이라며 형졸들조차 그 앞에서 공공연히 낄낄거렸으니까.

그래서인지 아니면 못쓸 그 온풍 년 때문인지 찬갈은 식음을 전폐한 적이 있었는데 어느 날 그가 다시 음식을 입에 대는 것을 보고 소야는 뛸 듯이 기뻐했었다. 그것이 자신의 정성 때문이라 생각하며.

용기를 내어, 내 무슨 수를 써서라도 너 하나 목숨은 건져 볼게, 형틀 사이로 그 말을 전하기도 수없이 했지만 그때부터 그의 형형한 눈은 허공 어딘가를 더듬기 시작했다. 소야는 어디선가 저런 눈빛을 본 적이 있음을 떠올렸다.

새끼를 잡아간 개장수들을 보며 어미가 목숨을 내놓고 우짖는 울음, 바로 그것이었다.

그리 좋냐, 그 계집년이? 묻기도 수차례, 소야는 겉울음, 속울음을 반복해서 토하며 근 한 달을 그의 곁에서 버텼다.

사실 우습게 알았던 온풍 계집이 그리 고운 미색이었다니, 내놓고 자랑하는 성정은 아니었지만 자신 또한 얼굴이 빠지지 않는다, 살면서 나름 뿌듯함을 가졌었는데 온풍 년은 정말이지 사내들이 맥을 못 출 만큼 예뻤다.

소야의 어깨가 그만 축 처졌다.

"있잖아. 태자가 끼고 간 그 계집이 사실은 온풍의 공주였대. 태자마마님, 언젠가 온풍의 여인과 혼약이 오갔던 적이 있다고 이제야 사람들이 수군거리더라. 가물가물하지만 그랬던 것도 같아, 정말. 아! 그리고 진짜 재미있는 건 그 계집이랑 같이 붙어 다니던 노비 녀석이 계집을 호위하던 종놈이었다나?"

"오메메, 진짜야? 나는 그저 높으신 나리든 천것이든 예쁜 계집이라면 사족을 못 쓰는구나, 그렇게만 생각했는데 그게 사실이라면 참으로 더럽게 묶인 인연들이네."

생각을 털어내려는 듯 소야가 머리를 휘휘 저었다. 옆에서는 곰치가 찬갈을 보며 나지막이 식사를 더 권하고 있었다.

"좀 더 들지 그러냐?"

"되었다. 시끄러우니 찾아오지 마라."

"찬갈!"

그의 냉담한 말에 소야가 결국 분통을 터뜨리자 곰치가 조용히 한숨을 내쉬며 둘 사이를 갈랐다.

"찬갈, 그러지 마. 응? 옥내에 있어 모르겠지만 궐 안에 돌고 있는 낌새가 조금 이상하단 말이다."

찬갈의 태도는 정말이지 조용하기만 한 소야의 평소 성정마저 변하게 하고 있었으니 곰치는 그런 녀석이 걱정스럽기만 했다. 다행이라면 여전히 무심한 표정이나 찬갈이 그 말에 고개를 돌려 응시해 왔다는 것이었다. 그에 힘을 얻은 곰치가 다시 입을 열었다.

"여기서 나가게 되거들랑 제발 다른 때처럼 나서지 말고 몸을 사리란 말이야. 소야에게도 좀 잘해주고."

그러나 대꾸할 가치가 없다는 듯 찬갈은 고개를 돌려 버렸다. 곰치가 그런 그를 안타깝게 바라보았다.

지금 노비들 사이에서는 가라한 출신의 노비들이 온풍 것 때문에 손목이 잘려 나갔다는 소문이 돌면서 이래저래 말이 많았다. 처음에는 그런 명을 내리신 태자마마에 대한 불만의 목소리가 잠시 흘러나오기도 했으나 그것은 금세 온풍에 대한 반감으로 뒤바뀌어 버렸다. 찬갈이 옥 밖에 나오기만을 이를 갈고 기다리는 놈들이 허다했으니.

이를 두고 사람들은 태자저하께서 이민족을 포용하는 모습을 보이고자 녀석을 일부러 살려준 것이라고들 했다. 허나 진짜 마마의 속내는 역시 우리 가라한 사람의 것이라며, 찬갈이 목숨을 부지해서 이곳을 나가는 순간 다른 가라한 노비들에 의해 몰매를 맞아 숨지는 더 잔인한 꼴을 바라실 거라고들도 했다. 그리함으로써 성군이다, 대인배시다 소리도 듣고 하극상을 벌인 놈들에 대한 경고도 날리는 일석이조의 효과를 노리시는 거라고 모두가 입을 모았다.

하기야 오늘 아침만 해도 취사장의 노비가 밥을 퍼주며 했던 이야기가 있었으니.

"놈이 나오면 나는 태자마마를 위해서라도 펄펄 끓는 가마솥의 기름을 녀석에게 한 바가지 부어줄 테야. 낄낄낄."

곰치가 부르르 몸을 떨며 찬갈을 바라보았다. 사태가 이러한데 놈은 아무리 타일러도 소 귀에 경 읽기다. 밖의 상황 따위 관심조차 없다는 듯 그의 눈동자는 늘 무언가를 헤매며 현실을 놓고 있었으니 곰치는 참으로 답답할 뿐이었다.

그가 찬갈을 안타까운 눈으로 훑었다. 무릎 위에 얹어진 불끈 쥔 녀석의 주먹이 단단해 보이는 것이 불안하기만 했다.

此心炯炯君應識

이 마음 분명함을 그대는 응당 알 것이네

“궐에 연통을 넣고 오는 길이다. 무슨 일이 생기면 그리로 사람을 보내라 했다.”

마호가 사내들로 북적이는 주막의 마당에 서서 애마에 안장을 놓고 있는 무천에게 나직이 고했다.

무천이 말 등을 툭툭 두드리며 친우를 향해 가벼이 웃어 보였다. 요즘 들어 늘 그랬듯 그는 매우 기분이 좋아 보였다.

“근데 정말 그리로 가는 것이냐?”

마호의 물음에 무천의 입가에 호선이 더욱 깊어졌다.

“그렇다.”

턱을 긁적거리며 마호는 그의 눈치를 살폈다. 애마를 챙기느라 바쁘게 손을 움직이는 친우의 얼굴을 바라보다 마호가 조심스레 입을 열었다.

"……여인 때문이냐?"

안장 끝에 물통을 매달던 손길을 거두며 무천이 몸을 틀어 마호를 바라보았다.

"온풍이라면 이 나라 계층 가운데서도 가장 아래다. 그곳을 둘러보고 사회상을 파악하는 것도 나쁘지 않은 것 아니냐? 궐을 나서기 전에 하층민의 삶을 살펴보기로 했던 것, 잊었느냐?"

태연한 그의 말에 마호가 잠시 할 말을 잃고 눈을 껌뻑거리다 입을 열었다.

"여인에게 언질은 주었냐?"

그제야 무천이 가만 고개를 돌려 아루를 찾았다. 그의 시선이 툇마루에서 멈추었다.

이제야 방에서 나온 것인지 아루가 토방 위의 신을 찾아 신고 있었다.

마호의 시선도 그런 그녀를 훑고 있었다.

자줏빛 치마의 풍성한 움직임이 꽃잎처럼 푹 꺼지며 연둣빛 저고리가 어여삐 반짝인다. 그리고 바라본 얼굴. 본래도 시선을 사로잡는 고운 낯이었으나 요즘 들어 보이는 발그레한 볼의 홍조나 윤기 흐르는 입술은 정말이지 여인에게서 시선을 떼기 힘들게 했다. 그것은 무천의 눈치를 살피며 짐을 꾸리는 군목정이며 감배수, 승동우 역시 마찬가지였다. 아니, 그들을 포함한 나머지 사내들 역시 한 번씩은 시선 간수를 못하는 것이 최고 상전인 무천 때문이든 여인의 미모 때문이든 이유야 어쨌건 간에 모두가 아루를 의식하고 있는 것만큼은 분명해 보였다.

비녀를 꽂은 머리가 분명 그녀에게 사내가 있음을 말해주고 있었으나 어쩐지 조금은 앳된 얼굴이라 아직은 댕기머리가 어울릴 것만 같이 귀엽고 풋풋하기만 했다.

마호가 슬쩍 친우의 얼굴을 올려다보았다. 이 순간 그는 다른 사내들을 죄다 조족지혈鳥足之血, 즉 새 발의 피로 만들고 있었다. 정말이지 증상이 심각해 보였다.

풀려 버린 눈으로 여인을 바라보며 헤 웃고 있으니 그는 지금 자신이 얼마나 얼뜨기 같은지 알고 있을까.

"처음 여기 올 때만 해도 엄청 바지런한 여인이라 생각했는데 웬일인지 요즘 들어 늦잠을 자주 주무시는 듯해. 얼굴 보기 힘들단 말이야. 처음 그리 행동한 것은 내숭이셨나 봐."

짐짓 태연히 농을 걸며 친우의 얼굴을 다시 바라보는데 무천의 얼굴이 미세하게 찌푸려지고 있었다. 시선을 따라 고개를 돌리니 아루가 입술을 깨물며 노비들 사이로 걸어가고 있었다. 어딘지 난처하고 미안한 듯한 표정이다. 그러더니만 덩치에 맞지도 않게 커다란 짐을 덥석 잡으니 되레 장정들이 놀라 황급히 태자를 돌아봤다.

아니나 다를까 그들의 주군이 팔짱을 끼고서 싸늘한 얼굴로 그네들을 응시하고 있었으니 그들이 바짝 얼어붙을 수밖에. 그러나 기실 무천은 어디 한번 너 두고 보자, 아루의 행동을 살필 요량이었다.

노비들의 움직임이 둔해진 것도 모르고 혼자서 짐을 나르느라 아루만 낑낑 열을 내고 있었다. 처음에는 어색하게 노비들 사이에 섰던 그녀도 움직이다보니 금세 또 일에 집중해 주변 시선을 몰랐다.

그 모습을 지켜보고 선 이들은 마당의 사내들만이 아니었다. 근간에 서운함을 느끼기는 했어도 분명 마음을 흔들어놓았던 미남자 휘랑의 마지막 모습에 여인들은 아쉬움에 젖어 부엌간에 서서 배웅을 준비하고 있었던 것이다.

헌데 갑자기 마당을 가로지르며 이상한 짓을 벌이는 여인의 모습이 눈길을 끌었으니. 안 그래도 그녀 정체가 무엇이냐, 어느 때는 휘랑에게 미움을 받는 것 같아 꼬숩다 했더니만 요즘 들어서는 방에서 밤새 둘이 뭔 짓을 벌이는지 사내들이 행상을 떠나도 계집은 방 밖으로 나오지조차 않는다, 저들끼리 쑥덕대곤 했었다.

더 얄미운 사실은 아침 일찍 주막을 나서는 휘랑의 얼굴은 해님 달님 저리 가라 갈수록 광채가 나는데 사람 없는 시간, 느지막이 눈가에 졸음을 가득 매달고 마당에 나와 낯을 씻는 계집은 닭 병든 것처럼 세숫물에 코를 박기 일쑤였으니 괜스레 혼기 꽉 찬 여인네들 마음이 한껏 짜증으로 부글거렸다.

그러한데 사내들의 시선을 마지막까지 한껏 매달고서 움직이는 아루를 보고 있자니 끝순이는 그만 부아가 치밀어 올랐다. 당그래를 부엌 바닥에 휙 내던지며 그녀가 아루 앞으로 가 섰다.

과장 보태 제 몸뚱이만 한 보따리를 이고 지고 가던 아루가 갑작스런 장애물에 고개를 들었다가 놀란 눈을 홉떴다. 그녀를 괴롭히던 끝순이에게 맞서 근래에는 당당함을 보여 오던 아루였는데 어인 일인지 보따리도 내팽개치고 황급히 몸을 돌려 버린다.

얼굴에 붉은 기운이 확 솟구치는데 시간이 지나도 가라앉기는커녕 더 새빨개져 와 아루는 고개를 세차게 저으며 어제의 기억을 몰아내려 애썼다.

어제, 그러니까 늦은 아침의 일이었다.

가짓수가 제법 많은 무거운 상을 들고 툇마루로 향하던 끝순이는 약이 바짝 올라 이를 빠드득 사려 물었다. 가뜩이나 요즘 들어 휘랑이 찬바람을 불어대 접근하기도 어려운데 저 계집 수발 드는 것도 아니고 이게 뭐하는 짓이야? 저가 뭐라고 끼니 때 딱딱 못 맞춰 사람 잔일을 불리는 거야?

"나와!"

했더니 잠시 뒤 문이 열리고 예의 그 잠기운이 묻은 긴 속눈썹이 깜빡깜빡 했다.

"왔어? 아함! 나 밥 생각 별로 없는데……."

길게 하품하는 붉은 여우 같은 고 입술을 노려보다 끝순이가 버럭 고함을 쳤다.

"애 뱄냐!"

아루는 정신을 놓고 우왕좌왕하며 노비들 사이를 파고들었다. 그녀가 땅바닥에 놓고 간 보따리 두 개가 생뚱 맞은 모습으로 마당 한가운데 놓여 있었다. 당황하는 아루의 꼴을 그놈들마저 바라보며 하하호호 웃고 있는 듯했다.

끝순이를 마주치고서 얼굴색을 간수 못하고 허둥대는 아루를 사내들은 고개를 갸웃하며 바라보았다.

속사정을 아는 이는 그녀와 끝순이뿐이었으니. 더 깊은 사정은 아루만이 알고 있었고.

밖에 나갔다 돌아온 태자는 상을 물리고 해가 떨어지자 또다시 웃음을 흘려대고 있었다.

능글맞은 저 웃음, 좋아 죽겠단다! 아루는 부러 벽에 바짝 기대어 서책을 보는 척했다.

그가 다가오더니 그것을 밀어내며 바짝 얼굴을 들이밀었다. 이를 꽉 깨물었으나 아루는 표정을 제대로 간수할 수가 없었다. 책을 보지 못해 골이 난 것처럼 보이길 바라며 그를 확 밀어내는데 되레 너 강하게 덮쳐 오는 사내의 힘을 여인이 어찌 감당하리오.

"저리 가! 절대 안 돼! 앞으로는……."

그가 천연덕스럽게 웃으며 물어 왔다.

"앞으로는 뭐?"

아루가 망설이다 조그맣게 말했다.

"앞으로는 저기서 자라. 나는 여기서 잘 테니."

얄미운 놈이 씩 웃더니 그리 못한다, 했다.

옥신각신 끝에 열이 올라 뜨끈뜨끈한 얼굴을 하고서 아루가 확 속을 질러 버렸다.

"덜컥 아이라도 들어서면 어째?"

낮의 끝순이의 말이 하루 종일 그녀를 짓눌렀던 것이다.

한동안 말이 없던 태자가 정말이지 순간 환하게 웃으며 아루를 바짝 끌어당겼다. 창피해진 아루가 무릎 사이에 얼굴을 파묻으며 손 대지 마라 팔을 휘저었지만 그는 꿈쩍도 않고 아루의 얼굴을 들어 올릴 뿐이었다.

"기별이 있어? 응?"

당황한 아루가 말을 더듬으며 그의 가슴팍을 있는 힘껏 밀어 버렸다.

"그…… 그런 거 없다!"

엉덩방아를 찧었으나 그는 금세 개구리마냥 폴짝 일어나더니 외레 앞으로 고꾸라졌다. 떨어진 곳은 바로 아루 위였으니.

그리고 그 고요하고 깊은 밤, 사내와 여인의 끈끈했던 뒤엉킴이 느슨하게 풀리는 그 야릇하고도 묘한 밤, 지쳐 있는 아루에게 그가 속삭였더랬다.

"아이가 생기면 너와 내가 열과 성을 다해 기르면 되는 것이다. 무엇이 문제더냐?"

사내를 바라보던 눈이 그때처럼 반짝였던 적은 없었던 듯싶다. 아루가 황급히 놀란 눈을 감추었지만 그때부터 급격히 심장이 뛰어대는 것이 이마를 지그시 눌러 오는 입술의 감촉에 그녀는 그만 정신이 혼미할 지경이었다. 정말이지 그가 너무도 멋있게 느껴져 아루는 등줄기를 타고 흐르는 무언가를 느꼈는데 그것이 묘하게도 두려움의 그것과 닮아 있다 그렇게 생각이 들었었다.

그리고 아침이 되었다. 분주히 들려오는 사내들의 소리에 늦게야 이불을 걷고 일어나던 아루는 문득 스치는 생각에 그만 급격히 우울해졌다.

모두들 짐을 싸고 떠나려는 준비에 한창이었다.

끝! 바로 끝을 준비하는 저 움직임.

저도 모르게 아루는 사내의 온기가 배어 있는 이불을 물끄러미 내려다보며 형언할 수 없는 어떤 기분에 휩싸여 버렸다. 구체적인 어떤 생각 따위가 아닌 그냥 무언가가 허무해지는 듯한 그런 느낌. 언젠가는 끝이 나버릴 것들. 나라가 망하고 세상이 끝났던 그때처럼 이것, 이 시간 역시 이렇게 끝이 나버리는구나.

너 잠시 꿈을 꾸었나? 아루는 가만 웃었다.

그래. 외지를 나온 사내가 당장 눈앞에 보이는 여인을 안고자 무슨 말인들 못할까. 괜히 세 치 혀라는 말이 있겠니, 여난아루?

"무슨 생각해, 휘랑?"

아루가 수레 위에 보따리를 얹으려 낑낑거리자 사내노비 하나가 다가와 얼른 그것을 받아 들었고 그녀가 그를 향해 고맙다, 미소를 지어 보이고 있었다. 아까부터 붉어 있던 여인의 얼굴에 살며시 미소까지 감돌자 그 모습이 꼭 수줍은 소녀 같았다.

노비 놈이 순간 멈칫했다. 처음에는 그저 아루를 높으신 부인 대하듯 굴며 짐을 받아 들던 놈이 갑자기 어깨에 잔뜩 힘을 주고는 사내기운을 뿜어낸다.

아루의 미모 때문만은 아니었으리라. 주군이 늘 애첩처럼 끼던 계집인데 저들 사이에 와서 얼쩡거려도 무어라 말을 하지 않으니 그네들의 마음에도 계집의 위치가 애매하게 자리 잡히고 있었던 것이다.

순간 상황이 읽힌 무천은 마호의 말에 대답도 않고 성큼성큼 노비들 사이로 걸어갔다. 그리고는 아루의 손을 낚아채 돌려세웠다. 당황한 여인의 눈과 차가운 분노를 머금고 있는 사내의 눈이 찰나 마주쳤지만 그가 이내 고개를 돌려 버렸다.

늘 그랬듯 힘을 이기지 못하고 아루가 그에게 끌려갔다.

*

그때와는 사뭇 달랐다. 아니, 처음에는 그때와 같았다. 무풍의 위에 앉혀지고 그 후 그녀를 안듯이 그가 올라탔을 때 아루는 궐을 나설 때처럼 바짝 허리를 세우고 그로부터 몸을 멀리 물렸으니까. 그러나 시간이 지날수록 피곤한 몸은 자꾸만 사내에게로 기울어갔다.

마음 안을 어지럽히는 갈등이 이제는 저도 귀찮아져 어느 순간 그녀는 그냥 몸에서 힘을 빼버렸다. 몇 번이고 몸을 섞은 사내인지라 정말로 그가 편해져 버린 것일 수도 있다고 어렴풋이 허망한 생각을 하며.

나도 모르겠다. 그냥 어찌할 수 없는 노릇이다. 그렇게 기댄 사내의 품이 따스하고 편안해 아루는 그냥 번잡한 속을 잊기로 했다.

올 때와는 분명 다른 길이었다. 강가를 빠져나가자 조금은 번화한 도시가 나타났다.

아루는 내내 이름 모를 강가의 한 주막, 그곳에서도 조그만 방 안, 보다 정확히는 한 사내의 시선 속에 늘 머무르며 살다가 확 트인 세상 밖을 보게 되자 저도 모르게 눈을 휘둥그레 떴다.

백주 대낮인데 유곽이 벌써 장사를 한다. 술을 마시며 노는 사내들의 웃음소리가 시끄러웠고 간간이 계집의 간드러지는 목소리가 창밖을 타고 흘렀다. 갑자기 2층의 창문이 열리더니 하늘에서 사내와 계집의 희롱질이 벌어졌다.

아루는 고개를 꺾어 넋을 놓고 그것을 바라보았다. 복장으로 미루어보아 귀족이 아닌 일반 서민의 모습이었다.

가라한의 서민, 그네들의 삶이 차곡차곡 쌓인 풍경들이 그렇게 스치고 있었다.

"가라한은 말이다, 본디 아주 추운 동토에서부터 이름도 없이 떠돌던 민족이었다. 춥고 먹을 것이 없어 굶주리는 날이 많았다고 해. 나는 그네들 전사들의 피를 받고 태어난 후예이다. 그래서 잘 싸웠지. 싸움에 능한 피를 물려받았다는 것이 아니라 사명감으로 싸웠다는 말이다. 검을 휘두르며 늘 선대처럼 굶고 떠돌며 핍박받는 일만큼은 끊어버리겠다, 생각했지. 헌데 정말이지 이상해. 나는 말이다, 지난 5년을 이국에서 생사를 넘나들며 이민족의 땅에 가라한의 깃발을 꽂을 때마다, 무역로를 뚫고 많은 금은보화를 가라한으로 실어 보낼 때마다, 죽음을 각오할 때마다, 매순간 정말이지 지금쯤 고향 땅의 백성들은 태평성대를 누리고 있겠구나, 싶었다. 그 생각만으로도 잠이 들 때면 그저 가만 미소가 지어졌지. 돌아와서 보니, 헌데 무언가 이상하다. 예상했던 것이 완전히 어긋났던 것은 아니었다. 백성들은 하나같이 부족함이 없어 보였고 얼굴에는 기름이 흘렀으니까. 그런데 무언가 이상하지 않으냐? 저 눈을 보아라. 탐욕과 광기에 물든 저 붉은 눈동자를."

나지막이 속삭이는 그 말은 오로지 아루에게만 들리는 것이었다.

나라의 이상 징조를 말해오는 원수국 태자의 말에 손뼉을 치며 좋아해야 마땅한데도 어쩐지 기분이 가라앉았다. 체온을 나누던 상대에게서 어떤 허무한 기운이 흘러나와 나에게도 스미었나 보다. 아루는 부러 단순한 문제라 치부하며 눈을 감았다 떴다. 그리고 아무것도 듣지 못한 척 거리에서도 시선을 물렸다.

무풍의 말발굽 소리만이 한참을 이어지고 있었다.

그때 까르르르 간드러지는 웃음소리와 함께 여인이 갑자기 뛰쳐나오자 말고삐를 쥔 태자의 손이 순간 긴장을 했다.

정신을 놓은 것인가. 옷고름이 풀어 헤쳐져 있어 아루는 불쌍타 여인을 쳐다보는데 뒤이어 살진 사내가 고주망태가 되어 흐흐흐 여인의 뒤를 쫓았다.

"육시랄 것들!"

무천의 욕설이 낮게 깔리었다. 그리고 그가 곧 아루에게 사과를 해왔다.

"욕이라면 네 개밖에 모르는 너인데……. 미안하다. 방금 것은 못 들은 걸로 해라."

험한 욕을 듣게 해 미안하다고 말하는 그의 음성은 웃음기가 배어 있었으나 씁쓸함이 감도는 것이었다.

아루가 저도 모르게 입을 열었다.

"5년 만에 이루어낸 것들이니 어쩌면 당연할밖에."

그녀의 말에 태자가 순간 멈칫하는 것이 느껴졌다. 침묵이 아루에게 더 말을 하라 재촉하고 있었다.

"그 짧은 새 정신이 물질을 따라가지 못하는 것은 어찌 보면 당연한 걸 거야."

아루의 고개가 태자의 손에 붙들려 그에게로 향했고 두 사람의 눈이 마주쳤다. 그녀가 먼저 그의 눈을 피하며 얼굴을 바로 해버렸다. 그러나 생각을 읊는 것 자체는 멈추지 않았다.

"사람들의 의식과 생활 수준이 동시에 성장했다면 정말 좋았을 거야. 그러나 그렇지 못한 경우이니 각 지역에 향약과 같은 자치규율을 만들어 무지한 자들을 계몽시켜 보는 건 어때? 또 향교를 각 고을에 세워 교육시키려는 노력도 해보고. 물론 지역 호족들이 결탁해 세력을 키울 수 있으니 중앙인사들을 각 고을에 파견하는 것을 필수로 해야 할 거야. 그래야 지방과 중앙이 유기적으로……."

그녀의 말이 허공으로 흩어져 버렸다. 정수리에 태자의 턱이 닿으며 묵직한 무게가 실린 것이다.

"왜 끊느냐? 더 말해보아라."

다정했다. 참으로 다정한 말투라 생각하며 아루는 침을 삼켰다. 그리고 입을 여는데 어디까지 말을 했는지 도통 생각이 나질 않는다.

"……잊어버렸다, 그만."

낮은 웃음소리가 들리는가 싶더니 등을 타고 사내의 들썩이는 가슴의 움직임이 전해져 왔다.

"생각이 나거든 꼭 내게 전해주어라."

아루는 아무런 말을 하지 않았다.

무천은 그것을 긍정으로 받아들이고 빙그레 웃었다.

시간이 지나 있었다.

아루가 눈을 떴을 때는 어스름이 겨울 공기 속에 깔려 있었다. 내가 까무룩 졸았구나, 그리 생각하며 바라본 풍경은 헌데 어째 좀 이상하다.

잠을 덜 깬 것인가? 그도 아니면 기시감인가? 이리저리 돌아보며 아루는 정신을 차리려 노력했다. 하지만 아무리 둘러보아도 무척이나 익숙한 풍경이다.

몸이 굳었다. 휙 고개를 돌리니 꿋꿋하게 말을 타고 가던 태자가 슬쩍 눈동자만 내려 무심히 묻는다.

"잘 잤느냐?"

그리고는 무표정한 얼굴로 다시 앞을 응시했다. 인근의 마을과는 한참이 떨어진 그 더러운 막사들이 보이는 곳, 바로 온풍부곡의 어귀로.

"어…… 어디를 가는 거야, 대체?"

그녀의 반응이 어떠할지 걱정하지 않은 것은 아니었다. 암행의 한 부분이라며 강하게 밀어붙여 잠재울 것인가, 너의 사람들을 만나러 왔노라 마음 안을 두드려 볼 것인가, 처음엔 부러 표정 없는 얼굴을 해 보였으나 그가 느슨하게 그것을 풀었다.

"긴장하지 마라, 여난아루."

사실 그도 묘한 기분에 휩싸이고 있었다. 곧 맞닥뜨리게 될 자들은 엄연히 이제는 분명 자신의 백성들일진대 그들과 함께 있을 때면 아루가 어떤 모습이 되는지, 과연 그네들은 아루를 알아보는지 그것이 더 궁금해졌으니.

"나는 잠시, 예서 내리겠다. 나를……."

무천의 옷깃을 쥐고 불안함을 토해내던 그녀가 갑자기 고개를 돌렸다. 멀리서 사내의 구슬피 우는 소리에 저절로 반응한 것이다. 놀라울 만치 억센 힘으로 태자를 밀어내고는 그녀가 말에서 내렸다. 그리고는 사내에게로 달려가 더러운 꼴을 개의치 않고 팔을 잡았다.

풍성한 비단치마가 바람을 머금었다 가라앉는데 그 모습이 이곳의 풍경과는 매우 이질적으로 보였다.

"수지탄! 무슨 일이야? 가모에게 혹시 무슨 일이라도 생긴 거야?"

사내가 바닥을 치며 곡소리를 내다 고개를 들어 올리더니 눈을 커다랗게 떴다.

"공주마마!"

그 순간 아루의 하는 양을 바라보며 마음 안에 조금씩 넘실거리던 무언가가 무천의 심장을 쿵 하고 때렸다. 그것은 충격이었다.

그들은 전혀 위화감이 없어 보였다. 마치 어제도, 오늘도 본 것처럼 서로를 바라보는 모습이 필시 하루 이틀 알아온 사이가 아니었다.

"왜 그러는 거야? 무슨 일이야?"

아루가 고운 비단자락이 더럽혀지는 것도 모르고 소맷부리로 사내의 얼굴을 닦고 있었다. 수지탄이란 자가 눈물을 떨어뜨리며 아이처럼 그녀를 응시했다.

"여긴 어인 일로……. 헌데 마마의 옷차림이……."

"아, 이것은……."

난처해진 아루가 대답을 미루는 사이 수지탄이 고개를 돌리더니 큰소리로 외쳤다.

"공주마마가 오셨어! 공주마마가 오셨다고!"

그 소리에 사람들이 우르르 밖으로 나왔는데 거지꼴을 한 자들이 그때부터 모두 눈물바람이다. 이윽고 아이고 어른이고 할 것 없이 차가운 바닥에 엎드려 절을 했고 아루가 이리저리 움직이며 그네들의 팔을 잡아 일으켜 세웠다.

"이러지 마셔요. 이러지들 마셔요. 저 이제 무엇도 아닙니다. 제가 무어라고……."

그런 그녀에게 사람들은 마치 든든한 구세주라도 만난 듯 매달리며 하소연을 쏟아냈다.

"괴한들이 나타나 막사를 죄 부수고 갔어요. 젊은이들이 있는 힘껏 막아보았지만 되레 부상만 입었지요. 막사 안에 있던 노인네들은 봉변을 당했는데 약도 없어 걱정입니다. 더 무서운 것은 요즘 들어 흉흉한 일들이 자꾸만 일어난다는 것이어요. 무서워서 못살겠어요, 참말로. 어쩐답니까, 공주마마?"

"당최 이유를 모르겠어요. 입구에 불을 질러 하마터면 부족민들이 타 죽을 뻔한 일도 있었고 사람들이 오물을 한 바가지 버리고 가는 일은 이제 아무것도 아니랍니다."

"이 외지고 더러운 곳까지 와서 굳이 그런 일들을 하고 가는 이유를 아무도 모르니 어찌해야 합니까? 봉변당해 죽으나, 도망갔다가 붙잡혀 맞아 죽으나, 결과는 매한가지. 이렇게 된 거 천운에 맡겨야 하는 것일까요?"

아루의 얼굴은 분노와 걱정, 안타까움으로 주체를 못하고 흔들리고 있었다.

"대체 누가? 그자들의 얼굴을 기억하십니까?"

"아휴, 그걸 알 수가……."

가슴을 치던 을라 어멈이 문득 시선을 비켜 말을 타고 다가오는 사내들을 쳐다보았다. 그녀의 시선이 공포로 물들자 아루가 뒤를 돌아보며 황급히 입을 열었다.

"저자들은 우리를 해치지 않아요. 안심하세요."

아루의 말에 부족민들의 시선이 이번에는 그녀에게로 죄 쏠렸다. 호기심을 안고 바라보는 수없이 많은 까만 눈동자들을 차례차례 바라보던 아루가 난감함에 침을 꼴깍 삼켰다.

급작스레 머리가 지끈거려왔다. 그녀를 공주마마라 부르는 부족민들 앞에서 주인나리라며 태자를 소개해 주어야 하는 상황이 왔음에 아루는 절망하고 있었다.

무천이 그리로 다가가며 지그시 입술을 깨무는 그녀를 응시했다. 차라리 그를 향해 도와달라 눈빛을 보낸다면 바라보는 마음이 이리 심란하지 않을 텐데 그녀의 얼굴에 깔린 것은 슬픔의 빛이었다.

되레 그는 화가 날 지경이었다. 그것을 감추고 그가 말에서 번쩍 내리며 씩 웃었다.

"너는 네 서방, 소개도 안 시켜주느냐?"

그를 향해 아루가 번쩍 고개를 돌렸다. 정말 놀랐는지 검은 눈망울이 댕그랗다. 그녀 너머 온풍의 사람들이 무천을 힐끔대며 수군거리기 시작했다. 아이들만이 히죽히죽 수줍게 웃고 있었는데 무천도 그들을 향해 씩 웃어주었다.

태평한 그 모습에 마호마저 놀랄 정도였으니.

부곡의 마당 안에 지글지글 전 부치는 소리가 맛깔나게 들려왔다. 모두들 고소한 전냄새를 맡으며 기대감에 눈을 빛냈고 외지에서 흘러들어 온 사내들의 활기찬 움직임에 아이들은 신이 난 듯 보였다. 주인도 몰라라, 똥개들마저 꼬리를 살랑살랑 흔들며 외부 사람들을 졸졸 쫓아다니니 온풍부곡은 난생처음으로 북적거렸다.

소매를 걷어 올린 아루가 전을 뒤집다 말고 고개를 살짝 돌려 몰래 무천을 바라보았다. 사내들 사이를 오가며 손수 나무기둥을 뚝딱 박는 태자를 그녀는 그렇게 내내 흘깃거렸더랬다.

그렇게 사내들이 새 막사를 다시 짓는 사이 나머지 사람들은 청소에 여념이 없었다.

"진짜 누구십니까? 보아하니 가라한 사람인 듯한데……."

옆에서 음식 장만을 돕던 을라 어멈의 물음에 아루가 화들짝 얼어붙었다. 가라한이 무엇인가. 이네들에게 나라와 살아갈 터전, 피붙이를 잃어버리게 한 철천지원수의 나라가 아닌가.

헌데 이어진 을라 어멈의 말은 아루를 조금은 얼떨떨하게 만들었다.

"공주마마의 뜻이라면 저는 괜찮습니다. 게다가 가라한 사내치고는 그리 나빠 보이지도 않고……."

아루의 눈에서 눈물이 툭 떨어져 내렸다. 생각도, 감정도, 무엇도 생겨나기 전, 원인 모르게 찾아든 반응이었다.

"연기가 내게로 오는 것 같네. 눈이 매워."

소매로 그것을 닦아내며 그녀가 중얼거렸다.

누군가의 목소리가 들려왔다.

"마마님이 다른 사내와 이리 좋아지내시는 걸 보면 찬갈이 놈이 이를 갈겠는데요? 헌데 그놈은 무엇을 하기에 코빼기조차 안 보이는 것입니까?"

"이런 정신 너갱이 빠진 놈들아!"

무천은 커다란 통나무를 이고 가다 또다시 들려온 노인네의 성화에 슬그머니 시선을 내렸다. 아까부터 그들 사이를 오가며 얼쩡거리는 이 노인은 골골거리면서도 줄곧 입에서 욕을 쉼 없이 흘려대고 있었다. 아루가 깎아준 듯한 지팡이를 들고서 작업 현장을 누비듯 이리저리 간섭을 해댔는데 가라한 사내들은 모른 척 그의 존재를 참아내고 있었다. 모두들 불편한 기색이 역력했다. 가만 보니 노인은 아루 빼고 죄다 말끝에 욕을 달아 부르고 있었다. 가라한 사내들에게는 그것이 배로 심했다. 그러나 무천은 적대감을 드러내는 노인의 태도 끝에 사실은 낯선 손님에 대한 반가움이 섞여 있음을 어렵지 않게 읽어냈다.

"이런 등신 쭉쟁이 같은 놈을 보았나! 그건 이리로 나르란 말이다!"

결국 마호가 폭발하고 말았다.

"이 노인네가 진짜!"

목정과 배수가 연장을 내려놓고 그런 친우를 보며 낄낄거리고 있었다. 무천이 슬그머니 마호를 막아섰다.

"그러지 마라, 마호."

그러자 노인의 기세가 더 등등하다.

"저런 싸가지 서 푼어치도 없는 놈을 보았나!"

노인의 큰소리에 모두의 시선이 그리로 쏠렸다. 그 안에는 마당 끝 아루의 시신도 포함되어 있었다.

무천이 갑자기 고개를 돌리더니 노인처럼 쩌렁쩌렁 소리를 질러댔는데 다분히 아루에게로 향한 말이었다.

"난 우리 색시의 독창적인 육두문자에 처음부터 얼굴도 안 보고 혹했더란 말이야! 근데 마호야! 아무래도 내가 속은 것 같다. 이를 어쩌지?"

사람들의 눈치를 보며 아루가 잔뜩 찌푸린 얼굴을 슬그머니 숙였다. 그것을 본 마호 역시 기분이 풀린 듯 친우의 농담에 동참했다.

"뭐야? 널 속인 거야? 그럼 무효지! 무효!"

호기심 어린 시선들을 즐기며 무천이 껄껄 웃었다.

결국 아루가 아랫입술을 꽉 깨물며 그를 흘기자 무천도 짐짓 새침하게 그녀를 쏘아보았다.

무슨 일일까, 두 사람을 구경하던 사람들이 모두들 웃음을 터뜨려 댔다.

무천은 기분 좋게 웃음을 갈무리하며 다시 일을 하기 위해 몸을 돌렸다. 기울어 금방이라도 무너져 내릴 것만 같은 막사를 치워야 했기에 그 안에 있는 물건들을 정리할 필요가 있었다.

참견쟁이 노인 바눈다도 그 뒤를 따르며 무천을 향해 지팡이로 등을 후려치고 있었다.

그 모습을 지켜보던 아루가 쭈뼛거리다 행주에 손을 닦으며 일어섰다.

당사자는 웃고 있었지만 태자가 맞고 있는 것이 싫었던 까닭이다. 바눈다 할아범은 좋은 사람이지만 받아주기 시작하면 한도 끝도 없이 사람을 귀찮게 할 것이니 그녀가 나서야 했다.

무너져 가는 막사 안에서 무천이 손에 무언가를 잔뜩 들고 나오는데 구부러진 허리에 손을 짚으며 바눈다 할아범이 여전히 그 뒤를 졸졸 따르고 있었다. 잔소리와 함께 예의 그 지팡이를 휘두르며.

그 매질에도 아랑곳 않고 물건들을 살피는데 여념이 없는 태자에게로 아루의 걸음이 빨라졌다.

"이것은 버려도 좋소?"

"버리지 마라!"

"흠, 버려야 할 것 같은데……. 그럼 이것은?"

꼬질꼬질한 가재도구들 사이에서 무천이 하얀 한지로 쌓인 무언가를 들어 올려 내용물을 확인하기 위해 풀어헤쳤다. 종이가 둘둘 벗겨지며 드러난 것은,

"이것은 쇠비름이 아니오?"

"장명채……."

무천과 아루의 말이 동시에 흘러나왔다.

기세등등하던 바눈다 할아범이 황급히 아루의 눈치를 보며 무천에게서 꾸러미를 낚아챘다. 그것은 일전에 할아범을 위해 아루가 저잣거리의 약장수에게서 산 약초였다.

이름 또한 거창한 장명채長命菜, 바로 명이 길어지는 만병통치약이라 하여 산 것인데 찬갈의 손에 들려 할아범에게 보낸 지 꽤 오랜 시일이 지났음에도 줄어든 기미라곤 없어 보였다.

그녀를 쳐다보는 바눈다 할아범의 얼굴에 잔뜩 미안함이 서려 있는 것을 보며 아루는 어쩐지 되레 더 미안해져 버렸다.

그 모습을 무천의 눈동자가 이리저리 오가며 살피고 있었다.

모두들 평상에 모여앉아 무천을 바라보며 눈을 빛냈다. 호기심이 잔뜩 서린 눈들이었다.

"이것을 물에 불려 잘 찧은 뒤 상처에 발라주면 해독기능이 있습니다. 또한 피부 가려움증에도 좋지요."

무천의 말에 한 아낙이 외쳤다.

"우리 아이가 계속 긁어대는데."

"에이! 그건 안 씻어서겠지. 피부병 없는 사람들이 이곳에 어디 있다고! 그리고 저, 저……."

젊은 사내가 불신이 담긴 눈으로 무천을 흘깃거리며 입을 꼬물거렸다. 외지인에 대해 유독 반감을 내비추던 자군이었다. 그럼에도 범상치 않은 기운을 내뿜고 있는 무천 앞에서 함부로 입을 놀리지는 못하겠나 보다. 망설이던 그가 결국 애매하게 말을 이어나갔다.

"……말을 들어보면 그럴 듯하나 그렇게 좋은 약재를 왜 농부들은 귀찮아하며 죄다 뽑아버린대?"

그의 말에 사람들이 그건 그래, 하며 고개를 끄덕였다.

부족민들 사이에 앉아 있던 아루가 슬그머니 무천의 바지자락을 쥐고 흔들었다.

그는 고개를 내려 불안한 듯 고개를 내젓고 있는 그녀를 향해 살며시 미소를 지어 보였다. 미간을 모으고서 그를 말리는 모습이 어미에게 칭얼대는 강아지 같아 귀여웠다.

"그럼 혹시 다들 흔하게 보는 이 잡풀을 먹고 죽었다는 얘기를 어디선가 들어보았소? 부작용은 없을 터이니 속는 셈치고 믿어보시오. 둘러보니 변변한 약재가 없어서 고생하는 듯한데."

모두가 말이 없었다. 무천이 다시 입을 열었다.

"됐소, 그럼! 혹시 소변을 보면 피가 섞여 나오는 자가 있소? 먹어도 살이 마르기만 하고."

"그건 바눈다 할아범이지."

어딘가에서 에헴, 에헴, 바눈다 할아범이 존재를 알려 왔다. 그리로 시선을 향했던 무천이 자신을 올려다보고 있는 사람들에게로 다시금 고개를 돌리며 말을 이어나갔다.

"소갈消渴이오. 이런 증상이 보이거든 역시 이것이 효과를 보일 터이니 믿고 한 번 먹어보시오."

술렁술렁대는 것이 모두들 그의 말에 넘어가는 분위기였다. 그것이 진실이든 거짓이든 사람들은 그를 믿고 싶어했다.

희망 섞인 반응이 부족민들 사이에 퍼지는 것을 느끼며 민망함으로 붉어져 있던 아루의 얼굴도 천천히 개기 시작했다. 무천을 응시하는 그녀의 눈이 어둠 속에서 저도 모르게 반짝 빛났다.

약재 강의를 해서인지 여기저기서 평소 하나씩 앓아오던 지

병을 호소해 대고 있었다.

무천은 그들을 향해 밤이 지나면 인근의 의원에 데리고 가겠노라 약조를 했다. 모두가 들떠 있었고 사람들은 어느새 그가 가라한 사람이라는 것을 잊은 듯 적의를 보이던 젊은이들마저 슬금슬금 그의 주변을 맴돌기 시작했다.

아루는 궐에서 가지고 나온 상비약을 꺼내들고 평상에 앉아 부족민들의 가벼운 상처 따위를 치료해 주느라 바빴다. 제법 길게 늘어선 줄을 곁눈으로 살피며 그녀는 곪아 터진 환부를 닦고 짜내고 싸매는데 몰두했다. 아니, 고개를 처박고서 부러 집중을 하려했다. 마치 부락에 퍼진 설렘 따위, 전혀 느끼지 못하고 있다는 듯.

"어쩌다 이랬어?"

아루의 물음에 소년은 엉뚱한 말을 했다.

"참말 보고 싶었어요, 공주마마. 자주 좀 오셔요."

정말로 미안해져서 아루가 살며시 고개를 들어 소년에게 미소를 지어 보였다.

"미안하구나."

그랬더니 어린놈이 짓궂게 웃으며 얼굴을 바짝 들이댄다.

"와! 우리 공주마마, 참 곱다."

아루가 얼굴을 붉히는데 갑자기 소년이 귀를 부여잡더니 어어, 하고 괴성을 질러댔다. 고개를 드니 무천이 아이를 끌어내고 자리에 앉으려는 중이었다. 이때껏 다정한 미소를 머금고 있던 아루가 표정을 싹 지워내고 무표정한 얼굴로 고개를 내렸다. 그와 동시에 그녀의 손은 고름 묻은 천을 치워내느라 바쁘게 움직였다.

무천이 그런 여인의 모습을 살피며 느리게 소매를 걷기 시작했다.

그런 그의 움직임을 곁눈으로 느끼며 아루가 퉁명스레 말했다.

"아픈 사람 많으니 비켜라."

가만 보니 요것은 나한테만 새침하구나. 어쩐지 기분이 좋아져 무천은 웃음이 나왔다.

"나도 아프다."

그 말에 아루가 고개를 들어 그의 눈을 쳐다보았다.

뜨거운 밤을 수없이 보낸 사내에게 보내는 시선이 어째 이리 미덥지 못한가. 무천이 그 눈을 맞받아치며 오른손을 슥 내밀었다.

아루가 천천히 시선만 내리깔았다. 헌데…….

그의 말은 사실이었다. 딱지가 깊이 진 손바닥은 노랗고 핏기도 언뜻언뜻 비쳐 제대로 치료가 되지 않았음을 한눈에도 알 수 있었다.

아루의 마음이 순식간에 서걱거렸다. 그것은 그녀로 인해 생긴 상처였다. 목숨을 끊어버리겠노라, 사기그릇을 쥐던 순간 그녀가 힘을 주어 찌른 것은 다름 아닌 그의 손바닥이었다.

깊이 살갗을 파고들던 그 감촉이 갑자기 떠올라 아루가 눈을 질끈 감았다 황급히 떴다.

"왜, 왜 제대로 치료를 안 하고……."

말이 없는 그를 흘깃 올려다보자 그녀의 얼굴을 바라보는 눈은 그저 웃고만 있었다.

꽁꽁 막아놓았던 마음이 여기저기 구멍이 나기 시작하면서 봇물 터지듯 무너져 내리는 것이 그야말로 속수무책이었다. 그녀를 어루만지던 오른편의 손길이 유독 거칠다고 느끼면서도 그것이 그저 말고삐를 쥐고 전장을 달려야 했고, 검을 들고 사람을 베어야 했던 사내의 숙명 때문이라고 그리 생각했었다. 보여달라 넌지시 한 번쯤 말 걸고 싶던 순간들을 왜 그렇게 꾹꾹 참아버렸을까.

자신의 쓸데없는 오기에 아루는 화가 났다.

무천은 여인의 동그란 정수리를 응시하며 손바닥의 따끔거림마저 마냥 좋아 웃음 지었다. 그의 손을 아루가 가만히 쥐고 만져 주는 이 순간이 참으로 행복하다, 그는 그렇게 생각했다. 여기오길 진정 잘했다, 마음이 그렇게도 말하고 있었다.

"네 무어냐?"

무천이 가만 물었다. 아루가 잠시 멈칫했으나 섬세한 손은 대답 없이 하얀 천을 들어 올릴 뿐이었다.

'필시 너는 이곳을 자주 드나들며 사람들을 돌보았다. 그렇지, 여난아루?'

그가 속으로 물었다.

둘러본 결과 이곳 사람들은 나라가 존재했더라도 하층민에 속하는 자들이었을 거라는 생각이 들었다. 그런 그네들에게 아루는 전혀 거리낌이 없어 보였고 그자들 또한 아루를 딸처럼, 누이처럼, 어머니처럼 그리 대했다.

그녀는 진정 공주였다.

아까부터 부풀어 오르던 그의 심장은 이제 한계에 다다른 듯 숨을 쉴 때마다 뻐근했다. 헌데 마시는 공기가 단맛이 나는 것이 참으로 묘한 조홧속이다. 눈앞의 이 여인이 어찌나 어여쁘고 자랑스러운지.

"왜 치료가 안 된 거야?"

그가 어떤 생각을 하고 있는지 전혀 감도 잡지 못하는 듯 아루가 무심히 물어왔다.

무천이 빙그레 웃었다. 이 상처는 아루를 암행에 데려가기로 결정하고서 장 내관이 그녀의 처소로 향했을 때 싸매고 있던 천을 풀어버려 깊어진 것이었다. 행여 그녀가 그것을 보고 좋지 않은 기억을 떠올릴까 봐 그런 것이었다. 그랬더니 아니나 다를까 시간이 흐르는 동안 상처는 쓸리고 부딪혀 진물이 나고 딱지가 앉기를 수차례, 좀체 낫지를 않고 있었다.

"전쟁통에는 이보다 더한 일도 겪었다."

"피이, 딴소리는. 아까 보니 거짓말도 잘하는 게 딱 약장수였다."

아루가 입술을 삐죽이는 것을 보며 무천이 가슴을 들썩여 웃었다.

그녀가 천의 매듭을 짓고 있었고 두 사람은 이제 사람들 사이로 흩어져 잠시 또 떨어져야 한다는 것을 느끼고 있었다. 서로가 말이 없었지만 잠깐의 헤어짐조차 싫은 것은 둘 다 마찬가지였다. 꼼지락거리던 아루의 손이 마치 엄청난 결정을 내린 듯 커다란 사내의 손을 살짝 쥐었다 가만히 내려놓았다. 그래도 그에게선 떠날 기미가 보이지 않았다.

그녀가 주저하다 조용히 물었다.

"다른 곳은…… 아픈 데가 없어?"

그는 대답하지 않았고 아루는 어쩐지 너무도 아쉬워져 저도 모르게 손을 뻗었다. 묻고 싶었던 일, 5년 만의 확인이었다. 그렇게 작은 손이 부지불식간 그의 허리춤으로 내려왔다.

"이 상처……. 다 아물었어? 지금은 어때?"

살을 섞었던 밤도 많은데, 그저 두툼한 옷 너머 손끝이 다가와 가볍게 꾹 눌러온 것뿐인데, 무천은 숨을 훅 들이켰다.

애틋함이 주체할 수 없이 밀려와 전신을 휘감았다.

"아직도…… 아파?"

심상찮은 반응에 아루가 조심스레 손을 떼어내며 고개를 들어 그를 응시했다.

어둠이 깔린 달밤, 겁먹고 움츠러들었던 5년 전 바로 그 소녀의 눈이 그를 응시하고 있었다.

덥석.

무천의 손이 그때 하지 못했던 것을 지금에서야 행했다. 아루를 데리고 멀리, 사람들의 눈을 피해 소년의 발걸음이 성급하게 어딘가로 향하고 있었다.

"왜, 왜 이러는 것이야?"

끌려가며 그녀는 뒤를 돌아 부족민들을 흘깃흘깃 살폈으나 무천은 그런 아루를 다짜고짜 데리고서 마을 어귀를 나섰다. 무언가에 홀린 듯 사람들의 시선은 그저 사라지는 연인들을 멍하니 응시하고 있을 뿐이었다.

한갓진 길, 무천이 갑자기 몸을 돌리더니 아루의 양 뺨을 바짝 끌어오며 입술을 가져다 댔다. 정신을 빼놓는 깊고 강렬한 입맞춤이 이어졌다. 그의 혀가 그녀의 여린 입안을 헤치고 정신까지도, 마음까지도 온통 헤집어놓았다.

자그만 혀를 얽고서 강하게 끌어당기던 사내가, 그 소년이, 이윽고 힘을 서서히 빼며 너를 너무나 은애하니 내게 마음을 달라고 그녀에게, 소녀에게 애절하게 매달리고 있었다. 마음이 아릿할 정도로.

천천히 입술을 뗐으나 여전히 가까이에서 호흡이 얽혀 있는 두 사람이었다. 무천이 양 뺨을 쥔 채로 그녀의 눈을 붙잡고서 놓아주질 않고 있었다. 보름달 아래, 주춤거리던 그녀의 눈도 어찌하지 못하고 흔들리기 시작했다.

그가 나지막이 속삭였다.

"어디도 못 간다, 너는. 무조건 나와 함께이다."

마술인가, 최면인가? 검은 눈동자에 사로잡혀 아루 역시 눈 하나 깜빡이질 못했다.

"……언제까지고."

뜻을 알아들을 수는 없었지만 아루는 완전히 이 사내에게 사로잡혔다는 것을 깨달았다. 넋 나간 사람마냥 아루가 살짝 눈을 내리감았다 떴다.

그때…….

"저하! 저하!"

그것은 파발꾼의 목소리였다.

암행을 나온 그를 저하라 부르며 달려오는 소리에 필시 다급하고 심상찮은 일이 일어났음을 무천은 직감했다.

그 틈을 타 아루가 천천히 호흡을 뱉어내며 그에게서 물러나려 했다. 무천은 어쩐지 그것이 못내 아쉬워져 다시 그녀의 허리를 붙잡아 끌어당겼다. 어둠 속에서 그는 마지막으로 그녀의 눈을 지그시 마주하고 있었다.

"저하!"

파발꾼이 무릎을 꿇으며 다급하게 재촉했다.

무천이 그제야 그녀에게서 느릿하게 손을 떼었고 아루가 비틀거리며 물러났다.

"무슨 일이냐?"

파발꾼 너머로 마을 어귀에 모여 선 온풍부곡의 사람들이 보였다. 언제부터 바라보고 있었는지 모르나 그들의 눈에는 이미 호기심을 넘어 놀람이 자리 잡혀 있었다. 왠지 아루가 걱정되어 곁눈으로 살피니 그녀가 그들에게 다가가지도 못하고 동족의 눈을 피해 죄인처럼 고개를 숙이고 있었다.

마음이 무겁게 가라앉았으나 그는 사건에 집중하려 파발꾼을 내려다보았다. 필시 선화 낭자와 관련된 좋지 않은 일이 터진 것임에 분명했다.

그러나 부복한 자에게서 나온 말은 뜻밖의 것이었다.

"어의가…… 사라졌사온데 그를 대체할 자를 백방으로 수소문해도 찾을 수가 없었습니다."

그가 잠시 말을 멈추었다 다시 고했다.

"그로 인해 폐하의 어환이 심해져, 현재 위독하시옵니다!"

芳與澤其雜糅兮

향기와 악취가 뒤섞여 풍기더라도

무풍의 검은 말갈기가 겨울바람에 흩날렸다. 고개를 돌려 사내의 얼굴을 확인하고 싶은 마음에 조심스레 얼굴을 돌렸지만 완전히 마주할 용기는 나질 않는다. 그 바람에 머리카락만 시야를 흩어놓을 뿐. 코끝으로 퍼지는 아릿함이 찬 공기에 부딪혀 멍멍했다.

'네 까닭도 없이 왜 그러는데?'

급한 일이라 말을 빨리 몰아야 한다며 그는 노비들을 데리고 갈 수 없다고 했다. 인근 숙소에 머물 거라는 그들을 보며 행여 그 틈에 끼어 행렬로부터, 아니, 그로부터 떨어질까 불안한 눈으로 상황을 지켜보았더랬다. 그가 와서 그런 그녀의 팔을 붙잡았었다.

'그랬으면 된 거지.'

그리 생각하려 해도 등을 타고 전해오는 열기가, 사내가 뿜어내는 그 뜨거운 기운이 더 이상 그녀에게로 향한 것이 아니라는 게 왜 이리 서운한 건지.

그리도 그를 괄시하더니 네 참 꼴좋다. 아루는 스스로를 비웃었다.

거리를 지나던 장안 사람들이 다급하게 말을 몰아 밀어닥치는 사내들을 보고 화드득 놀라 물러서고 있었다.

이것 역시 닮았구나. 5년 전 의원에게 그를 맡기고서 나의 궐로 향했을 때 말 위에서 보았던 세상, 무너져 내리던 풍경들, 바로 그 허무함의 기분과 꼭 닮았다.

"멈추어라!"

갈림길에 선 태자가 외쳤다.

어찌나 빨리 달렸던지 갑자기 정지한 세상은 그저 멍하기만 했다. 아루는 그제야 고개를 돌려 그를 볼 수 있었다. 말에서 내린 그가 그녀를 향해 팔을 뻗고 있었다. 사내의 너른 가슴과 두 팔이 활짝 펼쳐진 순간 그만 눈물이 왈칵 쏟아질 뻔했는데 다행이라면 어둠에 표정이 가려졌다는 것이고 불행이라면 그의 얼굴 또한 가리어져 보이지 않는다는 것이었다.

목이 메이 슬픔이 디가 날끼 이루는 아무 말 없이 아이처럼 그의 품에 안겨 무풍에서 내렸다.

속삭이는 그의 목소리가 다정했다.

"먼저 가 있어라. 곧 가마."

이 동장군의 추위 때문에 더더욱 안온한 음성. 하지만 그 부드러움을 좀 더 들려주지 않고 어째 그는 이리도 빨리 고개를 돌려 버리는가.

"마호! 목정! 배수! 동우! 부평! 너희 다섯은 지금 나를 따른다. 그리고 두경은 지금 말을 여인에게 내어주고 예서 따로 오너라."

"예."

무정한 사내의 모습을 말없이 바라보기만 할 때 그가 애처로운 여인의 마음에 화답하듯 드디어 고개를 돌렸다.

"저 말을 타고 먼저 가라."

그는 웃고 있을까, 어떻게 웃고 있을까, 입가를 조금만 끌어올렸을까, 아니면 더 활짝? 어둠도 야속한데 일말의 지체도 없이 몸을 돌려 버리는 사내의 모습에 코끝을 감돌던 아릿함이 눈가까지 번져 버렸다.

말을 타고 가며 아루는 웃었다. 차가운 공기가 볼을 스치며 모든 것을 흘리고 갈 때 그녀에게 전해주는 것이 있었으니 그것은 허망한 깨달음 하나였다. 5년간 뭐 하나 제대로 할 줄 아는 것이라곤 하나 없었어도 세상을 놓는 법만큼은 완벽히 배웠다고 생각했는데 그것이 아니었구나. 아루는 이제 그마저도 놓아 버리려는 듯 사라져라, 조그맣게 허공에 대고 뇌었다.

그간을 살아왔고 앞으로도 살아내야 할 세상 전부가 다가오고 있었다. 붉은 벽이 끝없이 펼쳐진 태극궁의 거대한 위용이 어둠 속에서도 무시무시한 존재감을 뿜어내며 모습을 드러내고 있었던 것이다.

"허락을 받고 궐에서 잠깐 나오신 거라 하셨어요. 약재를 구해야 한다며 계속 일만 하시었는데, 흑흑. 하지만 소기의 목적을 달성하시자 황제폐하를 떠올리셨음인지 한시도 지체할 겨를이 없다며 새벽길로 곧장 등청을 하셨어요. 그것이 마지막으로 아버지를 뵌 것입니다. 평소 늘 그리해 오셔서 소인은 아버지의 가시는 길에 청지기 하나 붙이질 않았는데 모두가 저의 무지함에서 비롯된 것이옵니다. 소인을 벌하여주시옵소서. 저하."

바닥에 엎드려 눈물을 쏟는 석주의 아들을 보던 마호가 고개를 돌려 무천을 응시했다. 태자는 아까부터 사건의 마지막 목격자인 내의정內醫正 금석주 아들의 말에 집중을 하지 못하고 있는 듯했다. 그저 까만 하늘만을 응시하고 있었으니.

아직도 그 여인에게서 벗어나지 못한 거냐, 무천? 마호가 속으로 한숨을 삼키며 태자에 대한 예를 갖추어 조용히 친우를 불렀다.

"저하."

그러나 그는 마호의 물음에도 하늘 어딘가를 응시한 시선을 돌리지 않았다. 나머지 친우들조차 걱정스레 무천을 바라보고 있었다.

"저 연기가 보이느냐?"

그 뜬금없는 물음에 마호는 답답함마저 느꼈으나 아랫사람들 앞이라는 것을 감안해 나직이 고했다.

"예, 저하. 신臣의 눈에도 보이옵니다."

"말에 타라. 저곳으로 가자."

흔들림이 없던 마호의 눈이 그 말에는 몹시도 당황한 듯 결국 무너지고 말았다.

"하, 하오나 저하, 지금은……."

"저곳이 어딘 줄 아느냐?"

말을 끊는 태자의 물음에 마호는 한숨을 크게 내쉰 뒤 고개를 들어 연기가 피어오르는 도성의 거리를 살폈다. 눈을 가늘게 뜨고 생각을 집중하자 그곳의 대략적인 위치가 감이 잡혔다.

"저곳은 급량부가 아니옵니까?"

"그렇다. 가라한의 대부호들이 모여 산다는 곳이지. 이 건조한 겨울밤에 무엇을 태워 없애버리고자 저리 큰불을 놓았을까, 너는 궁금하지도 않느냐? 가서 확인을 해보자꾸나!"

번개같이 말에 오르는 태자를 마호가 당황한 눈으로 보았고 따르는 나머지 무관들은 황당한 눈빛을 채 감추지 못했다. 친우인 목정이나 배수 역시 어리벙벙한 표정이었다. 심지어 눈물을 쏟던 석주의 아들은 불경스런 눈빛을 감추지 못했으니 그의 눈에는 나라의 어른인 태자가 한낱 아이의 호기심 같은 유희에 끌려 중차대한 사건을 내팽개치려 하는 것처럼 보였던 것이다.

뜬소문인 줄 알았는데 진정 광증에 걸리셨나. 아버지를 잃을 위기에 처한 아들의 눈이 그리도 말하고 있었다.

*

한밤이었으나 유 좌평의 마당은 낮처럼 환하기만 했다.

수녕이 마당 한가운데 서서 엄한 눈으로 장작을 나르는 아랫것들을 훑었다. 불길을 보다 더 활활 만들어내고자 노비들은 부지런히 움직이고 있었는데 모두가 고개를 숙인 채였다. 보이지 않는 피의 냄새가 진득한 것이 그들을 공포에 떨게 하고 있었다.

"태워라! 모조리! 하나도 남김없이 태워 버려라!"

선화의 목소리였다. 노비들은 그녀의 눈을 차마 쳐다보지 못했는데 그저 시키는 대로 보따리들을 불길 안으로 던져 넣을 뿐이었다.

화르륵 불길이 치솟으며 모든 것을 날름 아귀처럼 삼켜 버렸고 마당 안에 모인 힘없는 자들은 그 붉은 기운이 어쩐지 작은 주인마님, 즉 선화의 눈빛과 닮아 있다고 그리들 생각했다. 잠시 뒤 벌어질 참극을 예상하며 그들은 뜨거운 기운이 살을 파고 드는데도 부르르 몸을 떨었다.

타오르는 불길에서 시선을 떼며 선화가 고개를 돌려 마당의 석주를 바라보았다. 무릎이 꿇린 채로 입에 재갈을 문 그는 앞으로 무슨 일이 일어날지 뻔히 알고 있음에도 처음 아랫것들에 의해 잡혀 왔을 당시처럼 살려달라 애걸하지 않았다. 그 당당한 눈빛을 보며 그녀는 입매를 비틀었다.

내 생각이 옳았음이야. 저자는 위험천만했어.

그녀가 석주를 날카롭게 쏘아보았다. 유수녕 좌평의 부인, 선화의 어머니만이 거사를 앞둔 이 마지막 순간에 이르러서야 안절부절못하고 있었다.

"이, 이래도 되는 것이냐? 황제폐하의 어환을 담당하는 자인데 자칫 일을 그르친다면 그 후환을 어찌하려고……."

"조용히 하셔요, 어머니! 그러니 일을 그르치지 않기 위해 이러는 것이 아닙니까? 저자를 살려두면 멸문까지 당할 수 있다고 그리 말씀을 드렸건만!"

"그래도 말이야, 선화야. 어차피 너는 궐에 들어가 살 것이고 또 원자아기씨를 품게 되면 모든 것이 순리대로 풀릴 것인데, 어째 일을 이리 크게 만들어? 게다가 아무리 증거를 없애야 한다지만 사람을 불에 태우다니."

"그만 좀 하셔요! 듣기 싫단 말이어요! 어머니는 돌아가는 상황을 그리도 몰라요? 저하가 고년을 삼 일 밤낮을 끼고 취했다지 않아요? 그것도 모자라 모습을 감추신 이래로 그날로 그년도 어딘가로 사라졌다는데 내가 궐에 들어간 이후라도 이자가 입을 잘못 불어 그날의 사실이 만천하에 알려지고 거기다 또 그년이 덜컥 태자저하의 씨를 먼저 수태하기라도 한다면……."

수녕이 듣기 싫다는 듯 두 모녀의 말을 잘라냈다.

"선화 너는 그 입을 다물어라! 부인은 안에 들어가 있으시오!"

재갈이 물린 채 그들의 대화를 죄 들어야만 하는 석주의 눈에 허탈함이 어렸다.

그것을 죽음을 앞둔 자의 체념으로 오인한 수녕이 허허 웃으며 입을 열었다.

"걱정 마시오. 이리로 모셨던 이래 어디 우리가 내의정內醫正에 대한 예우를 게을리 하였는지. 옛정을 생각해, 죽이더라도 산 채로 불태우는 고통을 주지는 않을 터이니 마음을 놓으란 말이오."

그러자 석주의 눈에 번득 빛이 돌았는데 그것은 천박한 자들에 대한 경멸, 그리고 그릇된 판단으로 진실을 오도해 버린 자신에 대한 비웃음이었다.

그것을 바라보는 선화의 얼굴이 순간 못마땅함으로 잔뜩 찌푸려졌다.

급량부의 거리로 말을 몰고 가며 마호는 앞서 가는 무천을 흘깃 눈에 담았다. 암행기간 동안 잠시 여인에게 정신이 팔린 적

이 있기는 하다지만 대체로 일을 잘 수행하던 친우였는데 어찌 이리 그릇되게 행동을 하는지, 마호는 가슴을 치고 싶었다.

무천이 향하는 곳은 선화 낭자가 사는 집과 그리 멀지 않은 곳이었다.

사건을 헛갈린 것인지, 너무 많은 일의 과중에 잠시 피로를 느낀 것인지. 마호는 그에게 넌지시 경고를 해주어야 할 때라고 생각했다. 더는 참지 못하고 그가 친우의 옆에 바짝 말을 붙였다.

"이리 가면 유 좌평 댁이다. 알고 있냐?"

마호가 무천에게만 들릴 만한 음성으로 나직이 확인을 구했다. 그러자 앞을 응시하며 말을 몰던 무천이 여전히 처음 그대로 무심히 되묻는다.

"공기 중에 떠도는 약재냄새를 너도 느끼느냐?"

마호는 부러 크게 한숨을 쉬며 말을 이었다.

"한겨울에 앓는 자는 많지 않느냐. 어느 집에서 탕약을 달이나 보다."

그의 음성은 차갑기까지 했다. 태자에 대한 불만이 그렇게 표출이 된 것이다.

그럼에도 무천은 아무런 말없이 말을 몰 뿐이었는데 정말이지 놀랍게도 당도한 곳은 선화 낭자의 집이었다.

"무천!"

결국 마호가 낮게 소리를 질렀다.

친우의 만류에도 무천은 말에서 내려 진중한 얼굴로 모두를 돌아보며 명을 내리고 있었다.

"모두들 움직임을 조심해라. 실패 없이 한 번에 들어간다!"

그가 자아내는 엄중한 분위기에 반신반의하고 있던 무관들이 본능처럼 긴장하며 말에서 내렸다. 실상 이제 그들은 어느새 무관, 아니, 무사의 움직임마저 갖추고 있었다. 꽁지로 뒤따르던 석주의 아들마저 태자를 쏘아보던 눈길을 거두고 얼떨떨하게 말에서 내릴 정도였으니. 마호만이 여전히 상황을 받아들이지 못하고 한숨을 하얗게 토해내고 있었다. 무천이 소리를 내지 않은 채 재빠르게 다음 상황을 준비하며 섬돌을 디디는데 그런 그의 곁으로 마호가 바짝 다가서며 불신을 표했다.

"무천! 무슨 짓이냐? 진정 헛갈린 것이냐? 네가 이리 섣불리 행동하면 금 의원의 사건은 물론이거니와 훗날 선화 낭자의 사건마저 어그러지게 된다. 그건 생각을 해보았느냐?"

마호는 그때 친우의 웃음을 볼 수 있었다. 그것은 5년간 전장을 누비며 수많은 군사들을 진두지휘하며 지략을 세울 때 보이던 그것, 바로 확신에 찬 미소였다.

그가 입을 열었다.

"이 향은 내가 강녕전에서 황제폐하를 알현할 때 늘 맡아오던 냄새다."

마호의 눈이 커지는 순간.

쾅! 태자의 발길질에 가옥의 대문이 단박에 나가떨어졌다.

"누구냐!"

수녕의 매서운 말이 기세등등하게 어둠을 갈랐다. 사내들이 하나, 둘 빠르게 안으로 들어서자 그가 손짓으로 노비들을 움직이게 했다.

한바탕 난투극이 벌어졌고 지켜보는 이들은 모두가 숨도 쉬지 못했다. 그 끝에 수녕의 수족들은 신음을 흘리며 마당에 쓰러졌고 그들이 흘린 피가 땅을 타고 스며들었다.

그렇게 그들을 가벼이 물리치고 어둠 속에서 태자가 모습을 드러내자 모두가 얼어붙은 듯 꼼짝을 못했다. 안채 가까이로 다가오는 그를 수녕은 그만 어안이 벙벙해져 눈만 껌뻑이며 바라볼 뿐이었다.

그때 선화가 비단치맛자락을 끌며 정신을 놓고 있는 아비 곁을 지나쳤다.

"마마, 마마! 이제야 소녀를 찾으시었……."

울음 섞인 여인의 목소리가 사내에게로 향하는가 싶더니 선화의 몸이 그의 발아래 그림처럼 옆으로 떨어졌다.

그러나 무천은 그녀를 잠시 내려다보았을 뿐 상황을 살피고자 고개를 들어 올렸을 때는 무엇도 표정에 담지 않고 있었다.

석주의 아들이 아비의 재갈을 풀어내며 오열하고 있었고 커다랗게 타오르는 불구덩이를 지나 그제야 수녕이 허리를 깊이 숙인 채 조르르 다가왔다.

"저하!"

발아래 엎드린 그를 무천이 가만 바라보다 명했다.

"고해라!"

수녕이 침을 꼴깍 삼키다 황급히 입을 열었다.

"그…… 그러니까 저자는 가문의 원수이옵니다."

무천이 어둠 속에서 빙긋 웃었다.

"나라의 최고 권력인 유 좌평의 원수라. 그래서 그 죄를 나라에 묻지 않고 스스로 벌하려 했다?"

엎드려 있던 수녕이 고개를 들었는데 얼굴에는 울음이 가득했다.

"그것이 말입니다요, 저는 그간 청렴결백하고자 노력했사옵니다. 그것은 마마가 더 잘 아시지 않습니까? 헌데 어찌 황제폐하의 곁을 모시며 감히 최측근이라 불리는 내의정內醫正을 나라에 고발할 수가 있었겠사옵니까? 하오나 그에게 당한 울분은 도저히 가시질 않아 일을 이렇게 만들 수밖에 없었사옵니다."

차가운 시선으로 무천이 발밑에 엎드린 자를 내려다보고만 있는데 옆에서 사락사락 꿈틀거리는 소리가 들려왔다. 난리 속에 아무도 거드는 자가 없는데다 믿었던 태자마저 자신을 외면해 버리자 참다못한 선화가 스스로 몸을 일으킨 것이었다.

그녀가 울음을 토해내기 시작했다.

"마마, 저자는 줄곧 협박을 해오며 저희를 괴롭혔습니다. 5년 전의 일이 자신의 공녁이라녀 온갖 것들을 요구해 오는 통에 하루하루 피가 마르는 날을 감내하며 살아야만 했습니다. 제가 대체 무슨 잘못을 했기에……. 저는 그저 저하의 옥체를 구했을 뿐인데, 그 일로 불쌍하신 저희 아버지가 이리 고초를 당해야 한다면 다른 것은 참아내도 국혼이고 뭐고 소녀도……."

"거짓이다!"

석주의 곁에서 아비를 살피던 아들이 선화의 말에 울분을 터뜨리자 무천이 천천히 고개를 돌렸다. 석주의 아들은 분노를 내뿜으며 수녕과 선화를 노려보고 있었다. 그리고는 무천을 향해 눈물을 흘리며 결백을 주장하기 시작했다.

"아버지는 그럴 분이 아니옵니다. 절대 그러실 분이 못 되십니다. 그저 어떻게 하면 이 나라가 잘 될까, 사람들이 앓지 않고 더 잘 먹고 잘살게 될까 매 순간 그런 것들만을 고민하며 살아오신 분인데……."

"조용히 해라."

석주가 아들의 말을 자르며 힘겹게 바닥에 손을 짚더니 태자를 향해 예를 갖췄다. 그리고는 나직이 읊었다.

"신臣 금석주, 저하께 한 가지 청이 있사옵니다."

"말하라."

석주가 고개를 들어 아들을 바라보았다. 그의 눈은 허망하기 그지없었다.

"너는 지금 당장 집으로 가 사람을 시켜 안채의 궤를 부수어라. 거기 보면 호박색 비단보에 싸인 나무로 된 조그만 함 하나가 있을 것이다. 그것을 가지고 지금 당장 이리로 오너라."

그의 아들이 영문을 모른 채 아비를 바라보자 석주가 다시 엄한 목소리로 재촉했다.

"어서!"

자리에서 일어서는 청년이 정신을 차리려는 듯 어금니를 깨물었는데 아비규환 속 분통 터지는 상황이 이가 갈리는지 눈물을 후드득 떨어뜨리고 있었다.

*

사내가 잠행을 나가고 없는 주막의 방 안, 홀로 앉은 시간이 조금은 지루해 자그만 창호지문을 열어 세상을 물끄러미 마주하면 싸리울 너머 굽이굽이 겹쳐진 산이 보였다.

저곳에는 과연 어느 화전민들이 몰래 숨어들어 행복을 일구고 있을까. 옹기종기 모인 초가지붕들이 품고 있는 억만 가지 사연들을 아루는 가만 상상해 보곤 했다. 굶주리고 추위에 떨며 가진 것이 없는 슬픔들의 한 올 한 올일지라도 조그만 방 안에 비추어 오는 햇살을 보며 빙그레 미소 지을 수 있는, 종국에는 행복으로 귀결되는 그 이야기들을.

눈을 조금만 들어 올리면 그들을 보듬듯 드넓은 푸름이 펼쳐져 있었는데 아루는 엄지와 검지 사이에 그것을 끼고 실눈을 떠 바라보며 생각했었다. 저곳은 하늘님과 사람이 그리 멀지 않은 곳이구나.

정말이지 꿈을 꾸다 온 것만 같은 기분, 그것이 불과 하루 전의 일이었다니.

격식을 갖춘 높은 전각의 지붕들은 분명 5년 동안 늘 보아온 것인데 아루는 너무도 생소하다 느끼며 어깨를 짓누르는 무거움에 그만 숨이 막혀왔다.

그때,

"깜부기 년! 도성에 퍼진 노래가 저 계집의 것이라며?"

"말조심해! 무슨 해코지를 당하려고? 소문에 의하면 사내처럼 굴다 마마의 승은을 입은 뒤로 태도를 싹 바꾸었다던데?"

"흥! 그래 보았자! 나라를 위해 온 힘을 바쳐 오신 마마님이시니 곧 여인에 대한 혜안도 생기실 거야."

"하긴. 근데 왕후장상의 씨가 따로 없다더니 예전에 공주였다던 년이 어찌 그리로 얍삽한 것일까? 사내들 틈에 끼어 함부로 몸을 굴리다 높으신 분이 저를 보는 것 같으니 그제야 공주입네, 하는 것이 참말 얄미워. 천것보다 더 천해, 온풍은."

"그러게. 삼 일 동안 태자저하를 붙잡고 놔주질 않았다더니 그 요분질 한번 참으로……."

목적지에 이르기도 전 동궁의 박석 위를 지나고 있는 말에서 아루는 주섬주섬 아래로 내려섰다. 멍했던 정신이 찬물을 뒤집어쓴 듯 모든 감각이 그제야 생생해짐을 느꼈다.

"저기……."

암행 동안 깍듯이 대해오던 사내가 황급히 뒤따르며 곁에 섰지만 저도 무언가 꺼림칙했는지 아루를 애매하게 불러왔다. 커다란 눈을 하고 고개를 돌리던 그녀도 다시 얼굴을 숙였다.

수군거리는 목소리를 뒤로하고 허겁지겁 발을 디디는데 사락사락, 태자가 사다 입힌 가라한의 비단치맛자락이 자아내는 소리가 아루의 얼굴을 뜨겁게 했다.

무슨 정신으로 뒤뜰까지 왔는지 모를 지경이었다. 어쨌거나 궁인들이 보이지 않는 그곳에 이르자 그녀는 그제야 깨물었던 입안의 살을 놓아주었다.

전각까지는 좀 더 걸어야 했다. 그럼에도 턱이 급격히 떨려오자 누가 볼세라 아루가 처소까지 내달렸다. 급하게 문을 열고 안으로 들어선 그녀가 바닥에 쓰러지듯 무너졌다. 그렇게 세상을 등진 채로 두 손으로 입을 틀어막고서 끅끅 터지는 울음을 참아냈다.

한 달이 훨씬 넘게 비워놓은 곳이라 전각 안은 온기라곤 하나 없이 냉랭한 기운이 가득했는데 어둠 속에서 그녀는 물기 어린 눈으로 노비의 삶을 훑기 시작했다.

좋은 곳에서 살게 되었다며 잠시 기뻐했던 적도 있던 곳인데, 닳을까 무서워 애지중지했던 세간들인데, 갑작스레 왈칵 겁이 밀려드는 것은 왜인가. 이것들과 함께해 온 지난 5년의 삶보다 이것들을 가지고 살아내야 할 시간들이 몇 배는 더 놓여 있는데 그것이 싫어지면, 그만 이것들과 살기가 싫어지면 나는 어쩌지?

소리 없는 울음이 한참을 이어졌다. 그것이 어느 정도 잦아들 무렵 아루가 고요한 어둠 속에서 천천히 일어섰다. 이미 슬픔 따위 얼굴에는 지워지고 없었다. 대신에 짜증과 닮은 기운이 고운 낯에 한가득이었으니.

비단저고리의 옷고름을 풀어 헤치는 손이 야무지고도 매서웠다. 잘 벗겨지지 않자 아루가 입술을 꽉 깨물며 아미에 사나운 기운을 새겼다. 그녀의 손이 옷 벗기를 포기하고 곧장 머리로 향했다. 태자가 찔러준 비녀를 확 벗겨낸 뒤 쪽진머리를 손가락 사이로 마구 뜯어 헤쳤다. 방금까지 곱게 올려져 있던 검은 머리가 가느다란 손끝에 의해 나풀나풀 흘러내리고 있었다.

落花有意隨流水
流水無情送落花

떨어진 꽃은 뜻이 있어 흐르는 물을 따르는데

무정한 물은 떨어진 꽃을 보내는구나

자그만 은장도를 바라보는 무천의 얼굴은 분명 넋 나간 사람의 그것이었다. 사내의 커다란 손에 쏙 들어오고도 남는 여인의 물건을 그는 멍청한 표정으로 바라만 보고 있었다. 한 번, 두 번, 쥐었다 펼치고 뒤집었다 쓰다듬는 손길이 조심스레 이어졌지만 얼굴빛은 여전히 멍했다.

"죽여주시옵소서."

무천이 고개를 들어 처연한 표정의 석주를 쳐다보았지만 소리에 대한 무의식의 반응일 뿐 그의 눈앞에 펼쳐져 있는 것은 아련하기만 한 소녀의 얼굴이었다.

"정신 놓지 마셔요. 의원을 데리고 금방 올 터이니 그때까지 정신을 잃으시면 아니 됩니다!"

희미하게 식어가는 가운데서도 왜 내 눈에는 너의 그 어여쁜 얼굴이 들어왔을까, 왜 그리 헛된 기억을 했던 것일까, 자신을 수도 없이 탓했었다. 연정에 미친 거냐고, 무슨 짓을 벌이려 했는지 아느냐고 자책을 하며 연보랏빛 저고리를 찢던 그 소녀의 얼굴을 고개를 털어 지워내길 수차례. 그 냉랭하던 온풍의 계집이 내게 그리 했을 리가 없다, 착각하는 네 자신이 진정 모자라다며 그는 얼마나 가슴을 쳤던가. 헌데 묻어두고 싶었던 간절한 소망이 빚어낸 그 환상이, 그것이 사실이었다니.

무천은 심장을 조여오는 통증에 미세하게 이마를 찌푸렸다. 그럼에도 아직도 기억하고 있는 그 창포향이 또다시 코끝에 아련하게 감도는 것만 같아 그만 눈물이 핑 돌았다.

"아루야……."

그가 웃는데 선화의 절규하는 음성이 고막을 때리고 지나갔다.

"믿지 마셔요! 거짓이어요! 저희 집안을 음해하려는 세력들이 얼마나 많은 줄 아십니까?"

그리고 수녕이 나섰다.

"저하! 이 아이가 저하를 기다리느라 지난 5년을 어찌 살아왔는지 잊으신 겝니까? 어찌 혓바닥 하나로 거짓을 진실로 바꾸어 버리려는 찰나의 시간과 그 인고의 세월을 비교하려 하십니까?

정녕 나중에 이 아이를 어찌 보시려고…….”
좌악!
무천의 검이 순식간에 수녕의 몸을 갈랐다.
“무천!”
마당 안에 비명 소리가 난무했고 여인들의 울음이 공포로 찢어질 듯했다.
부들부들 떨며 무릎으로 뒷걸음질 치는 선화에게로 태자가 피 묻은 검을 들고 다가가자 다급해진 마호가 황급히 그의 앞을 막아섰다.
“저하! 제발, 제발 참으십시오! 아니 되옵니다!”
수녕의 핏자국을 묻힌 무천의 얼굴은 정말 광기로 물든 것처럼 보였다.
“비켜라!”
태자가, 친우의 눈이 마호에게 말하고 있었다.
용서할 수 없다고, 내 여인의 지난 삶을 고통으로 몰아넣고 운명마저 뒤바꿔 버린 저 여인의 숨통을 당장에 끊어놓겠다고.
그러나 마호는 고개를 세차게 흔들었다. 사력을 다해 무천을 말릴 것이었다.
“아니 되옵니다, 저하! 제발 절차를 따르십시오. 이자들은…….”
입에 담기 싫은 말이라 마호조차 안타까움에 마른침을 한 번 삼킨 뒤 입을 열었다.
“이자들을 함부로 했다가는……. 제발 큰 그림을 보아주십시오."

무천이 허탈함에 흐흐흐 웃었다.

선화의 집안을 이토록 떵떵거리게 만들어준 것은 다름 아닌 자신이었으니 이제 와 누굴 탓하리.

천천히 돌아선 순간 죽음을 각오한 듯 이미 담담한 표정이 되어 있는 석주가 보였다. 무천은 그만 울음이 터질 것만 같아 힘겹게 침을 삼켰다.

"네, 왜 그랬느냐?"

말이 없던 석주가 처연한 눈을 하고서 고개를 들어 올렸다.

"5년 전 정말이지 한 치 앞도 볼 수 없이 어지러이 돌아가던 세상, 그 속에 소인도 살고 있었습니다. 그저 돌아가는 세상사가 궁금했던 가라한의 평범한 백성 중 하나였지요. 짧다면 짧은 시간이나 그때 저는 지금과 달리 분명 혈기가 있던 시절이었던 것 같습니다. 가라한이 승승장구하며 세를 불리던 그때, 소인 또한 나라에 대한 자부심이 강했습니다. 저는 이 나라가 순수혈통을 유지하기를 바랐는데 그 마음이 도를 넘어섰음인지, 그리할 수 없다면 적어도 고귀한 피만은 굳건하기를 바랐나이다. 훗날 황실의 피가 이족의 것과 섞인다면 여러 문제가 있을 수 있다고, 그것이 소인의 미천한 판단력이었지요."

그의 말을 다 듣고 나자 무천은 그만 온몸에 힘이 쭉 빠져나가는 기분이었다.

석주가 평온한 음성으로 말을 이었다.

"근간은 소인의 미천함을 확인하는 괴로움의 시간들이었습니다. 이제 죽어도 여한이 없을 듯싶습니다."

석주가 모든 것을 내려놓듯 고개를 떨어뜨린 순간 무천의 벼락과도 같은 음성이 그의 머리를 때렸다.

"누구 맘대로?"

차가운 목소리였다. 태자가 고개를 살짝 돌려 친우이자 신하인 마호를 향해 명했다.

"이자를 당장 강녕전으로 데려가라."

그리고 다시 고개를 돌려 그가 석주를 싸늘한 눈으로 응시했다.

"너에게 생사를 결정할 권한 따위는 없다. 그저 맡은 바 소임을 다하며 귀 닫고 입 닫은 채 그리 살아라."

무천이 그를 스치며 지나갔고 그의 손에 들린 검에서 핏방울이 뚝뚝 흘러내려 점점이 바닥에 흩뿌려졌다. 그러나 아무도 고통스럽게 흔들리는 그의 얼굴만큼은 볼 수 없었다.

사랑하는 여인을 나락으로 빠뜨려 버린 자를 아비의 병환 때문에 놓아줘 버린 사내의, 그 피울음의 소리 없는 절규를.

무풍을 타고 궐을 향해 가는 길은 간절한 그리움이 끝도 없이 이어지는 사내의 마음밭이었다.

무천은 내내 웃었더랬다.

'아루야, 아루야…….'

속으로 그녀의 이름을 끊임없이 되뇌며 내달리는데 너에게 무엇을 해줄까, 가을 다 지난 물러 버린 홍시 따위 저리 가라 저기 반짝 빛나는 달님 별님 죄다 따다 바치마, 무천은 그리 웃었다.

'여난아루, 내 오른손에 무엇이 들려 있는 줄 아느냐?'

말고삐를 쥔 오른손의 한쪽에는 눅눅히 땀이 밴 그녀의 은장도가 쥐어져 있었다. 무척이나 앙증맞아 그가 말을 달리다 말고 또다시 껄껄 웃으며 고개를 저었다.

이리 작은 것이 딱 고 몸뚱이 지키겠다 들고 다닐 만도 하구나. 헌데 이 조그만 것을 품에서 꺼내 내 목숨값을 셈했다 이 말이지? 그 계집 다시 봐야겠군.

늘 그를 담담한 눈으로 지나치던 5년 전 소녀를 떠올리는 무천도 이미 시간을 거슬러 그 안으로 돌아가 있었다. 단지 달라진 것이 있다면 세상에 무심하던 한 소년이 열렬히 온 마음을 다해 어느 소녀를 그리고 있다는 것뿐.

"이랴!"

놀란 보초병들이 황급히 문을 열어젖힌 뒤 간신히 말을 피해 나동그라졌다. 분명 문이 닫혀 있음에도 속력을 줄이지 않고 달려오는 것이 소문대로 참말 광증인가. 검은 말의 휘날리는 갈기를 보며 저것을 모는 이가 분명 태자가 맞지? 하며 서로에게 확인을 구하는 보초병들의 눈이 휘둥그레했다.

동궁으로 향하는 동안에도 무천은 마치 길 한복판을 내달리

듯 말을 몰았는데 궁인들이 저마다 놀라 예를 갖추는 것도 잊고 부딪혀 목숨을 잃을까 꽁지 빠지게 무풍을 피했다. 그리고는 머리 위의 흐트러진 나관羅冠을 다시 정제하며 혼비백산한 정신 또한 꼴깍 침을 삼키며 챙겼으니.

“오랜만에 모습을 보이셨는데 전장을 오래 누벼 그 기운에 광증을 얻어 오셨다더니 그 말이 맞나 봐. 참말 요양을 다녀오신 게로군. 그나저나 그 계집을 궐에 먼저 들여보낼 정신까지는 있었는가 봐.”

어둠이 내려앉은 궐 안, 궁인들이 이러쿵저러쿵 입을 찧어댔다.

그러한 쑥덕거리는 세상을 뒤로하고 동궁의 뒤뜰까지 말을 몰고 온 무천은 무풍이 미처 속력을 줄이기도 전에 날듯이 아래로 뛰어내렸다. 바람과도 같은 그 몸짓은 한달음에 전각으로 곧장 이어졌다.

얼굴로 쏟아지는 차가운 겨울바람이 온통 희망을 이야기 하고 있었다.

“아루야!”

그가 문을 벌컥 열어젖혔다.

다행히 그녀는 아직 잠들지 않고 있었다. 아루가 침상 위에서 무릎에 턱을 괴고 앉아 멍하니 호두껍데기 세 개의 불빛을 응시하고 있었던 것이다.

오면서 앙증맞다 내내 쓰다듬던 은장도를 마치 그녀인 양 손에 다시 꼭 그러쥔 뒤 무천이 가만 웃었다.

나를 기다린 것이냐?

은은하게 불이 켜진 실내에 그의 미소가 더 환해졌다.

“여난아루!”

그녀의 이름을 두 번째 부르는 사내의 음성이 짓궂었다. 장난기가 가득 배인 소년의 것이었다.

그러나 아루는 돌아보질 않았다. 무언가 생각에 잠겨 있는 듯해 무천은 웃음을 살포시 지워내고 그녀의 머릿속을 가만 짚어보았다. 무언가 궤가 맞지 않는 불안한 느낌을 무시한 채.

그녀의 생각은 이러했다.

이곳에 오면서 호롱불이 생겼다며 신기해했는데 생각해 보니 그것은 나와 너무도 맞지 않는 것이다. 다시 시작하는 궐의 첫 밤, 어쩐지 어둠 속에서 보내고 싶지 않구나. 아끼던 것들을 죄다 써버리게 될지언정 찬갈이 마련해 준 이것들을 모조리 꺼내어 태우자. 헌데 두 개는 어디로 가고 없는지 궁색한 가운데도 사라져서 속이 상해.

“아루야…….”

사내의 음성에 그녀가 그제야 천천히 고개를 돌렸다. 정인의 얼굴이 아련하고 희미하게 흔들리고 있었다.

이윽고 천천히 이불을 걷고 나와 바닥에 무릎을 꿇는 몸가짐은 그러나 여인의 것이 아니었다.

“어인 일이십니까?”

순간 무천은 온몸이 빳빳하게 굳어졌다.

아루를 안았던 첫 밤, 얼떨결에 그녀가 존대를 해온 적이 있다지만 지금은 그와 전혀 달랐다. 처음 있는 일이었고 가끔씩, 아니, 자주 상상해 오던 일이었으나 어쩐지 전혀 반갑지 않은 것은 왜일까. 그제야 아루의 허름한 사내노비 옷이 눈에 들어왔다.

'저것들을 모조리 찾아내어 불에 태워 버릴걸.'

"옷은 어쨌어?"

그가 가만 물었으나 아루에게서는 대답이 없었다. 그의 눈이 구석에 얌전히 개인 여인의 비단옷으로 향했다.

마음을 찢어놓는 화룡점정畵龍點睛인가? 옷가지 위에 놓인 비녀가 마음을 당혹스럽게 하고 있었다. 그가 고개를 돌려 아루를 바라보았다.

표정이 없는 얼굴, 네 무어냐?

침묵이 방 안을 감돌았다.

아루는 슬픔을 용하게 감추어내며 그가 오기 전 했던 다짐을 되뇌고 있었다.

나로 인해 온풍이 욕을 먹게 할 수는 없다, 이를 악물며 다시 노비 옷을 꺼내 입었더랬다. 그리고 궐에 처음 끌려오던 날 부족민을 떠올리며 살아내고자 다졌던 그때의 의지만큼이나 아루는 스스로를 다시 한 번 되새겼었다.

하지만 시간이 지날수록 그녀는 깨닫고 있었다. 다시는 예전처럼 철없는 망나니 행세를 하지 못할 것만 같다는 것을. 전혀 모르고 있었는데 그녀는 달포가 넘게 태자에게 철저히 여인으로서 굴어왔었던 것이다.

다시 뻰뻰하게 궐생활하는 거다. 그러나 숯이 담긴 삼태기는 아루의 손에서 몇 번을 오가다 결국 침상 아래로 다시 들어갔다. 그것만큼은 차마 얼굴에 다시 바를 수가 없었으니.

"너 왜 이러는데?"

태자가 조용히 물어왔고 아루는 마치 그에 대한 응답이라는 듯 말을 하지 않았다.

"하아!"

무천이 벌떡 몸을 일으켜 침상에 앉았다. 내내 쥐고 있던 주먹을 가만 펴보니 달빛 아래 은장도가 반짝 섬세하고 영롱한 빛을 발한다.

주인의 이미지와 꼭 닮았다 생각하며 무천은 그것을 쥐었던 손으로 얼굴을 쓸어내렸다.

고개를 들어 창밖을 바라보니 겨울의 막바지, 눈이 내린다.

그녀를 홀로 두고 왔다는 생각에 마음이 좋질 않았다. 보듬어주지 못해 의지할 데 없다며 울고 있을지 모른다. 안아주지 못해 차다고 떨고 있을지 모른다. 생각이 그렇게 미치는 순간 무천의 눈이 번뜩였다.

장지문을 벌컥 열자, 장 내관과 지밀상궁, 궁녀들이 화들짝 놀라 고개를 들었다.

그도 알고 있었다. 궐 안에 그를 두고 수군거리는 말들이 많다는 것을. 장 내관이 이 시간, 처소 밖을 지키고 있다는 것은 필시 소문에 근거해 나의 옥체를 염려함이어서겠지.

"저하, 무슨 일이시옵니까? 혹 자리끼라도……."

"그것은 되었고 뒤뜰의 전각으로 가 지금 당장 여인을 데려오너라."

놀란 눈을 하고서 무천을 바라보던 내관이 이내 고개를 숙였다. 상전의 눈이 바위처럼 단단한 것이 하명에 반문한다면 사단이 날 듯싶었기 때문이다.

그가 허리를 숙여 보인 뒤 몸을 돌려 사라지자 무천이 지밀상궁에게로 고개를 돌렸다.

"일전에 내가 말했던 차와 함께 생과방에 말해 다과상을 들이도록 하게."

"마마, 하오나 한밤중이옵니다."

"생과방나인들에게는 미안하다 말 전해주고 내 하사품을 따로 내리도록 하지."

"그것이 아니오라 침수 들지 못하시오면 옥체가……."

"더 이상의 말대답은 불허한다."

탁.

장지문이 닫히는 소리에 궁녀들이 저들끼리 눈빛을 주고받으며 수군거렸다.

무천은 서둘러 의관을 정제했다. 그리고는 의자에 앉아 아루를 기다렸다.

그러나 생과방나인들이 탁자 위에 정갈한 다과들을 한 상 차려놓을 때까지, 그들이 뜨거운 기운이 서린 찻물을 대령할 때까지, 그리고 그것이 차가운 공기 속에 온기를 빼앗길 때까지, 내관에게서는 아무런 기별이 없었다.

무천의 얼굴이 조금은 차갑게 굳어졌다. 그가 밖을 향해 소리쳤다.

"누구 없느냐!"

잠시 후 들어선 지밀상궁에게 태자가 명했다.

"가서 전해라! 하명에 불응하면 어떤 식으로든 심중에 고통을 안길 것이라고."

무게감이 실린 말이었다. 그가 자아내는 거부할 수 없는 분위기에 상궁이 허리를 숙인 뒤 뒤로 걸음해 물러났다.

장 내관을 따라 이제 막 쌓이기 시작한 눈길을 밟고 지나던 그녀가 고개를 들어 시린 달을 향해 하얀 숨을 토해냈다.

"피곤할 터이니, 이만 자라."

그렇게 돌아섰던 태자였다. 잠들지 못하는 밤이었으나 그렇다고 해서 그가 다시 찾아주길 바란 것은 결단코 아니었다.

갑작스런 부름에 입을 다물고 버티었으나 뒤늦게 궁녀들이 다가와 건넨 말은 심상치가 않았다. 심중에 고통을 안긴다는 말, 분명 그리하고도 남을 사람이었다. 대번에 스치는 이가 찬갈이었으니, 그녀로서는 생명줄처럼 쥐고 있던 이불을 놓을밖에.

노비생활을 한 이래로 눈이 많이 내리는 것을 거의 반기지 않았던 아루였다. 지나시는 모든 걸음 편안하라 바닥을 쓸어내야 하는 것은 전부 그녀의 몫이었기에. 그럼에도 그녀는 평소와는 다른 소망을 하늘에 말하고 있었다.

'오늘 밤만큼은 계속해서 쏟아져도 좋아. 아무도 내가 간밤이 길을 다녀갔다는 것을 알지 못하게 내일이 되면 하얀 것이 수북이 쌓여 내 발자국을 전부 덮어주길 바라. 그러니 더 펑펑 내려라.'

내관을 따라 태자전의 복도로 향하며 아루는 온 힘을 다해 그와의 연을 끊어버리리라, 굳게 다짐을 했다.

온통 신경이 밖으로 향해 있던지라 무천은 끼익끼익 나무바닥 밟히는 자그만 소리에도 벌떡 일어서며 반응했다. 장지문을 드르륵 여는데 눈앞에 그립고 그리운 여인이 서 있었다. 놀랐는지 눈이 커다랗다. 궁인들의 호기심 어린 기색도 아랑곳 않고 무천이 그녀의 팔을 확 잡아끈 뒤, 문을 닫아 세상으로부터 그녀를 차단했다.

아루가 그에게서 조심스레 팔을 비틀어 빼며 뒤로 물러났다. 그리고는 허리를 깊이 숙여 인사했다.

알싸함이 1할이라면 반가움은 9할인지라 무천은 가슴을 저며

오는 기운을 애써 무시하고 입가를 끌어올려 웃음 지었다.

"춥다, 이리로 오너라."

다행히 그가 가리킨 곳이 침상은 아닌지라 아루는 탁자로 향하는 태자의 뒷모습을 바라보며 안도의 한숨을 내쉬었다. 그러나…….

은은한 빛을 내뿜는 호롱불과 예쁜 접시 위에 놓인 다과들이 그녀를 혼란스럽게 했다. 그것도 그러한데 필시 그녀에게서 나온 것이 분명한 두 개의 호두껍데기를 태우는 저 아련한 불빛은 무엇인가.

고개를 드니 그가 빙그레 웃고 있다.

가만. 공기 중에 떠도는 이 아련함은……. 설마, 설마 하며 아루가 탁자로 다가가 물끄러미 찻주전자를 응시했다. 선뜻 만지지는 못하고 있는데 사내의 손이 다가와 찻잔에 조르륵 물을 따른다.

"무너지지 않으니 앉아라, 아루야."

그리 말하며 태자가 먼저 의자에 앉았다. 그녀를 올려다보는 눈이 너무도 여유로워 보였다. 그것만도 설레는데 소년을 닮은 해맑은 장난기가 까만 동공 어딘가에 스며 있어 아루는 그만 얼굴을 떨어뜨렸다.

"할 말 있다. 그러지 말고 앉아라."

그제야 아루가 주춤 자리에 앉았다. 그녀 쪽으로 약과며 떡들을 밀어주는 손길이 한낱 꿈처럼 사라져 버린 지난 한 달여의 시간을 떠올리게 해 마음이 저민다.

"그동안 어찌 살았어, 여난아루?"

멍하니 주홍 불빛에 어른거리는 맑은 찻물을 응시하던 눈이 파삭 흔들렸다. 분명 지난 5년의 안부를 물어 오는 말.

아루가 얼른 고개를 들어 가벼이 미소 띤 얼굴로 그에게 말했다.

"그리 부르지 마십시오. 여난이란 성姓 따위 사라진지 오래인데 노비 주제에 이름자 하나면 족하옵니다."

그리 부르지 말라? 전쟁에서 돌아와 내 눈에 띤 이후로 나는 시시때때로 너를 그리 불러왔다. 헌데 왜 하필 이제냐?

무천이 가만 웃었다.

평온하고 든든함이 느껴지는 저 얼굴을 다시는 만지지 못할 거야. 아루도 미소 지으며 고개를 숙였다.

슥. 그러나 사내의 손이 탁자 위로 무언가를 내밀자 아루는 더 이상 담담한 표정을 유지할 수가 없었다. 그녀의 얼굴이 놀람을 넘어 경악으로 물들어갔다.

"왜 그리 놀라는데?"

"어, 어떻게……?"

여전히 웃기만 하는 그가 아루는 얄밉고 혼란스러웠다. 헌데 어느 순간 태자의 미소가 슬퍼 보인다.

"늦게 알아보아 미안하구나."

그녀의 고운 아미가 흔들렸다. 눈가에 어린 기운도 어딘지 불안해 보였다.

말이 없던 아루가 얼굴을 들어 가만 고개를 젓기 시작했다.

이때 무천은 조금의 서운함을 느꼈던 듯싶다. 용케 더욱 커다란 미소를 지어 보이며 부러 목소리를 밝게 했지만.

"나는 그리 무정한 사람은 아니야. 논공행상은 제법 잘 가린다."

논공행상? 그를 바라보는 아루의 눈이 거세게 흔들렸다.

무천은 단 한 번도 느껴보지 못한 부끄러움을 살짝 느끼며 다시 입을 뗐다.

"너의 몫을 고민하고 있다."

충격이 가실 새도 없었다. 그에게 어떤 경로로, 언제부터 이 일을 알게 되었는지 묻지도 못하고 아루는 황급히 거절을 읊었다.

"되었습니다."

"왜?"

사내의 손이 천천히 내려와 찻잔을 짚는 것이 보였다. 여유롭기만 한 저 몸짓에 아루는 그만 궐에 돌아온 이래 선연히 깨닫게 된 사실 하나를 다시 떠올렸다. 그녀의 설 자리가 무척이나 초라하다는 것을.

꺼내기 싫은 말을 그에게 고해야만 했다. 다른 것은 다 숨기어도 이 진심 하나는 진실로 그가 알아주리라. 그도 백성을 거느린 자이니까.

"저에게는 떠올리고 싶지 않은 생각이어요. 어쩌다 보니 그리 했던 기억은 있지만 생각지 않아왔습니다. 그는 곧 제 스스로 민족을 저버리는데 기여한 날을 곱씹는 것이니까요."

평온하기만 하던 무천의 눈이 처음으로 흔들렸다. 아루의 눈에는 그마저도 호롱불 아래 일렁이는 사내의 여유로 보였지만.

정말로 이어 나온 그의 목소리는 경쾌하기까지 했다.

"어쩔 수 없다. 그날 이후 지난 5년간, 나는 나를 구해준 그 여인과 가시버시 맺기로 늘 기다렸는걸."

"……무슨 연유로?"

순진한 되물음이라니 얄미운 것! 아루를 알아온 이래 늘 느낀 것이지만 그녀는 그 어떤 명기보다도 사내를 꿰는 재주를 가졌다.

맑고 순수한 천성 때문에 행여 너의 그 아름다움이 어그러진다 해도 절대 사내의 시선을 놓게 하지는 못할 거야. 그런 생각이 들 때면 무천은 불특정한 이에게까지 맹렬한 질투를 느끼며 그녀의 품을 거칠게 파고들곤 했었다.

태자가 호로록 여유롭게 차를 마시며 손을 들어 그녀에게도 권했다. 눈가의 웃음이 아직도 소년 같기만 하다. 다급해지는 마음을 저도 늦추고 싶어 아루가 차를 들었다. 헌데…….

그녀의 흐려 있던 미간이 대놓고 구겨졌다. 향으로 찾던 차는 이제 떫고, 씁쓸한 맛만 그녀에게 전하고 있었나. 설마 했는데 이것은 분명…….

바라본 태자의 얼굴에 웃음이 활짝 걸리더니 호롱불에 짓궂게도 반짝인다. 아루는 얼른 표정을 지우고서 다시 말했다.

"좋지 않은 생각인 듯하여요."

"왜?"

그녀가 다시 거절을 읊자 그는 또 천연하게 물어왔다. 마치 지난 한 달을 전혀 모른다는 그녀의 태도에 사내 역시 다정하게 속삭이던 밤 따위 전혀 없었다며 무심한 말투로.

그녀에게서 답이 없자 찻잔을 내려놓으며 그가 이어 말했다.

"약속은 하지 못한다. 허나 어떤 여인이 나의 반려로 들어오게 되더라도 나는 너 하나만을 보도록 노력하겠다."

많이 나갔다 싶은데도 전혀 이해를 못하겠다는 여인의 얼굴에 무천은 그만 허탈해져 피식 웃었다. 그가 그녀의 눈을 피해 최대한 담담한 어조를 가장해 말을 이어나갔다.

"내 목숨값에 대한 보답이랄까. 궐 안 최고의 여인으로 만들어주지는 못해. 그건 너도 궐생활을 해서 알고 있겠지만 당사자의 권한 밖이거든. 그래도 지난 5년 마음으로 품어왔던 그 굳은 언약이 알고 보니 주인이 따로 있었다니. 너를 내 지어미로 삼아도 좋을 것 같다는 생각이 들었다. 거기다 사내로서 나는 너에게 어느 정도 마음도 있다."

이상하게도 단지 신분이 한참 낮은 정인으로 알던 때보다도 조심스러워지는 까닭은 무엇인가. 온 마음을 다해 은애한다고 말하던 그때보다도 알고 보니 은인이기도 했다니, 마음을 아끼고 숨기게만 된다. 마음대로 그녀를 어찌할 수 있다 믿던 그때 보다도 갑자기 너무도 크게 자리 잡히는 여인의 존재감 때문에 미적지근하기만 한 공주님을 향해 나도 그리 열렬한 것은 아니야, 하게 되는 사내의 간사한 마음.

그래도 무천은 믿는 구석이 있었다. 너의 마음, 나의 마음 상관없이 어차피 너는 내 것이니까. 다만 자신으로 인해 행복에 겨워 웃다가 그마저도 스스로 애닮아 더 사랑해 달라 간절한 눈망울이 되면 조금씩 조금씩 사내의 마음을 떼어 먹여주고픈 생각이었다.

"말린 국화잎은 언제 가시고 오시었는지요?"

아루의 대답이 뜬금없어 조금 놀랐지만 무천은 다시 짓궂게 미소를 지었다. 그녀가 그런 그를 바라보며 잔잔한 음성으로 말하는데 정말이지 뜬금없었다.

"말씀드린 적이 있는데 기억을 하실는지요? 안 계셨던 5년 동안 저는 예서, 이 땅에서 시간을 보내왔어요. 그러는 동안 저하에 대한 이런저런 이야기를 많이 들어왔지요. 정말이지 사람들은 마마에 대한 이야기를 많이도 했으니까."

무천의 마음이 알 수 없던 여인의 속내를 더 캐고 싶어 순식간에 동했다. 그러나 이어지는 그녀의 말은 그의 미소를 순식간에 굳게 만들었다.

"한 여인에 대한 순애보를 지도 익히 들어 알고 있어요. 이제와 그날의 일을 알게 되었다 해서, 그 마음이 사라지는 것은 아니잖아요. 감히 한 말씀 올리건대 부디 마음을 속이면서까지 저에 대한 의무를 다하려 들지는 마셔요."

"……그것이 무슨 뜻이냐?"

애를 써도 미소가 만들어지질 않아 무천은 찻잔을 들어 입가를 가렸다.

"저에 대한 흥취라는 것도 채 2개월이 되지 못하시니 분명 가실 때도 가벼운 걸음이실 터. 저도 궐생활을 해보아 조금 알기에 마마나 저를 위해 훗날 후회가 남을 만한 행동은 하고 싶지 않습니다. 여기 놓인 다과들을 보셔요. 하나같이 예쁘고 그 맛도 단숨에 혀를 사로잡지만 매날 먹으라 하면 절대 그리는 못하지요. 그런 여인보다는 마음 안에서 오래오래 정이 쌓였던 씹으면 씹을수록 단맛이 나는 그런 밥 같은 이를 만나셔요."

차라리 계집이 사내를 유혹하고자 보이는 고단수의 어법이었다면 좋았겠다. 허나 그것이 아님을 알기에 그는 아루의 슬픔이 감도는 미소에도, 눈가에 어리는 차가운 기운을 어쩌지 못했다. 단지 미소를 띠어 미숙한 여인을 능숙하게 속여낼 뿐.

"표현이 재미있구나. 그래도 나는 내 목숨값을 갚아야 속이 후련할 듯싶다."

계집은 장난인 줄로만 아는지 환히 웃는다. 그리고 내뱉는 말이 가관이니.

"그러시다면 빚을 거두는 자이니 그 값 셈할 수 있는 다른 방도를 제가 말씀드릴게요."

무천이 어디 한번 말해보아라, 눈으로 아루를 쳐다보았다.

"사실 마마와 비슷한 생각을 저도 품으며 살아왔어요. 찬갈이 없었다면 지난 5년을 결코 이렇듯 잘 살아내지는 못했을 거여요. 그날, 온풍이 사라져 버린 날, 목숨을 놓으려 했던 저를 붙잡아준 것도 그였지요. 만약 혼례를 올린다면 그가 되겠구나, 내내 마음속에 그리 생각하며 저는 지난 5년을 보내왔습니다. 지금이야 그것이 어그러졌지만."

아루가 고개를 숙이며 새끼손가락을 갑자기 찻잔에 퐁 담갔다.

"이 국화차 역시 저를 위해 찬갈이 산에서 뜯어다 말려준 것이고, 그리고 이것도……. 갑자기 불 없는 세상에서 살게 된 저를 위해 언젠가부터 호두가 열리는 계절이 돌아오면 그는 내내 궐 안, 나무 곁을 서성였지요."

무천은 마음을 아리게 하는 통증에 미간을 찌푸렸다. 헌데 얄미운 계집은 말을 멈추지 않는다.

"정 셈을 치르고 싶다 하시니 그래서 염치불구 말씀 올립니다. 목숨값을 맞바꾸는 것은 어떠할는지요?"

어느새 표정을 바꾼 그가 얼굴에 대인배의 웃음을 한가득 띠우고서 그녀를 내려다보았다.

"녀석을 살려달라?"

그녀가 고개를 끄덕이며 가만 입을 열었다.

"마지막 청이옵니다."

몹시도 청아하고 고결한 기품이 풍겨져 나와 무천은 그만 그것을 산산조각 내버리고 싶은 욕망을 참아내느라 탁자 아래 주먹을 쥐어야만 했다.

"좋다! 우리의 셈은 끝났다!"

저벅저벅 뒤뜰을 걸으며 아루는 태자전으로 향할 때처럼 고개를 들어 하늘을 올려다보았다. 얼굴에 닿아 스러져 버리는 눈들의 차가움이 오히려 시원하게 느껴질 정도로 열이 올라 있었다.

"후련하구나!"

그가 환한 미소로 그리 말했다. 그 웃음이 참말 아름다운 미장부의 것이라 아루는 더욱 눈가가 시큰거렸다. 정을 준 사내에게 그것을 감추어야 하는 상황만으로도 마음이 갈라지는데 쉬이 물러서며 웃음을 보이는 정인의 모습은 마음 안까지 찢어놓았다.

그는 묻지도 않았다. 왜 존대를 하느냐고.

원했던 바인데도 그도 그녀처럼 쉽게 연을 놓아버리자 아루는 머리가 어질어질했다.

자초한 일임에도 사내가 몸뚱어리 안고자 내뱉은 말에 너는 미혹을 당했다며 스스로에게 그 밤, 더욱 비수를 꽂아버리는 그녀였다.

태자전, 은애하는 여인을 보내놓고 그는 웃고 있었다. 자신에겐 태생부터 없다고 믿었던 눈물이 스미어 나와 스스로를 무안하게 할 것만 같은 밤이었다.

"내일 놈을 풀어주겠다. 헌데 너에게 이것은 주지 못하겠구나. 내 여인을 맞이하거든 그 여인을 보며 네가 나를 구했구나, 나는 그리 생각하며 살아야 할 것이 아니냐. 이거라도 가지고 있자."

무천이 주먹을 펴 쥐었던 은장도를 가만 들여다보았다.

'모자란 것! 한때나마라지만 몸종이었던 년이 등에 칼을 꽂았는데도 꽃비를 뿌려주다니. 누가 5년 동안 그년의 얼굴을 그렸다더냐? 나는 그 마음을 그렸던 것이다. 왜 몰라, 이 맹추야! 너라는 것을?'

"성군 나셨네."

껄껄 웃는 그의 웃음소리가 태자전에 나직이 깔리었다.

3장

心雖可愛終無言

마음으로는 사랑하면서도 끝내 말이 없다가

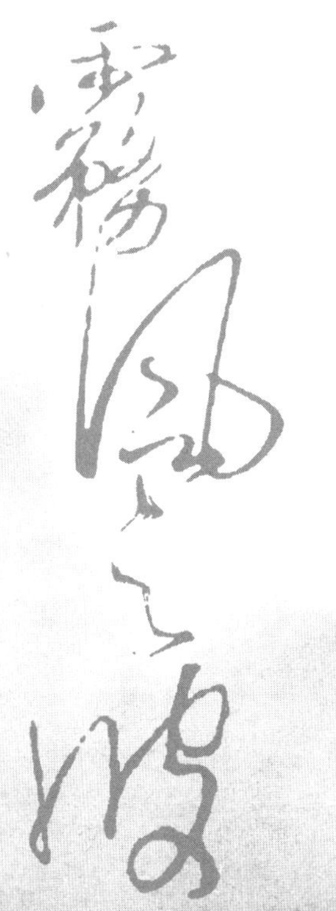

不聞人世喧

세상의 소란스런 소리 들리지 않는다

그가 아무리 궐 소식을 빠짐없이 들어왔다지만 시간의 차라는 것이 있었다. 곰치가 어쩐지 똥 마려운 표정으로 찬갈을 살폈다. 그리고는 뒤를 돌아 평소와 달리 거리를 두고 떨어져 서 있는 소야를 보았다.

"더 가까이 와라, 너도."

"나는 되었으니 그 계집년에 대한 이야기나 얼른 들려주고 이곳을 떠나자. 으슬으슬하구나."

잔뜩 꼬인 목소리가 냉랭했다.

찬갈이 그런 소야를 늘어뜨린 머리 가닥 사이로 살벌하게 노려보았으나 어쩐 일인지 계집의 눈도 매우 기세등등했다.

곰치가 눈치를 보듯 입을 쩝쩝 닫았다 떼며 어렵사리 입을 열었다.

"저기……. 깜부기가 돌아왔단다."

찬갈의 눈이 대번에 곰치에게로 날아들었다.

그 커다래진 눈을 보며 소야가 잔뜩 비꼬았다.

"그년, 완전 새색시마냥 하고 온 것이 필시 사내를 기차게 후렸을 거라 말이 많더라. 뭐 이제 완전히 팔자 편 거지."

옥 안 바닥에 깔린 지푸라기가 바스락, 찬갈의 손에 의해 뭉개지고 있었다.

형형한 눈으로 바닥을 노려보는 것이 심상치가 않아 곰치가 연신 한숨을 뱉어내는데 형졸이 다가와 문을 열었다.

"태자저하의 명이시다. 나와라!"

곰치와 소야가 모두 놀란 눈을 하고 있었다.

찬갈만이 오냐, 와라! 나직이 읊조리며 바닥의 지푸라기들을 있는 힘껏 으스러뜨렸으니.

모두가 형방청의 마당에 부복해 있었다. 포박된 채로 끌려 나오며 찬갈은 무척이나 오랜만에 마주한 햇살에 정신을 차리지 못하고 인상을 썼다. 눈부심을 막아보고자 팔을 들어 올리는데 형졸들이 막무가내로 잡아끌었다.

멀찌감치 엎드린 곰치와 소야가 무게감이 실린 분위기에 꼴딱 침을 삼킬 뿐이었다. 그럼에도 호기심을 이기지 못하고 고개를 슬쩍 드는데 소야의 눈에 태자 옆에 부복해 있는 낯선 사내

노비가 들어왔다. 복장으로 보아 분명 종놈인데 사내라기엔 낯이 고와 보이는 것이 어쩐지 불길하다. 고개를 갸웃하던 그녀가 대번에 눈을 커다랗게 떴다.

꿇어앉혀진 찬갈은 형졸들이 어깨를 내리누르는데도 결코 힘을 빼지 않으려 했다. 그 기세가 대단해 오히려 힘을 주는 자들이 난처한 얼굴로 태자의 눈치를 볼 정도였다.

"놈을 풀어주어라."

찬갈은 비단포의 끝자락을 노려보고 있었다. 아루를 데려갈 때 그토록 마음을 미치게 만들었던 그 비단결이 반짝이고 있었다. 마치 너 같은 천것과 나는 다르다, 그리 말하는 것만 같아 찬갈의 마음이 뒤틀렸다. 포승줄이 풀리고 그가 서서히 고개를 드는데 그 와중에 눈에 들어온 것이 있었으니, 아루였다.

무천은 엎드려 있던 그녀가 무엄하게도 감히 고개를 돌려 놈을 향해 가만 미소 짓는 것을 보았다. 당황한 듯 찬갈 녀석은 눈을 깜빡이며 그녀를 바라보기만 했다. 그리고는 그를 보는데 어리벙벙한 표정이다.

무천의 얼굴에 비스듬히 미소가 지어졌다. 엎드린 아루는 결코 보지 못하는 것이었으나 그를 향한 노골적인 웃음에 내가 이 여인을 어찌했을 것 같으냐, 찬갈을 향해 무천은 표정으로 그리 말하고 있었다.

찬갈의 눈에 수많은 것이 스치고 지나갔다. 하여 그 눈이 뒤집힌 것은 순간이었다.

"이야!"

이상한 일이었다. 멀리 떨어진 형졸들이 막아서질 못한 것은 그렇다 쳐도 태자가 미동도 없이 날아오는 주먹을 가만 바라보고만 있었으니.

퍽! 퍽! 퍽!

괴성을 지르며 몸을 흔들어대는 찬갈을 형졸들이 다가가 간신히 떼어놓았지만 미친개처럼 날뛰는 그 모습에 바라보던 자들이 벌떼같이 몰려들었다. 상전에 대한 충성과 이족에 대한 반감이 뒤섞여 인원은 순식간에 덩치를 불렸다.

아루가 사람들에 파묻힌 놈을 건져 내고자 얼른 그리로 뛰어가는 게 보였다. 이리 기웃 저리 기웃하며 애를 태우는 모습에 무천은 입가의 피를 스윽 닦아냈다. 장정 노비들까지 가세해 보란 듯 놈에게 발길질을 퍼붓는데 그녀가 다급하게 고개를 돌렸다.

싸늘했던 무천의 미소가 다정하게 바뀌어 있었으니 무슨 까닭인고. 아루 역시 당황한지라 천진해 보이기까지 하는 그 웃음의 이면을 가리어내질 못했다.

그녀가 그의 발아래 엎드려 바지자락을 붙잡고 사정했다.

"찬갈을 살려주셔요. 살려주신다 하지 않았습니까?"

무천이 빙긋 웃으며 큰소리로 명했다.

"멈추어라!

*

"하하하하. 참으로 그리 했다더냐?"

교태전의 안주인 옥영 황후의 고개가 뒤로 꺾이며 사내만큼이나 호탕한 웃음이 터져 나왔다. 탁자 위에 찻잔을 내려놓으며 그녀가 눈물을 찍어내고는 손으로 허공을 휘젓는데 옥수가 버들가지처럼 흔들거렸다.

"길조야, 내 아들 길조야."

부름을 받은 아들도 즐거운 기색이 역력했다.

"예, 어머니."

"궐 안에 장히 소문을 흘려놓았는데 태자께서 알아서 제 얼굴에 똥칠도 하시는구나. 추잡함으로 얼룩진 국혼에다, 계집종년에 빠져 허우적대고 그도 모자라 천것에게 매질을 당해놓고는 머저리마냥 풀어주다니. 혹 너희 형이란 자가 진정 광증이 아닌 것이냐?"

북로족의 여인으로 황실에 유일한 사내아이를 안겨준 순비順妃가 웃음을 흘리었다.

"호호. 어마마마, 궐 안 사람들을 풀어 태자저하에 대한 말을 꾸준히 흘린 저의 공덕도 잊지 마시어요."

"네 숫기가 없다 생각했는데 이제 보니 과히 중전 자리를 맡기어도 되겠구나."

옥영의 말에 북로족 여인의 억지웃음이 진정으로 바뀌었다.

아들을 낳았다는 것 빼고는 이족의 힘없는 여인인지라 험난한 궐생활을 이어가려면 반드시 핏줄 은후군을 원자에 봉작해야만 하는 간절함을 가진 이였다. 태자가 전장에서 살아 돌아와 그 희망이 꺾이는가 싶었는데 선화의 존재가 무너지면서 여인은 다시 꿈을 꾸기 시작했다.

헌데 태자가 계집에 미혹당해 정신을 차리지 못한다 하더니 끼고 도는 계집이 온풍의 공주였다. 이족 여인은 더더욱 불안해 졌다. 가라한 여인에게 고개를 조아리는 것은 참을 수 있어도 북로보다 못한 온풍의 천것 눈치를 보다 되레 더 큰 역풍을 맞을까 싶어 그녀는 기꺼이 황후마마의 모사꾼을 자청한 것이었다. 그러나 늘 그간의 삶이 불안으로 점철되었듯 북로 여인은 상황을 살피며 가라한의 눈치를 보고 있음을 스스로는 알지 못했다. 꼭두각시가 되어가고 있었음에도.

"이참에 확실히 하는 것이 어떨까?"

황후의 물음에 길조가 의아한 눈으로 어머니를 응시했다.

옥영이 웃음을 거두더니 날카로운 눈 끝에 반짝 기를 서렸다.

"태자가 제 입으로 암행 갔다 왔노라 소리는 못할 것이야. 우리가 먼저 교태전으로 초대하자. 돌아온 것을 감축드린다며 온 신하를 초대해 옥체 보존하시라 큰 연회를 베푼다면 사람들은 그 단순한 말에도 분명 태자가 광증에 걸렸다고 확신하지 않겠느냐. 으레 할 수 있는 말이니 저도 무어라 나서서 대꾸를 못할 것이고."

길조가 한마디를 더 보탰다.

"어머니, 연회는 저의 이름으로 베풀겠습니다. 형을 생각하는 아우의 마음을 궐 사람들, 아니, 만백성에게 이참에 각인시킬 수 있는 효과도 있을 것이니."

"오호, 참으로 일석이조로구나."

옥영이 손으로 입가를 가리며 웃음을 흘리었다. 긴 손톱 끝에 매달린 교활함이 여우 같았다.

동궁마당으로 향하는 아루의 걸음 뒤로 수심 어린 그림자가 졌다. 오랜만에 해후한 이놈 박석에 대한 질긴 정情도 찬갈에 대한 복잡한 생각으로 가리어진 터였다.

몸이 약해진 데다 몰매를 맞아 여기저기 성치 않았음에도 그는 아루를 쏘아보며 따지듯 물었다.

"아루! 그자가 누군지 잊은 거야? 내가 놈을 향해 주먹을 날린 것은 당연한 것이었다. 오랜만에 얼굴 보며 한다는 소리가 그것을 따지는 잔소리더냐? 네 그자와 참말 일이라도 벌인 게야?"

말문이 막혀 아루는 찬갈을 멍하니 바라보기만 했다. 그가 이 사이로 한 자 한 자 분노를 뱉어내고 있었다.

"나는 보았지. 내가 놈에게 주먹을 날렸을 때 네가 다급히 일어서는 것을. 누구였냐? 어? 나에게로 향한 것이었냐, 태자였냐? 왜 말을 못해!"

"찬갈! 이러지 마라. 너 이러는 것은 몸에도……."

아루가 그를 진정시키려 손을 뻗는데 찬갈이 그녀의 팔을 낚아챘다.

"나라의 원수라는 것을 잊은 것이야? 또 하나!"

찬갈의 매서운 눈에 그녀는 그만 소름이 돋았다. 그가 낮게 읊조려 나갔다.

"지난 5년간 너 하나 어쩌지 못해 얌전히 놓아둔 것이 아니다. 그저, 그저 네가 내 태생이 비천하다 그리 생각할까 그것이 못내 싫어 점잔을 뺐는데, 하하……."

노기 띤 음성은 울음 섞인 고백으로 이어지고 있었다.

"나도 너를, 너를 품을 수 있는 사내다. 5년간 곁을 지킨 것은 누구냐?"

아루가 천천히 찬갈의 뺨에 손을 얹었다.

누이로, 친우로 다가선 것이었으나 찬갈은 그녀에게서 예전 그 반항적이기만 했던 사내종을 너그러이 용서해 주던 아씨의 모습을 보았다. 그가 아루의 손을 확 낚아채 이불 위로 쓰러뜨렸다.

"왜…… 왜 이러는 것인데, 찬갈?"

"너야말로 왜 그런 것이냐?"

"내…… 내가 어찌하였다고?"

"……너는 변했다. 그것을 모를 내가 아니야."

떨리는 목소리가 더 이상 애달프게 들리지 않고 돌연 겁이 일었다.

벌컥! 그때 문이 열리고 대뜸 소야가 들어왔다. 태연을 가장했으나 그녀의 목소리도 찬갈처럼 떨리고 갈라져 있었다.

"물이라도 떠다주랴?"

아루가 간신히 찬갈에게서 몸을 비틀어 빠져나오며 소야에게 미안하다 눈으로 말하는데 그녀가 앙칼진 기운을 품고서 썩 꺼지라, 눈동자를 굴리고 있었다. 황급히 시선을 내리고 문을 닫고 나오는데 곰치와 그의 아내도 보였다.

"예가 어디라고 찾아와? 소금을 뿌릴까 보다."

"성내지 마라, 숭이야. 뱃속 아가 놀란다."

여인에게 곰치가 살갑게 말하는 것을 들으며 아루는 초라하게 신을 꿰어 신었다.

이제 궐에서 의지할 이가 없어지면 나는 어찌 살아가야 할까.

"침 떨어진다!"

대뜸 들려온 말에 아루가 놀라 황급히 고개를 들어 올렸다.

태자가 축대에 걸터앉아 손으로 턱을 괸 채 그녀를 내려다보고 있었다. 눈만 껌뻑거리던 그녀가 정신을 차리고 허리를 숙였다. 그때 문득 스치는 추억 하나가 있었으니.

명월관으로 향하던 첫날, 태자가 대뜸 등롱을 맡기며 앞장서라 했지. 어둑어둑한 저녁, 장안에서 가장 오래되고 아름답다는 금천교를 걸으며 그녀는 다리 아래 흐르는 냇물 소리에 정신을 빼앗겼었다. 저 냇물이 옛 온풍의 젖줄, 양자강으로 흘러들겠구나, 그리 생각할 때 태자가 머리 한 대를 때리며 말했더랬다.

"촌놈! 침 떨어진다!"

그가 기억을 할까? 마치 그때로 돌아간 것만 같은 기분, 어쩐지 재미있다 가만히 웃음 짓는데 그러나 천천히 어떤 생각 하나가 또다시 스치어 얼굴이 굳는다.

반복되는 일. 태자와 나, 주인과 노비. 이어지지 않을 평행의 길.

곡진히 허리를 숙이며 돌아서는 그녀의 뒷모습을 무천이 응시하고 있었다. 무슨 생각을 하는지 그의 얼굴에 떠오른 표정이 결연했다.

*

마호는 동궁으로 향하며 친우가 아닌 신하로서 태자저하께 간언을 고하리라 주먹을 말아 쥐었다. 어젯밤 아버지의 부름을 받아 안채로 들어갔다가 놀라운 말을 듣게 되었으니. 처음에는 그렇지 않다, 암행을 갔다 온 사이 황후가 벌인 잔꾀이다, 불경하게도 아버지 앞에서 소리를 질렀으나 아버지의 표정은 심상찮아 보였다. 게다가 함께 암행길에 올랐던 친우들 사이에서도 무천에 대한 우려의 목소리가 흘러나오는 상황이었다.

궐로 들어서며 바라본 궁인들이 저들끼리 모여 숙덕거리다가 그의 날카로운 시선과 부딪히자 모두들 입을 다무는 모습 또한 마호의 심기를 건드리고 있었다. 그러나 그보다 더 그의 마음을 뒤틀리게 만든 것은 다름 아닌 장 내관의 말.

"바람이 차니 제발 좀 옥체를 생각하시라 말씀을 드려도 저하께서는 요지부동 두 시진을 바닥에 앉아계십니다. 무슨 생각을 하심인지 그…… 그러니까 그분을 내동 바라보시며 심지어 수라를 축대 위로 가져오라 명하시어 바닥에 앉아……."

차마 말을 잇지 못하는 내관을 보며 마호가 앞장서라 했다. 친우가 아닌 신하된 입장으로 저하를 만나러 온 것임을 궁인을 앞세워 넌지시 알릴 생각이었다.

햇살이 따사롭다고는 하나, 분명 코끝이 시린데 저기 보이는 이는 분명 태자가 맞았다. 돌바닥에 앉아 그가 바라보고 있는 곳으로 시선을 돌렸다가 마호는 그만 놀라고 말았다.

내관을 통해 대충 이야기는 들었다지만 사내 옷을 입고 이마에 노비입네 조건皁巾을 두른 채로 마당의 눈들을 쓸어내는 여인의 모습은 아무리 보아도 믿기지 않는 일이었다. 천한 신분이라고는 하나 분명 태자의 총애를 입은 이로 싸리비를 들다니.

가만 보니 다른 종놈들도 그녀의 존재가 괴이한지 멀찌감치 떨어져 저들끼리 깨작깨작 마당을 쓸고 있었다. 사내처럼 했으나 분명 낯이 고운 그 여인만이 빨갛게 언 손으로 비질에 열심이었다.

다시 고개를 돌리니 그녀에게로 향한 무천의 장난기 어린 미소가 먼저 눈에 들어왔다. 읽혀지지 않는 태자의 심중에 마호는 저도 모르게 얼굴을 찌푸릴 수밖에 없었다. 그러나 가만 보니 입은 웃고 계시온데 주군의 생각에 잠긴 눈은 전혀 웃고 계시질 않는다.

"저하, 위사좌평께오서 저하를 뵙고자 청하옵니다."

"알았으니 장 내관은 물러가라."

분명 평소와 다른 등장을 보였음에도 겨울 햇살 아래 나른한 대답으로 그를 맞는 태자의 모습은 태연하게만 보였다. 그에 외려 놀란 것은 마호였다. 내관이 물러가자 마호는 짐짓 표정을 감추고 깊이 허리를 숙였다.

"신臣 위사좌평 사마호 태자저하께 문후問候드리옵니다.

"어인 일인가?"

아주 자연스럽게 친우도 상전으로서의 도리를 취해오자 마호의 이마가 살짝 찌푸려졌다. 그것을 감추고서 그가 나직이 고했다.

"안으로 드시지요. 아랫것들의 눈과 귀가 저하에게로 열려 있는 듯하여 소신 마음이 편치 않사옵니다."

그러나 무천은 낚아채듯 말을 이을 뿐이었다.

"정말 아랫것들의 눈과 귀가 내게로 열려 있는 것 같으냐?"

그 말에 마호가 천천히 고개를 돌려 마당을 둘러보았다. 힐끔대는 시선을 다급히 숨기는 궁인과 노비들의 모습에 화가 치밀었다. 상전이긴 하나 광증에 걸린 놈! 의구심 어린 시선 너머 아랫것들의 눈이 그리 수군대고 있었다. 그들은 되레 태자보다 위사좌평인 그의 눈치를 보며 비질을 서둘렀으니 마호가 잔뜩 인상을 쓰는 것은 당연한 일이었다.

아루만이 무엇도 모른 척 여전히 열심히 비질을 하고 있었다.

마호가 생각했다. 아랫사람 중, 단 하나 태자를 신경 쓰지 않는 이가 있었군.

"어찌할 셈이십니까, 저 여인을?"

그 말에 무천의 나른했던 표정이 그제야 차갑게 변하고 있었다. 태자가 벌떡 일어서 몸을 돌렸다. 도포자락이 바람결에 휘날렸다.

"어인 일인지 말해."

마호가 조용히 한숨을 내쉬며 태자전으로 향하는 친우의 곁에서 이윽고 심중의 말을 뱉어냈다.

"제발 궐 사람의 시선 좀 신경 쓰십시오."

"왜? 너도 내가 광증에 걸렸다는 말을 들은 것이냐?"

마호가 놀라 우뚝 멈추어 섰다.

무천이 태연히 고개를 돌려 마호에게 비식 웃음을 흘리더니 다시 걸음을 옮겼다. 순간 화가 난 마호가 다급히 걸어가 친우의 팔을 덥석 잡았다.

"알면서 어찌 이리 행동하십니까? 안 그래도 말이 많은 궐내에서 한낱 천한 계집에 빠졌다며 자랑하듯 이상행동을 일삼으시질 않나, 하!"

"잔소리를 해댈 거면 이만 물러가라."

"그리 듣지 마십시오! 주군께서 변하신 것은 사실이옵니다. 5년의 생사고락을 함께한 벗들에게조차 애마의 이름자를 함구하신 분이 어찌 그저 짧은 연으로 끝이 날 여인에게는 그리도 관대하셨습니까?"

눌러왔던 마호의 속내가 드러나는 순간이었다.

무천이 친우의 얼굴을 물끄러미 바라보다 빙긋 웃었다.

"네, 서운했던 것이냐?"

그 말에 마호는 저도 모르게 고개를 떨어뜨리며 애써나마 웃음을 비칠 수밖에 없었다. 늘 그래왔지만 태자 현무천을 당해낼 재간이란 없다. 마호가 눈을 감았다 뜨며 화제를 돌려 버렸다.

"유선화 낭자를 어젯밤 함거에 실어 옥으로 보냈습니다. 가라한의 실세들이 집결할지 모르니 움직임을 주시하도록 하겠습니다."

"그럴 것 없다!"

장지문을 열고 들어서는 친우를 보며 마호가 황급히 안으로 따라 들어가 물었다.

"왜입니까?"

"맞불을 놓을 것이다."

"그게 무슨 말씀이신지……."

의아함을 느낀 마호가 말을 흐렸다.

"숙정은 선화로부터 버림을 당한 사내임이 정황상 드러나고 있지 않느냐. 숙청을 당할 것을 염려해 세력들이 규합하게 하는 것은 좋지 않다. 그자를 잡아들여 유씨 가문과 대질심문을 벌이도록 할 것이다. 어부지리漁夫之利라, 지켜만 보아라. 가라한의 실세들이 누구누구인지 이참에 파악을 해보자꾸나. 가만히 도요새와 무명조개의 싸움을 지켜보다 황실은 어부가 되면 그만인 것이다."

여전히 동궁마당을 응시하느라 창가에 선 태자의 곁으로 마호가 다가가 섰다. 그의 나직한 음성은 어느 때보다 진정이었다.

"광증이라 하기에는 너무도 명료하십니다. 그러나 이곳은 휘몰아치는 전장이 아닙니다. 지켜보는 눈이 많으니 제발 풍문에도 신경을 쓰십시오."

무천이 몸을 돌려 친우를 향해 가만 웃어 보였다.

어쩐지 마음이 아파 마호는 잔소리를 보탰다.

"황자께서 연회를 베푸신다고 들었사옵니다. 벌써부터 떠들썩한 것이 제법 소란스러워 보이던데 태자저하를 위한 자리라는 말을 흘리고 있더군요. 꺼림칙한 기운이 느껴지는데 호의를 거절할 수는 없을 듯싶어 여쭈옵니다. 어찌할까요? 다른 핑계거리라도 만들어 그날……."

"되었다. 형을 생각하는 아우의 마음을 모른 척하는 것은 군자의 도리가 아닐 터.”

그 말에 마호가 눈을 크게 떴다. 길조와 무천이 애틋한 형제의 정으로 묶인 인연은 아닐진대 저리 말하는 친우가 놀랍기만 했다. 어쩐지 무천의 심중이 더욱 오리무중이라 마호가 그의 얼굴을 유심히 바라보았다.

안절부절못하고 마호가 엉덩이를 들썩거렸다. 취기가 올랐는지 태자를 바라보며 무례한 웃음을 쏟아내는 대신들의 모습에 그는 옆에 놓인 검을 쥐었다 놓기를 무수히 반복하던 차였다. 황후의 간드러지는 웃음도 붉은 술잔 아래 채 감추어지지 않고 있었다.

“형님! 그러시면 이것은 몇 개로 보이십니까?”

길조가 손가락 세 개를 펼쳐 들어 보였는데 태자가 곰곰 생각에 빠지자 그는 손가락을 죄다 펼쳐 다섯으로 바꾸었다.

대답을 못하고 턱을 쓰다듬으며 눈을 가늘게 뜨는 무천의 모습은 영락없이 술에 취했거나 정신이 나간 모양새였다.

마호가 슬쩍 황후를 보니 그녀의 옆에서 내관 하나가 무어라 속삭이고 있었다. 황후의 눈이 반짝이는 것이 마호는 오가는 대화를 듣지 않아도 충분히 그 내용을 알아챌 수 있었다.

광증에 걸린 태자! 깔깔거리는 그녀의 웃음이 마호의 생각이 맞노라 맞장구를 쳐댔다.

하여 상황에 대한 안타까움은 곧장 일을 이리 만드는 친우에 대한 미움으로 변하고 있었다. 어째 저러는지 저보다 무천은 술이 훨씬 센데도 정말로 취한 것인지 이죽이죽 웃는 모습이 그답지 않았다. 팔푼이 같았다. 참말, 광증인가?

무천을 바라보는 길조의 눈이 신기루를 목도한 듯 환하고 신이 나 있어 마호는 더욱 약이 올랐다.

"형님, 늘 옥체를 살피셔야 합니다. 그래야 만백성을 보듬는 성군이 되시지요. 그런 의미에서 가슴을 활짝 펴시고 어마마마께서 심혈을 기울여 가꾸신 부용원芙蓉苑을 한 번 보세요."

궁원 너머 인공호수가 드넓게 펼쳐져 있었는데 추운 날씨로 인해 얼어붙은 수면 위로 피어오르는 물안개가 스산해 보이기까지 했다. 얼음이 얼어 그 위의 커다란 배는 오도 가도 못한 채 호수바닥에 딱 붙어 있었다.

"연못이 참으로 아름답구나, 길조야."

신하들의 웃음이 떠들썩했다. 요양 갔다 온 것이 참말이야, 광증이 확실해, 저들끼리 수군대며 무엄하게도 조롱 섞인 웃음을 쏟아냈다.

"형님! 저것이 진정 연못으로 보이십니까?"

길조가 무천을 떠보려 짐짓 가만가만 물었다. 옳거니! 모두가 술잔을 들이키며 길조의 광대극에 동참했다.

"허면 저것이 연못이지 너는 무엇으로 보이는데?"

"하아!"

답답하다는 듯한 길조의 한숨이 과하기 그지없었다. 그에 무천이 술잔을 단숨에 들이켠 뒤 길조가 그러했듯 고개를 내밀어 그에게 가만가만 물었다.

"너도 한숨이 나오지? 나도 그러하다."

모두가 호기심에 태자를 향해 바짝 귀를 세우는데 그가 팔을 활짝 펼치더니 부용원芙蓉苑을 향해 뻗었다. 무천은 여전히 웃고 있었다.

"저 너른 땅을 파느라 백성이 얼마나 피눈물을 쏟았을지를 생각하면 한숨이 나올밖에. 헌데, 어마마마를 생각하면 저것을 대놓고 호수라 말하면 안 될 것만 같지 않으냐? 그래서 이 형님은 부러 연못이라 한 것이다. 또! 사람이 나이가 들면 애처럼 된다더구나. 어마마마 즐거우시라 똑같이 아이 흉내를 내보았는데 어떠하냐? 응?"

흥에 겨운 무천의 태도와 달리 좌중은 웃음이 뚝 끊겨 버렸다. 바라보는 황후의 시선에도 똑같이 당혹감이 서려 있었다.

태자만이 웃음을 흘리며 빙글 몸을 돌려 사람들을 차례차례 훑기 시작했다. 모두가 그 시선을 피하기 바빴다.

길조는 태자의 뒤에서 어금니를 사려 물었다. 무천이 시선도 두지 않은 채 그런 그를 향해 태연히 말했다.

"그러다 속병에 이까지 상하니 조심해라."

길조가 눈을 가늘게 뜨며 물었다.

"속병이라고 하시었습니까?"

"그렇다. 네 속이 새카만 것이 분명 속병인 듯하고, 휴! 애석하게도 어마마마는 눈에 붉은 기운이 도는 것이 필시 눈병인 듯 싶구나."

그가 말을 하다 멈추며 대신들에게로 시선을 던졌다. 웃음기가 완전히 사라진 진지한 얼굴이었다. 한 방울의 술기운도 느껴지지 않는 음성이 이어졌다.

"게다가 황제폐하가 몸져누우신 가운데 이리 성대한 연회를 베풀어 마시고 떠드는 것을 보니 다들 정신이 머리까지 없는 듯한데 이를 어쩌나? 헌데 걱정들 마라! 모두가 이렇듯 하나씩 병을 앓고 있으니 광증에 걸린 태자가 나라를 이끌어도 썩 괜찮은 그림이지 않으냐? 이곳에서 충분히 나는 정상일 터이니!"

잔칫상 위에 옷깃 스치는 기척조차 나지 않는 것이 매우 고요했다.

모두들 움직임을 멈춘 가운데 마호만이 천천히 술잔을 내려놓고 고개를 떨어뜨릴 뿐이었다. 그의 얼굴에 태자를 믿지 못한 어리석음에 대한 자조 섞인 웃음이 걸리어 있었다.

그 조용함을 뚫고 무천이 저벅저벅 교태전을 빠져나갔다.

찬물을 맞은 것만 같은 사람들 사이를 검을 쥔 마호가 황급히 지나치며 주군 곁으로 다가갔다.

"소문 들었나? 태자마마께서 광증으로 요양을 다녀오셨다는

말은 순 거짓이라더군."

"맞다. 나도 요전 날의 일을 건너 건너 들었다. 사리분별이 참말 기똥차다 모두들 입을 모으던데?"

"나는 요사이 입 주둥이를 잘못 놀린 것을 크게 반성하는 중이야. 마마가 어떤 분이신가? 우리 가라한의 영달을 위해 얼마나 애를 쓰셨는데 그런 분을 몰라 뵈고."

"저 천한 온풍 계집과도 아무런 사이가 아니라는 말이 필시 맞을 거야."

"그니까. 승은을 입었다면 저리 놔두지는 않으셨겠지."

아루는 부러 아무 소리도 듣지 못한 양 싸리비를 놀렸다. 날씨가 풀리면서 눈이 녹아내려 박석 위가 지저분했다. 얼른 이것을 치워내지 못하면 언제 동장군이 기승을 부려 이 더러운 것을 미끄럽게 할지 몰랐다. 그런 생각으로 비질을 서둘렀다.

그때 수군거리던 궁녀 하나가 아루 들으란 듯 큰소리로 말했다.

"구미가 당길 만한 낯짝이긴 해도 듣자 하니 마마께선 계집에 그리 관심이 없다더군. 저 혼자서 꼬리를 사알랑, 사알랑……."

"푸하하하."

노비들마저 따라 웃었다.

주인 만난 개 꼬랑지 흉내 내듯 손바닥까지 흐느적대는 그 꼴을 못 본 척했지만 화가 치미는 것은 어찌할 수 없다. 아루는 등신 쭉쟁이 같은 것, 하며 속으로 욕을 했다.

찬갈도 몸져누워 일을 하지 못하는 상황이었고 궐 사람들은 그녀를 이리 괄시해 철저히 혼자가 된 그녀였다. 니들 실컷 떠들어라! 이를 악 물며 지저분한 눈을 치우는데 어느 순간 사방이 잠잠해졌다.

그럼 그렇지. 반응을 안 보이니 지들이 먼저 나가떨어지는군.

스윽, 스윽. 비질을 않던 노비들도 싸리비를 움켜쥐고 바닥을 쓸어나가는 것으로 보아 모르쇠로 일관한 그녀의 뜻이 통했나 보다. 그리 생각하며 방향을 바꾸어 몸을 트는데…….

툭!

등에 무언가 닿는 느낌에 아루가 반사적으로 고개를 돌렸다. 그리고는 놀란 마음에 눈을 크게 뜰 수밖에 없었다.

감정이 담기지 않은 무심한 눈으로 태자가 그녀를 내려다보고 있었던 것이다. 황급히 정신을 차린 아루가 허리를 숙이는데 그림자가 점차 다가오는 것은 어인 일인가. 몸을 바로 했지만 차마 고개를 들지 못하고 그녀는 계속 뒷걸음질을 쳤다. 싸리비야, 너 나 좀 살려라 그것을 꼭 쥔 채로.

헌데 그와의 거리가 계속 가까워지는 것은 왜지? 주춤거리던 아루가 그대로 눈에 미끄러져 엉덩방아를 찧고 말았다. 엉덩짝이 너무 아파 눈물이 핑 도는데 숨죽여 웃음을 흘리는 사람들 때문에 분해서 아프다는 시늉도 못하겠다.

그는 어느새 바로 곁에서 그런 그녀를 내려다보고 있었다.

표정 없는 얼굴, 대체 무엇인가?

아루는 일어서지도 못하고 바짝 얼어서 시선을 피한 채로 여쭈었다.

"소인에게 무…… 무슨 일이신지요?"

아루의 물음에 그가 나직이 말했다.

"청이 있어서."

나에게 청이라고? 놀란 아루가 고개를 번쩍 들어 올렸다.

지켜보던 노비와 궁인들도 놀랐는지 쥐 새끼마냥 찍찍거리던 입을 헤 벌리고 있었다. 정신을 차리지 못하고 그녀가 침을 삼키는데 태자가 재차 말했다.

"일단 자리를 옮기자."

태자전의 복도를 걸으며 아루는 가만 넓은 등을 훔쳐보았다. 지켜보는 이들이 많아 자리를 옮기자는 그의 말에 순순히 따랐지만 새로운 긴장이 찾아오고 있었다.

대체 태자는 무슨 생각을 하고 있는 것일까. 맞잡은 그녀의 두 손에 힘이 실렸다.

이윽고 그가 장지문을 열고 안으로 들어섰다. 하지만 아루는 선뜻 문지방을 넘어서질 못했다.

"들어오너라."

태자의 표정을 살피고자 눈을 빠끔히 드는데 너무도 평온한 얼굴인지라 생각을 읽어낼 수가 없다.

"어서."

뒤따르던 궁녀들과 내관들을 뒤로하고 아루가 안으로 들어갔다.

그의 처소에 다시 들어선 그녀는 잔뜩 긴장을 하고 있었다. 상전일 뿐 사내는 아니다, 여차하면 속내를 뚜렷이 비추자고 마음을 다잡는데 태자에게서는 앉으라, 소리도 없었다. 힐끔거리던 아루의 시선이 뒷짐을 진 채 그녀를 내려다보고 있는 그의 시선과 딱 마주쳤다.

한쪽 입꼬리를 끌어올린 저 미소가 왜 이리 거슬릴까. 마치 너 하나쯤…… 하며 비웃는 것만 같으니.

"청이라는 것이 무엇이옵니까?"

아루가 먼저 운을 뗐다.

"사람들이 광증이라 수군대니 나는 단지 그 오명을 벗고 싶을 뿐이다. 이일을 잘해내도록 네가 나를 잠시만 도와주었으면 좋겠다."

그녀의 눈이 생각으로 가라앉았다. 그러던 것이 아루는 가만 고개를 저으며 거절의 뜻을 밝혔다.

"소인은 그럴 만한 능력이 되지 못합니다. 하오니 마마의 청은 못 들은 것으로 하지요."

"그러한가? 안타깝게 되었군. 그렇다면 이만 물러가 보게."

붙잡으면 끝내 거절하리라 마음을 다잡았던 것이 허무하게도 태자는 선선히 그녀의 뜻을 받아주었다. 그것이 어쩐지 야속할 정도였다.

아루가 마음을 감추고 허리를 숙여 인사한 뒤 뒤로 물러서는데 밖에서 내관의 소리가 들려왔다.

"위사좌평께오서 저하를 알현하고자 청하옵니다."

"들라."

문이 열리고 마호의 모습이 보이자 아루는 저도 모르게 환히 웃었다. 예전 날 정말이지 그녀를 상대로 퍽이나 장난을 쳐댄 그였기에 그만 편해서 그리했던 것이다. 헌데 돌아온 사내의 반응은 몹시도 냉랭한 것이었다.

그가 싸늘한 눈으로 길가의 돌멩이 보듯 그녀를 지나치자 아루는 무안함에 붉은 얼굴을 하고서 태자전을 나설 수밖에 없었다.

문이 닫히자 마호가 친우를 쳐다보았다. 탁자에 앉아 부드러운 미소를 머금은 채로 그는 문가를 바라보고 있었다.

"일개 나인도 되지 못합니다. 정녕 어찌하려고 처소에 걸음하게 하십니까?"

태자는 말이 없었다. 마호가 다시 입을 열었다.

"신분을 상승시킨다 해도 그 뒤를 한번 생각해 보십시오. 과연 아랫것들이 자신들과 처지가 비슷했거나 혹은 낮았던 여인을 마음으로 우러러볼까요? 저 여인을 곁에 두시면 필시 저하에 대한 좋지 않은 풍문으로 돌아올 것입니다. 계집은 많고 운우지락雲雨之樂도 한때이니 부디 가리시오소서."

"네 말대로 계집은 많다. 허나 내 씨를 품게 되는 여인은 저 아이밖에 없을 것이다."

그 말에 마호가 번쩍 고개를 들어 올렸다. 잔뜩 모은 눈썹에서 반항적 기색까지 엿보였다. 태자가 느긋하게 말을 이었다.

"맞다. 가라한은 여러 민족이 섞인 나라이지. 그 가운데 온풍은 천하디천하고. 하여! 아랫것들의 반발을 잠재우고자 한다."

강한 기운을 머금고 있던 마호의 눈이 태자의 말에 호기심을 담고 부드러이 풀렸다.

"시일이 걸릴 것이야. 그래도 나는 여인에 대한 궐 안의 인식을 차근차근 바꾸어놓을 것이다."

흔들리는 마호의 눈을 가만 응시하던 무천이 화제를 바꿨다.

"헌데 무슨 일로 온 것이냐?"

그 물음에 표정을 차분히 하고서 마호가 찾아뵙고자 한 이유를 읊었다.

"유수녕이 그렇게 죽자 저하의 말씀대로 심상치 않은 조짐이 보이고 있습니다. 세력들이 모이는 낌새를 포착했는데 오랜 시간 부원군府院君 될 자로 칭송을 받아온 유수녕인지라 그 세도 만만치 않아 보입니다."

"대숙정은 잡아들였나?"

"예. 분부대로 하였습니다. 이 역시 가라한의 여러 대신들을 당황하게 했는지 서로 이리저리 오가며 궐 안 사정을 주고받는 모습이 역력했습니다. 필시 자신의 사람들을 확보하면서 동시에 상황을 엿보는 것이겠지요."

고개를 끄덕이는 태자를 보며 마호가 다시 입을 열었다.

"한 가지, 놀라운 사실이 더 있습니다."

무천이 그 말에 고개를 들어 친우를 응시했다.

"유선화 낭자가 대숙정의 아이를 해산하던 날, 그 집을 오갔던 의원이 다름 아닌 금석주라 하옵니다. 이는 본인도 시인한 사실입니다."

줄곧 태연함을 유지하던 무천도 이 말에는 퍽이나 놀란 눈치였다. 하지만 금세 표정을 갈무리하고서 그가 입을 열었다.

"내일 형방청에서 공판이 있을 것이다."

아루가 생각에 잠겨 동궁마당으로 향했다. 박석 위에 덩그러니 놓인 싸리비를 가만 집어 드는데 무슨 연유인지 노비들이 근처의 눈을 쓸어내는 척하며 그녀에게로 다가왔다.

그들은 무언가를 묻고 싶어하는 눈치가 역력했다. 마주친 눈동자에 아까 전의 경멸은 사라지고 호기심이 가득 담겨 있었으니.

어쩐지 멋쩍고 부끄러워 아루가 황급히 싸리비를 고쳐 쥐고는 비질을 서둘렀다.

世溷濁而不淸

혼탁한 세상이라, 맑지가 않구나

똑똑. 똑똑. 똑똑.

옥영의 손톱이 탁자에 부딪히는 소리가 끊이지를 않았다.

궁녀는 쉬지 않고 상황을 고해 나가고 있었다.

"태자저하에 대한 소문이 순식간에 사라지고 현재는 매우 미미합니다. 되레 성군이 되실 것이다 소리가 궐내에 끊이지를 않고 있습지요. 온풍의 그 계집을 딱히 찾는 것 같지도 않으니 궁인들이 입을 모으길 다른 연유로 연이 닿았던 것이 아니냐는 말까지 돌고 있습니다. 그건 그것이고 아랫것들이 교태전을 쳐다보는 시선이 수상쩍은 것이 되레 화살이 이리로 돌아오는……."

짝! 황후가 손을 내려 대뜸 궁녀의 뺨을 갈겼다.

"마, 마마! 쇤네가 잘못했습니다. 제발……."

부들부들 떠는 궁녀를 보며 북로 여인 순비順妃가 상궁들을 향해 차분히 지시를 내렸다.

"함부로 입을 놀리면 어찌되는지 보여주어라. 저년을 끌어내어 뒤주에 가두고 사흘간 물도 주어서는 아니 될 것이야!"

"마마! 마마!"

궁녀가 끌려가며 공포로 소리를 질러댔다.

계집에게서 무심히 시선을 물린 그녀가 황후에게로 고개를 돌렸다.

"심중을 편히 하소서, 마마."

황후가 생각에 잠겨 눈을 가늘게 떴다.

"무언가 방도가 있을 것이다. 방도가."

눈알을 이리저리 굴리고 입술을 잘근잘근 씹어대는 꼴이 그녀가 얼마나 초조해하는지를 말하고 있었다. 며칠째 잠을 제대로 못 이루고 낯도 씻지 못한 탓에 선화는 머리칼이 비죽비죽 삐져나오고 상당히 초췌한 모양새였다.

빛이라곤 횃불을 통한 게 전부였지만 형졸의 번이 바뀐 것으로 보아 아침이 온 모양이었다.

"나와라!"

무례한 놈이 반말짓거리다. 선화는 형졸을 노려보며 네놈 얼굴 기억해 두마, 눈을 부라렸다.

형방청의 마당으로 나와서는 나졸에 의해 포박된 채로 끌려가면서도 팔꿈치를 비틀며 반항을 해댔다. 모조리 가만 두지 않겠다고 욕설을 씹어뱉으며 그녀가 고개를 돌리는데 마당 한가운데 태자가 앉아 있었다. 대번에 그녀가 눈에서 독기를 없애고 애절한 표정을 지어 보였다.

"마마, 마마."

허나 그녀의 눈물에도 태자는 표정이 없다.

정녕 저자가 자신에게 평생을 약속하던 그 남자가 맞는 건가 선화는 문득 섬뜩함이 밀려왔다. 미남자에 능력도 좋아 처음부터 눈길을 사로잡았던 사내인데 어느 날부터 그녀에게 순정을 보이며 따사로이 웃어주는 그 믿음직스러운 모습에 내가 그만 판단을 흐렸구나, 그녀는 그만 허탈해지고 말았다. 후회도 되었다. 만나는 사내들에게 올곧은 태자의 모습이 바보 같다며 욕을 일삼았던 것도 순전 과시였을 뿐, 진정은 마음 설레며 꽃잠 자는 날 기다려 왔는데…….

"마마, 소녀에게 이러시면 아니 되옵니다."

그녀의 절규에도 태자는 꿈쩍을 안 했다.

"불러들여라!"

그의 말이 떨어지자 뒤에서 아이고, 아이고 곡소리가 들려왔다. 선화가 고개를 뒤로 돌렸다가 놀란 입을 쩍 벌렸다.

그녀와 똑같이 포박되어 오는 자는 숙정이었으니. 차이가 있다면 그는 당당하게 걸어 들어왔다는 것. 형방청 담장 너머 들려오는 울음소리는 아마도 숙정의 친인척에게서 흘러나오는 것인 듯싶었다.

그가 선화를 노려보자 놀란 그녀가 얼굴을 바로하며 태자를 향해 도리도리 고갯짓을 쳐댔다.

그러나 태자의 눈은 정말이지 얼음장 같았다.

"……하여 만남을 가져왔습니다. 태자저하께서 살아 돌아오지 못할 거라며 저년이 그리 소인을 꼬였지요. 불경을 저지른 저의 잘못 충분히 죗값 치러 마땅하나 그간도 고통의 나날이었습니다. 저하께서 전장에서 돌아오시자 계집의 태도가 모질게 변하더군요. 저 역시 그 이중적인 모습에 오만정이 다 떨어졌지만……. 아이가 있었습니다. 그 아이를 생각해 저년의 마음을 돌려보려 구슬리고 매달려도 보았는데 소용이 없었습니다. 핏줄을 나 몰라라 한 저 또한 죽일 놈이지만 모든 원인은 저 계집에게서 나온 것입니다. 사건이 해결되면 아이를 찾겠노라 제게 천연히 거짓말을 했으니까요. 어찌 제 속으로 낳은 아이를 노비 새끼로 만들 수가 있는 것인지 마마께오서……."

"거짓입니다! 모함이어요! 아이가 대체 어디 있답니까? 믿지 마셔요! 저희 집안을 음해하려는 새빨간 거짓입니다!"

선화의 절규가 숙정의 말을 끊어냈다. 그녀가 무릎걸음으로 태자를 향해 기는데 그의 무심한 눈짓이 나졸들에게로 향했다. 그네들에게 붙들려 떨어져 나가며 그녀는 악을 써댔다.

이윽고 태자의 눈이 어딘가로 향했다. 이어 누군가가 걸어 들어오는 소리에 또 무슨 일이냐 싶어 선화가 고개를 돌렸다가 그만 질겁해 버렸다.

금석주였던 것이다. 그가 태자를 향해 길게 읍하고 있었다.

낯빛이 허옇고 입술이 절로 파래지는 것이 선화는 그만 겁이나 자리에 꽥 드러누워 버렸다.

"찬물을 부어라."

그 말에 선화의 몸이 움찔했다. 태자의 마음을 돌리려 잔꾀를 부린 것인데 제가 그만 그 덫에 빠지게 생겼으니 이 바보 같은 상황을 어찌하리오.

좌악! 눈 감고 있다 찬 것이 쏟아지자 선화가 어푸푸 하며 하늘을 향해 사지를 벌떡 들어 올렸다. 이것만도 못 참겠는데 이제 어쩌면 좋으냐? 공포를 느낀 그녀가 부스스 몸을 일으키며 태자를 안절부절못하는 눈으로 응시했다.

"금석주는 말하라."

그의 말에 가라한의 어의이면서 그날 선화를 살피던 의원이기도 했던 석주가 슬픈 빛을 띠고서 얼굴을 들어 올렸다.

"그날…… 저는 유 좌평 댁의 급한 전갈을 받고 발길을 재촉한 기억이 있습니다. 궐이 아닌 곳에서 의술을 펼치는 것이 삿된 행동임을 알고는 있었으나 사람이 죽어간다기에 모른 척할 수가 없었지요. 들어가서 본 것은…….”

“아악!”

석주의 말을 선화가 찢어질 듯한 비명으로 막아 세웠다. 그리고는 꼬르륵 다시 입에 거품을 물었다.

무천이 차가운 표정으로 그런 그녀와 숙정을 바라보다 마지막으로 석주를 노려보았다. 그가 나직이 말했다.

“공판은 사흘 후로 미룬다.”

태자의 도포자락이 펄럭이며 형방청에서 사라지자 모여들었던 사람들이 수군거리기 시작했다.

석주의 고개가 푹 꺾였다.

*

“옴마나! 그럼 그 풍문들이 사실이었단 말이야?”

“참말이래. 글쎄 그 유선화란 년이 그렇게 문란하다지?”

“가라한 역사에 길이 남을 전설적인 사랑이네, 지조와 절개가 으뜸이네, 태자마마의 마음을 사로잡을 정숙한 여인이네. 풋! 다 헛소리였군.”

“그렇지? 아이까지 있었다니, 더구나 제 속으로 낳은 애를 어찌 천것으로 만들어?”

화초를 다듬던 아루의 손이 순간 멈추었다. 그녀의 눈은 여전히 겨우내 찬 공기에도 싹을 틔우는 녀석들에게로 향해 있었으나 어딘지 멍한 빛이었다. 그럼 정말 그것이 사실이었단 말인가?

고개를 저어 생각을 몰아낸 그녀가 다시 화초로 손을 뻗는데 그림자 하나가 드리워졌다. 슬며시 얼굴을 돌리자 사내의 검은 태사혜가 보인다. 이제는 얼굴을 보지 않아도 그것의 주인이 태자라는 것을 아루도 알았다.

고개는 들지 않은 채 그저 자리에서 일어나 허리만 숙이는데…….

"하나만 묻자."

사내의 뜬금없는 말에 아루가 그제야 얼굴을 들어 올렸다. 태자의 어깨 너머로 호기심 넘치는 시선들이 그득했다.

"그때, 놈과 정분이 났다는 다른 노비들의 말에 너는 왜 긍정한 것이냐? 말해보아라."

태자는 지금 찬갈이 도끼를 휘두르던 날의 그 끔찍했던 일에 대해 물어 오고 있었다. 당황으로 눈동자가 흔들리는데 그의 말이 연이었다.

"그날 이후 궐에 이상한 풍문이 돌더군. 바로잡고 싶으니 입을 열어라. 내가 정말 다른 사내의 품에서 놀아났던 계집종을 안은 것인지……."

노비와 궁인들이 빼끔히 고개를 내밀며 크게 뜬 눈을 껌벅였다. 그에 아루가 얼굴을 숙이며 난처한 듯 입술을 깨물었다. 침묵이 고였다.

그러던 것이 망설이던 그녀가 결국 입을 열었다.

"사실이 아닙니다. 저하께서 어찌 저 같은 천것에게 눈길을 두시겠습니까?"

아루는 찬갈과 정을 통했다는 사실은 정작 부인하지 않고 그와의 관계를 부인해 버렸다.

"그렇지? 헌데 그럼 너는 진정 처妻가 있는 사내와 정을 통했던 것이냐?"

마음 아프게도 그 또한 그녀와의 관계를 쉬이 부정해 버렸다.

아루는 한동안 말을 잇지 못했다. 하지만 멀리서 수군거리는 소리를 들으며 어서 나머지 진실이나마 말해라, 마음 어딘가가 속삭이고 있었다.

"그 역시 사실이 아니옵니다."

"허면 그날은 왜 거짓을 고했더냐? 말해라. 궐내 나의 위상과도 관계가 있어 이리 걸음한 것이니."

무천이 무표정한 얼굴로 아루를 향해 재촉했다.

"하오시면 저와 약조를 해주십시오."

"천것에게 약조라. 좋다!"

태자가 흔쾌히 승낙하자 아루가 어렵사리 입을 열었다.

"오늘 이후, 그날의 일을 캐어서 찬갈에게 죄를 묻지는 말아주십시오."

"그리하마!"

그러더니 그가 고개를 돌려 화들짝 놀라는 궁인들을 향해 큰

소리로 외쳤다.

"지금부터 여인의 말을 잘 들어두어라!"

태자가 아루를 향해 다시 고개를 돌리자 그녀 또한 결심한 듯 올곧은 눈으로 그를 바라보았다.

사내와 여인의 애틋함 같은 것은 둘 사이에 전연 없었지만 사람 대 사람의 진정이라는 것이 그들 사이를 맴돌고 있었다.

"그날 사건이 벌어졌던 취사장으로 저하께오서 걸음하시었을 때, 찬갈은 사람들을 향해 무차별적으로 도끼를 휘두르고 있었습니다. 이를 목도하신 마마를 시해하려고까지 했지요. 분명 천인공노할 짓이었습니다. 단순 정황상 모든 원인이 찬갈로부터 시작한 것으로 보이는 일입니다."

아루가 잠시 얼굴을 비켜 노비들을 훑었다.

"실상 그는 가라한 출신의 동료 노비들이 저를 해하려 하자 친우로서 돕고자 나섰던 것뿐인데요. 그 과정에서 울분을 참지 못하고 잠시 이성을 잃어 그리되었지만 시작은 분명 저로부터였습니다."

투명한 여인의 눈동자와 속을 알 수 없는 사내의 눈이 허공에서 마주쳤다.

"하여 너는 진정 다른 이들의 주장대로 그자와 정을 통했더냐?"

아루가 가만 고개를 저었다.

"아닙니다."

"아니라면 응당 그에 대해 부인을 해야 맞지 않았냐?"

"……모두가 한 입으로 저와 그의 관계를 의심하고 있었습니다. 허나 남녀 사이란 물증이 없어 밝히기 어려운 일이지요. 그러한데 만일 제가 아니라 했으면 찬갈은 곤경에 빠졌을 겁니다."

"왜지?"

태자의 물음에 아루가 차분한 얼굴로 다시 입을 열었다.

"제가 그런 태도를 보이면 그는 아무런 이유 없이 끔찍한 범행을 저지른 자로 몰리게 되는데 그리 되면 분명 형량이 무거워졌을 겁니다. 물론 저 역시 제가 나선다 해도 찬갈이 죽임을 당할지 모른다, 그리 생각은 했으나 마지막 끈을 놓고 싶지 않았습니다. 만일 제가 원인을 제공했다 하면 그의 끔찍했던 행동에 정상참작이나마 되지 않을까 저는 그리 계산했더랍니다. 이것이 그날의 진실이어요."

수군대던 음성들이 조용해져 있었다. 아루의 눈이 사람들을 천천히 응시하다 태자의 얼굴로 향했다. 여전히 오리무중인 그의 눈빛이 그녀의 가슴을 떨리게 했다.

헌데 갑자기 태자가 비스듬히 미소를 지었다.

"네 진정 나를 도와 가라한의 율법 체계를 바로잡는 일에 동참하지 않겠느냐?"

아루가 당황으로 커다랗게 뜨인 눈을 감추고자 연신 눈꺼풀을 깜빡였다. 그의 차분한 음성이 다시 이어졌다.

“비록 신분이 낮고 여인이긴 하나 너도 어차피 가라한의 백성이다. 나는 잠시 너의 머릿속 생각을 빌리고 싶구나. 어떠하냐?”

다시 시작된 수군거림에 아루가 마른침을 삼키며 입을 열었다.

“소인의 능력을 과대평가하고 계십니다.”

그에게서 아무런 말이 없자 그녀가 결국 고개를 들어 올렸다. 태자가 피식 웃었다.

“네 참 쇠고집이로구나.”

그러더니 미련 없다는 듯 그는 몸을 돌렸다. 멀어지는 사내의 뒷모습에서 차마 시선을 떼지 못하는데 그를 따르던 내관과 궁녀들이 얼굴을 돌려 그녀를 힐끔거렸다. 호기심이 바짝 서린 눈들이었다.

*

“으아아악!”

진득한 피냄새가 교태전의 앞마당에 떠다니고 있었다. 주리가 틀린 궁녀가 숨이 넘어가기 일보직전인 듯 연신 꼴딱거렸다. 상궁 하나가 다가와 그런 여인의 머리채를 잡아 쥐고는 사정없이 흔들어댔다.

“네년이 교태전을 향해 감히 침을 뱉어? 누가 그리 가르치더냐? 응?"

"자, 잘못했습니다. 소인이 죽을죄를……. 헉!"

새빨갛게 번쩍이는 인두가 자신에게로 다가오자 궁녀가 공포로 눈을 뒤집었다.

잠시 뒤 살 타는 냄새와 함께 찢어질 듯한 비명 소리가 들려왔다. 그것이 잦아들 무렵, 결국 그녀는 고통에 몸부림치다 고개를 꺾고야 말았다.

의자에 앉은 옥영이 그 모습을 무심히 바라보았다. 당의에 손을 넣고 그 곁을 지키고 선 순비順妃, 북로 여인은 그런 황후의 심기가 몹시 사나워졌다는 것을 알고 있었다.

교태전의 권위가 땅에 추락했음인지 태자를 욕하던 소리들이 황후에게로 향했는데 무엄하게도 궁녀 하나가 교태전을 지나다 침을 뱉었던 것이다. 이를 목도한 황후 측 궁녀들이 계집을 잡아다 이리로 데려왔고 그것이 결국 옥영의 귀에까지 들어가게 되었다.

북로 여인이 허리를 숙여 황후를 향해 낮게 읊조렸다.

"마마, 저에게 묘안이 하나 있사옵니다."

옥영의 눈동자가 슬쩍 여인에게로 향하자 그녀가 허리를 숙여 귓가에 무언가를 속삭여 왔다.

말이 끝날 무렵 옥영이 눈을 치켜뜨며 피식 웃었다.

"그게 가당키나 한 말이냐? 놈은 진정 소문대로 여인에게 관심이 없는 것이 틀림없는데. 그저 싸움질에만 능한 돌부처

일 뿐."

"그렇다고 이리 손을 놓고 있을 수는 없는 일이지요."

며느리의 말에 황후가 못마땅한 듯 눈썹을 치켜올렸다. 그럼에도 여인은 말을 멈추지 않았다.

"밑져 봐야 본전, 혹여 태자를 흔드는데 실패한다손 치더라도 잃을 것은 없습니다. 다치는 것은 한낱 그 계집종년이거나 온풍의 천것들이겠지요."

옥영이 눈동자를 바로 하더니 긴 손톱으로 관자놀이를 톡톡 두들기며 생각에 잠겼다.

*

"뉘시오, 이 늦은 시각에."

어둠 속에서 당의 차림의 상궁이 모습을 드러내자 형졸들이 의아함에 멍하니 여인을 바라만 보았다. 매서운 눈을 한 그녀가 그네들에게로 다가오더니 살며시 엽전꾸러미를 쥐어주었다. 그에 형졸들이 좋아라 하며 얼른 품에 다발을 밀어 넣었다.

"아무에게도 이 일을 발설 말게나. 더한 것을 줄 수도 있으니."

그들이 서로를 마주보며 눈을 빛내더니 고개를 돌려 여인에게 물었다.

"조…… 좋소. 말 안 할 터이니 찾는 이가 누구인지부터 말해

보시오."

상궁이 다시 한 번 믿음을 당부하듯 엄한 눈으로 형졸들을 훑으며 가만 입을 열었다.

"죽은 유수녕, 그자의 여식을 보게 해주시오."

4장

春色爲誰來

봄빛은 누구를 위해 찾아왔는가

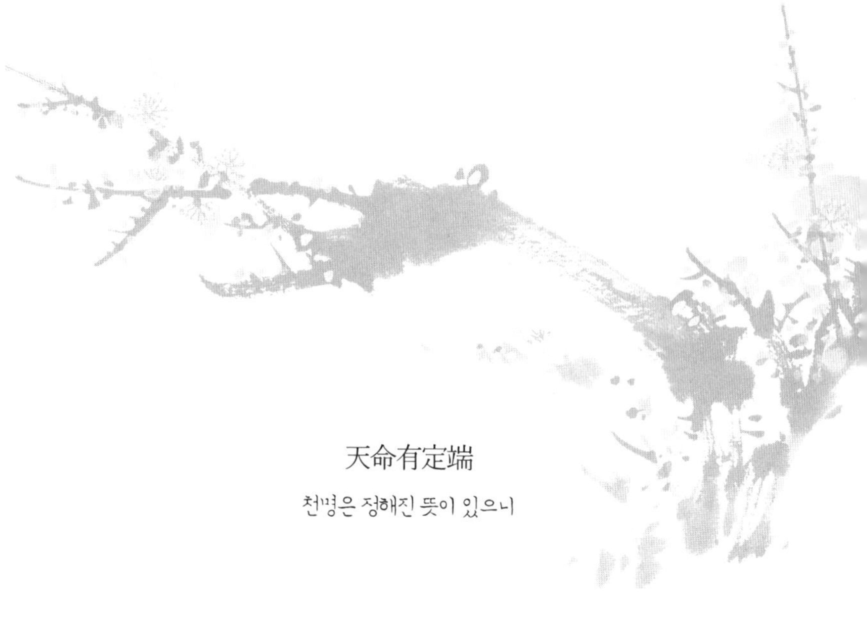

天命有定端

천명은 정해진 뜻이 있으니

창 너머 햇살이 따스해 보였다.

아루가 조건皁巾을 질끈 묶으며 생긋 웃었다. 태자가 다녀간 그날 이후로 궐생활이 한결 수월해져 그녀는 정말이지 마음이 너무도 가벼웠다. 적극적으로 말은 걸어오지 않아도 자신에게로 향한 동료 노비들의 시선이 상당히 유해졌다는 것을 그녀는 느끼고 있었다.

"네 참말 태자마마랑 아무 사이 아니냐?"

어제는 누군가가 다가와 그리 물었더랬다. 가만 고개를 젓는데 그녀를 괄시하던 놈들이 지나치며 들으란 듯 아부 섞인 말을 하기까지 했다.

"곱상하게 생겨 가지고는 검댕칠은 왜 하고 다녔대?"

이리 평화로운 날들만 계속 되어라, 아루가 배시시 웃으며 신을 꿰어 신었다. 씩씩한 걸음, 보무도 당당하게 문을 확 열어젖히는데…….

"히에엑!"

"히에엑? 장 내관이 참으로 못된 것을 가르쳐……."

그녀가 황급히 문을 닫았고 그로 인해 사내의 음성이 뚝 사라졌다. 저도 모르게 그리한 것이었다.

쾅쾅쾅쾅! 문짝 부서져라 등 뒤로 울림이 전해지자 아루는 그만 겁을 집어먹었다.

"부순다!"

그날 화단에서 마주한 것 외에는 딱히 무슨 일도 없는 참말 고요한 나날이었는데 어찌 또 이런대? 그녀가 조용히 한숨을 내쉬고는 몸을 돌려 문을 열었다.

태자가 눈매를 접어 씩 웃는데 그 모습이 짓궂은 소년 같기만 했다. 마치 5년 전의 그때처럼.

아루가 깊이 허리를 숙여 보인 뒤 여쭈었다.

"어, 어인 일로……."

"삼고초려三顧草廬라 했다!"

바라본 태자의 눈이 다른 때와 달리 장난기가 가득 돌자 그녀는 저도 모르게 눈살을 찌푸렸다. 그가 껄껄 웃으며 옆의 장 내관에게로 고개를 돌렸다.

"준비해 온 것을 주어라."

아루의 눈이 크게 뜨였다.

연하게 푸른빛이 도는 저고리와 쪽빛의 치마는 어딘지 중후함이 감도는 멋이 있었다. 평소 한 번도 보지 못한 의복인데 어쩐지 관복의 느낌이 있었다.

아루는 저고리에 천천히 팔을 꿰며 태자의 말을 떠올렸다.

"세 번째 청이다. 네 나를 도와 진정 가라한의 율법 체계를 바로 세워보지 않겠느냐."

망설이는 그녀에게 태자가 말했다.

"네 번째고 다섯 번째고 허락을 할 때까지 나는 너에게 언제고 걸음할 것이다."

곤란한 얼굴로 태자를 바라보는데 사내의 얼굴에 어찌나 장난기가 감도는지 그녀는 그만 미소를 보였더랬다.

옷차림을 꼼꼼히 하며 내딛는 아루의 발걸음은 어쩐지 조금은 들떠 보였다. 그래, 이왕 이렇게 된 거 나쁜 풍문들 없어져라. 이참에 온풍민의 힘을 보여주는 거야.

마음 언저리에 태자에게 닿고 싶은 일말의 기대감이 자리 잡고 있었음에도 그녀는 설렘의 연유를 그렇게 다른 데서 찾고 있었다.

장 내관을 따라 태자전의 복도를 들어서며 두근거리는 심장

박동을 가라앉히고자 아루는 차분히 숨을 내쉬었다. 이윽고 장지문이 열리고 침착하게 태자전으로 들어섰다. 그리고는 그가 앉아 있을 곳을 향해 천천히 고개를 돌리는데 그녀의 눈이 순간 깜빡, 깜빡 하더니 허공에서 그대로 멈추어 버렸다.

창문 너머 밀려오는 햇살 아래 탁자에 앉은 사내가 웃고 있었는데 그 미소가 하얗게 부서질 듯 섬세했다. 멍하니 선 그녀를 보며 그가 껄껄 웃음을 보였던 것 같다.

"시작하자. 와 앉아라."

얼른 정신을 차리고는 붉게 달아오르는 얼굴을 감추고자 고개를 숙였다.

탁자로 발을 옮기는데 그때 밖에서 소리가 들려왔다.

"저하, 위사좌평께서 걸음하시었습니다."

멈칫하며 고개를 돌렸던 그녀가 다시 태자를 바라보았다.

"소인은 잠시 나가 있겠……."

"아니다. 내가 나가마."

날이 많이 풀렸다고는 하나 언제 끝날지 모르는 사내들의 대화를 기다리느라 그녀가 궐을 서성이는 것은 싫었다. 무천이 문을 향해 걸어가며 아루의 등을 살짝 만졌다.

그녀의 가슴이 가벼운 설렘으로 다시 흔들리고 있었다.

"아니, 저하께서 왜 직접 걸음을……."

"나가자."

아루가 멍청히 몸을 돌려 밖을 응시했다. 마호의 짓궂은 음성이 낮게 이어지고 있었다.

"무천, 계집이라도 숨겨놓은 거야? 응? 어디 한 번……."

그러나 아루와 눈이 마주치자 마호는 대번에 그 웃음을 거두며 태자를 올려다봤다. 설명을 요구하는 친우의 눈빛에 무천이 그의 팔을 잡아끌며 아루에게로 몸을 돌려 말했다.

"잠시 앉아서 기다려라. 금방 오마."

나무복도의 울림도 어느 순간 사라져 버리고 사위는 고요했다.

아루는 쭈뼛거리며 탁자 옆 의자에 앉았다. 다른 이의 공간에 홀로 있는 것만으로도 참으로 어색한 일인데 이곳이 태자의 처소라는 생각에 그녀의 기분은 더욱 묘해졌다.

천천히 안을 훑던 아루가 사내의 침상을 마주하고는 저도 모르게 푹 고개를 숙였다. 달아오르는 얼굴을 가라앉히고자 그녀는 창밖으로 얼른 고개를 돌렸다. 지저귀는 새소리가 봄의 기운을 전하고 있었다.

한참을 짝을 지어 노니는 새 두 마리의 모습에 빠져 있는데 야속하게도 녀석들은 아루만을 놔두고 멀리 날아가 버린다. 결국 할 일이 없어진 그녀가 다시 고개를 돌려 태자의 처소를 살폈다. 여러 번 들어온 곳이었으나 늘 짧은 목적이었던지라 공간이 어떠한지 살필 겨를이 없었다.

나무 결기가 고운 오동나무의 가구들을 그녀가 천천히 훑어나갔다. 그 깊은 빛깔이 가끔씩 드러나는 이곳 주인의 진중함을 닮았다 싶어 미소가 나온다. 늘 궁금했던 벽 한켠의 책장도 그제야 주의 깊게 볼 수 있어 아루의 마음이 따스해졌다.

책이 참 많다, 그녀가 나직이 읊조리며 저도 모르게 홀린 것처럼 그곳으로 향했다. 오래된 겉표지들, 희미한 종이냄새, 마음을 뒤흔드는 켜켜이 쌓인 성인들의 지식, 그녀는 그만 그 무게감에 압도되어 서책들을 살펴 나갔다.

용기를 내어 고서들을 펼쳐 들었다가 다시 꽂아놓기를 수차례. 돌아서려는데 가죽재질로 싸인 범상치 않은 서책 하나가 눈에 띄었다.

두근.

가느다란 여인의 손이 그리로 향했다. 꺼내어 두툼한 표지를 넘기고, 그리고 첫 장을 마주했다.

—상商, 무제武帝34년, 작자미상.

무엇이었을까? 아루의 손을 이리도 떨게 만든 것은.

두 번째 종이가 스륵 넘어갔다. 지도가 나왔다. 글월이 아니어서 뜻밖이다 생각할 법했으나 그녀는 알 수 없는 그 그림기호들을 지나 고개를 아래로 내리고 있었다.

서책의 제목인가? 지도의 목적지?

—霧風之彼邊(무풍지피변).

"안개…… 바람의 저편……."

아루가 가만 뜻을 읊었다. 순간 원인 모를 설렘이 그녀의 가슴 안을 헤집으며 커다란 소용돌이를 만들어 나갔다. 소름이 돋을 정도의 느낌이 지나가고 그녀는 잠시 멍해졌다.

다음 장을 넘기는 손이 가느다랗게 떨리었다.

—전설도 아니요, 신화도 아니다. 이것은 사실이다.

단순한 말이었음에도 사람을 압도하는 무엇이 문장에 스며 있었다. 그녀의 눈이 다음 문장을 빠르게 읽어 내려갔다.

—가는 길은 몹시 험하고 지난한 과정이 될 것이다. 그러나 지도를 따라 남으로 향하다 보면 아무도 발견하지 못한 낙원에 당도하게 될지니. 그곳은 사람이 일을 하지 않아도 과실이 열리는 풍요로움이 있고 흐르는 물을 마시면 마음이 가라앉아 서로 싸울 일도 없는 태평한 땅이다. 다만 가는 길이 어려운 만큼 마지막 난관 또한 기다리고 있으니 그것은 바로 안개바람 자욱한…….

끼익, 끼익.

나무복도를 울리는 소리에 아루가 번쩍 고개를 들어 올렸다.

서둘러 서책을 책장에 꽂아놓고 그녀는 탁자로 가 앉았다. 아무 일도 없었다는 듯 당황했던 빛을 감추고 살짝 미소마저 띤 채로.

드르륵. 문이 열리고 태자가 들어섰다. 그리고 그녀를 향해 활짝 웃었다.

아까의 기이한 경험이 순식간에 기억에서 사라지고 아루는 그 꽃 같은 미소에 얼굴을 붉혔다.

亦道春風爲我來

또한 알리라, 봄바람이 나를 위해 불어왔음을

왼편에는 율법서책이, 오른편에는 한지가 놓여 있었다. 책장을 넘기며 한지에 그녀의 생각을 적어 내려가는 여인의 손끝이 미세하게 떨리고 있었다. 그 탓에 평소 가느다란 붓으로 써 내려가던 섬세하고 부드러운 여인의 서체는 점차 흐트러졌다.

'제발! 제발 그 시선 좀 거두어주셔요.'

고개를 숙인 채 작업에 몰두한 듯 보였지만 혀끝에 자꾸만 맴도는 그 말을 꺼내지 못해 아루는 답답할 지경이었다. 그렇다고 해서 그에게서 사내의 기운이 흘러나오는가 하면 그런 것은 아니어서 의아할 정도였다. 그저 풀리고 있는 날씨처럼 따사로움이 적당히 들어가 있지만 묘하게 이렇다 할 뚜렷함이 없어 보이는 그 눈동자는 오히려 아루를 조금은 속이 상하게도 했으니.

마치 강가의 주막에서 보냈던 달포 남짓한 기간을 완전히 봉인하기라도 하려는 듯 그의 태도는 굉장히 담백하기만 했다. 딱히 의미를 부여하자면 너도 내 백성이구나, 하는 그저 그런 눈빛이랄까.

목숨값 갚게 해달라, 너를 내 지어미 삼아야겠다, 했던 그날이 이제는 정말이지 단순히 군자의 도리에서 비롯된 것만 같아 야속하기만 했다. 가만 생각해 보니 그와 보내는 이 시간들은 예전 날 그가 자신을 파고들 때마다 남기고 갔던 그 부드럽고도 쓰라린 기운과 닮아 있다.

그렇게 안타까운데도 가끔씩 태자의 시선이 닿아 오는 것은 어쩐지 껄끄러웠다. 언젠가 얼굴을 들었다 그녀를 빤히 응시해 오는 그 눈빛에 당황한 이후로는. 그저 의미 없는 닿음이라 해도 서체든, 얼굴이든, 몸 언저리 어디든 이제 태자의 눈길이 머무르면 긴장하게 되는 것이었다.

그의 시선이 떠나질 않자, 결국 아루가 가만 고개를 들어 태자를 바라보았다.

"곤하구나. 잠시 낮잠 좀 자고 와야겠다."

선명한 기운이 얼굴에 가득한데 태자는 오수를 청하겠다 말하고 있었다. 아루는 바짝 긴장했다.

그는 율법 작업에 분명 열심이었으나 때로 산만하게 그녀를 훑는다거나 가끔은 이렇듯 낮잠까지 즐기곤 했다. 태자가 잠에 빠지면 적당한 시간이 지나 아루는 그를 흔들어 깨워야 했다. 그때마다 그는 눈꺼풀을 들어 올리며 그녀를 올려다보곤 했는데 매번 전혀 잠기운이 묻어 있지 않은 눈이었다. 처음에는 그것이 신기하기만 했지만 갈수록 태자의 오수가 거북하고 이상했다.

"알겠습니다. 한 식경이 지나면 그때 깨워 드리지요."

그가 자리에서 일어나 침상으로 걸어가 눕기까지 아루는 바짝 곤두선 신경을 억지로 서책으로 돌려야만 했다.

그럼에도 시간이 지나자 그녀는 또 금세 서책에 집중할 수 있었다. 그렇게 한참 붓을 놀리는데…….

아고! 어느 순간부터 모래시계를 뒤집어놓는 것을 아예 잊고 있었구나.

정확히는 몰라도 한 식경은 훨씬 지나고도 남았을 시간.

붓을 가만 내려놓고 태자의 침상으로 가는데 그녀의 얼굴이 울상이었다. 고개를 숙인 채로 침상에 걸어가 아루가 일단은 나직이 그를 부르기부터 했다.

"마마. 마마."

늘 그렇듯 몸을 흔들 때까지 그는 일어나지 않는다. 결국 그녀가 손을 뻗는데 순간…….

"헉!"

아루의 몸이 사내의 가슴을 덮친 형국이었다.

"언제까지 잊고 있는지 내 두고 보았다."

태자의 말보다도 맞닿은 체온과 심장의 두근거림에 그녀의 얼굴이 뜨거워졌다.

"죄, 죄송합니다. 소인 그만……."

팔을 잡아 빼며 일어서려 하는데 그가 다시 아루를 확 잡아당겼다. 그녀가 질끈 감았던 눈을 천천히 뜨는데 예상과 달리 따스한 기운을 머금고 있는 빈 침상만이 보였다.

"거기 기대어 무엇을 하는 것이냐?"

알고 보니 태자는 그녀를 잡아끌면서 그 반동으로 몸을 일으켜 세운 것이었다. 최대한 꼴사납지 않아 보이도록 아루가 두 팔을 짚고 일어서는데 그는 이미 탁자로 향하고 있었다. 무안함에 얼굴로 붉은 기운이 확 끼쳤다.

주춤주춤 다시 탁자로 갔다. 태자는 소매를 걷으며 다시 붓을 들고 있었고 그런 그를 바라보며 아루 역시 자리에 앉았다.

"으아아!"

서책을 살피던 그녀의 눈이 사내가 내뿜는 요란한 소리에 번쩍 위로 들렸다. 태자가 탁자 위에 엎드려 맨 팔뚝을 길게 뻗어 기지개를 켜고 있었다. 아루의 가슴이 두근거렸다.

몸을 일으킨 그가 소년처럼 목을 이리저리 꺾으며 무심히 말했다.

"잠시 쉬었다 하자. 정신이 바로 돌아오질 않는구나."

"곤하시면 나중에 할까요?"

조심히 묻는 아루를 향해 그가 무성의하게 대답했다.

"되었다. 얘기나 하자꾸나."

그 말에도 그녀는 쭈뼛거리며 주섬주섬 서책의 장을 넘기기만 했다.

"저는 해 떨어지기 전까지는 예까지 끝낼 터이니 마마께서는……."

"그놈 쇠고집! 경을 쳐야 말을 들을까?"

그녀의 말이 끝나기도 전에 태자가 날카롭게 그것을 낚아챘다. 그 엄한 목소리에 아루는 입술을 깨물며 붓을 다시 내려놓을 수밖에 없었다.

그의 시선에 얼굴이 다시 달아올랐다. 헌데 그때 그가 정말이지 놀라운 제안을 해 왔다.

"나에게 궁금한 것이 있다면 물어라. 기분이 그럭저럭 괜찮으니 지금 기회를 주마."

그 넘치는 자신감에 아루는 잠시 마음으로 당황했더랬다. 그러나 그도 금방 잊히고 가만 생각에 잠긴 그녀였다.

'달포 남짓한 궐 밖의 그 지난 시간은 무엇이었던가요?'

내내 궁금했던 그것을 아루는 차마 묻지 못했다. 흘러나온 말은 전혀 엉뚱한 것이었으니.

"무풍의 이름자에 달리…… 의미하는 것이 있사옵니까?"

태자가 아루를 쳐다보는데 어쩐지 약간은 쏘아본다는 느낌도 있어 그녀는 고개를 들지 못했다. 응답이 들려오는 것을 포기할 무렵 그가 말했다.

"내 이름자에서 무를 따오고 옛날 내 별칭에서 풍을 따왔다. 자, 이제 너는 내 애마에 대해 묻지 말고 나에 대해 물어라."

화제를 바꾸려는 태자의 의도를 모르는 바는 아니었으나 아루는 진정으로 궁금했다.

"그러하다면 무풍이의 뜻이 안개바람이온데 저하의 함자에 안개 무霧가 쓰이는 것입니까?"

"그렇다."

순간 아루의 눈이 댕그래졌다. 사람의 함자에, 그것도 한 나라 태자의 함자에 안개 무霧라. 보통은 없는 일이었다.

"내 이름의 끝, 천은 무슨 뜻일 것 같으냐?"

안개 무와 어울리면서 태자다운 느낌의 자가 무엇이 있을까, 아루가 가만 고민을 하는데 당당한 음성이 이어졌다.

"하늘 천天이다."

그녀의 입이 멍하니 벌어졌다. 아루가 고개를 흔들며 얼른 자세를 바로 했지만 그녀도 모르게 나오는 혼잣말은 미처 붙잡질 못했다.

"안개 낀 하늘……."

"그래. 얼마나 시적이냐? 나란 남정네, 태생부터 그런 남정네다."

그때부터 그녀는 배를 잡고 웃었다. 그의 표정이 너무도 진지한 것이 아루를 더 폭소하게 만들고 있었나. 어느새 그녀는 자신도 모르게 이 농담인지 진담인지 모를 상황에 잔뜩 빠져들었다.

"하오시면 별칭에서 무풍의 풍을 따오셨다는데 마마의 별칭에는 바람 풍風 자가 들어갔나 봅니다."

어느새 분위기는 풀려 있었다. 그는 장난으로 여인을 속이는 것이 마냥 즐거웠다. 그녀의 웃음이 말해주고 있었다. 신분을 넘어 너는 나의 정인이라고.

필시 멋진 별칭일 것이야, 아루는 그리 생각하며 바람을 가르는 사내라거나 바람처럼 검을 다루는 사람이라거나 그런 상상을 하며 눈을 빛냈다.

"응. 풍전등화風前燈火였다."

바람 앞의 등불? 이때부터 아루는 웃겨서 입을 틀어막은 채로 탁자 위에 쓰러졌다. 헌데 태자에게서는 아무런 반응이 없다. 그녀가 고개를 들어 흘깃 올려다보니 그가 계집아이처럼 새침하게 그녀를 흘겨보고 있었다. 그러더니 말을 이었다.

"눈물 없이는 들을 수 없는 사연인데."

아루의 눈이 반짝 빛났다. 그의 눈도 분명 즐거워 보였다.

무천이 생긋 웃으며 입을 열었다.

"나는 어릴 때 친모를 잃었다. 지금의 황후마마께서는 나를 낳아주신 분이 아니지. 너도 알겠지만."

아루가 다음 말을 기다리며 고개를 열심히 주억거렸다.

"그분께서는 나를 싫어하셨다. 어릴 때는 왜인지 그 이유를 잘 몰랐지. 늘 음식을 조심해야 한다거나 잘 때 검을 쥐고 자야 하는 상황을 맞곤 했는데 궐 사람들도 이를 알았던 모양이다.”

그가 그녀의 눈을 부드럽게 바라보며 살짝 웃었다.

“풍전등화라는 것은, 언제고 꺼져 버릴 내 운명…….”

어느새 아루의 입가에서는 웃음기가 사라지고 없었다.

“……을 뜻하는 것이었다. 허나!”

사내에게 닿은 여인의 눈이 떨어질 줄을 몰랐다.

그가 씩 웃었다. 그것을 보는 아루의 마음이 안타깝게 저미어 오는데…….

“나는 이렇게 살아서 술도 알고 고기도 먹고 또, 여인도 즐기니 별칭이나 이름 따위가 그 사람의 운명과 반대라는 것은 참으로 맞는 말인 듯싶다.”

마지막, 여인도 즐긴다는 대목에서 묘한 억양이 흘러나오자 그만 아루는 얼굴이 붉게 달아올랐다. 그녀가 아무것도 모른 척 가만 붓을 쥐었고 그런 아루를 무천이 미소를 지으며 바라보고 있었다.

*

봄이 오는가.

아직은 서늘한 기운이 피부에 스치고 있지만 햇살이 제법 따스하다. 여인의 섬세한 손끝이 한 떨기 곱게 피어오른 동백송이에 가 닿았다. 붉고 어여쁜 빛이 아루의 마음 안으로 흘러들어

오는 듯 살며시 내리 감긴 두 눈에 연정을 닮은 그 고운 빛깔이 돌았다. 영원히 이대로만 머물러라, 요사이 떨어지지 않는 옅은 졸음이 다시금 그녀에게 내려앉는 듯했다.

아쉬워하며 어쩐지 느릿해진 걸음을 옮기는데……. 아루의 눈이 순간 커다래졌다. 궁녀들이 지나며 그녀를 향해 꾸벅 고개를 숙였던 것이다.

저도 모르게 그녀도 황급히 허리를 숙였다. 노비 인생 처음 있는 일이었다. 그녀가 인사도 거르고 반말짓거리를 해도 천것이라 못 배워 그런다며 혀를 차고 지났을 뿐 딱히 엄청 곤경에 처한 적은 없었더랬다. 그래서 지금껏 고개 빳빳이 들고 나 망나니야, 건드리지 마, 하고 살아왔는데.

어쩐지 불어오는 훈풍이 정말 봄을 가져오려나 보다, 가만 미소를 지으며 아루가 발걸음을 뗐다. 황궁행사라며 매사냥을 떠났던 태자가 오늘 오전에야 돌아왔다 하는데 피곤하지도 않은지 율법 정리에 들어가자며 그녀를 불렀던 것이다.

"깜부기!"

대뜸 머리 위에서 떨어지는 노기 띤 사내의 음성에 아루가 번쩍 고개를 들었다. 찬갈이었다. 아직도 입가에 피딱지가 맺혀 있었지만 많이 나은 듯 보였다.

헌데 반가이 그를 맞아야 하는데도 아루는 어쩐지 죄인의 심정이 되어 있었다.

고개를 슬며시 돌려 주변을 살폈지만 축대에 가려져 아무도 보이지 않는다. 불안한 마음이 스멀스멀 피어나는 것은 왜인가.

"네 참말 공주였냐?"

그랬던 마음이 한마디 찬갈의 말에 몹시 언짢고 불쾌해져 버렸다. 저도 모르게 아루는 눈에 힘을 주어 그를 혼내려 했다.

"네 어느 안전이라고……."

'……그 입을 함부로 놀리느냐?'

순간 입을 다물었지만 자신도 어이가 없어져 그녀는 가만 고개를 저었다.

아루가 허탈함을 느꼈다면 찬갈은 몹시 사납게 변해 있었다. 나를 아직도 네 종놈으로 여기는 것이냐, 너나 나나 똑같다! 그가 어금니를 질끈 깨물며 잔뜩 성난 눈으로 아루를 바라보았다.

"공주마마 행세하고 싶으냐? 태자 승은 입어 그런 것이야?"

더는 상대하고 싶지 않아 아루가 몸을 확 돌리는데 사내의 억센 손이 팔을 힘껏 쥐어왔다.

"노…… 놓아라!"

다급하다 느끼던 그때 풀썩 누군가가 위에서 낙하하며 그들 사이를 갈랐다.

"저하! 저하!"

축대에서 뛰어내린 태자를 보며 뒤에서는 내관들과 궁녀들의 읍소하는 소리가 한가득이었다.

당황한 찬갈이 아루의 손을 스르르 놓았고 태자가 표정 없는 얼굴로 뒤를 향해 명했다.

"태자전으로 뫼시어라."

황급히 석단을 밟고 내려선 궁인들이 멍하니 서 있는 아루를 이끌었다. 그녀가 흘깃 고개를 돌렸을 때 눈에 들어온 것은 태자의 발이 찬갈의 복부를 걷어차고 있는 모습, 그것이었다.

우욱, 하는 신음 소리를 들으며 말려야 하는데, 저러면 안 되는데 아루는 생각했다. 그러나 자의인지, 타의인지, 걸음은 흔연히 궁인들을 따르고 있었으니.

태자전의 탁자에 홀로 앉아 아루는 궁의 주인을 기다렸다. 우울해진 얼굴을 거두고 허공에 시선을 두는데 스치는 생각 하나가 있었다.

'이쯤이었나? 여기?'

사붓이 그녀의 걸음이 책장 앞을 서성였다.

분명 서책의 위치는 생각이 나는데 찾아내지 못해 마음이 복닥거리던 그때, 너무 몰두했음인지 아루는 그만 기척을 듣지 못했다.

드르륵, 문이 열리고 태자가 들어선 것이다.

그녀가 번쩍 고개를 들어 올렸고 그도 놀란 듯싶었다. 그러나 이내 그의 눈에서는 의아한 빛이 사라지고 그 자리를 의뭉스런 기운이 대신하고 있었다. 책장에서 손을 물린 아루가 어쩐지 느낌이 이상해 그를 피해 뒤로 천천히 걸음하는데…….

정말 이상한 분위기였다. 단지 장난스러운 미소일 뿐인데 왜 이리 마음이 불안하게 요동치는지.

"무엇을 찾고 있었냐?"

딱딱한 벽이 아루의 등에 닿은 순간 그녀 마음도 따라 덜컥 내려앉았다.

사내가 다가와 고개를 숙여 여인의 얼굴을 살폈고 그 가까운 거리에 아루는 고만 정신을 차리지 못할 지경이 되어 얼굴을 아래로 내렸다. 그러나 커다란 손이 다가와 뺨을 쥐고 들어 올렸다. 숨결이, 그의 체취가 그리로 몰리자 아루는 홀린 듯 태자를 바라볼 수밖에 없었다.

"내 처소 안, 무엇이 궁금했던 건데? 물어라. 친히 알려주마."

속삭이듯 내려앉는 중저음의 목소리에 그녀는 눈을 깜빡이다 간신히 대답했다.

"가져가신…… 호두껍데기들을 찾고 있었어요."

볼에 머물던 따스한 기운이 우뚝 사라져 버렸다. 태자가 돌아선 것이다.

"버렸다."

그저 상황을 피하고자 거짓을 말한 것인데 아루는 그만 태자의 싸늘한 태도에 마음 안이 못내 불편해졌다. 함부로 취급되는 느낌.

"왜입니까?"

대답 없이 의지에 가 앉는 태자의 몸짓은 흡사 부랑배의 것을 닮아 있었다.

그런 그를 아루가 몇 발자국 떨어져서 바라보며 말을 이었다. 서운한 기운을 담지 않으려 노력했지만 자신은 없었다.

"저에게는 소중한 것입니다. 한낱 비루한 물건이라 여기시어 함부로 취급하시었을 수 있겠지만 진정 만인을 아끼는 나라의……."

"네 잔소리하는 태도가 꼭 내 지어미라도 된 듯하다."

그 말에 당황한 그녀가 벌린 입을 다물지 못하고 어버버 했다. 그가 쿡쿡 웃음을 뱉어내며 붉어진 얼굴의 아루에게 경쾌하게 말했다.

"이리로 와 앉아라."

고개를 숙이고 아루는 쭈뼛 탁자로 다가갔다.

이윽고 두 사람의 손끝에서 한 나라의 체계가 다시 정리되고 있었다.

한참 붓을 놀리는데 문득 아루는 아, 찬갈이 어찌되었는지 그 여부를 묻지 않았구나, 그런 생각에 가만 고개를 들어 태자를 바라보았다. 그도 고개를 들더니 씩 웃는다. 그녀는 저도 모르게 수줍어서 눈을 깜빡였다. 그러면서 아루는 생각했다.

이 사람에게 더 이상 찬갈에 대해 묻지는 못하겠다.

으드득 으드득 으드득!

괴이한 소리에 형졸들이 흠칫 어깨를 떨었다. 근 여드레 동안 계집의 이 가는 소리를 들어왔음에도 워낙에 어둡고 음습한 곳이다 보니 흡사 소리가 억울하게 죽은 처녀귀신의 한恨 맺힌 울음소리마냥 생각되는 것이 한두 번이 아니었다. 하여 그네들은 부러 선화가 있는 옥 안은 쳐다보지도 않았다. 새벽녘, 가닥가닥 흘러내린 머리카락 사이로 미친년처럼 비식비식 흘려대는 웃음을 마주치기라도 하면 그야말로 오줌이 찔끔 지릴 정도라 그날은 바지자락에서 올라오는 쿰쿰한 냄새를 하루 종일 참아내야 했던 것이다.

도성 내 해괴망측한 소문이 자자한 저 계집이 원래부터 저랬던 것은 아니었다. 요사이, 정확히는 궁중 여인이 다녀간 이후부터였을 것이다. 돈푼깨나 만졌다고 좋아했는데 상대의 숨통을 물어뜯을 때를 기다리듯 마치 투견장의 싸움개처럼 으르르 독기를 뿜어내는 여인을 마주하고 그들은 소스라치게 놀랄 수밖에 없었다. 그것이 한 날 두 날이 넘어가자 언젠가부터 계집은 입가에 웃음기까지 만들어내곤 했다.

어찌 저리 기괴한가? 모두가 배식을 넣어주는 일조차 순번을 정해 돌아가며 할 정도였다.

"네년이 어찌 입을 놀리느냐에 따라 네 목숨 줄 또한 왔다 갔다 하는 것이다. 이래도 내 말을 알아듣지 못하겠느냐?"

교태전의 명을 받고 왔다는 시녀상궁의 말을 들으며 처음에는 선화도 코웃음을 쳤었다. 어찌 되었거나 내게 그리 순애보를 보이셨으니 다시 사내 마음 돌릴 수 있다며 선화는 내내 어떻게 하면 태자의 마음을 돌려놓을까만 고민하던 때였다. 그러나 여인의 말이 이어지자 그 마음이 금세 무너져 버렸다.

"멍청한 계집! 네년 이러고 있는 동안 태자는 희희낙락 다른 계집을 끼고 잘도 궐 안을 누비더구나. 상황이 이러한데 과연 네년의 자리가 있을 성싶으냐? 황후마마께오서 너를 측은히 여기어 이런 꾀를 내놓은 것이니 생각을 달리하면 살 방도가 있을 것이다."

으드득 으드득 으드득!

칼이 없으니 선화는 어금니가 상할 정도로 이를 갈고 있었다. 언제냔 말이냐! 대체 언제!

매날 반복해서 곱씹고 곱씹은 그 말을 이제 나 유선화는 진정으로 실천해 보일 마음의 준비가 이리 단단히 되어 있는데 어째 이리 때가 오지 않는단 말이냐!

그때 밖에서 부스럭부스럭 기척 소리가 들려왔다.

'오늘인가?'

선화가 나무창살을 향해 번쩍 고개를 돌렸다.

"밥 나왔……. 으헉!"

형졸이 독기 어린 계집의 얼굴을 마주하고는 밥바가지를 그대로 철퍼덕 엎으며 걸음아 나 살려라 줄행랑을 쳤다.

"저 모지란 것! 내가 여기를 나가거들랑 네놈들 목부터 칠 것이야!"

남정네의 뒤를 노려보던 선화가 천천히 창살로 기어가 나무틀 밖으로 손을 뻗었다. 체면 따위 내 당분간은 잊을 것이야. 그녀가 바닥에 쏟아진 밥알들을 손으로 긁어모으며 싸늘한 웃음을 뱉어냈다.

✻

다시 여러 날이 지났다.

아늑한 기운이 처소 안에 감도는 것이 비단 온돌에서 흘러나오는 따스한 기운 때문만은 아닌 듯싶었다. 사내가 여인을 지그시 바라보는 눈, 세간의 시선을 차단한 채 그는 그렇게 아루를 오롯이 제 안에 머물게 하고 있었다.

그의 눈이 그녀의 얼굴에서 손끝으로, 그것과 맞닿은 한지로 이동했다. 까딱이는 붓 아래 서서히 먹이 번지는 모습에 무천은 가만 웃었다. 언제부터인가 그 위의 서체는 뭉그러져 있었다.

꾸벅꾸벅 조는 내 여인의 모습은 참말 귀엽다. 그리 바라보는데 아루가 순간 의자에서 몸을 꺾었다. 놀란 무천이 벌떡 일어나 가녀린 몸을 잡아 세웠다.

이 조그만 것이 심장을 들었다 놓았다 하네.

그가 인상을 확 구기는데 잠기운이 가득 묻은 여인이 중얼거린다.

"소인이 조금 나른하여 다음에……."

"엎드려 잠시 쉬어라. 일을 늦출 수는 없음이니."

내보내고 싶지가 않았다. 보내고 나면 늘 그렇듯 그녀가 만졌던 붓, 율법책들, 써 내려간 서체들까지 꼼꼼히 살피며 아쉬움의 시간을 그는 보내야 할 테니.

자신의 강경한 태도에 야속하다 느꼈는지 여인의 얼굴에 서운한 빛이 맴돌았다. 잠 깼다며 붓을 쥐는 조그만 손에 무천은 잠시 보내야 하나 갈등하기도 했지만 짐짓 모른 척하고 자리에 앉았다.

헌데 아루의 고개가 다시 물가에 유영하는 낚시찌마냥 꾸벅꾸벅 노닌다. 그녀를 가만 바라보는 강태공 현무천의 마음 안에도 햇살이 내리비추며 한가로이 아늑한 정경을 만들어내고 있었다.

포근한 느낌, 여기가 어디인가? 무릉도원인가?

아루가 살며시 눈을 떴다. 너무도 개운해서 상쾌하지만 한편으로 이 따스한 기운이 사라질까 그것이 싫다. 그러면서 몸을 덮은 무게감을 기분 좋게 받아들이는데…….

가만! 무게감? 아루가 번쩍 고개를 돌렸다. 그녀의 몸을 덮은 채로 태자가 잠에 빠져 있었다.

시선을 비키니 이곳은 그의 침상이 아닌가. 놀란 그녀가 조심 그에게서 팔을 잡아 빼는데 이상도 하지. 더욱 조여 오는 느낌은.

“조금만 더 있어라. 나도 곤하다.”

사내의 낮은 중얼거림에 정신마저 번쩍 돌아온 아루였다.

“하오나 저하, 이 팔 좀…….”

그녀의 말은 목을 파고드는 사내 느낌에 그만 뚝 멈추고 말았다. 태자가 얼굴을 묻어 오며 알아듣지 못할 말을 웅얼거리고 있었다. 숨을 훅 들이켠 뒤 그녀는 한동안 얼어 있었다.

그리고는 한참이 지나서야 그녀는 그로부터 벗어날 수 있었다.

금빛 물결이 뒤뜰에 내려앉은 것이 곧 저녁이 오겠지 싶은 시각, 아루가 천천히 전각으로 향했다. 미소가 절로 지어지고 걸음은 다시 느릿하다. 어쩐지 마음이 편안해져서 모든 것이 정지한 듯 이리 흘러가나 보다, 여인은 그리 생각했다. 헌데 갑자기 스치는 매서운 기운에 아루가 고개를 돌렸다가 놀라 외쳤다.

“찬갈! 찬갈!”

언제부터 와 기다리고 있었던 걸까? 그녀의 눈이 아직도 한겨울 동장군의 기세를 잔뜩 머금은 찬갈의 등을 안타까이 바라보았지만 달려가 붙잡을 마음은 없었다. 몸에 머무는 이 몸살 같은 기운이 사람을 이리 나른하게 만드는 때문이라고 아루는 찾아드는 죄책감을 그리로 돌려 버렸다.

*

찬갈과의 냉기류는 어쩌지 못했지만 태자와는 정반대였다. 궐생활이 이리 편해진 것하며 그녀를 바라보는 궁인들의 시선이 달라진 것은 순전히 그 덕분이었다. 마냥 이대로 머물고 싶구나, 머리를 복잡하게 하는 것들을 애써 끌어안고 싶지 않고 그저 이 생활에 이렇게 젖어들면 좋겠다며 아루는 가만 미소를 짓곤 했다. 어쩐지 우울한 느낌이 약간은 섞이어 있었지만.

그날 태자는 애매한 시각에 그의 처소로 아루를 걸음하게 했다. 태자전의 복도를 밟으며 아루는 점심은 어찌 해결해야 하는가, 그런 사소한 고민을 했더랬다. 안으로 들어선 이후부터는 다 잊고 그와 함께 머리를 맞대어 서책을 살피는데 매진했지만. 그래도 어김없이 끼니때는 찾아왔다.

"저하, 수라상 올리옵니다."

그 소리에 아루는 붓을 내려놓고 주섬주섬 자리에서 일어나려 했다.

"앉아 있어라."

수라 전에 당부할 말씀이 있으신가 싶어 그녀는 자리에 도로 앉았더랬다. 안으로 들어선 소주방나인들과 궁녀들이 힐끔 아루를 바라보는데 이리저리 놓인 서책과 붓 때문인지 그네들의 눈가에 예전과는 다른 빛이 감돈다. 멋쩍음에 그녀가 조심히 시선을 피했다.

그러는 동안 탁자 위의 것들이 치워지고 찬들이 놓였다. 과연 대국답게 천자 될 자가 먹는 수라는 대단타 아루는 멍하니 음식들을 바라만 보았다. 헌데 그녀의 자리에도 은공의 밥그릇이 놓이자 아루가 번쩍 고개를 들어 태자를 바라보았다. 그는 별스런 일이 아니라는 듯 아랫사람들이 차리는 수라를 무심히 바라보고 있을 뿐이었다.

나인들이 인사하며 물러나자 문이 닫히길 기다린 아루가 이유를 묻듯 그에게로 다시 시선을 돌렸다.

"들자."

"소, 소인은 소인의 처소에서……."

"앉아라."

자리에서 일어서려 하는 아루를 태자가 엄한 말로 옭아맸다. 다시 의자에 앉은 그녀는 어색하게 숟가락을 쥘 수밖에 없었다. 모락모락 김이 나는 갓 지은 밥과 먹음직스러운 찬들이 즐비했지만 어쩐지 식욕이 없는 그녀다. 불편하고 긴장을 해서인지 속이 메슥거려 와 아루는 의무감에 묵묵히 밥만 떴다.

그때 밥 위에 고기 한 점이 얹어졌다. 강가의 주막에서 보냈던 날들이 갑자기 해일처럼 밀려와 아루는 순간 코끝이 시큰해졌다. 천천히 고개를 들어 태자를 바라보는데 사내는 무심히도 밥만 먹는다. 어쩐지 아련하고 서운하기만 해 얼굴을 내리는데…….

"밥 같은 여인 만나라 했지? 너도 밥 같은 사내 만나라."

비꼼인가? 아루는 미간을 모은 채 밥이라는 말뜻의 어감을 머릿속으로 가만 음미해 보았다. 그의 의중을 알 수가 없어 결국 생각을 물리던 그때,

"내가 밥 같은 사내다."

아루의 눈이 크게 뜨였다.

그가 가만 젓가락을 내려놓더니 눈동자를 정면으로 마주해 왔다.

"네 말마따나 여난아루, 너는 이 다양한 찬들처럼 혀를 잡고 놓아주질 않는 면이 있고 그에 반해 나는 밥처럼 우직하다. 그러니 우리는 얼마나 환상적인 조화냐?"

단순한 농弄일 뿐인데 정말 이자에게 사로잡혔나 보다. 아루의 얼굴이 멍했다.

사내가 그런 여인의 얼굴을 보며 개구진 웃음을 씩 흘리더니 말을 이었다.

"오해 마라. 율법 문제에 있어 그렇다는 것이다."

고개를 숙인 아루는 붉어진 얼굴을 어쩌지 못해 그가 얹어주었던 고기 한 점을 입안으로 황급히 가져갔다. 헌데…….

"우욱!"

자리에서 일어나 곧바로 몸을 돌린 아루가 구역질을 간신히 참아냈다. 옆에서 태자가 연신 등을 쓸어내리고 있음을 그녀는 나중에야 깨달았다. 물을 내미는 사내의 손을 물끄러미 바라보다 천천히 고개를 드는데 그의 얼굴에 이전의 장난기는 온데간

데없었다. 외려 걱정스러운 빛이 한가득이다.

"네 또 아픈 것이냐?"

아루가 애써 미소를 지으며 얼른 고개를 흔들었다. 그가 그런 그녀를 번쩍 안아 들더니 침상으로 데려갔다.

"의원을 불러줄까?"

그리 물어 오는데 말뜻이 제대로 들어오지 않는 것이 아루는 그만 사내의 다정함에 취해 머리가 어질어질했다.

"도로 다른 상을 들이라 할까?"

당신 때문에 울렁거리는 속도 모르고 태자는 계속해서 질문만 해 왔다.

"기, 긴장해서 잠시 속이 불편했을 뿐입니다. 어서 가서 마저……."

"되었다. 나도 생각이 없구나."

슬쩍 바라본 눈이 아직도 걱정으로 흐려 있다. 아루는 그만 동백에게서 흘러들어 온 마음 안의 붉은 물이 뚝뚝 떨어져 내려 그것을 그에게 들켜 버릴까 조마조마해졌다.

일이 터진 것은 다음날이었다.

"꺅!"

붓을 들고 자꾸만 얼굴에 점을 찍으려 장난을 걸어오는 태자 때문에 아루는 도망 다니느라 숨도 쉬지 못할 정도로 정신이 없었다. 처소 안이 사내와 여인의 숨바꼭질로 소란스러웠다. 결국 붓이 얼굴에 닿자 아루가 숨을 몰아쉬며 끅끅 웃음을 터뜨려 댔다. 그런 그녀를 무천이 뒤에서 꼭 끌어안으며 같은 웃음을 토해내고 있었다.

"너 이리 웃으면 밖의 궁인들이 오해한다."

맞다!

그녀가 뚝 웃음을 멈추고 장지문을 바라보는데 사사삭 뒤로 물러서는 걸음 소리가 들려오는 것이 그의 말이 필시 맞았다. 불안하게 떨려 오는 눈을 아루가 태자에게로 향했다. 헌데 정말이지 그는 태연한 얼굴을 하고서 아루의 뺨에 묻은 먹물자국을 스윽 닦아낼 뿐이다.

"저하."

그녀가 그의 손을 쥐며 다시 처소 밖을 향해 걱정스레 고개를 돌리는데 사내의 커다란 손이 여인의 얼굴을 돌려세웠다. 아루의 눈이 커다랗게 뜨였다.

순식간에 입술을 덮친 사내는 뜨겁고 거칠었다. 붉은 기운을 모조리 삼켜 버리려는 듯 강하게 빨아대는 사내 때문에 아루는 저가 어딘가로 옮겨지는지도 몰랐다. 엉덩이에 푹신한 기운이 살짝 닿았을 때에야 태자의 어깨를 밀어내려 손을 뻗을 수 있었다. 물론 그는 꿈쩍도 안 하고 그녀의 입안을 훑고 있었지만.

눕혀진 것인지 등까지 푹신한 기운이 느껴지자 아루는 그때부터 당황했더랬다. 태자의 손이 저고리 위에 봉긋한 것을 꽉 쥐고 놓아주질 않는 것이 분명 심상찮은 일이 벌어지고 있었다.

환한 대낮, 밖의 궁인들이 몹시도 신경 쓰여 아루는 숨을 몰아 쉬며 있는 힘껏 그를 밀쳐 냈다. 하지만 태자의 손길은 그보다도 더 억셌다. 도로 그녀를 눕히고 얼굴을 들이대는 통에 그때부터 아루의 심장은 급격히 뛰기 시작했다. 정신이 번쩍 들어 그녀가 그를 말리려 다급하게 도리질을 쳐댔다. 그러자 태자도 몸에서 힘을 빼더니 천천히 아루의 몸을 감싸 왔다. 그리고 아무런 일도 일어나지 않았다.

잠시 뒤 그녀가 그를 밀어냈고 그도 선선히 물러나 주었다. 하지만 아루의 걸음은 탁자가 아닌 장지문으로 향하고 있었다.

탁!

문이 닫히는 소리에 무천이 일어나 앉으며 조용히 한숨을 내쉬었다.

"성급했다. 현무천."

고개를 젓고는 뜨거운 기운을 애써 가라앉힌 뒤 그가 자리에서 일어났다. 그리고는 서둘러 장지문을 벌컥 열어젖혀 밖으로 나갔다.

화들짝 물러서는 궁인들을 지나 그의 걸음이 빠르게 뒤뜰로 향했다.

"아루야, 여난아루!"

전각으로 향하는 여인의 걸음은 빨랐지만 그런 만큼 이리저리 채이고 엎어질 듯 불안하기만 했다. 그가 재빨리 뛰어가 그녀를 붙잡아 돌려세웠다. 그리고는 품에 꼭 안아 가느다랗게 떨고 있는 여인을 달래주었다.

헌데 아무도 없는 것만 같은 뒤뜰, 또 다른 남녀 한 쌍이 그 애틋한 정인들의 모습을 바라보고 있었으니.

전각 곁에 선 찬갈이 살며시 소야의 손을 잡았다. 소야 역시 당황한 빛을 얼른 지워내고 그의 손을 힘껏 쥐었다. 이대로 영영 사라져 버릴 것만 같은 사내를 꽉 움켜쥐듯이 그렇게.

태자가 아루를 품에서 가만히 떼어내며 따스한 미소를 지어 보였다.

"울고 있지 않아 다행이구나."

수줍은 눈동자가 사내의 눈길을 피해 아래로 떨어지는데 태자의 목소리가 이어졌다.

"이제 그만 나오너라."

그에 아루의 놀란 눈이 번쩍 뒤로 향했다.

찬갈이 가라앉은 얼굴로 천천히 그녀를 향해 다가왔으나 어느 선 이상은 접근하질 않았다. 가만 웃는데 매우 슬픈 빛이다.

아루를 당황하게 한 것은 그 다음 행동이었다. 찬갈이 소야를 눈짓으로 부른 뒤 아루를 향해 이리 말했다.

"아씨께 저의 처妻 되는 여인을 지금에서야 인사시킵니다."

그가 소야를 이끌고 바닥에 엎드려 절을 하는데 놀란 그녀가 그것을 말리려 발을 뗐지만 태자의 손이 강하게 아루를 붙들고 있었다.

"찬갈! 그…… 그러지 마라."

몸을 일으킨 찬갈은 조금은 환하게 웃고 있었다.

"그 옛날 아씨를 뫼시던 종놈이 이제야 각시를 얻었습니다. 천것으로서 상전에게 드리는 마지막 인사이오니 부디 받아주셔요."

그가 울고 있었고 그런 찬갈의 얼굴을 소매 끝으로 더듬어 내리는 소야 역시 눈물을 흘리고 있었다.

'네가 우는 것은 순전히 나의 잘못이다.'

버릇처럼 아루는 또다시 그리 되뇌며 찬갈을 잊었던, 잊으려 했던 근래의 행동을 자책하고 또 자책했다. 결국 그녀도 시큰해지는 콧날을 어쩌지 못했다.

"봄이 오는가 보군."

태자의 낮은 음성을 찬갈이 가만히 듣고만 있었다.

"때린 것은 미안했다."

"아닙니다."

뒤뜰의 나무 아래, 지는 석양을 마주한 두 사내는 신분을 떠나 마치 친우처럼도 보였다.

"아씨를 행복하게 해주셔요."

찬갈의 말에 무천은 미세하게 미간을 찌푸렸다. 어쩐지 놈에게 밀리는 기분, 그것은 그리 좋은 느낌이 아니었다.

"니는 왜 아루를 미미라 하지 않고 일개 여염집 부인처럼 아씨라 부르느냐?"

찬갈이 조용히 미소를 머금고 있었다. 옛 기억을 훑어 내리는 그의 눈을 무천은 물끄러미 바라만 보았다.

"저는 좀 별난 종놈이었습니다. 신분이 낮았지만 예쁘고 귀한 것은 천것도 느끼기 마련이라 공주마마가 언제부터 이리 못난 저의 마음을 흔들었는지는 잘 몰라도 좌우당간 저는 아씨를 많이 좋아했습니다. 일부러 못되고 성질 사납게 행동하여 어린 마마의 눈길을 끌고 싶었던 때부터겠지요. 조금이라도 가까워지고 싶은 마음에 마마를 아씨라 불렀는데 그랬던지라 매질도 제법 당했습니다. 나중에는 마마께서 아씨라 불러도 괜찮으니 그만 때려라 주변 어른들을 말리셨을 정도니까요."

그 말을 들으며 이제는 무천의 마음이 가라앉고 있었다. 하지만 그는 정인의 흔적을 더 가까이 느끼고자 녀석이 읊어대는 그 시간 안으로 들어가려 애를 썼다. 그러한 자신의 간절함을 뚜렷이 자각은 못하고 있었지만. 그저 마음 안이 시린 것만 느껴질 뿐.

"그런 망나니 같은 저를 사람들은 이놈, 저놈 불러댔는데 찬갈이란 이름자를 주신 것도 아씨입니다."

무천의 미소가 사그라지고 있었다. 놈은 여전히 옛 기억을 붙잡고 놓아주질 않고 있었다.

"죽는 것도 사는 것도 이제 나는 매양 아씨 손에 달렸다, 그때 저는 그리 생각했지요. 때문에 아씨를 모시는 무사종이 되었을 때, 소인의 비루한 삶을 통틀어 그때만큼 기뻤던 기억이 없었습니다.”

“찬갈이라는 이름이 붙은 연유가 있더냐?”

무천이 물었다.

“눈이 사납다 하여 아씨가 차가운 칼이라, 찬갈이라 이름을 지어주셨습니다. 지금 와 생각해 보면 어린 공주마마께는 눈을 부릅뜨고 말대답을 하는 제가 자못 사나워 보였나 봅니다.”

그리 말하곤 찬갈은 소리 내어 웃었다. 그 웃음이 잦아들 무렵 그는 부드럽게 다시 말을 이어나갔다.

“그때 이름자를 주시며 네 참 대단한 기세다, 그리 말씀하시고는 다정히 웃던 아씨의 얼굴이 아직도 생각납니다.”

찬갈은 털어버린 듯한데 마음이 갈라지는 것은 이제 무천이었다.

내가 모르는 그 세월 속에 너는 어떤 모습이었던 것이냐?

그가 웃고 있는 찬갈의 얼굴을 물끄러미 바라보았다.

‘놈의 머릿속에 살아 있는 너의 모습이 내게는 없다는 것이 나는 이리 마음이 좋질 않다, 여난아루.’

“지난 5년……. 어찌 살았냐?”

자신에 대한 물음인 줄로만 알고 선뜻 대답을 내놓으려던 찬갈이 그만 멋쩍게 웃고 말았다. 태자가 그의 시간을 물어 온 것이 아니라는 것을 깨달은 탓이었다.

“아씨는……. 이루는 처음에는 버릇없다 많이도 맞았지요. 겁댕칠을 하고 다니는 통에 같은 종놈들도 걸핏하면 무시를 해대서 일이 배로 많은 날이 많았습니다. 도와주겠다, 옆에서 얼쩡거려도 어찌나 고집을 피워대는지 결국 밤을 새워 일하는 날도 부지기수였는데 웃긴 것은 그리 애를 써도 죄다 엉망이라며 또 혼이 난다는 것입니다. 사람들이 아루의 이름을 잊고 깜부기라 부르던 그 무렵은 완전히 생활에 적응을 한 것인지 정말 하는 짓이 사내종놈 같았지요. 더 이상 사람들도 깜부기를 처음처럼 그리 막 대하지는 않았고요. 삶의 방도를 아마도 아루는 그리 터득했나 봅니다. 뭐 그럭저럭 보냈네요, 지난 5년을."

무천은 고개를 숙여 멀거니 땅바닥을 바라보았다. 화제를 돌리고 싶어 그가 다른 이야기를 꺼냈다.

"너는 올해 연치가 어떻게 되느냐?"

찬갈에게서 일말의 주저함도 없이 나온 대답은 이러했다.

"깜부기보다 네 해를 더 살았습죠."

숫자를 모를 것 같지는 않은데 그는 아루를 중심으로 자신의 세월을 세고 있었다. 무천이 씁쓸한 미소를 머금으며 생각했다.

'공교롭게도 놈의 연치가 나와 같구나.'

그때 그의 생각을 뚫고 찬갈이 말해 왔다.

"아루가 저를 생각해 청을 올렸다는 이야기를 들은 적이 있습니다. 제 청도 하나 들어주시지요."

마주 본 종놈의 눈이 당당한 것에 무천은 저도 모르게 희미하게 웃었다. 이것은 사내 대 사내로서의 부탁.

"무어냐?"

"온풍부곡에 당당히 걸음할 수 있도록 해주십시오. 아루의 생각은 늘 그들뿐이었으니까요. 죽어 진흙이 되어도 깜부기는 아마 그럴 겁니다."

무천이 일어서며 말했다.

"시일을 잡아보마."

그런 그를 올려다보며 찬갈이 마음속에 품고 있던 의문 하나를 마지막으로 물었다.

"왜 저를 살려주신 겁니까?"

찬갈을 내려다보며 태자가 씩 웃고 있었다.

"왜일 것 같으냐?"

5장

春來不似春

봄은 왔지만 봄 같지 않구나

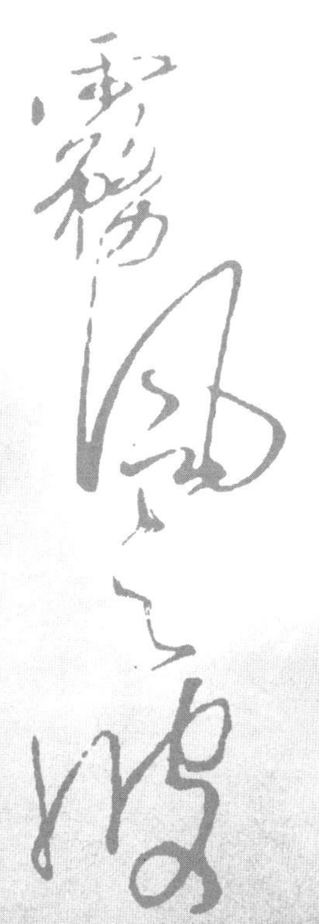

天豈或使之

하늘이 어째서 이러한가

푸르스름한 기운이 물러나기도 전, 그 이른 아침 의관을 정제한 마호가 동궁으로 빠르게 향하고 있었다. 그의 얼굴에 긴장이 도는 것은 비단 사건의 중차대함 때문만은 아니었다. 서둘러 걷던 그가 박석 위에 우뚝 걸음을 멈추었다.

시각이 일러 주변이 아직은 고요하기만 한 아침, 그가 천천히 궐 안을 둘러보았다.

최근 들어서는 너무도 잠잠하고 평화로운 날의 연속이다. 선화 낭자도 옥에 있고 황후는 조용했으며 황제는 기운을 차렸다고 한다. 헌데 이 느낌은 대체 무어냐?

마호가 가만 손을 들어 가슴 언저리를 눌렀다. 너무도 조용해 되레 큰 파도가 몰아닥칠 것만 같은 이 불길한 느낌은.

무천을 선두로 위사좌평 마호와 소속 무관들이 뒤를 이었다. 장 내관을 비롯한 궁인들도 대열의 한자리를 차지하고 있었다. 푸른 기운이 가시지 않은 아침, 형방청으로 향하는 그들에게서는 약간의 긴장감마저 흐르고 있었다.

평화롭기만 하던 근래, 유 좌평의 여식과 태자저하와의 국혼이 어그러진 일은 이미 궐 밖에 퍼져 백성들 사이에 도성 최고의 화젯거리로 떠올랐으니 이일이 일대 사건임에는 분명했다.

그리로 향하며 무천은 아루를 떠올리고 있었다.

"조만간 온풍부곡으로 보내주마."

그 말에 아루는 놀리던 붓을 멈추고 황급히 고개를 들었었다. 믿기지 않는 듯 눈을 깜빡이는 모습에 무천은 부러 무심히 말을 이었더랬다.

"계집이 손에 먹물을 그리 묻혀가며 열심인데 그에 대한 포상은 있어야 할 것이 아니냐. 필요하다 싶은 것들을 수레에 실어 보낼 터이니 앞으로는 담장 넘지 말고 대문 사용하란 말이다. 단, 같이 가줄 수는 없음이니 그리 알아라."

한참을 말이 없던 그녀가 감사하다는 말을 어렵사리 꺼내며 고개를 숙이는데 슬쩍 보니 코끝이 붉었다.

형방청으로 향하는 사내의 걸음이 빨라졌나.

'오늘, 바로 오늘이 될 것이야!'

아루야, 조금만 기다려라 그가 속으로 되뇌고 있었다.

황궁 호위를 담당하는 위사좌평 사마호가 굳건한 자태로 태자 곁을 지키고 섰다. 많은 이들의 관심이 쏠린 일인만큼 오늘 공판은 공개적으로 치러지는 것이어서 태자의 안위에 배는 더 신경을 써야만 했던 것이다. 역설적이게도 참관하는 이들의 수를 불린 것은 다름 아닌 태자 무천의 뜻이었다.

때문에 마호는 오늘 온풍의 여인과 관계된 무언가가 재판에서 다루어질 것임을 어렵지 않게 예측할 수 있었다. 그녀를 생각하는 친우의 속내가 무척이나 깊음을 이제는 그도 알 것 같았다.

그러나 선화가 형방청의 마당으로 포박된 채 끌려왔을 때 마호는 무언가 이상하다는 것을 감지했다. 단순히 태자에 대한 배신감과 복수심 때문이라 하기엔 계집의 눈에 서린 독기가 상당히 기묘했던 것이다. 바닥에 꿇어앉혀질 때 입꼬리를 살며시 끌어올려 웃는 선화의 모습에 마호는 자신이 착시를 일으킨 것은 아닌가 잠시 생각할 정도였으니. 바로 고개를 내려 태자의 얼굴을 살피는데 그 역시 미간을 찌푸리고 있었다. 반면 선화는 옆에 선 금석주를 날카롭게 쏘아본 뒤 모인 사람들을 천천히 훑는 여유까지 보이고 있었다.

재판이 진행되고 석주가 입을 열었다.

"제가 그날 유수녕 좌평 댁에 가서 보았던 것은…… 여기 계신 유선화 낭자가 아이를 출산하는 모습이었습니다. 산고가 극심해 저를 불렀다며 유 좌평께서는 여러 가지 재물들을 저에게 내미셨죠. 받지는 않았습니다만. 그러면서 낭자께서 이 나라의 국모가 되도록 기여한 바가 저에게도 있으니, 믿는다 하셨지요. 더불어 만일에 일이 새어 나가면 훗날 보복이 있을 거라 겁박의 소리도 함께하셨고요."

사람들이 술렁거리자 석주가 처연한 미소를 지으며 뒷말을 이었다.

"산 사람은 살아야 한다며 당시에도 혼신을 다했던 것은 사실이오나 진실을 외면한 어리석은 소인의 과오에 사는 내내 참으로 괴로웠습니다. 나라의 근간을 뒤흔들고……."

"되었다. 그대의 심경까지 듣고자 하는 자리가 아니니 사실만을 말하여라."

태자의 말에 석주가 입을 다물었다. 후회로 얼룩진 눈빛은 멍하기만 했다. 그런 그를 보며 무천이 다시 물었다.

"그대는 진실을 외면했다 하였어. 그것이 무슨 말인가?"

상전의 물음에 석주가 고개를 들어 먼 데를 응시하며 천천히 입을 열었다.

"태자저하를 구하신 것은…… 이 여인이 아닙니다."

그가 내뱉은 말은 어마어마한 파장이 되어 주위를 술렁거리게 했다. 그에 무천이 날카롭게 군중을 쏘아보며 다시금 침묵을 이끌어냈다. 태자의 눈빛이 이윽고 석주에게로 가 닿자 나직한 그의 말이 이어졌다.

"5년 전, 당시 이 나라와 혼약이 오고갔던 온풍의 공주마마가 계십니다. 저를 태자저하에게로 이끈 것은 바로 그분이십니다."

주변이 상당히 소란스러워졌다.

석주의 말이 이어지는 동안 연신 피식피식 비웃음을 흘리던 선화가 갑자기 이를 뚫고 벌떡 일어섰다.

"거짓이오! 저자는 황실의 측근으로 5년 전 일을 빌미로 우리 유씨 집안에 많은 것을 요구해 온 후안무치厚顔無恥한 자입니다."

나졸들이 다가와 그녀를 꿇어앉히려 했지만 어찌나 악을 써 대는지 결국 발로 걷어차인 뒤에야 선화는 쓰러지듯 자리에 앉았다. 그러나 눈빛만큼은 여전히 기세등등해 주변 사람들의 시선을 죄 끌어모으고 있었으니.

그녀를 바라보는 무천의 표정이 심각했다. 관자놀이를 톡톡 두드리는 손가락이 그가 이 순간 얼마나 많은 생각을 하고 있는지를 말해주었다.

"태자저하께서는 목숨을 구한 저 유선화를 통해 만백성의 사랑을 얻고자 수를 쓰셨습니다. 어차피 죽을 운이라면 진실을 말하고 죽는 것이 낫다고 생각해 비록 천자天子가 될 분이시나 이 일로 크게 깨달으시라, 하늘의 힘을 빌려 저는 고백합니다. 저하께서는 그간 온풍의 계집과 정情을 통해왔습니다. 그년의 꾐에 빠져 이제는 저를 밀어내고……."

군중을 향해 날이 선 말을 줄줄 읊어대던 선화가 기척을 느끼고 고개를 돌렸다. 마호가 사나운 기세로 그녀를 내려다보고 있었던 것이다.

“당장에 멈추지 않으면 그 입을 찢어놓을 테다.”

“퉤!”

얼굴에 침을 맞은 마호가 순간적으로 선화를 향해 손을 드는데 태자의 목소리가 이를 막아 세웠다.

“멈추어라!”

무천이 나졸들을 향해 눈짓했고 그들이 다가와 선화를 끌어냈다. 질질 끌려가면서도 그녀는 마지막까지 악다구니를 써댔다.

“가라한이 온풍으로 인해 더럽혀질 것이다! 우리 집안은 비록 희생양이 되었지만 하늘이 이를 지켜보고 있다! 가라한의 백성들이여, 그년의 종살이를 해보았던 내 말을 믿으시오! 온풍인들은 간사하고 악랄합니다! 여색에 눈이 먼 태자저하를 부디……! 악!”

태자의 눈치를 살피던 포도대장이 결국 선화에게 몽둥이를 휘둘렀고 여인은 기절한 채 형방청을 나가게 되었다.

모인 사람들의 수군거림이 사그라질 기미가 보이지 않자 다급함을 느낀 마호가 나섰다.

“모두들 조용히 하시오!”

관자놀이를 짚고 있던 손을 내리며 무천이 일어섰다. 표정 없는 얼굴이었으나 눈가에 매서운 기氣가 가득했다.

"공판은 다음으로 연기한다. 날짜는 따로 공시할 때까지 미정未定이다."

무천이 몸을 돌렸고 마호가 황급히 뒤를 따랐다. 곁에 선 친우를 향해 그가 나직이 명했다.

"지켜보는 눈들이 많다. 앞으로 더 많아질 듯하고. 죄인을 다루는 데 보다 신경을 써라. 자칫 엉뚱한 방향으로 사건이 흘러갈 수 있다."

"하오나, 저년의 입을 틀어막지 않았다면……."

"단순히 죽음을 앞둔 복수심이라기엔 계집의 눈가에 무언가 계산하는 빛이 역력했다. 어찌된 일인지 알아보아야 한다. 황후 측 사람을 주시하고 세심히 신경을 쓰되 여인에 대한 감시를 철저히 해라. 그리고……."

마호가 우뚝 멈춰 선 태자를 올려다보았다. 무천이 친우에게 고개를 돌려 마지막 지시를 내렸다.

"옥을 감시하던 형졸들의 세간을 일일이 조사해 보아라. 뚜렷한 무언가가 나오지 않는다면 고문을 해도 좋다."

그 말을 남긴 채로 태자가 빠르게 사라졌다. 예상을 벗어난 급박한 상황 전개에 잔뜩 긴장해 있던 몸을 풀며 마호가 긴 한숨을 토해냈다.

*

"좀 더 자세히 말해보거라."

옥영 황후가 의자를 끌어다 바짝 앞으로 앉으며 동궁 소속의 궁녀에게 얼굴을 들이밀었다. 궁녀가 바들바들 떨며 말을 이었다.

"그…… 그러니까 저하께오서 율법 정리에 힘쓰시는 것은 맞는 듯하옵니다. 헌데 며칠 전에는 저하의 처소에서 두 분의 웃음소리가 들리었어요. 그것이 조금 이상도 하고……."

"그래?"

말을 흐리는 아랫것을 보며 황후가 씩 웃었다. 그리고는 곁에 선 상궁을 향해 궁녀를 물리라 눈빛을 보냈다. 교태전의 문이 닫히자 황후가 뒤에 선 무사를 향해 명했다.

"저년을 죽여라. 단, 칼을 써서는 아니 된다. 단순 죽음으로 위장을 해라."

"예, 마마."

무사가 물러가자 옥영이 눈을 빛내며 며느리를 바라보았다.

"네 참으로 꾀가 좋구나. 더구나 선화란 년도 똘똘한 것이 시키지도 않은 말까지 하며 스스로 제 살길을 마련코자 하니 일이 풀리는 건 시간문제다."

칭찬을 받은 북로 여인이 살갑게 웃었으나 흘러나온 대답은 묘하기만 했다.

"모를 일입니다, 마마."

며느리의 말에 옥영이 웃음을 거두며 여인을 올려다보았다.

"네 무슨 말이냐?"

"저희 쪽 아이의 말에 의하면 선화라는 여인의 성정이 소문과 달리 상당히 의심스러운 면이 많다고 합니다. 어쩌면 5년 전 태자를 구한 것은 정말로 온풍의 계집일 수도 있다는 말이지요."

"허나, 청렴하기가 하늘을 찌른다는 금석주 의원이 처음부터 거짓을 일삼으면서까지 선화란 년을 옹호했다는 것은 맞지가 않다. 그자는 당시 황실과 아무런 연관도 없는 일개 의원이었으니 아무런 힘도 없던 유씨 집안에 줄을 대었을 리도 없다. 지금이야 권력의 맛도 보았겠다, 또한 줄을 잘못 서 자칫 멸문당할 수 있다고 판단해 그 집안을 배척하는 것이 아니겠느냐."

황후의 말을 듣던 북로 여인이 곰곰 생각에 잠겼다.

"하오시면 두 마리 사냥을 나서는 것이 어떠하옵니까? 어차피 선화란 년은 살려두면 훗날 위험할 것이고 온풍 계집이야 뒷배도 없으니 망가뜨린들 무엇이 문제이옵니까?"

옥영이 고개를 끄덕이며 모여 선 상궁들을 향해 명했다.

"흠, 그래. 궐에 다시 사람을 풀어라. 아니, 이번엔 도성 밖까지 소문을 내어라! 알겠느냐?"

"예, 마마."

제창하는 여인들의 목소리가 교태전의 주인을 흡족하게 했다.

*

수레에 실린 짐을 살피던 찬갈이 멍하니 손만 놀리는 아루를 향해 물었다.

"무슨 생각해, 아루?"

"어? 아니야."

그녀가 얼른 고개를 들어 올리며 말갛게 웃어 보였다.

"이런 일도 다 있고, 너무 꿈만 같다."

부러 씩씩하게 말하며 생긋 웃는 아루를 보며 찬갈은 그녀가 심란해하고 있다는 것을 확실히 느꼈다. 그녀는 가라말을 끌어안으며 희미하게 미소를 짓고 있었는데 그 말은 분명 태자의 것이었다.

'아마도 저 말을 통해 태자의 마음을 확인하고 싶은 거겠지?'

찬갈은 그런 아루의 모습을 보며 여전히 씁쓸해지는 기분을 어쩌지 못했다. 그가 시선을 들어 굳게 닫힌 태자전의 창을 바라보았다.

많은 것을 배려해 주고는 있었지만 아루가 저리 시무룩해 있는 이유는 요즘 들어 태자가 그녀에게 냉랭하기 때문일 것이다. 아루를 향한 궐 사람들의 시선이 차갑게 변한 것도 그 때문일까? 찬갈은 태자전에서 시선을 떼며 아루를 말에 태우고자 그리로 다가갔다. 말을 쓰다듬으며 무어라 중얼거리는 그녀를 향해 찬갈이 무심히 물었다.

"한낱 말 주제에 사람 말을 어찌 알아듣겠냐?"

"그런가? 무풍, 너 그러니?"

태자전, 창가에 선 무천이 그런 아루를 바라보고 있었다. 그녀가 무풍의 목을 끌어안을 때는 저도 모르게 웃음까지 흘리었다. 그러나 금세 다시 기분이 가라앉는다. 함께 가지 못하니 무풍이라도 딸려 보내는 것인데 그럼에도 왜 이리 마음이 좋지 않은 것인가.

요즘 들어 거리를 두자 여인은 서운함을 감추려 애를 쓰는 기색이 역력했다. 차라리 표현을 하면 좋겠는데 애써 웃는 모습이 무천의 마음을 아리게 했다. 그런지라 어제는 충동적으로 네 온풍에 다녀오겠느냐? 하고 물었더랬다. 아침에 일어나 금방 후회를 했지만 무척이나 좋아하는 여인의 얼굴이 떠오르자 차마 그 제안을 물릴 수가 없다.

"예정대로 무사들을 풀었겠지?"

"예, 저하. 여인의 안전을 최우선으로 도모하고 그 다음으로 들키지 않도록 멀리 떨어져 조심히 뒤를 밟으라 명하였습니다."

마호는 여전히 창에서 눈을 떼지 않은 채로 고개를 끄덕이는 친우의 모습을 지켜보았다.

"형졸들의 세간을 조사해 보니 몇 놈이 재산을 불리었더군요. 재미있는 것은 한날 번을 섰던 자들이 어디서 돈이 났는지 몰려다니며 투전을 하고 다녔다는 것입니다."

고개를 끄덕이는 무천을 보며 마호가 뒷말을 이었다.

"황후 쪽 세력이 개입된 것이 틀림없습니다."

태자가 몸을 돌리더니 비스듬히 웃어 보였다.

"놀라울 것도 없군."

그리 말하며 무천이 탁자로 다가가 율법서책을 집어 드는데 그런 친우의 모습을 보며 마호가 살짝 인상을 찌푸렸다.

"신臣 사마호, 저하께 간곡히 청하옵니다."

"말해, 마호."

침묵 끝에 마호가 어렵사리 입을 열었다.

"제발 온풍 여인을 멀리하십시오. 모든 사건의 중심에 저 여인이 있습니다. 궐뿐만이 아닌 도성 내 사람들도 여인에 대해……."

"불가不可."

무심하나 깔끔하게 그의 말을 쳐내는 친우를 보며 마호는 순간 화가 치밀었다.

"무천, 어찌할 거냐! 왜 너답지 않게 계집년 하나 때문에 그 냉철한 판단력까지 잃어버리는 건데? 저따위 천것, 당장에……."

"다물라!"

태자의 명에도 흥분한 마호는 말을 멈추지 않았다.

"한낱 연정에 휘말려 가라한을 가장 살기 좋은 나라로 만들겠다는 그 옛날 우리들의 굳은 언약까지 저버릴 셈이냐? 저 계집은 모든 문제의 씨앗이라……!"

무천이 마호의 멱살을 잡은 것은 순식간의 일이었다. 잔뜩 가라앉은 눈으로 그가 친우를 노려보았다.

그 눈빛이 어릴 적 자신의 목 지척에 단도를 내리꽂던 소년의 것과 너무도 닮아 있어 마호는 그만 소름이 돋았다. 그의 눈꺼풀이 파르르 떨려왔다.

"친우라고 봐주었더니 어디까지 기어오를 셈이냐?"

낮게 깔리는 태자의 말에 마호가 힘없이 눈을 비켰다.

"한 번만 더 그따위 소리를 지껄인다면 감히 너라도 용서치 않는다."

참담함을 느낀 마호가 힘없이 뇌까렸다.

"송구하옵니다. 소인 그만 분수를 모르고 함부로 입을 놀렸습니다. 허나……."

그가 용기를 내어 무천을 올려다보았다. 그 간절한 눈빛을 태자는 표정 없는 얼굴로 바라보고 있었다.

"저하의 안녕을 늘 염려하는 신臣의 마음을 부디 알아주소서."

무천이 마호를 밀어내며 바짝 쥐고 있던 멱살을 놓았다. 흐트러진 옷매무새를 고칠 생각도 않고 마호는 깊이 허리를 숙여 보인 뒤 장지문 밖으로 나갔다. 무심한 눈으로 그를 지켜보던 무천이 몸을 돌려 탁자로 걸어갔다.

털썩 의자에 앉으며 그는 두 손으로 마른세수를 했다. 마호마저 저러니 참으로 머리가 복잡하다, 속으로 한숨을 삼키며 태자가 이마에 손을 얹었다.

*

아루는 멍하니 선 채로 찬갈의 하는 양을 지켜보고 있었다. 그는 마당에 일렬로 늘어선 거적들을 일일이 들춰보고 있는 중이었다. 저번까지만 해도 멀쩡히 살아서 반가이 아루를 맞던 사람들이 주검이 되어 있는 그 모습들을.

"아!"

바눈다 할아범의 피 묻은 얼굴이 드러나자 그녀가 저도 모르게 주춤 뒤로 물러섰다. 우라질, 찬갈의 낮은 욕설이 들려왔다. 할아범의 옆 거적을 들추자 이전 날 아루가 상처의 고름을 짜주었던 소년의 모습도 보였다. 허연 눈자위를 그대로 드러낸 모습에 그녀는 결국 몸을 돌려 부곡의 입구까지 뛰어갔다. 내내 토기를 참아왔는데 도저히 메슥거리는 속을 다스릴 수가 없다.

"웩! 우웩!"

신물까지 죄다 토해내고 있는데 등을 쓸어주는 다정한 손길이 있었다. 누구지? 속의 것을 모조리 뱉어내느라 아루는 후에야 고개를 들어 인정 많은 사람을 확인했다. 어질어질한 가운데 을라 어멈의 주름진 얼굴이 보였다.

"고…… 고마워요."

"별말씀을요."

을라가 그리 말하는데 멀리서 아루 들으란 듯 불만스런 목소리 하나가 흘러나왔다.

“진정 우리를 위하시는 게 맞나? 죽어나간 시신을 앞에 두고 저리 행동하시는 건 망자에 대한 모욕이라고 생각해.”

“자군! 버릇없게 너야말로 무슨 망발인 게냐?”

자군을 꾸짖는 을라였지만 그녀의 목소리에도 어쩐지 맥이 빠져 있었다. 게다가 그를 필두로 여기저기서 한마디씩 속내를 터뜨려 대자 온풍부곡은 걷잡을 수 없이 시끄러워졌다.

“가라한 놈들 짓만은 아니야. 변발한 모후족 놈들도 있었어. 온풍이 대체 왜 공격의 대상이 되어야 하는 건데?”

“맞아! 누구 때문에 우리가 초주검이 되어야 하느냐고?”

“이참에 나도 가라한 사내 하나 물어 팔자 좀 고쳐 볼까?”

“아서라, 나생! 그래 봤자 재취 자리도 못된다. 그저 밥 세 끼 뜨시게 먹을 뿐이겠지. 헌데 아무리 우리가 천것이라도 그건 사람 할 짓이 못 되지 않냐?”

“그런가? 헌데 배웠다 하는 사람은 왜 그런 것이야?

아루가 부곡에 들를 때면 온풍의 모든 사람이 그런 것은 아니었지만 수지탄만큼은 누구보다도 그녀에게 깍듯했었다. 헌데 그 또한 지금 사람들 편에 섞이어 아루를 적대적인 눈으로 바라보고 있었다. 그에 아루가 제대로 된 시선조차 맞추지 못하고 눈을 떨어뜨렸다.

어느 정도 사태를 파악한 찬갈이 아루에게로 향한 시선을 거두며 사람들을 향해 눈을 부라렸다.

"조용히들 못해!"

주위가 잠잠해지자 그것이 되레 미안해져 아루는 무릎에 힘을 주어 일어섰다. 싸리 밖으로 조용히 나가 하얗게 변한 정신을 돌리려 고개를 젓는데 누군가 곁에 서는 게 느껴졌다. 을라 어멈일 것이었다.

"마마, 서운케 생각지 마셔요. 참말 이제는 공포에 떨고 있는 불쌍한 자들이니까요. 마마를 뵈니 그 반가움이 이렇게 드러나는 것뿐입니다."

그러면서 그녀가 아루를 끌어안는데 무의식중에 몸을 맡기던 아루가 을라의 몸에서 나는 악취에 순간 미간을 찌푸렸다. 힘겹게 침을 삼키며 아루가 살며시 을라를 밀어냈다. 더 이상 쏟아낼 것이 없는데도 왜 이리 속이 뒤집어지는지 그녀는 허리를 숙여 또다시 묽은 것을 토해냈다.

싸리울을 잡은 공주의 손마디가 하얗게 변한 것을 보며 을라가 눈을 휘둥그레 떴다.

"설마…… 설마!"

"괜찮습니다. 저 정말 괜찮아요!"

아루가 을라 어멈에게서 팔을 빼려 했지만 그녀의 억센 손은 아루를 놓아주지 않았다.

"부정 탑니다! 어서 이곳을 벗어나셔요!"

아루를 싸리울 밖에 세워놓은 을라가 사람들, 정확히는 찬갈을 향해 황급히 뛰어갔다.

"가라! 공주마마 뫼시고 어여 가!"

사람들의 말을 가만 듣고 있던 찬갈이 어리둥절해 고개를 들었다. 누군가가 그런 을라를 향해 대거리를 했다.

"찬갈이 무슨 죄야? 왜 나서서 쫓아내는데, 어멈은?"

그런데도 을라는 굴러다니는 빗자루 하나를 집어 들며 어서 가라, 어서 가! 하며 찬갈을 내쫓을 뿐이었다. 영문도 모르고 그는 을라를 피해 밖으로 나갈 수밖에 없었다.

털썩! 가지고 온 짐꾸러미가 바닥에 내동댕이쳐지는 것을 보며 찬갈이 어리벙벙한 얼굴로 아루를 내려다보았다.

아루가 서글픈 얼굴로 그의 팔을 가만 잡으며 말했다.

"다음에, 다음에 오자."

힘없이 말하는 아루를 찬갈이 자세히 보니 낯빛이 허옇다 못해 푸르스름했다. 그가 바짝 고개를 숙이며 물었다.

"왜 그래? 어디 아프냐?"

아루가 고개를 젓는데 살며시 머금고 있는 미소가 어쩐지 애달파 보였다.

무풍을 타고 궐로 향하는 동안 그녀는 한마디 말이 없었다. 그런 그녀를 찬갈은 걱정스레 힐끔거리며 눈치를 살폈다.

을라가 해준 말을 잊을 수 없어 아루는 걱정하는 동료를 미처 신경 쓸 여력이 없었다.

"마마, 제가 비록 배운 것은 없지만 여인의 몸을 볼 줄은 압니다. 올 겨울 가모가 몸을 풀었을 때도 제가 곁에서 도왔는걸요?"

"하, 하지만……."

"하지만이고 나지만이고 어서 가십시오. 공주마마는 어려서 궐을 나와 이에 대해 알려주는 이가 없었나 본데 제 육감이 맞습니다. 마마의 뱃속에는 분명 아기씨가 계셔요."

무풍을 타고 가며 아루가 고개를 저었다. 그것을 가만 지켜보던 찬갈이 입을 열었다.

"그렇게 걱정되냐? 무언가 방도가 있을 것이다."

"방도?"

무의식적으로 그의 말을 따라하며 고개를 들어 올렸지만 그녀의 손은 아직은 밋밋하기만 한 배에 얹어져 있었다. 궐로 향하는 내내 아루는 너무도 혼란스러워 도저히 찬갈이 쏟아내는 말에 집중을 할 수가 없었다.

돌아와서도 찬갈에게 이렇다 할 인사 없이 그녀는 곧장 뒤뜰의 전각으로 향했다. 문을 닫고 침상에 앉아서야 간신히 살았다, 하며 아루는 한숨을 내쉬었다. 침상에 기대어 무릎을 끌어안은 채로 그렇게 아무런 생각 없이 시간을 흘려보내는데, 얼마나 지났을까. 방 안이 매우 어두웠다.

탕탕! 탕탕탕!

감고 있던 눈을 힘없이 뜨며 아루가 소리 나는 문으로 고개를 돌렸다.

"아루야."

나직하고 부드러운 음성, 태자였다. 갑자기 주체할 수 없이 눈물이 흘러나와 아루는 무릎에 얼굴을 파묻었다.

"일찍 왔다며? 안에 있는 거 안다. 잠이 든 게 아니라면 문 좀 열어보아라."

문을 열어 그를 확인하고 싶은 마음이 순간 솟구쳤으나 어딘가에서 그러지 마라 속삭이고 있었다.

"잠이 든 것이냐?"

눈물을 닦고 결국 침상에서 내려오는데 그새 사내의 부드러운 음성이 뒤를 잇고 있었다.

"근간은 미안했다. 너무 서운케 생각지 마라."

그 말에 황급히 두 손으로 입을 막았으나 울음소리가 새 나갈까 두려워 아루는 힘껏 입술을 깨물 수밖에 없었다.

"그래, 곤할 터이니 내일 보도록 하자꾸나."

황급히 문까지 걸어갔으나 바닥에 주저앉아 소리 없는 울음만 토해낼 뿐 차마 문을 열지 못하는 그녀였다.

明朝相別後
情與碧波長

내일 아침 임과 헤어지고 나면

사무치는 정 물결 되어 끝이 없으리

"사람이 일을 하지 않아도 과실이 열리는 풍요로움이 있고 흐르는 물을 마시면 마음이 가라앉아 서로 싸울 일도 없는 태평한 땅이다……. 그곳은 사람이 일을 하지 않아도 과실이 열리는 태평한 땅이다……. 흐르는 물을 마시면 서로 싸울 일이 없고 과실이 풍요롭게 열리는 태평한 땅이다……."

부엌에서 물을 떠다놓고 서방 마음 온전히 제게 돌아오라 조왕신께 빌던 소야가 마당 너머 기척에 고개를 들었다.

'찬갈과 단둘이 부곡에 다녀온 것도 못마땅한데 저 계집은 왜 또 이른 아침부터 쌩이실이야? 간신히 사내 마음잡았나 생각했는데 저것은 대체…….'

그리 생각하며 미간을 구기던 소야가 순간 이상하다 싶어 고개를 빠끔히 들었다. 아루가 이리저리 서성이며 정신 빼놓은 사람처럼 허공에 대고 무언가를 중얼중얼 읊어대고 있었다. 그러면서 그녀가 획 몸을 돌리는데 소야를 발견하고는 얼른 웃어 보였다. 어쩐지 그 환한 미소가 처량 맞아 보여 저도 모르게 소야는 고개를 갸우뚱했다.

"그때 절을 하기는 했지만 나는 너한테 존대는 못한다. 어쩐 일이야?"

데면데면한 여인의 말투에 아루가 미안한지 어색한 웃음을 지어 보였다.

"찬갈 좀 보러 왔어. 순전히 상의할 일이 있어서야. 다른 뜻은 없어."

"쓸데없이 뒷말은 왜 하니?"

냉기를 한가득 뿜어내며 소야가 몸을 돌렸다. 그리고는 전연 달라진 음성으로 찬갈, 차안갈 사내 이름을 길게 늘여 불렀다.

잠시 뒤 문이 벌컥 열리고 무표정한 얼굴의 찬갈이 나타나자 소야가 활짝 웃으며 고갯짓으로 뒤를 가리켰다. 제 서방의 얼굴에 무표정이 걷히며 금세 밝은 기운이 들어차자 소야는 그만 심기가 상해 애꿎은 치맛자락을 손으로 탁탁 털어냈다.

"무슨 일이야, 아루?"

찬갈을 반갑게 맞던 아루가 마당 건너에서 그들을 힐끔거리는 소야를 발견하고는 미소를 굳혔다. 어찌할까, 저 여인을?

'아니다. 아니 된다. 일이 잘못되면 죽음뿐이다. 애꿎은 가라한 여인의 삶을 네가 무언데 좌지우지하려 하는가?'

"얼굴이 왜 그래?"

걱정스레 물어오는 찬갈에게 아루가 고개를 들어 부러 미소를 지어 보였다. 하지만 그 웃음 안에 미안함이 가득 담겨 있음을 찬갈은 대번에 알아챘다. 흔들리는 아루의 눈동자까지 마주하고는 그가 표정을 굳혔다. 필시 심상찮은 일로 그녀가 자신을 찾은 것이 분명했다.

어두운 밤, 침상에 누운 무천의 눈이 허공을 더듬고 있었다.

"증거들을 확보했다. 놈들이 자백했고 이제 그들을 증인으로 불러 세우는 일만이 남았어."

낮, 마호가 생각에 잠겨 있는 그를 향해 한마디를 더 보탰었다.

"일망타진一網打盡이라. 이참에 죄 쓸어버리는 건가?"

그러나 무천의 생각은 활기찼던 친우의 음성에서 어느새 여인에 대한 생각으로 이동하고 있었다.

"몸이 좋지 않아 부디 시일을 미뤄달라는 청을 하셨사옵니다."

장 내관의 말에 그는 일시에 미소를 굳혔었다. 궐의 시선을 조심하고자 거리를 두려 했는데 도저히 가만있을 수가 없었다. 어디가 아픈 것이냐, 대체? 전각으로 향했지만 아루는 문을 열어주지 않았다.

"몸살기운이 있는 것 같아……."

안에서 들려오는 소리에 그가 내관을 향해 소리를 질렀다.

"장 내관! 당장 의원이든 의녀든 내의원에 가서 사람을 불러오너라!"

아루의 목소리가 다급하게 뒤를 이었다.

"아닙니다, 저하. 그저 쉬고 싶을 뿐이옵니다. 다른 것은 정말로 원치 않고 단지 잠시 쉬고자 함이니 불경을 용서하여 주십시오."

울고 있음이 분명한데 부러 차분한 목소리를 내려 애쓰는 것이 선명하게 느껴져 무천은 마음이 아팠다.

"……미안하구나."

생각을 물리고 그가 어둠 속에서 자세를 바꾸고자 몸을 돌렸다. 긴 한숨이 처소 안에 퍼져 나갔다. 혹여 그녀가 자신이 거리를 두고 있다는 사실로 속이 상한 것은 아닌지 걱정이 되어 잠을 이룰 수가 없었다. 그리고 아루 곁에 붙였던 무사들이 돌아와 고했던 말이 몹시도 신경 쓰였다. 같은 부족민들의 죽음을 목도한 것도 모자라 그네들로부터 내쫓김을 당했다니…….

그가 이마를 문지르며 다시 한숨을 내쉬었다. 그녀를 안아주고 싶었다. 기실 부드럽고 가녀린 하얀 여체가 떠올라 매날 몸이 달아 있기도 했다. 헌데 안을 수가 없으니 밤이 되면 사내가 슴은 이리 타들어가는구나.

톡! 톡!

그때 창에 무언가 부딪히는 소리가 들려왔다. 비가 내리나? 무천은 처음에 그리 생각했었다. 헌데 시간을 두고 다시 들려오는 소리.

톡! 톡!

그가 침상에서 일어나 끼익 창을 열었다. 눈이 굳어졌다면 심장은 맹렬히 뛰고 있었다.

아루가 달빛 아래 개구진 얼굴을 하고서 웃고 있었는데 그 모습이 참으로 어여뻐 숨이 막혀 왔다. 네 진정 월궁항아로구나, 그리 생각하며 무천도 얼뜨기처럼 배시시 웃음을 흘렸다. 헌데 어색하게 웃음을 거두는 여인의 모습이 순간 왜 이리 안쓰러워 보이는지 무천은 목에 무언가가 걸린 것만 같아 침을 삼켜보았다.

그녀와 그가 말없이 서로를 응시하는 시간이 길어지고 있었다. 먼저 입을 연 것은 아루였다. 입가에 손을 모으고 조그맣게 속삭이는 소리.

"들어가도 되어요?"

그가 몸을 돌렸다. 그리고 드르륵 장지문을 열어 뛰기 시작했다. 놀란 궁인들이 뒤에서 저하, 저하! 하며 외쳐 댔지만 차가운 공기에도 웃통을 벗은 사내는 미친 듯이 밖으로 향할 뿐이었다.

그렇게 한달음에 동궁마당으로 나왔는데 그를 맞는 아루의 웃음이 어쩐지 아까처럼 어색하기만 하다. 수줍어서 그런가 보다, 무천은 그녀가 너무도 사랑스러워 덥석 손을 잡고 다시 태자전을 향해 뛰기 시작했다. 놀란 궁인들이 입을 벌리는 모습에 복도로 끌려오며 아루는 그녀답지 않게 소녀처럼 킥킥거렸다. 뒤를 돌아보았다가 무천도 즐거워져 입가에 웃음을 한가득 머금었다. 재빨리 문을 열고 그녀를 그의 공간으로 이끈 무천은 도로 문을 닫아 그들에게로 향한 세상의 모든 시선을 가려 버렸다. 그리고는 그의 그리운 정인情人을 향해 몸을 돌리자 소녀가 된 아루가 보였다.

"춥지 않았냐?"

그녀가 고개를 저었고 무천은 그런 아루의 두 뺨을 감싸 입을 맞췄다. 여전히 웃음을 참지 못하는 아루 때문에 그는 고개를 들어 올리며 짐짓 꾸짖듯 바라보았다.

"왜 이리 웃는 것인데?"

그가 다가서면 아이처럼 울상을 지으며 늘 밀어내기 바쁜 그녀였던지라 어느 날인가는 네 사내 애간장 녹이는데 참말 재주 있다, 그리 말하며 얄미운 입술을 꼬집었었다. 헌데 이제 그녀는 헤프게 웃음을 흘려 사내 마음을 이처럼 온통 뒤흔들고 있다.

"네 다른 놈한테도 이리 헤프냐?"

순간 아루가 미소를 거두고 동그랗게 눈을 떴다. 그 귀엽고도 사랑스러운 모습에 무천이 바짝 여인을 끌어다가 길게 입을 맞추었다.

방도나 계책 따윈 모르겠다. 그녀를 당장 안지 못하면 죽을 것만 같은 느낌. 다음에…… 다음에 생각하자!

이성을 벗어던진 무천은 거침이 없었다. 그가 아루를 번쩍 안아 들어 침상으로 데려갔다. 힘을 조절하지 못한 사내의 손길에 그녀가 쓰러졌지만 그의 손은 여인이 일어날 틈도 주지 않고 또다시 옷을 풀어 헤치느라 정신이 없었다. 조금은 거칠다 싶게 저고리를 벗겨내고 치마의 끈도 툭 끊어 단번에 바닥에 내던졌다. 동그란 어깨와 그 아래 나풀거리는 하얀 속치마가 사내를 미치게 했다. 게다가 평소 없던 일로, 여인은 덜덜 떨며 스스로 제 속치마의 끈을 풀어내려 애쓰고 있었다.

"하아."

무천이 허공에 신음을 토해내며 치마 안에 손을 넣었다. 바짝 긴장하는 여인이 느껴졌으나 사내는 그리웠던 감정에 온통 취해 더운 숨을 참아내질 못했다.

아루의 눈이 힘을 잃고 어둠 속에서 흔들렸다.

"으읏."

터지는 신음에 그녀가 황급히 주먹에 힘을 줘 더 세게 입을 틀어막았다. 젖무덤을 세게 움켜쥐었던 사내의 오른손은 어느새 힘이 풀리고 있었지만 반면 동그란 정점을 이 사이에 머금은 사내의 입은 점차 힘이 주어지고 있었다.

허벅지에 닿은 사내기운도 몹시 뜨겁고 단단해 아루는 그가 꽤나 흥분했음을 알 수 있었다. 저 역시 올라오는 열기를 어쩌지 못해 눈을 질끈 감아버렸다. 축축하고 미끄덩한 것이 가슴골에서 한참을 머무르는가 싶더니 갑자기 아래로 향했다. 놀란 그녀가 벌떡 몸을 일으켰고 그를 막고자 그녀의 몸짓은 다급해졌다. 그러나 신음을 연신 토해내는 사이 사이 태자가 보이는 미소는 너무도 짓궂은 것이었다. 토해내지 못한 욕망으로 힘겨운 듯 금세 미간을 바짝 찌푸리며 그 웃음을 지워 버리긴 했지만.

그의 오른손이 아루의 어깨를 쥐고 억지로 다시 침상에 눕혔고 동시에 허벅지 안쪽을 더듬던 손이 깊은 곳으로 미끄러졌다.

안 되는데……. 말조차 나오지 않아 아루가 고운 아미蛾眉를 찌푸리며 결국 부끄러움에 고개를 모로 돌려 버렸다. 사내의 손가락이 여린 곳을 더듬다가 더 깊은 곳으로 미끄러지자 여인은 잔뜩 젖어들었다. 그가 연약한 다리를 벌려 자리를 잡더니 갑자기 가녀린 허리를 두 손으로 쥐었다. 그리고는 느슨하게 엉덩이로 손을 미끄러뜨리며 동그란 둔덕을 세게 움켜쥐어 위로 들어 올렸다. 아루의 것이 사내의 양물에 온통 밀착되었다.

기이한 자세에 당황한 아루가 눈을 깜빡여 부끄러움을 지워내려 애쓰는데 그가 달뜨고 거친 음성으로 나직이 속삭였다.

"너를 은애한다. 온 마음이 해지도록 너무나……. 처음 보았을 때부터 그랬다. 그때부터 너는 이미 내 것이었어."

당혹감이 사라지고 아루의 눈이 힘없이 내리 감기자 눈물이 도르륵 관자놀이를 타고 미끄러졌다.

엉덩이를 놓아준 그가 아루의 어깻죽지에 양팔을 넣더니 힘을 주며 들어왔다.

"하!"

아루가 입술을 깨물었다. 사내를 머금은 여인의 안이 바짝 죄어들었다.

"아루야, 아루야……. 여난아루……."

메아리처럼 아련하게 들려오는 정인의 목소리에 그녀는 그를 받아들일 때면 늘 그랬듯 어지러움이 다시 시작되는 것을 느꼈다. 그럼에도 하얀 두 손이 용기를 내어 사내의 등을 쥔다. 영원히 놓지 않을 것처럼 잔뜩 힘을 준 채로.

이리저리 이불을 들추는 태자로 인해 당황한 아루가 황급히 몸을 일으켜 세웠다. 어둡다고는 하나 달빛이 환한 밤이라 가릴 것이 없어진 그녀는 무척이나 부끄러웠다.

"무…… 무엇을 찾으십니까?"

그의 대답이 건성이다.

"붉은 것을 찾고 있다."

순간 아루의 눈이 굳어졌다. 들킨 것인가? 마음이, 들켜 버린 것인가? 해일같이 밀려든 엄청난 감정을 소진시키고 나자 머리마저 멍청해진 것인지 아루는 그리 생각했더랬다.

그가 고개를 들어 씩 웃는데 장난기가 다분하다. 그제야 그녀도 이상함을 느꼈다.

"낙홍落紅 말이다."

그 말에 아루가 입을 벌렸다.

"마, 말씀하시길 그것은 처음에만……."

부끄러움에 말을 잇지 못하고 고개를 숙이는데 태자의 말이 상당히 낯부끄럽다.

"네 왜 매번 처음 같으냐?"

그러면서 그가 아루의 뺨을 쥐고 웃음을 터뜨렸다. 그 웃음이 잦아들자 민망해하는 여인과 그 여인을 감상하는 태자로 인해 분위기는 잠시 조용해졌다.

"너는 늘 내게 첫 마음이란 소리다."

그리고는 그가 아루를 따스하게 안아왔다. 태자에 이끌려 침상에 눕혀지며 아루는 코끝이 아릿해지는 것을 느꼈다. 부드러운 속삭임이 이어졌다.

"와주어 고맙다. 힘들겠지만 조금만 참아라. 곧 좋은 날이 올 것이니."

눈물이 쏟아질 것만 같아 그녀의 뺨에 잘생긴 콧대를 비비적거리는 사내로부터 잠시 물러섰다. 그리고는 황급히 커다란 손을 쥐며 딴 소리를 했다.

"손바닥은 다 나으신 듯하여요."

"어찌 알았는데?"

그 물음에 그녀가 순간 굳어지며 슬며시 고개를 반대편으로 돌리자 태자가 껄껄 웃는다. 그 울림을 몸으로 받아들이며 아루는 부끄러움이 서서히 가라앉는 것을 느꼈다. 그녀가 용기를 내었다. 그녀의 손이 이불을 가만 밀어내고 있었으니.

"많이 아프셨는지요?"

여인의 손이 허리에 닿자 이번에 굳어진 것은 무천이었다.

"어땠을 것 같은데?"

아루가 조심히 손을 물리려 하는데 사내의 손이 덥석 다가와 감싸더니 제 허리를 문지른다.

"아프지 않았다."

그리 말하는 사내를 보며 아루는 그 깊은 눈동자에 온통 정신을 빼앗겨 버렸다. 그의 손이 여인의 것을 쥔 채로 아래로 이끌고 있었다. 깊은 밤, 그가 다시 속삭여 왔다.

"먼저 시작한 것이야, 네가."

그렇게 그를 두 번째로 받아들이며 아루는 그제야 태자의 처소를 찾은 목적을 간신히 떠올렸다.

'이러면 안 되는데…….'

계획이 어그러질까 여인의 심장이 조마조마해졌다. 하지만 그녀 위에서 거친 숨을 토해내는 사내를 보며 아루는 어쩌면 너는 몹시 이기적인 것인지도 몰라, 하며 눈을 감아버렸다.

"헉!"

좋지 않은 꿈이다!

아루가 크게 뜬 눈을 천천히 이동해 주변을 살폈다. 칼에 맞는 온풍 궁녀들의 비명 소리가 난무한 꿈, 그 기억을 밀어내려 가만 숨을 고르는데 자신이 왜 악몽을 꾸게 되었는지 그제야 번뜩 생각이 났다. 긴장을 한 채로 잠이 들어 그런 것이었다.

그녀를 안고서 깊이 잠든 사내의 잘생긴 얼굴을 아루는 가만 바라보았다. 내내 그의 목소리를 듣다가 밀려오는 걱정 속에서 잠에 빠졌었는데……. 때문에 그가 언제 잠이 들었는지는 그녀도 모를 일이었다.

맙소사! 주변의 물건들이 시야에 잡히는 것에 아루는 어깨를 늘어뜨렸다. 곧 날이 밝을 것이었다. 대체 어쩌자고 잠에 빠진 것이냐, 그녀는 스스로를 꾸짖으며 침상에 다리를 내딛었다. 뻐근한 둔통이 아래서부터 위로 흐르자 그녀가 미간을 찌푸렸다. 하지만 서둘러야 했다.

부들거리는 손으로 옷을 입으며 아루는 불안하게 연신 태자를 살폈다. 그가 정인으로 보이지 않고 언제라도 그녀의 목숨을 쥐고 흔들 무서운 사내로 보이는 것은 왜인가.

'여기였어.'

이제는 분명히 알고 있는 그 위치를 아루가 단번에 손으로 짚어내었다. 가죽재질이 느껴지는 순간 그녀는 망설임 없이 그것을 빼냈다. 예상대로 책이 빽빽해 하나가 빠져나갔지만 전혀 티가 나질 않는다.

소리 없는 한숨을 가만 내쉰 아루가 쓰개치마를 뒤집어쓰고는 장지문으로 향했다. 헌데 문득 생각지도 못하게 설움이 밀려와 그녀가 결국 격정을 이기지 못하고 몸을 돌렸다.

'잘 계셔요, 부디…… 영원히…….'

살며시 문을 열고 나와 고개를 깊이 숙인 채로 아루가 황급히 궁인들을 지나쳤다. 쓰개치마 안에는 서책이 들려 있었다.

여명의 기운도 보이지 않는 옅푸른 쪽빛의 세상, 아루가 고요한 하늘을 응시했다. 이번만큼은 나를 버리지 말아다오. 휘몰아칠 운명의 전조, 사방을 뒤덮은 고요한 무게감에 맞서려는 듯 그녀의 눈에 힘이 실렸다. 그러나 등줄기를 타고 흐르는 떨림을 이기지 못하고 두려움에 결국 아루가 밭은 숨을 토해내는데 낯익은 음성 하나가 들려왔다.

"아루."

그녀가 몸을 돌렸다. 아슴아슴한 사위를 헤치고 걸어나오는 찬갈을 보며 그녀는 그제야 퍼뜩 정신이 들었다. 다가선 그의 눈은 어딘지 슬픔으로 깊게 침전돼 보였다.

"미…… 미안해. 그만 깜빡 잊었어."

"됐다. 서두르자."

찬갈이 몸을 돌렸다. 불안한 느낌 속에 미안함까지 더해져 아루의 가슴은 무언가가 짓누르는 듯 무거워졌다. 조용하나 빠르게 발을 놀려 그녀가 찬갈의 곁에 가 섰다.

"얼른 옷 갈아입고 나올게. 그런 다음 사복시司僕寺에 가서……."

아루가 내뱉던 말을 급히 멈추었다. 무언가 길고양이 같은 것의 움직임을 보고 난 후였다.

"소야……."

소야였다. 뒤에 선 자들은 곰치, 그리고 그의 아내 되는 여인이었다.

아루의 눈꺼풀이 부르르 떨리고 어깨가 망연자실 축 처졌다. 들켰구나, 기다리는 부족민들은 어쩐단 말이냐? 허무함에 말을 잇지 못하는데 돌연 소야가 무릎을 꿇는 것이 아닌가.

"나도…… 나도 데려가라. 응? 내 참말 잘하마."

발아래 엎드려 손바닥을 비비는 소야를 그러나 찬갈은 무표정하게 바라만 볼 뿐이었다. 그에 곰치가 나섰다.

"찬갈, 네가 가면 소야는 어찌 사냐?"

그의 아내 숭이도 거들었다.

"한평생 함께하기로 언약을 맺었으면 지켜야 사내지. 소야가 뉘를 보고 살 수 있겠어?"

그러나 찬갈은 장승처럼 굳건히 자리에 서 있을 뿐이었다. 그런 그에게 다가가 아루가 천천히 팔을 잡고 흔들었다.

"찬갈."

여전히 사내는 말이 없었고 여인이 울먹이기 시작했다. 아루가 황급히 몸을 숙여 소야의 손을 잡았다.

"위험한데 괜찮겠어요?"

어둠 속에서 소야의 눈이 광명을 찾은 듯 번쩍였다. 찬갈보다 아루에게 매달리는 것이 낫겠다는 판단을 내렸는지 그녀가 아루의 치맛자락을 힘껏 붙잡았다.

"떠나려면 음식이 필요할 것 아니냐? 내 비록 부뚜막이나 들여다보는 천것이나 평소 부제조상궁마마께서 아래곳간의 쇳대를 어데 두셨는지 똑똑히 보아왔다."

곰치와 숭이도 나섰다.

"우리도 거들겠다."

그들 사이에서 자신을 믿어달라 고개를 주억거리는 여인을 아루가 물끄러미 바라보다 재차 물었다.

"잡히면 죽는데도?"

"괜찮다. 나는 벌써 갈 채비가 되어 있다. 그러니 나도 데려가라."

그녀의 말이 끝나자마자 아루가 허락을 구하듯 고개를 돌려 찬갈을 바라보았다. 인상을 찌푸리고 있던 그가 천천히 고개를 끄덕이자 소야가 끼야, 소리를 질렀고 그런 여인의 얼굴을 아루가 황급히 끌어안으며 진정시켰다.

잠시 후, 흥분을 가라앉힌 소야가 눈물을 흘리며 아루의 등을 토닥이기 시작했다.

"내가 말에 대해 잘 안다 했지 않아! 뭘 그리 자세히 보는데?"

궁궐의 마구간을 관할하는 사복시, 하급관리가 자다 깬 얼굴로 눈앞의 아루를 쳐다보고 있었다. 사내종처럼 하고 다녔다더니 지금의 복장도 완전 사내의 것이고 게다가 말투를 보아하니 여간내기가 아니구나, 관리는 그리 생각하며 눈을 다시 서찰로 돌렸다.

"못 믿겠냐? 그니까 사복시 사람들을 붙이라 했잖느냐! 설마 날 지금 말 도둑으로 보는 거야?"

여인의 불퉁거리는 음성에 관리는 얼른 서찰을 접으며 동시에 못마땅한 눈매 역시 황급히 감추었다.

"아닙니다."

태자저하와 말이 돌고 있는 여인이었다. 게다가 광증이라는 풍문을 안고 다니던 저하가 아니신가. 이 새벽, 태자의 명을 받은 고로 무언가를 치워야 한다며 말을 죄 끌고 도성 한 바퀴를 돌고 오겠다는 여인의 말은 고개를 갸웃거리게 했다. 그럼에도 행여 그녀의 심기를 건드려 훗날 해를 입지 않을까 구슬아치는 두려워졌다.

그가 뒤를 돌아 거덜들을 향해 외쳤다.

"뫼시고 다녀오거라!"

보초병이 막아 세우자 깨끔하게 차려입은 찬갈이 짐짓 엄한 목소리로 입을 열었다.

"태자마마의 명이시다."

미심쩍은 얼굴로 고개를 갸웃하던 사내가 천이 둘러진 수레를 턱짓으로 가리켰다.

"저건 뭐냐?"

소야가 나섰다. 그녀가 곰치와 숭이의 도움을 받아 수레에 실은 음식물들을 보며 태연히 거짓을 읊었다.

"소인은 소주방 사람이온데 고기들에서 악취가 나는 것을 이상타 여기어 조사를 해보니 궐의 가축에 전염병이 돌고 있었습니다. 가만 두게 되면 큰 사단이 날 터, 이것들을 궐 밖에 버리려 하옵니다. 아! 가까이서 들추지는 마셔요. 자칫 하다간 역병에 걸리실 수 있습니다. 이런 일은 저희 같은 천것들이 조용히 처리해야지요."

그녀의 말에 보초병이 께름칙한 얼굴로 황급히 뒤로 물러서며 문을 열어주었다.

말의 행렬과 수레가 궐 밖을 나섰다.

花開不同賞
花落不同悲

꽃 피어도 같이 바라볼 수 없고

꽃이 져도 같이 슬퍼할 수 없네

태자전을 감도는 살벌한 분위기를 느끼며 마호가 이곳의 주인인 무천을 힐끔 쳐다보았다. 친우의 눈에 서린 저것은 분명 살기殺氣가 맞았다. 살육이 난무하는 전쟁터에서조차도 평온하게 보이리만치 감정 없는 얼굴의 태자가 아니었던가. 그런 그의 광포한 기운에 모두들 달달 떨어대고 있었다.

턱을 쓰다듬으며 생각을 정리하려는 듯 무천이 자리에 앉았을 때에야 마호가 바닥에 꿇어앉혀진 사복시 노비들을 향해 그나마 다시 진위를 물을 수 있었다.

"너희들 말에 따르면 여인이 이끄는 대로 한갓진 곳에 이르렀는데 갑자기 수많은 괴한들이 달려들었다는 것이지?"

"예, 상황을 살필 겨를이 없었습니다. 누가 누군지 얼굴도 못 본 새였어요. 워낙에 많은 수의 사람이 달려들어 매질을 가하는 통에……. 분명한 것은 행색이 매우 남루한 자들이었고 개중에는 여인과 아이들도 끼어 있었다는 겁니다."

심하게 부어오른 얼굴로 간신히 말을 내뱉는 사복시의 관리와 거덜들을 향해 탁자 옆에 앉아 있던 무천이 천천히 고개를 돌렸다. 비스듬히 기운 미소가 어딘지 잔인해 보였다.

"괴한들에게 당한 것만으로는 부족하구나. 저자들을 모두 장형에 처해라. 사는 게 고통스럽다 할 정도의 매질이어야 한다. 그 후 광에 가두어라."

아랫사람들에 한없이 인자하고 너그럽다 들었는데, 진정 광증이신 것인가? 모두가 놀라 태자를 바라보았고 끌려가는 사복시의 죄인들만이 울부짖으며 상전을 향해 자비를 베풀어달라 빌고 있었다. 그러나 무천은 꿈쩍도 하질 않았다.

그렇게 주위를 물린 뒤 화를 삭이고 있는 무천에게 마호가 나직이 물었다.

"너무한 것이 아니냐?"

"쓸데없는 잔소리는 집어치워라! 대대적인 행렬의 이동일 것이니 사람이 드나들지 않는 시간과 장소를 이용했다 해도 분명 족적은 남았을 터. 궐 밖을 나가 수소문해 보아라!"

태자를 건드려서는 안 된다는 본능적인 생각이 마호의 머릿속을 스쳤다.

허리를 숙여 인사한 뒤 마호가 장지문을 나섰다.

살벌한 눈이 되어 친우의 뒷모습을 바라보던 무천이 벌떡 일어나 처소 안을 서성이기 시작했다.

'여난아루, 네 그리 도망이 하고 싶었냐? 그래서 감히 어젯밤 나를 가지고 논 것이야?'

사내의 성난 발이 침상으로 날아들었다. 어찌나 힘이 실렸는지 나무다리가 우지끈하고 부서질 정도였다.

정인과의 애틋했던 시간을 떠올리며 눈을 떴던 아침, 품 안을 빠져나간 여인을 찾아 그녀가 머무는 처소로 무작정 발길을 향하던 때의 그 기분이란. 무천의 마음속에 아침 이후의 그 이상하리만치 허무했던 감정이 다시금 찾아들고 있었다.

결국 주체할 수 없이 밀려드는 화에 허리에 얹어 있던 양손을 들어 책장에 내리꽂았다. 텅 하는 주먹질 소리가 연이어 이어졌고 급기야는 발길질까지 섞이었다.

요란한 소음과 함께 사내의 고함 소리가 뒤섞인 태자전의 동향을 살피던 장 내관이 발을 동동 굴렀다.

"어째? 이를 어쩌면 좋아?"

용기를 내어 저하, 저하 하고 불러보아도 안에서는 답이 없었다. 결국 내관이 문을 여는데 물건들을 부수고 있는 태자에게서 뿜어져 나오는 광포한 기운에 놀라 얼른 다시 문을 닫을 수밖에 없었다.

잠시 뒤 드르륵 장지문이 열리고 모시는 상전이 나오자 모여 있던 궁인들도 화들짝 놀라 물러섰다. 붉은 눈이 너무도 매서워 모두가 시선을 피했고 무천이 그런 그들을 노려보다 바람을 날리며 복도를 나섰다.

내관이 아랫것들에게 마마의 처소를 치우라 조그맣게 명하고는 황급히 뒤를 따랐다.

밖으로 나온 무천은 동궁에 딸린 전용 마구간에서 무풍을 데리고 나와 날쌔게 올라탄 뒤 내달리기 시작했다.

"저하! 저하! 어디 가시는지요? 부디 아랫것들을 데리고……."

장 내관의 부름에도 무천은 그저 말을 몰 뿐이었다. 번개처럼 사라지는 태자의 뒷모습을 장 내관이 헉헉 숨을 몰아쉬며 안타깝게 바라보았다.

은장도를 쥔 채로 미어질 듯한 가슴을 안고 아루를 만나러 오던 그날처럼 무천은 아무것도 거리낄 것이 없다는 듯 사람이고 장애물이고 눈앞의 것에도 말의 속력을 줄이지 않았다.

'내 말을 가벼이 여겼나 본데 나는 끝까지 너를 쫓을 것이다. 내 곁에서 지옥 같은 삶을 살게 되든 죽음을 맞게 되든 네 목숨줄이 내 손에 달려 있다는 것을 알게 해주마, 여난아루.'

화를 쉬이 가라앉히지 못하는 주인을 태우고서 무풍은 온풍부곡을 향해 바람처럼 궐 밖을 나섰다.

*

형식적인 확인 절차를 마치고 돌아오는 길, 무천이 태자전의 문을 벌컥 열었다. 흩어진 가구들을 정리하던 장정들과 구석에서 조심스레 서책을 정리하던 궁녀들이 소리에 움찔 몸을 떨었다.

"위사좌평으로부터 어떤 전갈이라도 있었느냐?"

"그, 그것이……."

말을 더듬는 장 내관을 뒤로하고 궁인들이 조심스런 걸음으로 태자전을 빠져나갔다.

무천은 내관마저 물린 뒤 곰곰 생각에 잠겼다. 그의 눈이 무의미하게 바닥에 널린 서책들을 훑었다. 생각 없이 이동한 눈은 서책들의 배열이 멋대로 뒤바뀐 책장으로 향하고 있었다. 무언가를 더듬어 내리던 그의 눈이 순간 멈칫했다.

"밖에 누구 없느냐!"

궁녀와 내관의 손길이 바빴다. 그들은 지척에서 내려다보는 태자와 그의 분노 서린 재촉으로 인해 다들 떨고 있었다.

"찾았느냐?"

모두들 말이 없는 가운데 장 내관이 고개를 조아렸다.

"아직……."

"샅샅이 뒤져라."

무천이 몸을 돌려 창으로 가 섰다. 어금니를 질끈 깨문 사내의 턱이 잔뜩 노기를 머금고 있었다. 그가 여인의 물음을 떠올렸다.

"무풍의 이름자에 달리…… 의미하는 것이 있사옵니까?"

'네 설마 그러하다면…….'

"기다려라, 여난아루. 그 대답의 진정을 내 친히 들려주마."

나직한 사내의 분노가 잇새로 흘러나왔다.

*

도성 밖을 지나 온풍민들은 한참을 정신없이 달려왔다. 날이 밝기 전에 조금이라도 서둘러 사람의 눈을 피해야 했기에 인적이 드문 곳만을 골라 이동하는 중이었다. 게다가 속도를 줄여서도 안 되었기에 짧은 시간 상당히 힘든 여정을 겪고 있는 그들이었다. 어찌되었거나 지금 그들은 도성을 한참 벗어나 드넓은 평야를 달리고 있었다. 아침의 여명이 온풍족에게로 쏟아져 내렸다.

"하아, 하아……."

아루가 숨을 몰아쉬며 손을 들어 올려 행렬을 멈춰 세웠다. 이제 구체적인 방향을 잡아 이동해야 할 때였다.

젊은 사내들이 공주와 그녀를 지키는 차갈의 옆으로 모여들었다. 호기심 서린 그들의 눈이 서책을 살피는 공주에게로 일제히 쏠려 있었다.

"이제 우리는 어디로 가는 것입니까?"

"무엇을 보시는지요?"

"까막눈인 네가 그걸 알아서 뭐하게?"

"낄낄낄."

희망 섞인 물음들이 여기저기서 튀어나왔고 개중에는 신이 났는지 농弄을 하는 자들도 있었다. 아루가 그런 부족민들을 향해 생긋 웃어 보인 뒤 곧 진지한 얼굴로 서책의 장을 넘겼다. 그 뒤는 대체 무엇이었을까?

—……가는 길이 어려운 만큼 마지막 난관 또한 기다리고 있으니 그것은 바로 안개바람 자욱한 곳, 모든 이가 이를 넘기를 소원했으나 성공한 이가 없다 한다. 그러나 이 순간 글을 읽는 당신은 결코 실망할 필요가 없다. 안개바람의 땅을 넘어 진정 낙원에 당도한 자는 아무런 말이 없으니.

스륵, 아루의 손이 다급하게 종이를 넘겼다.

—역경을 딛고 이곳을 지나치는 동안 당신은 기억 속 가장 좋았던 나날들을 회고할 수 있을 것이다. 그리고 안개바람의 저편에 당도하게 되었을 때, 선택하라! 당신의 시간을! 무엇이든 행복이 기다리고 있을진대, 그 방법은…….

서책을 바라보던 공주의 표정이 굳어지자 모여선 사내들이 수군거렸다.

"뭡니까?"

"왜 그러세요?"

아루가 이리저리 책장을 넘기다 말고 부족민들의 물음에 얼굴을 들어 올려 애써 웃음으로 화답했다. 그러나 어색하기 그지없는 표정이었다.

"가자."

길을 재촉하는 그녀의 음성 역시 미세하게 흔들리고 있었으니, 책에서 마지막 답을 찾지 못한 그녀의 속은 지금 이 순간 혼란으로 가득했다. 과거에 이것을 들여다보던 누군가가 서책에 무엇을 쏟았음인지 뒷부분의 글자가 알아볼 수 없게 뭉개져 있었던 것이다.

*

교태전.

이제 막 편전을 다녀온 길조가 피비린내 진동하는 광경을 바라보고 있었다. 어머니 옥영 황후가 종종 아랫것들을 함부로 한다는 말을 들었으나 직접 고문의 현장을 목도하니 그조차 소름이 돋을 정도였다.

"살려주시어요, 마마. 제발 살려주시어요!"

오라에 묶인 채로 목숨을 구걸하는 여인은 다름 아닌 선화였다. 그런 그녀를 상궁들이 다가와 다시 의자에 앉혔다.

"아아악!"

공포에 질린 계집의 음성이 교태전을 메아리쳤다.

"아까전만 해도 네년은 내 주둥이를 찢어버리겠다 하지 않았느냐! 대체 그 기백은 어디로 가고 이리 사람이 비굴해졌어?"

옥영의 말에 교태전의 아랫것들이 옷고름으로 입을 가리고 호호 웃음을 쏟아냈다.

한켠에서 길조가 그네들과 같이 웃음을 흘리는 부인, 순비順妃를 바라보았다. 보아하니 궐의 기강이 흐트러진 틈을 타 교태전의 여인들이 선화를 이리로 데려온 듯했다. 그네들의 치부가 새 나가는 것을 원천봉쇄하고자 함이겠지.

더는 시간을 지체할 수 없어 그가 나직이 헛기침을 했다. 그제야 옥영 황후가 즐거움에 취해 나른한 웃음을 흘리며 아들을 바라보았다.

"우리 황자, 아니, 태자, 아니지. 천자가 되실 분이 오셨습니까?"

여인들의 웃음을 뒤로하고 길조가 어머니를 향해 아랫것들을 물려달라는 눈빛을 보냈다.

그에 옥영도 심상찮은 낌새를 눈치채고 제1상궁을 향해 서둘러 자리를 치우라는 명을 내렸다.

잠시 뒤, 길조는 어머니 옥영 황후를 향해 상황을 읊을 수 있었다.

"태자저하가 무릎을 꿇고 앉아 있었는데 풍월도의 무리들이 다시 살아난 듯 형님 뒤로 그의 세력들이 모조리 따르고 있었습니다. 다른 민족에게 선례를 남겨서는 안 된다며 여기저기서 본보기로 온풍 것들을 죄 잡아 씨를 말려 버리자고 했지요. 헌데 순간 소자는 걱정이 들었습니다. 이일을 빌미로 다시 형님이 사람들의 신망을 얻고 나라의 영웅으로 한 번 더 떠오르게 되면 형님을 따르는 세력들이 더욱 결집할 것일 텐데 그것이 두려워지더이다. 그래서 제가 입을 열었죠."

"조용히들 하시오. 굳이 저하께오서 그들을 쫓으실 이유가 무에 있습니까?"

"헌데 저를 쳐다보는 태자저하의 눈빛이 참으로 괴이했습니다. 저는 그만 소름까지 돋았더랬지요."

"눈빛이?"

황후가 미간을 모으고 물어오자 길조가 고개를 끄덕이며 말을 이었다.

"네, 아바마마도 말리시었는데 형님께서는 말을 듣지 않았습니다."

"내, 건강이 어느 정도 회복되어 이리 편전까지 걸음하게 되었다고는 하나, 언제 다시 몸져누울지 모르는 몸. 이제 태자는 옥체를 보존하는데 신경을 써야 한다. 그런고로 이 일은 위사좌평에게 맡기고 태자는 손을 떼어라."

"대신들이 형식적으로 울음을 뱉어내며 그런 말씀 마시라, 폐하께 읍소한 뒤 저하를 말리셨죠. 헌데 저하의 태도가 무척이나 단호한 것이……."

"아닙니다."

"단 한마디 말이었으나 매우 단단하고 서릿발처럼 날카로워 아무도 말리지를 못했어요."

길조의 대답에 황후가 생각에 잠겨 있던 눈을 들어 올려 아들을 바라보았다.

"그것이 정말이냐?"

"예."

"흠, 본디 쌈닭처럼 칼 드는 운명을 타고난 자라 하나, 네 말을 듣고 보니 어쩐지 기이하긴 하다. 마치 그 옛날의 세상사 통달한 듯한 소년 시절로 태자가 다시 돌아간 듯도 하고……."

조용히 입을 다물고 있던 북로 여인도 대화에 끼어들었다.

"돌아가는 상황으로 보아 저하가 온풍 계집에 그리 빠진 것 또한 아닌 듯하옵니다. 잡아오면 죽임을 당할 년인데 스스로 잡아들이겠다니 연정은 아닌 것으로 사료되니까요."

황후가 턱을 곰곰 쓰다듬으며 옆에 나열한 상궁 몇을 돌아보았다.

"더 이상은 태자전 소속의 사람을 매수할 방도가 없는 것이냐."

상궁 하나가 소리 없이 앞으로 나와 고개를 숙이며 말했다.

"무언가 낌새를 챈 것인지 그곳 궁녀 하나를 죽인 이후로 동궁의 사람들은 저희 쪽을 경계하는 빛이 역력하옵니다."

"흐음, 이래저래 일이 오리무중五里霧中이로구나."

조용히 대화를 듣고 있던 북로 여인이 황후 곁으로 한발 다가서며 말했다.

"태자저하께서 궐을 비우신 것을 천우신조로 삼아야 할 것입니다. 돌아와서 영웅노릇 하지 못하게 이참에 세력들을 불러모으고 풍문이나 다시 장히 내시는 것이 어떠한지요?"

그 말에 황후가 천천히 고개를 끄덕였다.

*

여러 날이 지났다. 봄의 기운이 사방에 만연한 듯도 보였지만 소소리바람은 아직도 꽤 차가워 살갗을 파고들었다.

투덜거리는 사람들의 목소리를 건너 들으며 아루가 드넓게 펼쳐진 지평선을 응시했다. 이 넓은 땅, 어디가 북北이고 어디가 남南인가? 다시 밤이 오길 기다려 별자리를 살펴야 하는가?

아루가 생각에 잠겨 가만 눈을 감는데…….

"저 수레 때문에 길이 지체되고 있어."

"맞다. 늙은이들 때문에 가라한 병사들 손에 온풍이 멸족당하고 말 거야."

수군거림이 더해졌다. 아루 곁에서 말을 몰던 찬갈이 고삐를 돌리며 그런 사람들을 향해 눈을 치켜떴다.

"이봐! 쓸데없는 말은 하지 말라고!"

그러나 어딘가에서 날카로운 음성이 그의 말을 낚아챘다.

"가라한 계집을 데려온 주제에 네 참 시끄럽구나!"

"저년이 그 망할 놈들의 염탐꾼인지 우리가 어찌 알아?"

신경이 날카로워진 사람들이 평소 성질이 드세기로 이름난 찬갈에게조차 분노를 쏟아내자 결국 그가 버럭 성을 냈다.

"뭐야!"

찬갈의 윽박지름에 수군거림은 사그라지는 듯했지만 이번엔 소야의 잔뜩 꼬인 목소리가 사람들의 시선을 사로잡았으니.

"찬갈! 이제라도 너랑 나, 단둘이서만 다시 돌아가자. 머릿속에 이미 계책까지 다 있다. 어차피 나는 가라한 사람이니 내 무슨 수를 써서라도 네가 곤경에 처하지 않을 방도쯤은……."

온풍족의 젊은이들이 다시 흥분하기 시작했다.

"저 가라한 년의 주둥이를 찢어놓아야 한다!"

열이 받은 젊은이들이 수레 위의 소야에게로 슬금슬금 다가가자 겁에 질린 그녀가 황급히 찬갈에게로 시선을 돌렸다. 헌데 그의 태도가 미적지근한 것이 자신의 동족들을 향해 그러지 마라, 하며 타이르는데 그칠 뿐이었다. 당황한 소야가 비명을 질러댔다.

생각에 잠겨 있던 아루가 번쩍 고개를 돌려 상황을 살피고는 서둘러 말에서 내렸다. 그런 뒤 빠르게 걸어가 젊은 사내들을 막아 세웠다.

"왜들 그러는 것이야!"

"저년한테 본때를 보여주어야 합니다. 마마는 비키시죠."

"안 된다!"

아루의 말에 누군가가 허공을 향해 한숨을 내뱉고는 짜증 어린 얼굴로 공주를 밀었다. 그녀의 몸이 종잇장처럼 바닥에 쓰러졌고 사내들은 그런 아루를 지나쳐 수레로 향했다. 그때 그들 중 하나가 그녀의 품에서 떨어져 나온 서책을 주워 들며 소리를 질렀다.

"야! 공주마마께서 대체 우리를 어찌 하시려는지 이거나 한번 들여다보자! 글월을 아는 저 노인네에게 한번 물어나 보자고!"

그들의 관심이 금세 소야에게서 서책으로 이동했다. 아루가 땅에 팔을 짚으며 일어나 지친 눈으로 사람들의 하는 양을 바라만 보았다. 겁먹은 늙은이가 이 순간 무기력한 공주를 살피며 서책을 받아 들고 있었다.

그의 목소리가 부들부들 떨려 나왔다.

"……역경을 딛고 이곳을 지나치며 당신은 기억 속 가장 좋았던 나날들을 회고할 수 있을 것이다. 그리고 안개바람의 저편을 당도하게 되었을 때, 선택하라. 당신의 시간을. 무엇이든 행복이 기다릴진대……."

노인네의 음성이 뚝 끊겼다. 누군가가 서책을 잡아채며 북북 찢기 시작했다.

"뭐야! 이런 비기祕記 따위에 우리가 지금껏 목숨을 걸어왔던 것이야?"

그것을 들고 모닥불로 향하는 사내에게 아루가 황급히 몸을 일으켜 뛰어갔지만 서책은 이미 한 줌의 재로 화하고 있었다.

몹시 지치고 힘들어 아루는 그것을 견디고자 입술을 질끈 깨물었다.

젊은이들의 노골적인 불만의 목소리가 여기저기서 터져 나왔다.

"우리끼리라도 갈 길을 가자! 언제까지고 저 노인네들을 책임지고 갈 수는 없잖아?"

"맞다! 차라리 이제라도 산속으로 숨어들자고!"

조용히 있던 젊은이들마저 슬금슬금 그들 무리로 이동하자 그제야 사태파악이 된 아루가 그들에게로 뛰어가 안 된다며 고개를 내저었다. 그러나 그녀를 잘 따르던 무리마저 그들 편에

서서 슬며시 시선을 피해 버리자 아루는 정신이 번쩍 들었다. 이를 어쩐단 말이냐!

그녀를 따라 찬갈도 나서보았다. 그러나 여럿의 힘에 의해 그마저 패대기쳐지자 젊은이들의 기세는 더욱 등등해졌다. 약탈하듯 부족의 식량을 빼앗고는 말을 돌려 길을 떠나는 그들의 뒷모습을 아루는 허망하게 바라보아야만 했다.

그녀가 땅에 철퍼덕 주저앉는데 기가 죽은 노인들만이 저희들의 공주를 위로할 뿐이었다.

"공주마마, 죄송해요. 우리가 죄인입니다."

그에 아루가 정신을 차리고 황급히 자리에서 일어나 웃음을 지어 보였다.

"아닙니다. 아니어요. 저의 모자란 판단 때문이었습니다."

그때까지만 해도 서로가 서로를 달랠 수 있는 여유가 있던 시기였으니.

*

부리부리한 매가 상공에서부터 낮게 날아 내려오자 말에 타고 있던 무천이 팔을 들어 올렸다. 이윽고 주인의 시치미를 붙인 매가 그의 팔뚝에 안착했다.

무천은 새의 다리에 묶인 서칠을 풀이 황급히 읽어 내려갔다. 마호에게서 온 서신이었다.

이윽고 내용을 전부 읽은 무천이 고개를 들어 보랏빛 하늘을 응시했다. 어찌될지 몰라 사방으로 병사들을 풀었는데 외곽에 배치한 마호의 무리 또한 온풍부곡인들의 흔적을 찾았다는 전갈을 보내온 것이다.

무천이 고개를 돌려 사람들이 머문 흔적을 뒤지고 있는 병사들을 무감하게 바라보았다.

'뭘까? 여난아루, 네 뭐냐? 지도를 들고 간데다 까막눈이라 해도 그림기호는 알아볼 터인데 멀리 떨어진 사방곳곳에서 발견되는 흔적들이라니.'

그 때문에 오히려 병력이 더 가동되었고 그들을 찾는 것은 지체되고 있었다. 무천이 생각에 잠겼다.

'노인과 아이가 있다……. 말을 탈 리 만무한 자들이다……. 수레가 있다……. 훈련받은 말을 훔쳤다 하나 늦어질 수밖에 없다…….'

그가 고개를 번쩍 쳐들었다. 이는 필시 행렬이 어그러졌다는 이야기! 내부분열일 가능성이 높았다.

"주군, 어찌 할까요?"

옆에서 직속부하가 물어 왔다. 무천의 날카로운 눈이 다시 생각을 더듬으며 땅을 훑었다.

'노인과 아이를 데리고 길을 간다……. 아루라면, 그녀라면 어찌 할까?'

그가 다시금 고개를 들어 부하에게 나직이 명했다.

"인근에 마을과 동떨어진 절이나 혹은 쓰러진 폐가들을 살펴라. 그리고 주변에 난 평탄한 땅의 길목에 모조리 병력을 배치하고!"

*

아루의 멍한 눈이 수레 위에 머물렀다. 노인과 아이들이 허겁지겁 배를 채우고 있었지만 그녀만큼은 이번도 끼니를 걸렀다. 식량을 아껴 굶주린 자들에게 좀 더 돌아가게 하려는 의도가 강했지만 비단 그 때문에 밥을 굶는 것은 아니었다. 좀체 식욕이 나질 않았던 것이다. 헌데 이상도 하지. 식욕이 없다고 느끼는 가운데도 어김없이 찾아오는 이 허기짐은.

공주마마, 하며 아루를 챙기던 노인들도 이제는 제 먹을 밥 한 톨이 아깝다는 것을 느꼈는지 그런 그녀를 모른 척 일관하고 있었다. 그랬음에도 아루는 그런 자들에게 온화한 미소를 지어 보이고 있었다.

잠시 쉬어가는 시간, 그들에게서 고개를 돌린 뒤 그녀가 꼼꼼히 주변을 살폈다.

산이 있기는 하나 수레를 끌고 저곳을 넘는다는 것은 꽤 어려운 일일 것이다. 더구나 노인들이고. 젊은이들마저 사라지고 없는 이때 맹수라도 만난다면 큰 낭패이다.

아루가 생각을 모아 눈을 감았다가 천천히 떴다.

'스스로 희망을 무너뜨리지는 말자. 너의 목숨은 이제 네 것이 아니니 절대 먼저 지치면 안 된다.'

그녀의 눈이 찬갈을 찾았다. 그녀처럼 소야도 며칠째 끼니를 거르고 있는 터라 걱정이 되는지 그는 내내 여인의 주변을 맴돌고 있었다. 한동안 소야가 굶어 죽겠다며 난리를 쳐대는 통에 찬갈은 안절부절못했었다. 이제 정이 드나 보구나, 다행이다, 아루가 그리 생각하며 부드러이 미소를 지었다.

그들을 방해하고 싶지 않아 그녀는 찬갈 없이 홀로 말을 끌며 주변 지형을 살피기로 했다. 사람들이 배를 채우는 동안 부족민들이 밤을 보낼 곳을 찾아야 했기 때문이다.

소야를 응시하던 찬갈이 고개를 돌려 그런 아루를 훑었다. 소야의 눈도 그를 따라 그녀에게로 머무르는데……. 소야의 눈이 번쩍 뜨였다. 내내 외면하던 제 짝을 향해 그녀가 있는 힘껏 외쳤다.

"찬갈!"

찬갈이 말 허리를 차며 아루에게로 쏜살같이 달려가고 있었다. 놀란 사람들이 손으로 밥을 퍼먹다 말고 고개를 들었다. 공주가 말 위에서 죽은 듯 엎어져 있는 게 보였다. 밥바가지를 제일 먼저 놓은 것은 을라 어멈이었다.

"아루야! 아루야!"

찬갈이 말에서 그녀를 끌어내리는데 아루가 희미하게 뜬 눈으로 경황이 없는 듯 이곳저곳을 훑고 있었다. 잠시 미간을 찌푸리던 그녀가 배로 손을 가져가자 찬갈도 시선을 내렸다.

맙소사! 아루의 치마가 붉은 피로 뒤덮여 있었다.

"비켜라! 비켜! 내가 마마를 살필 것이다."

사람들을 헤치고 을라 어멈이 다급하게 공주에게로 다가왔다.

하얗게 질린 얼굴을 하고서 아루는 바닥에 눕혀지는 동안 원망스런 하늘을 올려다보았다. 네 나를 정녕 이리 끝까지 모질게 괴롭히느냐! 그러나 허공을 더듬는 여인의 눈동자는 부정적인 생각과 달리 아무런 빛도 없었다. 힘없이 뜨고 있던 눈을 내리감으며 그저 노란 하늘을 시야에서 지워 버렸을 뿐.

*

부하들이 무너진 폐가를 이리저리 오가는 모습을 무천은 멀찍이 서서 지켜보았다. 산 아래 인적이 뜸한 곳, 세상과 인연을 끊고 살았을 주인은 죽어 없어진 것인지 아니면 어딘가로 떠난 것인지 한때 누군가의 터전이었을 가옥은 낡고 부서져 다 쓰러져 가고 있었다.

그의 눈이 불쏘시개로 잿더미를 뒤지는 부하에게로 향했다. 분명 저것은 이 황폐한 곳에 언젠가 사람이 머물렀다는 흔적. 비나 눈에 의해 무엇도 씻겨 내리지 않은 생생한 현장이었다.

무천이 씩 웃었다. 비스듬히 올라간 그의 입매에 잔인한 기운이 감돌고 있었다.

*

몸을 추슬렀다고는 하나, 말미의 시간이었고 아루는 여전히 지쳐 있었다. 그녀는 그것을 내색하지 않고자 갖은 애를 쓰며 행렬을 이끌었다. 이를 악물고 상황을 버티고 있는 절체절명의 순간들이었기에 아기를 잃은 것에 대한 죄책감도, 슬픔도 느낄 겨를이 없었다.

그들이 야트막한 고갯길로 향했다. 이윽고 턱을 넘어서려는데 사락, 무언가 소리가 들려온다. 아루가 번쩍 고개를 돌렸다.

좁은 길 양쪽으로 죄 어둠으로 가리어진 숲이 있었다. 문득 등줄기를 타고 올라오는 공포에 그녀가 살며시 몸을 떨었다. 고개를 돌려 반대편 숲을 살피자 대나무가 산들산들 흔들린다. 애써 불길한 예감을 떨치고서 수레 위 꾸벅꾸벅 조는 노인과 아이들에게로 시선을 향했다. 봄 햇살 아래 피로를 쫓고 있는 그들의 모습에 아루의 입가에 안도하듯 미소가 감돌았고 잠시 그녀의 눈이 애잔한 빛을 띠고 그들에게로 머물렀다. 낙원에 이르고자 소망했던 꿈은 이제 완전히 사라지고 없었지만 꽤 멀리 왔기에 가라한의 병사들로부터 붙잡힐 위험은 없어 보였다. 그리 생각하며 고개를 돌리던 그때…….

우루루루루루.

땅에서부터 올라오는 지진과도 같은 울림에 아루의 눈이 커다래졌다. 이를 감지한 것인지 공포에 질린 아이들이 울음을 터뜨리기 시작했고 그네들을 달래는 불안한 여인들의 목소리가 여기저기서 흘러나왔다. 노인들의 두런거림까지 가세하자 아루는 몹시 초조해졌다.

그때 누군가가 그녀의 팔을 덥석 잡아 왔다. 놀란 아루가 반사적으로 고개를 돌렸다.

"아루."

낮은 음성의 주인공은 찬갈이었다. 그는 가만 주변의 소리에 귀를 기울이고 있었다.

무언가 기이해 아루가 다시 얼굴을 드는데 순간 어둠 속에서 한 무리의 말들이 거칠게 쏟아져 내려왔다. 가라한을 상징하는 붉은 두건들이 곳곳에서 그들을 덮쳐 오고 있었다.

"꺅!"

여기저기서 온풍부족민들의 비명 소리가 난무했다.

부러 침착하고자 아루가 한 차례 마른침을 삼킨 뒤 자신들을 포위하는 가라한의 병사들을 천천히 훑었다.

어느새 내지르던 비명을 거두고 부족민들도 병사들을 경계하느라 정신없는 눈길을 이곳저곳에 두고 있었다. 주변이 살벌할 정도로 고요했다.

터딕터딕!

그때 멀리서 말발굽 소리가 들려왔다. 병사들이 천천히 갈라지며 누군가에게 길을 내주고 있었다.

아루의 눈이 홀린 듯 사내를 바라보았다. 그는 가라한의 태자, 현무천이었다.

*

아루가 사내의 발을 멍하니 눈에 담았다. 꿇어앉혀진 채로 그녀는 고개를 숙이고 있었다. 그리하여 희망을 잃은 눈은 이제는 정녕 그녀가 하늘의 뜻에 체념했음을 보여주고 있었다.

"죽여…… 주십시오."

아루가 나직이 읊었다. 처량한 음성, 생生을 달관한 듯도 보였다.

마지막이라면 명예롭게 죽자, 그것이 그녀의 생각이었다. 부족민들 앞에서 망국의 원흉 앞에 엎드려 애걸복걸 목숨을 구걸하고 싶지는 않았으니.

"하!"

코웃음을 치는 소리가 뒤를 이었다. 이윽고 사내의 걸쭉한 웃음소리가 모든 이들에게로 퍼져 나갔다.

"하하하하하하."

왔다 갔다, 사내의 발이 곁눈질로 보였다. 그러나 어느 순간 그 검은 태사혜太史鞋는 아루 앞에 멈추어졌다.

"헉!"

그의 손에 의해 머리채가 잡히어 아루의 고개가 날카롭게 위로 꺾였다. 그녀의 얼굴 바로 앞에 그의 얼굴이 있었다. 씩 웃는 웃음이 무척이나 잔인해 보였다.

"감히 네년 따위가 생사生死를 논할 수 있느냐?"

옭아매는 손에 의해 어쩔 수 없이 그녀는 그의 눈을 마주할 수밖에 없었는데 깊이를 알 수 없이 까맣게 빛나는 그 눈동자가 매우 위험하게 보였다. 그의 손가락이 그녀의 얼굴을 스치자 아루가 흠칫 몸을 떨었다. 그가 미소를 거두지 않은 채로 속삭이듯 말했다.

"잠시나마 내 흥미를 끌었던 계집인데 너를 죽인다는 것은 조금 아깝구나."

그가 미소를 거두며 뜸을 들였다.

"홍등가가 좋을까, 유곽이 좋을까?"

여인의 눈동자가 파삭 흔들리자 그의 미소가 더욱 커졌다.

"그래, 너를 팔아버릴까 한다. 제법 반반하니 그 편이 낫겠다 싶군. 헌데…… 그전에 나도 마지막을 좀 즐겨보자. 그러고 난 뒤 너 하는 거 보고 결정할까 한다."

그저 멍했다. 치켜올라 간 사내의 눈썹이 전혀 그녀의 정인으로 보이지 않아 아루는 정신이 없었다.

"흡!"

부지불식간, 무천의 입술이 그녀의 입술을 거칠게 빨아들이자 놀란 여인의 눈동자가 커다래졌다. 머릿속을 스치는 생각은 모두가 그들을 보고 있을 거라는 것. 아니나 다를까 어딘가에서 가라한 병사들의 낄낄대는 웃음이 들린 듯도 했다. 온풍의 여인들은 아이를 감싸 안으며 어린것들의 시야를 가리기에 바빴고.

태자의 입술과 혀, 그리고 단단한 이로 인해 강하게 쓸리고 빨리는 여린 살이 통증을 호소해 댔다. 잠시 후 그가 입술을 떼었을 때는 그로 인해 여인의 입가에 피가 흐르고 있었다. 그러나 정신을 차릴 새도 없이 사내의 손이 다시 저고리로 내려오자 놀란 그녀가 거세게 고개를 저으며 저항했다. 그를 보며 태자가 비추는 웃음은 광포해 보이기까지 했다.

"부끄럽다? 그래서야 쓰나."

그가 그녀로부터 몸을 들어 올리는가 싶던 순간 아루는 머리가죽이 찢겨져 나가는 듯한 아픔에 이를 악 물어야만 했다. 버텼지만 사내의 악력은 대단한 것이었다. 결국 여인의 손이 땅을 짚었고 머리채가 붙잡힌 채로 질질 끌려갔다.

그럼에도 끝내 굴복하고 싶지 않아 아루는 흙이 파이도록 손끝에 힘을 주었다. 결국에는 고통을 감내하지 못하고 제 발로 기듯이 끌려가게 되었지만.

나중에 고개를 들었을 때에야 태자가 이끈 곳이 숲 속이라는 것을 알았다. 아루는 그 검은 미지의 공간에 그만 오싹 두려움을 느꼈다. 키 큰 대나무숲에 빛줄기라고는 찾아볼 수 없는 초록의 어둠이 내려앉은 곳이었다.

"악!"

그녀가 거칠게 바닥에 쓰러졌다. 여인의 머리채를 놓아준 사내가 그녀 앞에 군림하듯 섰다.

"그런 낙원이 존재할 성싶으냐? 응? 모자란 년! 내 진짜 신세계가 어딘 줄 알려줄까?"

그가 아루에게로 천천히 내려앉았다. 두려움에 여인의 눈이 흔들리고 있었다. 무천이 아루의 얼굴에 대고 속삭였다.

"가라한 사내의 품이 제일이다. 허나! 너는 매일 매일을 자비를 베풀어달라 내게 그리 빌며 끔찍한 고통 속에서 살게 될 것이니……. 기대하여라."

짜아악!

천이 찢기는 소리가 대나무숲에 울렸고 역시 그것이 다시 아루의 고막을 때려왔다.

사내의 손목을 잡고 떼어내려 애를 쓰고 절규도 해보았지만 저고리의 천조각들은 갈기갈기 찢기어 힘없이 바닥으로 향했다.

이윽고 마른 어깨에 뜨거운 입술이 닿는가 싶더니 몸이 누이며 차가운 낙엽에 부딪히는 감각이 그녀를 공포스럽게 했다. 이리저리 오가는 손길은 전혀 다정하지 않았고 그가 얼마나 분노했는지를 보여주고 있을 뿐이었다.

결국 아루가 울음을 터뜨렸다. 아마 무천은 멈칫했을 것이다. 그녀는 느끼지 못했지만 기실 아루의 젖가슴을 쥐고 있던 손이 어느새 느슨해져 있었으니까.

잠시 뒤, 그는 온풍의 여인에게서 몸을 떼며 일어섰다. 그녀를 내려다보는 눈길이 제법 길다 싶던 때와 달리 몸을 돌린 것은 찰나였다. 사내가 숲을 나가 버리자 아루는 밀려오는 두려움과 수치스러움에 솟구치는 눈물을 쏟아야만 했다.

사람들의 시선과 어찌 마주해야 한단 말이냐. 더구나 옷이 이리 찢겨 살을 드러낸 몰골을 하고서. 차가운 숲 속의 바람에 몸이 식어가고 있었음에도 여인은 망연자실 울 수밖에 없었다.

바스락, 바스락.

누군가의 발자국 소리가 들렸으나 그저 잔인한 운명의 굴레에 이제 아루는 넋을 놓아버린 상태였다.

"이봐."

고개를 들어 올리니 소야가 보였다. 그녀가 옷가지를 내밀고 있었다. 순간 아루는 사람의 마음이 참으로 간사하다는 것을 느끼며 그것을 덥석 손에 쥐었다. 죽어도 그만, 이라는 생각을 하고 있던 그녀였는데 염치없게도 소야가 내민 것을 생명줄처럼 잡고 놓지를 않았으니.

옷을 갈아입고 숲을 빠져나오자 그녀를 응시하는 가라한의 병사들과 온풍민들의 모습이 눈에 들어왔다. 아루는 고개를 들지 못했다. 힐끔대는 호기심 어린 시선들이 그녀를 죄인으로 만들고 있었다.

표정 없는 얼굴을 하고서 무천이 그런 여인의 모습을 냉랭하게 바라볼 뿐이었다.

덜거덕, 덜거덕.

죄인을 실은 함거가 바퀴를 굴리며 내는 소리는 참으로 옹색하고 초라했다. 아루는 그에 흔들리는 몸을 가만 내버려 두었다. 나무틀 사이로 보이는 여인의 얼굴이 초췌했다.

포승줄에 묶일 때에는 정신이 잠깐 들었던지라 분노와 미움으로 그녀도 옛 정인을 바라보았지만 지금은 그런 잔여 감정조차 사라지고 없는 서글픈 평온함이 그녀에게 내려앉아 있었다.

그런 공주를 을라가 가만히 바라보다 손을 뻗었다. 그 손이 이끄는 대로 감정 없는 얼굴을 유모의 젖무덤 같은 그곳에 기대며 아루는 잠시 평화로웠다.

'아지……. 아지…….'

따스했던 기억이 주마등처럼 스쳤다. 틀 사이로 보이는 풍경들조차 봄의 기운을 머금고 있어 아루는 설핏 웃음 지었던 것도 같다. 봄나물을 캐는 아낙들, 소달구지를 끌며 가는 농부들, 세상사를 모르는 순진한 아이들의 눈망울. 고향에 온 듯한 느낌이 드는 걸로 보아 장안에 가까이 온 듯했다.

"곧 도성이네요."

을라 어멈의 말이 들려왔다. 그녀의 음성에 두려움이 섞여 있음을 알고 아루의 얼굴이 굳어지며 금세 눈물이 고였다.

'너 따위, 왜 구차하게 살아서 불쌍한 내 민족들을 괴롭히느냐.'

코끝에 퍼지는 알싸한 기운이 너무도 극심해 아루는 가만 눈을 감았고, 그리고 생각도 멈추어 버렸다. 귓가에는 그저 운명의 굴레처럼 느껴지는 덜거덕, 덜거덕 소리만이 내내 들려오고 있었다.

"꺅!"

날카로운 비명 소리에 가물가물 정신을 놓고 있던 아루가 번쩍 눈을 떴다. 곁의 소야가 함거의 구석을 향해 엉덩이를 주춤거리고 있었다.

퍽!

어딘가에서 날아온 돌은 용케 사람을 피해 나무틀에 부딪혀 떨어져 나갔다.

"망할 온풍 것들!"

"도성 밖에 주르르 모가지가 걸리겠구나. 낄낄낄."

"어디 그 요망하다는 깜부기 년 얼굴이나 한 번 보여다오!"

함거를 향해 욕이 한 바가지 날아들었다. 자신들을 향해 돌을 던지는 사람들, 그네들의 그 붉은 눈을 마주하며 아루는 새장 속의 새가 된 듯한 기분이 들었다.

그때 갑자기 행렬이 우뚝 멈추어 섰고 함거도 따라 멈추었다. 병사들이 다가와 거적을 덮기 시작했는데 이에 도성 안의 사람들이 죄인을 보여달라며 거칠게 항의하는 소리가 뒤를 이었다.

그늘이 진 함거 안, 거적의 틈새 사이로 들어오는 빛이 오묘해 여인들은 그 분위기를 가만 받아들일 뿐 아무런 말이 없었다.

"가라한 만세! 만세! 만세!"

목청껏 외치는 만세삼창이 여인들의 귓가에 들려오며 삶에 대한 체념을 부추기고 있었다.

"분부대로 함거에 거적을 덮었습니다."

아랫사람의 말에 무천은 천천히 고개를 끄덕였다. 그가 물러가자 태자의 얼굴이 미세하게 찌푸려졌다.

죽이고 싶은 기분임에도 그녀가 자신 외에 다른 사람으로 인해 고통받는 것은 참아낼 수가 없었으니 참으로 이상하구나, 그는 서글프게 생각했다. 거칠게 일어난 입술과 허연 낯빛, 홀쭉해져 부러질 것만 같았던 허리. 엄청난 분노에 여인을 가만두지 않으려 했었는데 어느새 사내의 마음은 연민과 애틋함으로 가득 차 있었으니.

6장

煩作兩相思

괴로워라 은애하는 마음이여

遺恨已深聲更苦

남긴 한이 깊어 그 소리 더욱 마음 아프게 했다네

"태자가 입성入城을 하였다고?

"예, 마마."

황후가 잔뜩 미간을 찌푸리며 다시 물었다.

"그래, 일은 어찌 되었냐?"

"죄인을 실은 함거들이 주르륵 이어진 것으로 보아 저하께서 사건을 마무리 지으신 듯합니다. 그리고…… 백성들의 환호 소리가 대단했습니다."

아랫것의 말에 곁에 선 길조가 생각에 잠겨 이리저리 눈을 굴렸다.

태자가 없는 틈을 타, 세력을 불려보려 갖은 애를 썼지만 귀족들은 하나같이 몸을 사리기 바빴다. 또한 민가에까지 퍼질 만큼 태자에 대한 좋지 않은 풍문들을 흘렸음에도 그가 죄인들을 잡아오자 전세는 역전된 듯 보였다.

"무언가 우리의 몫도 필요합니다. 자칫하다간 유씨 년을 죽여 없앤 것이 들통 날 수 있습니다."

나직한 아들의 목소리에 황후가 고개를 들었다.

"그게 무슨 말이냐?"

"외정전外正殿으로 가, 적어도 저하를 반갑게 맞는 척이라도 해야 하는 것이 아닐는지요? 보는 눈이 많으니 태자저하가 잘되는 꼴을 이쪽에서 질시하고 있다는 기운을 풍겨서는 아니 될 듯 싶습니다."

황후가 고개를 끄덕이자 길조가 밖을 향해 소리쳤다.

"게 누구 없느냐?"

잠시 후, 들어선 내관을 향해 그가 명을 내렸다.

"태자저하를 아우인 내가 맞이할 터이니 폐하께는 찬바람을 쏘이지 마시고 옥체의 강녕함을 보존하시라, 그리 전하여라."

내관 상설尙設이 물러가자 황후가 아들을 향해 고개를 끄덕였다.

"그리로 가자."

*

돌팔매질이 어느 순간 멈추어지자 소야가 거적을 살며시 들어 올려 밖을 살폈다.

"궐이어요."

그녀의 목소리에 을라가 갑자기 울음을 터뜨렸다.

"이런 년의 지지리도 박복한 팔자, 참으로 기구하구나. 나라 잃어, 부모 잃어, 형제 잃어, 이젠 목숨까지 잃게 생겼으니."

을라의 흐느낌에 아루는 가슴이 찢기는 기분이었다. 소리 없는 눈물이 주르륵 그녀의 볼을 타고 흘러내렸다.

함거가 멈추고 잠시 뒤, 거적이 걷히자 아루는 차게 밀려오는 공기에 몸을 떨었다. 탁 트인 시야는 오히려 가슴을 옥죄게 만들 뿐이었다. 눈에 보이는 모든 가라한의 것들에 두려움이 밀려들었던 것이다.

멀리서 그 모습을 지켜보던 무천이 애써 고개를 돌리고는 말에서 내렸다. 마호가 다가와 검을 들고 무관의 예를 갖추었다.

"나머지 놈들도 잡아들였습니다."

무천이 알겠다는 듯 천천히 고개를 끄덕였다.

"죄인을 모조리 밖으로 끌어내라!"

태자의 명이 떨어지자 병사들은 일제히 함거의 문을 열고 죄인을 거칠게 밖으로 끌어냈다. 무천의 시선이 아루의 흔들리는 몸을, 표정 없는 그 얼굴을 응시하고 있었다. 마음이 약해질까 바로 외면해 버렸지만.

"참으로 장하오, 우리 태자."

"형님, 입궐하신 것을 감축드리옵니다."

위에서 들려오는 목소리에 무천이 고개를 들었다. 축대에 올라선 이들은 황후와 아우 길조였다. 입술을 끌어올려 웃는 그 모습들이 참으로 가식적이구나, 느낄 때 황후가 입을 열었다.

"저것들의 목을 당장 효수梟首하고 그것을 도성 밖에 내걸어라."

그 말에 태자가 번쩍 고개를 들자 옥영이 짐짓 심각한 표정으로 말을 이었다.

"본보기가 필요하지 않겠습니까?"

태자의 공을 야금야금 주워 먹으려는 황후의 간악한 속셈이었다.

그녀의 말에 드넓은 월대에 꿇어앉혀진 온풍민들의 울음소리가 점차 커지며 그들이 얼마나 공포를 느끼는지가 여실히 드러났다. 마호의 무리에 의해 붙잡힌 온풍의 젊은이 중, 누군가 소리를 질렀다.

"저희는 아무런 잘못이 없습니다. 저년! 저년 때문이어요!"

모두가 온풍민, 자군을 바라보았다. 그가 손으로 가리킨 것은 아루였다.

"저년이 꼬였어요. 저년이라고요!"

무천이 순간 얼굴을 확 구겼다. 멍하니 방어조차 하지 않고 체념의 빛을 숨기려들지 않는 아루의 얼굴이 보였다.

순간 태자를 살피던 황후의 얼굴에 무언가가 스치고 지나갔다.

'설마…….'

옥영이 고개를 들어 처음 보게 된 온풍 계집의 얼굴을 유심히 살폈다.

'소문이 외려 부족하구나. 참으로 미색이니.'

황후의 가슴이 갑작스레 들어찬 희망으로 들썩였다. 그저 여인의 직감이었지만 그 어느 때보다 확신이 생긴 그녀였다.

"지금 당장 저년의 주리를 틀어라. 저년만큼은 고문을 하여 반병신이 되어 죽음을 맞게 하라!"

무천의 마음이 다급해졌다. 그녀에게로 다가가는 병사들을 지켜보며 그가 속으로 가만 뇌었다.

'나를 보아라, 아루. 살려달라 빌어라. 아니, 그리하고 싶지 않다면 그저 눈을 들어 나를 보면, 단지 그것이면 된다.'

그러나 아루는 담담하기만 했다. 병사들이 그녀의 팔을 잡는 순간 결국 무천은 견디지 못하고 날카롭게 외쳤다.

"당장 여인에게서 물러나라!"

다소 성급해서 어색하게 느껴지기까지 하는 목소리였다. 모두가 태자를 바라보았고 황후만이 옳구나, 하며 미소 띤 얼굴을 소매로 가리었다.

"황실의 씨가 복중에 있으니 지금부터 저 여인에게 손을 대는 자는 모조리 반역으로 간주하겠다."

아루의 얼굴에 그제야 표정이 들어찼다. 놀라움을 담은 그녀의 눈이 무천에게로 향한 것이었다.

'여난아루, 그런 표정밖에는 짓질 못하겠느냐?'

황후가 태자의 얼굴을 보며 눈을 빛냈다. 그에게 서린 미세한 안타까움을 옥영은 느꼈던 것이다. 그녀의 태도가 돌변했다.

"오호호호. 태자, 감축드리오. 미천한 여인이나 태자의 씨를 수태하였다면 감축드려 마땅하지요. 폐하를 찾아뵙고 어서 당장 문후를 드리세요."

여인에게서 눈을 떼지 않은 채로 태자가 무성의하게 대답했다.

"……예."

그 또한 옥영은 놓치지 않았다. 더욱 흥미로운 사실은 그의 걸음이 강녕전이 아닌 월대의 한가운데로 향했다는 것이었다. 자신에게로 다가오는 사내의 모습을 바라보는 온풍 계집의 눈은 점차 커다래지고 있었다. 이윽고 태자가 그녀 곁에 이르더니 허리를 숙여 단도로 포승줄을 끊어냈다. 그리고는 계집을 번쩍 안아 들었다.

무천이 그녀를 안고 온풍민들을 지나치자 여기저기서 살려달라 울부짖는 소리가 들끓었다.

고개를 내려 그녀의 백성들을 안타깝게 살피던 아루가 황급히 무천을 올려다보았다.

"저들을 살려주십시오."

그러나 태자는 말이 없었다. 그의 턱이 꿈틀거리고 있음을 경황이 없는 아루는 미처 보질 못했다.

"그것이 아니라면 소인을 놓아주십시오. 부디 저들과 마지막을 함께할 수 있는 은혜를 베풀어주세요."

허나 애절한 여인의 음성을 사내는 단박에 끊어버렸다.

"살아서 죽음 같은 고통을 견디어라."

아루의 허망한 눈이 힘없이 아래로 떨어졌다.

사내의 가슴에 안겨 흐릿한 눈동자가 태자전의 복도를 지나쳐 장지문으로 향하고 있었다. 눈물이 주르륵 떨어지자 시야가 명료해진다.

'아이라니.'

품 안에 자신을 보듬어 데려가는 정인을 향해 진짜 그의 아이를 가졌었고 그리고 지켜내지 못했음을 어찌 고백할 수 있을까. 염치없게도 그저 따스한 사내의 온기를 마냥 붙잡고서 한없이 위로받고 싶으니 여난아루, 네 참으로 우습구나.

여인은 그만 유혹을 물리치지 못하고 너른 가슴팍에 얼굴을 묻었다.

"그리 마라."

나직한 태자의 음성에서도 어쩐지 슬픈 기운이 감도는 것 같은 느낌은 단순한 착각일까. 그녀가 마지못해 얼굴을 떼었다. 그러나 사내의 가슴은 여인의 눈물로 이미 번져 가고 있었다.

장지문을 열고 안으로 들어선 무천은 부러 아루를 거칠게 침상에 내려놓았다. 그리고 그녀가 정신을 차리기도 전에 휙 몸을 돌려 버렸다.

그녀가 팔로 침상을 디뎌 몸을 일으켜 세울 무렵, 밖에서 태자의 단호한 음성이 흘러들어 왔다.

"내가 돌아올 동안 죄인에 대한 감시를 소홀히 하지 마라."

어둑어둑한 방 안, 강녕전을 들러 황제를 알현하고 온 무천은 잠이 든 아루를 바라보며 허탈하게 웃음을 토해낼 수밖에 없었다.

'네 정말 내게 이럴 수 있는 것이냐? 진정 나를 농락하기로 작정이라도 한 게야?'

그럼에도 되찾은 여인이 너무도 귀엽고 사랑스러워 마음 안이 간질간질하니 이 대체 무엇인가. 정신 차리자며 무천은 자신의 얼굴을 박박 문지를 수밖에 없었다.

*

"그래, 유씨 년의 시신은 어찌했느냐!"

황후의 물음에 교태전 소속의 건장한 사내가 절도 있게 허리를 숙여 보였다.

"예, 지진을 히어 아랫것들이 시신을 자체적으로 처리한 것으로 위장을 하였습니다."

"흐음, 잘했구나."

그리고는 옥영이 사내에게서 눈을 돌려 며느리 순비順妃를 바라보았다.

"필시 태자가 그 계집에게 빠진 것이 분명하다. 드디어 약점을 잡았으니 어디 한번 머리를 모아보자꾸나."

황후의 활기찬 음성에도 북로 여인은 홀로 입술을 씹으며 안절부절못했다. 그 초조함을 옥영이 눈치채고 통명한 어조로 물었다.

"왜 그러느냐?"

여인이 다급하게 입을 열었다.

"만일 그 계집이 사내아이를 수태하기라도 하였으면요?"

그 물음에 옥영이 고개를 갸웃하며 가만 생각을 더듬었다.

"설마 저 천것의 몸을 빌려 나온 아이가 무슨……."

"천한 여인의 씨가 천자가 된 사례는 역사적으로 얼마든지 있었습니다."

북로 여인의 말에 황후가 멈칫했다. 순비順妃가 한마디를 더 보탰다.

"일이 꼬일 수도 있음이어요."

"허면……."

생각에 잠겨 있던 옥영이 고개를 들어 올려 며느리를 바라보았다.

*

햇살의 기운에 아루가 부스스 눈을 떴다. 오랜만에 깊은 잠을 잔 듯싶었다. 그것을 증명하기라도 하려는 듯 공기 중에 따스한 온기가 느껴졌고 몸 위로는 깨끗한 이불이 덮여 있었다. 천천히 몸을 일으켜 주변을 살피는데 탁자 위 그녀를 노려보는 싸늘한 시선이 있었다. 그리고 확 끼쳐오는 술냄새.

그들의 시선이 허공에서 얽혔다. 아루가 가만 입을 열었다.

"왜 그러셨어요?"

그의 대답이 곧장 날아들었다.

"홍등가에 팔아먹으려면 너를 살려야 하니까."

그의 말이 진심이 아니라는 것을 그녀는 알고 있었다. 어쩐지 미안하고도 죄스러워 고개를 내리는데, 문득 온풍민들의 얼굴이 스치고 지나간다. 그녀가 천천히 침상에서 내려와 무천에게로 다가갔다. 그리고는 조심스럽게 무릎을 꿇었다.

"모든 것이 저의 잘못입니다. 그들에 대한 죄를 소인에게 물어주시면 안 되겠는지요?"

순간 화가 치민 무천이 벌떡 일어나 한참, 여인을 내려다보았다.

너를 어찌할까, 여난아루?

그가 바람을 날리며 문가로 걸어갔다.

곧이어 탁 하고 장지문이 닫히는 소리가 들리자 아루의 몸이 힘없이 옆으로 무너졌다.

'왜 그리 많은 짐을 지고 사는 것인데? 전생에 무슨 죄를 지어 여인의 몸으로 그리 애달프게 사는 것이야?'

무천의 발걸음이 정처 없이 궐을 떠돌았다. 문득 어떤 목소리 하나가 떠올라 갑작스레 분노가 치밀어 올랐다.

"저년! 저년 때문입니다! 저년이 꼬였어요. 저년이라고요!"

그가 가만 허공에 대고 읊조렸다.

"여난아루, 너를 팔고자 했던 자도 있다. 헌데 어째 그리 영악하지 못한 것이야?"

눈을 질끈 감았다 뜨며 무천은 목적지를 떠올렸다. 그의 걸음이 단박에 아루의 어깨를 짓눌러 온 자들에게로 향했다.

가라한의 태자가 들어서자 여기저기서 곡소리가 들려왔다.

"살려주세요. 살려주시어요!"

그런 여인들 가운데 소야가 섞이어 있었는데 그녀의 눈이 순간 반짝였다. 소야가 태자를 가만 살피며 심중에 곱씹고 있던 생각 하나를 떠올렸다. 웃전은 차가운 눈으로 온풍민들을 내려다보며 옥 내를 지나치고 있었다.

"저는 가라한 사람입니다. 태자저하께 드릴 말씀이 있어요!"

순간 구슬픈 흐느낌들이 주춤했다. 무천만이 여인의 커다란 음성을 모른 척 지나칠 뿐.

다급해진 소야가 황급히 다시 입을 열었다.

"온풍 공주에 대한 것이어요!"

다른 옥 안, 사내들 틈에 끼어 있던 찬갈의 고개가 번쩍 위로 들렸고 순간 그의 눈빛이 사나워졌다. 그러나 태자의 걸음은 어느새 소야를 향해 멈추어져 있었으니.

무천이 천천히 몸을 돌려 여인이 앉아 있는 옥을 향해 걸어갔다. 무엄하게도 소야가 먼저 입을 열었다.

"말씀드리기 전에, 저하께 청이 한 가지 있습니다. 찬갈만은, 그만큼은 살려주시어요."

소야의 모습이 보이지 않는 곳까지 그 야무진 목소리가 생생하게 퍼지고 있었다. 그것이 귓가를 파고드는 순간 찬갈의 얼굴이 일그러졌다. 급기야 그가 주먹을 들어 입을 틀어막기에 이르렀다. 그러나 흐르는 눈물만큼은 주체를 하지 못했다.

태자가 짐짓 무뚝뚝한 얼굴로 소야를 내려다보았다.

"감히 나를 상대로 내기를 벌여? 저년을 죽여라!"

무천의 말이 끝나자 찬갈의 얼굴이 불안하게 허공을 헤맸다.

소야는 벌벌 떨며 열심히 두 손을 비벼대느라 바빴다.

"마…… 말씀드릴게요. 제발 들어보시고 찬갈을 살려주시어요."

태자는 아무런 말이 없었다. 소야가 다급하게 침을 삼키고는 간절한 눈으로 옥 밖을 올려다보았다.

"대나무숲으로 온풍의 공주를 끌고 가시었을 때 그 여인이 저하께 아이를 가졌다고 고했나 본데 그것은 순전 저만 살고자 하는 거짓입니다!"

옆에 있던 을라의 두툼한 손이 갑자기 소야의 머리채를 확 낚아챘다. 으으, 소야가 인상을 구기며 고통을 호소하자 태자가 뒤에 선 형졸들을 향해 명했다.

"저년들을 떼어놓아라."

옥 안의 문이 열리고 두 사람이 완력에 의해 떨어지자 소야가 잠시 을라를 흘겼다. 그리고는 태자를 향해 얼른 고개를 조아리며 말을 이어나갔다.

"온풍 년이 아이를 가졌던 것은 맞지만 지금은 아닙니다. 가는 길에 하혈을 하는 것을 온 사람이 보았으니 제 말을 믿어주시어요. 온풍 사람들을 상대로 심문을 벌이셔도 좋습니다!"

벼락을 맞은 것만 같았다. 무천이 얼떨떨한 얼굴을 하고서 처음 부곡을 갔을 때 그를 따스하게 맞아주었던 을라에게로 고개를 돌렸다.

"사실…… 이냐?"

그녀는 말없이 바닥을 쳐다볼 뿐이었다.

무천의 도포자락이 펄럭였고 가라한의 태자가 그렇게 뒤돌아서는 모습에 옥 안은 살려달라는 마지막 절규로 떠나갈 듯했다.

아루는 무릎에 고개를 묻고 멍한 눈으로 그녀 앞에 놓인 밥과 찬들을 바라보고 있었다. 배는 고팠지만 부족들에 대한 생각으로 한 술도 뜰 수가 없었다.

드르륵, 그때 요란한 소리를 내며 장지문이 열렸다. 살며시 고개를 들어 올리는데 문가에 선 태자의 시선이 어쩐지 이상하다. 기이한 눈빛이 그녀를 천천히 훑어 내리는가 싶더니 손도 대지 않은 밥에 가서 멎었다.

태자가 뒤를 향해 고개를 돌렸다.

"지금 당장 내의원에 가, 사람을……."

무슨 생각인지 그는 끝말을 잇지 않았다. 그리고는 명을 기다리는 내관들을 향해 다시 입을 열었다.

"아니다! 그건 되었다! 소주방으로 가 따뜻한 죽을 가져오라 일러라."

몸이 성치 않을 아루에게 지금 이 순간 제대로 된 치료나마 해줄 수 없다는 사실이 그의 마음을 무너지게 했다. 그럼에도 그녀를 살리려면 이 수밖에는 없었기에 무천은 내의원을 부를 수가 없었다.

이윽고 태자가 그녀 앞에 멈춰서기까지 아루는 그것을 물끄러미 지켜보고 있었다. 그녀의 눈동자가 사내의 얼굴을 바라보지 못하고 도포자락의 끝만을 응시하는데……. 헌데, 착각인가?

그의 손이 천천히 그녀에게로 향하는 느낌에 아루가 고개를 들어 올려 사내의 얼굴을 바라보았다. 그와 동시에 옥수玉手가 순식간에 거두어지더니 태자가 바로 몸을 돌려 버렸다.

終日, 不遠如遇

종일, 그는 내 말을 듣고 있었다

열 손가락으로 세기에는 턱도 없이 차고 넘치는 시일들이 지나갔다. 그리하여 봄기운이 궐에도 찾아들었다. 그러나 뒤숭숭한 날들의 연속이었다.

"그년이 태자전에서 한 발자국도 모습을 드러내지 않으니 죽여 없애기가 참으로 요원하구나."

손톱이 살갗을 파고들도록 황후는 주먹을 불끈 쥐었다. 길조가 그런 친모親母를 향해 말했다.

"다행인 것은 사람들이 저하에 대해 불신하기 시작했다는 겁니다. 궐 사람뿐이 아니니 딱히 이제는 풍문을 낼 필요도 없지요. 여직 온풍 것들을 처리하지도 않고 있고 여색에 눈이 멀어

가라한 사람들을 되레 차별하니 백성들이 얼마나 불만이 많겠습니까? 얼마 전에는 억울한 죽음을 맞았다며 유선화의 혼魂을 달래는 제사의식이 백성들 사이에 유행처럼 번지고 있다는 소리도 들었사옵니다."

제 손에 죽어나간 계집을 백성들이 열녀로 섬긴다는 말에 황후가 피식 웃음을 흘릴 때, 옆에 있던 북로 여인은 고개를 젓고 있었다. 그녀가 지아비를 향해 제법 단호한 목소리로 말했다.

"그래도 이쯤에서 끝내면 아니 됩니다. 그 계집이 득남을 하게 되는 것만큼은 막아야 합니다."

가만히 이야기를 듣고 있던 옥영이 궁녀를 향해 명했다.

"먹을 가져오너라. 내 친히 폐하께 상소를 올릴 터이니."

*

강녕전, 그윽한 차향이 마주 앉은 부자父子 사이에 감돌고 있었다. 황제 상양의 눈이 조용히 차를 들이키고 있는 태자에게로 향했다.

"나는 이제 명이 다했다."

아버지의 말에 무천이 입으로 가져가려던 찻잔을 순간 멈추며 그것을 아래로 내려놓았다.

"폐하."

그런 말씀 마시라는 뜻이 나직한 그 한마디에 담기어 있었다.

그럼에도 황제는 자책의 소리를 멈추지 않았다.

"너는 그리 말거라. 내가 저지른 과오를…… 똑같이 반복은 마라."

무천이 가만 아비의 용안을 응시했다.

"가라한 제국의 천자가 될 몸, 사사로운 감정은 끊어내라는 말이다."

그 말에 무천은 그저 고개를 숙일 뿐이었다. 그 모습을 안타깝게 바라보던 상양이 뒷말을 이었다.

"아기를 낳을 때까지는 어쩔 수 없다지만 그 후는 여인의 죄를 엄히 묻도록 해라. 그리하여 백성들의 마음을 풀어주어야 한다."

황제는 얼마 전 받아본 황후의 상소를 떠올리고 있었다. 온풍의 여인을 당장에 벌하라는 내용이었다. 이러한 상소문은 황후 외에도 여기저기서 끊이지를 않고 있었고 곳곳에서 투서도 날아드는 상황이었다. 그럼에도 상양은 아들을 생각해 이 모든 일들을 모른 척하고 있었다.

'정녕 그 여인에게 마음을 준 것이냐.'

아비의 요구에 태자는 아무런 대답도 하지 못하고 있었다. 그런 무천을 바라보며 상양은 여인에게로 향한 아들의 마음을 쉬이 읽어낼 수 있었다. 황제의 눈가에 어여쁜 웃음을 한 여인 하나가 아련히 스치고 지나갔다.

무천의 어머니, 바로 수헌 왕후였다. 그녀를 잃고 실의에 빠진 나머지 그는 내내 정사政事에만 매달렸었다. 게다가 여인을 빼다 박은 아들을 마냥 외면하기 일쑤였으니 늘그막에 이르자 그 미안함이 사무치게 넘실댄다.

상양이 부드럽게 재차 말을 이었다.

"어의를 보내겠다. 황실의 핏줄을 보존함은 중차대한 일이니 여인의 몸을 살피도록 명하겠노라."

분명 그의 편에 서준 아버지를 반가워해야 마땅했으나 무천의 얼굴은 당황으로 흐려지고 있었다.

*

약재를 살피는 금석주의 눈이 음울했다. 말린 약초들을 손으로 문지르고 혀로 찍어 맛을 보는 일 따위를 해야 했지만 그는 좀체 집중을 하지 못했다. 약방에 모인 사람들의 두런거림은 그 옛날 그가 나라를 걱정하던 시절의 모습과 너무도 닮아 있었다. 거기다 당시 그가 했던 고민들이 저들의 대화에 고스란히 들어가 있었으니.

"우리 매부가 궐에 있는데 말이야, 태자저하께서 그 계집을 그렇게나 끼고 돈다지?"

"에구, 나라꼴이 뭐가 되려는지 높으신 분이 체면도 모르고 천하디천한 종년과 눈이 맞아 그래?"

"그 요망한 계집이 태자저하께 무슨 여우짓을 하는 것인지 그로 인한 피해는 고스란히 우리 가라한 백성들이 받는 것 같아 화가 끓어오르네."

석주가 몸을 돌렸다. 호위무사가 조용히 따랐고 궐에서 붙여준 내관은 종종걸음으로 그 곁에 바짝 붙어 섰다.

"왜 그냥 가시는 겁니까?"

생각에 빠진 금석주는 말이 없었다. 내관이 그를 물끄러미 올려다보는데 수심 어린 표정 아래 보이는 하얀 수염이 어의의 마음고생을 보여주는 듯했다. 고故 유수녕 좌평으로 인해 죽을 고비를 넘기면서 궐에서는 폐하의 안위를 염려해 그에게 사람을 붙여주었는데 청 내관이 그중의 하나였다.

"그만 잊으시지요."

석주가 그제야 내관 상약尙藥을 바라보았다. 자신을 걱정하는 궐 사람에게 이렇다 할 한마디 말이라도 해주어야 마땅했지만 그는 입을 다물었다. 자책으로 얼룩진 세월이었으나 죗값을 마저 치르지 못했다는 사실은 그의 마음을 불편하게 했다.

다시 고개를 돌리고 저잣거리를 걷는데 비단장수의 천박한 흥정 소리, 노리개에 빠진 여염집 아낙들의 붉은 웃음소리, 엿장수의 경박한 가위질 소리, 골패놀음에 빠진 투전꾼들의 욕설 섞인 목소리, 고깃덩이들이 기름에 튀겨지는 소리, 그 모든 번잡한 소리들이 한꺼번에 그에게로 몰려들었다.

여기도 많이 변했구나, 석주는 그리 생각하며 걸음을 멈추었다. 휘 한 번 둘러보니 5년 전과 천지 차이로, 비단 변한 것은 저잣거리의 풍경만은 아닌 듯싶었다. 그 안을 오가는 사람들의 모습에 그의 시선이 사로잡혔다.

"저놈들 잡아라!"

상인 하나가 신발도 마저 신지 못한 채로 아이들 여럿을 쫓고 있었다. 꽤나 분했음인지 들고 있던 신발을 냅다 벗어 놈들의 꽁무니를 향해 날려보는데 키득거리는 사내아이들의 웃음만 더 커졌을 뿐 별다른 소득은 없어 보였다.

석주의 시선이 가라한의 그 어린아이들에게로 향했다. 도망간답시고 골목을 휙 도는데 방향으로 미루어 보아 그들은 유곽이 즐비한 거리로 섞이어 들어간 것이 분명했다.

그가 가만 웃었다. 그리고 하늘을 올려다보며 나직이 물었다.

"가라한을 어찌 보고 계십니까?"

도성에서 가장 화려하다는 황성 저잣거리를 둘러보던 내관이 그 소리를 듣고 어의에게 물었다.

"허공에 대고 무슨 혼잣말을 하신 겝니까?"

여전히 어의는 말이 없었다. 멋쩍어진 청 내관이 재차 물었다.

"그나저나 태자전에서는 무슨 기별이라도 있었습니까?"

그제야 석주가 고개를 돌려 말 많은 상약尙藥을 상대해 주었다.

"기다려 봄세."

*

아루가 소주방의 나인들이 탁자 위에 음식을 배열하는 것을 물끄러미 바라보고 있었다. 태자가 있어서인지 그네들의 시선은 조심스럽기만 했다. 그녀 홀로 있을 적에는 때로 접시를 불퉁하게 놓으며 멸시의 뜻을 숨기지 않는 것이 다반사였는데.

몇 년 전이라면 결코 지지 않고자 그녀도 그네들을 쏘아보았겠지만 지금은 그저 그런 일들을 묵묵히 받아들일 뿐이었다. 어쩌면 아루 스스로가 상처받길 원하고 있는지도 모를 노릇.

정작 본인이 모르는 그러한 것을 무천은 용케 짚어내고 있었다. 비밀리에 유선화의 죽음을 조사해야 했고 시끄러운 궐에 안정이 찾아오도록 힘을 써야 하는 중요한 시기였으나 많이 마르고 여윈 아루를 위해 무천은 식사만큼은 늘 이렇듯 함께해 주었다.

은공그릇의 뚜껑을 열자 오늘도 어김없이 따뜻한 김이 피어오른다. 멍하니 있다가 숟가락을 가만 드는데 사내가 전煎 하나를 밥그릇 위에 얹어주었다. 그것을 가만 내려다보던 아루가 천천히 고개를 들어 무천을 응시했다. 아무 일 없던 것처럼 묵묵히 밥만 뜨는 태자가 눈에 들어온다.

꽤 긴 시간을 이곳에서 같이 보내고는 있었지만 그는 그녀를 안는다거나 대화를 애써 이어나가려 들지는 않고 있었다. 갑작스런 다정함에 아루는 그만 눈물이 핑 돌았다.

"이제 그만, 저를 놓아주시어요."

밖을 거의 나가지 않았음에도 그녀는 알 수 있었다. 자신이 태자를 무척이나 곤란하게 만들고 있다는 것을.

"왜? 또 도망을 갈 터이냐? 그러면 나는 또 너를 잡을……."

사내의 말이 순간 멈추어졌다. 여인의 자그만 두 손이 다가와 그의 커다란 손을 꼭 쥐었기 때문이었다. 바라보니 눈에서 눈물이 뚝뚝 흘러내리고 있다. 가만 고개를 내젓는 것이 이제 그만 자신을 버려라, 그리 말하고 있었다. 원래도 없던 밥맛이 뚝 사라져 버렸지만 무천은 가만 손을 빼내며 부러 밥 먹는데 열중했다.

하얀 손이 천천히 거두어지는 것이 무천의 마음도 못내 불편했다. 그녀가 하고 있을 생각들이 무언지 쉬이 감이 잡혔다. 하루 속히 아루가 겪고 있는 고통을 끊어주고 싶음에도 그는 이 일을 어떻게 최선으로 이끌어야 하는 것인지 고민이 많았다. 그 번잡함을 밀어내며 그가 무심히 말했다.

"얼른 먹어라."

여인에게 살갑게 대하지 못하는 자신이 원망스러우면서도 그녀를 위해 밥을 뜨는 사내의 속만큼은 다정한 것이었다.

"저하께오서 안에 계시는가?"

"네. 하오나 지금은 수라를 들고 계셔서……."

친우의 목소리에 무천이 천천히 일어서며 아루에게 말했다.

"잠시 나갔다 올 터이니 그릇 안의 밥은 모조리 먹어라. 이번에도 확인을 할 터이니 다 비우지 못하면 경을 칠 것이다."

그리 말하고서 태자가 문으로 향하는 것을 아루는 눈으로, 그리고 소리로 살폈다. 드르륵, 장지문이 열리고 그는 결국 나가 버렸다.

"다들 무슨 일이야?"

태자의 절친한 벗, 마호의 음성이 들려왔다.

"신臣 위사좌평 사마호, 저하께 다시 청을 드리러 이리 걸음 하였습니다."

이어 나머지 사내들의 목소리도 뒤를 이었다.

"숙위부 달솔 군목정입니다."

"신臣 감배수 저하께 문후드리옵니다."

그의 친우들이 차례로 인사를 하고 있었다.

이제는 그들이 태자에게 건넬 말을 아루도 알고 있었다. 그녀가 눈을 감았다. 계집을 바깥으로 물리시오소서, 그들은 또다시 그리 말하겠지. 태자가 자신으로 인해 친우들에게조차 쓴소리를 들어야 하는 이 상황에 아루는 마음이 아려 왔다.

강녕전.

황제 곁에 선 황후는 싸늘한 눈매로 무천을 노려보고 있었다.

"태자전에 계집을 끼고 계시는 것은 젊은 사내의 혈기라, 나는 그리 이해하고 넘어갔소. 이 어미는 충분히 참아주려 했단 말이오. 헌데, 대체 왜 여인의 진맥을 거부하시는 게요?"

무천은 말이 없었다. 황제 상양은 기침만 쏟아낼 뿐.

필시 온풍 여인의 수태와 관련해 숨겨야 할 무언가가 있음이야. 길조가 황후를 거든다.

"혹! 숨겨야 할 무엇이라도 있는 것인지요, 형님?"

길조와 황후의 눈이 마주쳤고 찰나지만 옥영의 눈이 반짝였다. 그때 허를 찌르는 태자의 반격이 이어졌다.

"그보다도 제가 없을 때 죄인 하나가 명命을 달리했더군요."

당황한 옥영이 서둘러 입을 열었지만 부자연스럽기 그지없는 말투였다.

"태자는 참으로 부덕不德하신 분일세. 태자비가 될 뻔한 여인, 게다가 아직 죄의 유무조차 밝혀지지 않은 사람의 죽음을 어찌 그리 무심히 말할 수가 있단 말이오!"

무천이 천천히 미소를 지었는데 태도가 너무도 여유로워 보여 이를 바라보던 길조가 흠칫 몸을 떨었다. 태자가 입을 열었다.

"옥에 갇혀 생사를 넘나드는 죄인들이 한둘이 아닐진대, 어찌하여 어마마마께오서는 단박에 그 여인의 죽음을 짚어내십니까?"

그 말에 황후가 붉어진 얼굴로 헛기침을 내뱉으며 태자를 탓하는 말을 얼버무렸다.

"주제가 너무 멀리 갔소. 태자전에 머물고 있는 여인의 거처를 논하던 자리였소만."

이 또한 태자는 부드럽게 맞받아칠 뿐이었다.

"혼란스러운 일이 있다 보니 여인이 낯선 이를 다소 두려워합니다. 그러나 천천히 안정을 되찾아가고 있으니 조만간 시일을 잡아보지요."

당황한 것은 이제 옥영이었다. 태자의 미적지근한 태도로 미루어 온풍 계집의 회임은 사실무근일지 모른다, 그리 판단했으나 아뿔싸 그것이 아닌가 보다. 그녀가 황급히 말을 바꿨다.

"굳이 무리를 할 필요는 없고……."

"태자가 그리 마음을 여니 참으로 다행이구나."

돌아가는 상황을 힘없이 바라보던 황제 상양이 그리 말했다.

"하오나 폐하! 수태를 한 여인은 안정을 취해야 하는 것인데……."

"쿨럭! 황후는 태도를 바꾸는 이유라도 있소?"

화살이 그녀에게로 날아들자 옥영이 황급히 태도를 바꾸었다.

"아…… 아니옵니다."

무천은 문후를 마치고서 강녕전을 나왔다.

*

그날은 이상한 일로 시작이 되었다.

이곳에 발을 들여놓은 이후 태자가 처음으로 그녀의 입술에 입을 맞추었던 것이다. 정인의 따스한 감촉을 내내 붙잡아두고 싶었지만 염치가 없어 아루는 사내 대신 그의 옷깃만을 힘껏 쥐었다. 태자가 천천히 입술을 떼며 그녀를 향해 웃는데 눈물이 쏟아질 만큼 다정한 미소였다.

여인의 아롱거리는 눈물을 그가 엄지로 밀어내며 그녀를 깊이 안아주었다. 그것이 이름 없는 강가의 어느 주막에서 보내었던 한때를 떠올리게 해 결국 아루는 입술을 깨물어야만 했다. 그럼에도 눈물을 참아낼 수가 없다.

태자가 그녀를 끌어안으며 가만 등을 토닥였다.

"괜찮다. 괜찮아."

결국 끅끅거리며 설움을 희미하게 흘리자 그가 아루의 귓가에 나직이 속삭여 주었다.

"언제까지고 너는 내가 지켜줄 터이니 절대 불안해하거나 회의감을 느껴서는 아니 된다. 알겠지?"

이 역시 주막의 그때처럼 다정하다. 귓가에 속삭여 오는 그 목소리를 결국 아루는 간절히 붙잡고 말았다. 그의 품에서 고개를 끄덕이며 여인은 생각했다. 참으로 간사한 마음이구나. 근래 심신이 지쳤다는 이유로 죽었는지 살았는지 모를 내 민족은 나 몰라라 해버린 너인데, 그도 모지라 정인 때문에 모진 목숨, 끊어내지조차 못하는구나. 나로 인해 가시밭길 펼쳐진 사내를, 그의 손을 염치없게도 덥석 잡고 마니, 네 대체 무어냐?
아루가 소리 없는 눈물을 흘렸다.

운명의 장난인가? 5년 전 태자를 살리기 위해 찾았던 그 의원은 이제 가라한의 어의가 되어 그녀 앞에 앉아 있었다. 아루가 불안한 눈으로 곁에 선 태자를 살폈다. 정인의 따뜻한 웃음에 그녀는 천천히 숨을 내쉬며 마음을 진정시키려 노력했다.
"별일 아니니 잠깐이면 된다. 끝나고 나와 함께 따뜻한 차나 한잔하자꾸나."
그 말에 아루가 쭈뼛쭈뼛 소매를 걷으며 가느다란 팔목을 내밀었다. 의녀들이 조심스레 아루의 팔에 실을 묶었고 석주가 그녀를 향해 고개를 숙여 보인 뒤 그 끝을 잡았다. 필시 회임과 관련된 일일 것이었기에 아루는 이제 상황을 명료하게 생각하려 들지 않았다. 그녀의 손을 떠난 일, 그저 태자의 뜻에 죽든 살든 운명을 맡기고자 했다.
긴장으로 인해 아루의 인중에 땀이 맺힐 무렵 한참을 집중하던 어의가 그것을 가만 내려놓았다.
"되었으면 가서 전해라. 황실의 핏줄은 강건하다고."
아루가 순간 입을 벌리며 태자를 바라보았다. 그는 어의를 쏘아보고 있었는데 그 눈빛을 받은 금석주란 자에게선 아무런 대답이 없었다.
"뭣들 하는 게냐? 썩 나가 보지 않고!"

불호령이 떨어졌지만 어의는 되레 무릎걸음으로 아루가 앉아 있는 탁자를 향해 다가왔다.

그녀가 불안한 듯 정인을 향해 고개를 저었다. 억지를 부리지 말자는 뜻이었다. 그럼에도 태자는 고집스러웠다. 그가 석주를 향해 차갑게 물었다.

“무어냐?”

“소인의 의무를 다하게 해주십시오.”

그 말에 태자의 싸늘한 음성이 다시 그에게로 날아들었다.

“네 참으로 무례하구나. 감히 복중에 황실의 핏줄을 담은 여인의 몸에 손을 대겠다는 말이냐?”

온풍 공주의 맨 등에 침을 꽂았던 적도 있는데 태자는 그에게 상당히 까다롭게 굴고 있었다.

“소인의 일천한 의술 탓이옵니다. 그러니 너그러이 마지막 기회를 한 번만 더 주시옵소서.”

무천이 주위를 살피다가 내의녀들을 향해 물러가라 손짓했다.

돌아가는 상황을 지켜보는 아루의 눈이 불안하게 떨리고 있었다. 태자가 그런 그녀를 향해 가만 웃어주었으나 그것은 찰나였다. 그가 표정 없는 얼굴로 어의를 내려다보며 명령하듯 말했다.

“결과는 변치 않을 것이다.”

진맥을 허락하겠다는 말이기도 했다. 질끈 감았던 눈을 살며시 뜨며 아루는 다가서는 어의를 향해 품에 모으고 있던 손을 내밀었다. 세월의 무게가 느껴지는 손가락 두 마디가 천천히 가녀린 손목을 짚어 왔다.

잠시 뒤 어의가 그것을 떼어내자 무천이 명했다.

"그대로 전해라. 여인의 복중에 나의 아이가 있다고."

그러나 석주는 무엄하게도 웃전을 곧은 눈으로 올려다볼 뿐이었다. 그것을 태자가 다시 오만한 눈으로 맞받아치고 있었다.

아루는 초조하고 슬펐다. 태자의 소매를 잡아 그의 관심을 끈 뒤, 그녀가 조그맣게 웃으며 말했다.

"그만, 그만하시어도 돼요."

그러자 이 일이 벌어진 이래 태자는 가장 커다랗고 따듯한 미소를 그녀에게 지어 보였다.

"안심해라. 너에게 약조한 것이 있는데, 네 나를 믿지 못하느냐?"

그가 속삭였고 어의는 두 정인의 모습에 고개를 떨어뜨린 채 처연한 눈을 했다. 태자의 눈길이 그에게로 떨어지자 그것을 느낀 석주가 가만 입을 열었다.

"그리할 수는 없습니다."

태자가 비스듬한 미소를 짓고서 바로 물었다.

"왜이냐?"

"소인이 나라를 걱정하고 황실의 일을 염려한다는 것은 이제 더는 불경이자 불충일 것입니다. 하오나 더 이상 진실이 아닌 것으로 세상을 속이고 싶지는 않사옵니다."

"하! 그래?"

석주는 말없이 앉아 있었다. 그의 뜻은 무척이나 굳건해 보였다.

한동안 어의를 바라보던 무천이 아루에게로 몸을 돌렸다. 당황한 빛을 가득 머금은 그녀에게로 무천이 허리를 숙이더니 잠시 그 고운 얼굴을 바라보았다. 그리고는 그의 이마에 둘러진 유건을 끌어내리기 시작했다. 그녀가 그 움직임을 따라 시선을 가만 이동하다 그것이 눈으로 다가오자 흡 숨을 들이켰다. 순간 아루의 눈동자가 불안으로 거세게 떨렸다. 그러자 사내가 여인의 이마에 가볍게 입을 맞추었다. 아루는 최후를 예감했다.

"잘…… 하시었습니다."

그 말에 유건으로 여인의 눈을 가리려던 무천이 멈칫했다. 잠시 후 그가 씩 웃는데 미소가 그 옛날 짓궂은 소년의 것이었다. 그러나 슬픔으로 마음이 무너지고 있는 아루는 그 웃음의 의미를 이해하지 못했다. 그녀도 최대한 고운 미소를 지어 보인 뒤 사내의 손에서 유건을 스스로 받아 들며 눈으로 가져갔다. 그리고는 뒷머리에 단단히 매듭을 지은 뒤 사내가 볼 지 안 볼 지 모르는 미소를 암흑 속에서까지 그려내었다.

이제야 깨닫다니. 내가 이 사람을 얼마나 애타게 사모했는지, 민족도 나라도 버렸을 만큼 얼마나 흔들렸는지, 그 은애하는 마음을…….

'이승에서 맺어지지 못한 인연이나 부디 저승에 오거들랑 더는 귀찮게 하지 않을 터이니 이것만큼은 기억해 주셔요. 만약면 훗날 생을 함께해 온 여인과 그곳을 함께 찾으신다면 소녀에게 잘 지내었느냐, 그리 한마디만 물어봐 주실 수 있는지요?'

아루가 탁자에서 내려와 무릎을 꿇었다. 그 모습에 무천의 눈에 눈물이 주르륵 흘러내렸다. 여인이 죽음을 받아들이는 모습을 더는 볼 수 없어 그가 황급히 벽으로 걸어가 검을 들어 내렸다.

좌악!

순식간의 일이었다. 털썩 하고 무언가가 바닥에 쓰러지는 소리에 아루는 멍한 정신을 수습하려 노력했다.

'설마, 설마…….'

천천히 손을 올려 눈을 가린 것을 끌어내리려 할 때, 쨍그랑 바닥에 칼 부딪히는 소리가 그녀의 불길한 생각을 고정시켰다. 유건을 벗겨내자 아니나 다를까 피를 쏟는 주검이 보였다. 모든 기운을 순식간에 소진시켜 버린 듯 시신을 확인하려 드는 몸이 자꾸만 휘청 앞으로 꺾였다.

무천이 서둘러 바닥에 무릎을 대고 앉아 금석주의 죽음을 아루의 시야에서 지워 버렸다.

"나를 믿으라 했지 않느냐?"

사내가 천천히 여인의 볼을 쓰다듬었고 그녀는 최면에 걸리기라도 한 듯 피가 튄 태자의 얼굴을 응시하기만 했다. 무슨 일이 일어난 것인가. 앞으로 또한 무슨 일이 일어날 것인가. 정신을 차리고 끔찍한 현장을 다시 한 번 확인하려 하자 태자가 그것을 막아 세웠다.

그가 그녀의 얼굴을 자신에게로 돌려 세웠다. 두 사람의 시선이 얽혔다. 그제야 상황이 온전히 파악돼 그녀의 눈에서 눈물이 몽글몽글 뿜어져 나왔다. 사내가 그것을 보며 부드럽게 웃었다. 마치 바로 강가의 어느 이름 모를 주막에서 보냈던 그와의 첫 밤처럼.

아루의 시선이 사내의 얼굴에 떠나지 않을 것처럼 내내 머물렀다. 어찌 그를 놓을 수 있을까. 비록 버림을 받더라도 나는 늘 마음으로 다정한 웃음 떠올리며 마지막 순간까지 이 사람을 놓지 못할 것이야.

"저하, 저하……."

그때 장 내관의 떨리는 음성이 장지문을 타고 들려왔다. 아루의 눈이 불안으로 다시 흔들리고 있었다. 문밖에 대고 소리치는 태자의 음성은 그러나 굳건하기만 했다.

"명이 있을 때까지는 이곳에 한 발자국도 들지 마라."

"예예, 마마."

그런 뒤 무천이 아루를 향해 말했다.

"지금부터 내 말 잘 들어라."

눈물로 얼룩진 여인은 경황이 없는지 그의 얼굴을 바라만 볼 뿐이라 부러 무천은 농을 건넸다.

"고개를 끄덕이기라도 해야지."

그 말에 아루는 멍청하게 고개를 끄덕여 보였다.

"좋아."

그것을 시작으로 태자의 말이 이어졌다.

"우리는 이곳을 벗어나는 거다. 알겠느냐?"

아루가 이해를 하지 못한 듯 여전히 멍한 눈빛을 보이고 있자 그가 재차 말했다.

"안개바람의 저편……. 너와 내가 그리로 가는 것이다!"

그제야 여인이 덥석 사내의 팔을 쥐며 세차게 고개를 흔들었다.

"안 됩니다. 일을 그렇게 벌이시면 절대 아니 되어요. 저를 제발 놓아주셔요. 버리셔요, 제발!"

그리 말하고는 아루는 바닥에 떨어진 검을 향해 기어갔다. 무천이 뒤를 돌아 여인의 허리를 단숨에 낚아채 품으로 끌어왔다. 그리고는 눈물 맺힌 눈을 바짝 들여다보며 천천히 그녀를 진정시켜 나갔다.

"셈을 할 줄 모르는 것이냐? 이번엔 나의 차례가 아니더냐?"

그 말에 아루의 얼굴이 천천히 흔들렸다.

"내 목숨 구하자고 나라와 민족까지 잊었던 너를 내가 어찌 버릴 수 있겠느냐? 그리하여 이번엔 나의 차례이다."

하염없이 눈물을 쏟아내는 여인을 사내는 가만 안아주었다.

*

바람이 불어와 여인의 머리를 흐트러뜨리고 지나갔다. 무풍은 드넓은 평지를 달리고 있었고 그 위에 올라탄 두 사람은 따스한 기운을 머금은 봄바람을 온몸으로 맞고 있었다. 사내가 고삐에서 힘을 풀지 않으며 동시에 그녀의 어깨를 바짝 끌어안았다. 아루가 고개를 돌리며 환히 웃었다.

"여난아루! 앞을 보고 집중해야지."

아이에게 하듯 장난을 걸어오는 태자의 목소리에 그녀가 자그맣게 웃음을 터뜨렸다. 고개를 바로 해 탁 트인 들판을 그녀는 온 가슴을 통해 맞아들였다. 그리고 사내에게 고맙다며 또다시 되뇌었다.

길을 떠난 이래로 단 한 번도 우울한 얼굴을 한 적이 없었지만 그럼에도 아루는 씁쓸한 기운이 마음 안에 뭉쳐 오는 것을 어쩌지 못했다. 그가 그녀의 운명을 끊어내 주었다면 그녀는 그의 운명을 가로막은 꼴이 되었으니.

코끝이 다시 붉어질까 아루가 부러 환히 웃으며 눈부신 봄 햇살을 향해 반짝 웃었다.

"그래, 그리 웃어라."

등 뒤에서 사내의 나지막한 목소리가 들려오자 여인이 멈칫했다. 어찌 알았을까? 내가 잠시 슬퍼했다는 것을.

그의 음성이 다시 이어졌다.

“저기서 쉬어가자꾸나. 저번 기슭에서 따온 진달래며 삘기도 먹으며 놀고.”

목소리가 이상하게 나올까 아루는 가만 고개를 끄덕였다. 지도를 머릿속에 외웠다는 그는 부러 멀리 돌아가는 길을 택한 터였다. 행여 쫓김을 당할까 그리한 것이다. 재빨리 그곳에 당도해야 맞으나 무천은 행여 그녀가 지칠까 끝까지 배려하는 것을 잊지 않았다. 가는 길 내내 그것은 아루의 마음을 따뜻하고도 먹먹하게 하고 있었다.

7장

風吹霧濕香澗谷

바람은 안개 자욱한 곳에 불어와
물 흐르는 골짜기 향기롭게 하네

永謝區中緣

영원히 이 땅의 인연에 감사한다

장 내관이 편전의 나무바닥에 앉아 있었다. 몇 번이고 계속된 황제의 부름에 그는 손을 부들부들 떨어댔다.

"광증이시네요, 진정."

내관의 상황 설명을 다 들은 길조는 무심한 음성으로 그리 말했다.

황제는 기침을 쏟아내며 옥좌의 팔걸이를 힘껏 쥐었다. 그리고는 아들 길조를 차갑게 일갈했다.

"입 다물라! 태자가 돌아와 네놈의 불경을 묻기 전에!"

상양 또한 흥분해 있었다. 태자가 궐을 나선 지 열이레가 지나고 있었으니. 어디로 숨은 것인지 서찰 또한 보낼 수 없어 몸시도 갑갑한 나날이었다.

신하들 앞에서 아버지로부터 난생처음 꾸지람을 들은 길조는 그만 화가 치밀어 입매를 잔뜩 비틀었다. 그의 얼굴이 붉어져 있었다.

"감히 어의를 죽이고 여인과 들놀이를 떠난 저하를 아무리 아우라지만 어찌 좋게 말할 수 있답니까? 지금 백성들은 동요하고 있습니다. 장차 이 나라의 천자가 될 분께서 천한 여종에게 빠지시어 아이를 수태시키고 그것도 모자라 정무조차 멀리한 채로 놀음을 떠나시다니요?"

탕!

"입 다물라 했지 않느냐!"

상양이 팔걸이를 내려치며 길조를 쏘아보았다. 불경하게도 아들은 아비를 향해 씩씩거리며 콧김을 뿜어내고 있었다.

한편 편전 한쪽에 자리를 잡고 앉은 위사좌평 마호의 얼굴은 몹시도 어두웠다. 그 뒤로 옛 풍월도의 무사들이 일렬로 앉아 마호와 같은 표정으로 부복해 있었다. 그들은 차라리 태자가 여인을 끼고서 봄놀이를 간 것이길 지금 이 순간 진심으로 바라고 있었다.

*

"네 왜 그리도 존대를 쉽게 했느냐? 내게 늘 반말을 일삼지 않았느냐?"

"지아비라 생각했기 때문일 거여요."

아루의 애교스런 말에 무천이 껄껄 웃었다. 바람결에 잡풀들이 흔들리며 여인의 뺨을 스치자 그녀를 안고 있던 사내가 그것을 가만 떼어주었다. 무천이 꽂아준 샛노란 유채꽃을 머리장식 삼아 여인은 간지러움을 웃음으로 토해냈다.

"힘들지는 않으냐?"

"전혀요."

두 사람은 잠시 고요히 봄바람을 음미했다. 사내가 다시 물었다.

"진짜 내 이름자가 궁금하지 않으냐?"

아루가 고개를 돌려 그를 올려다보았다. 호기심어린 눈을 빛내는 여인을 내려다보며 무천이 그녀의 뺨을 가볍게 쓸었다. 그리고는 손을 내려 여인의 손바닥을 쥐었다. 그의 손가락이 여인의 손바닥 위에 그의 이름자를 써 내려갔다.

"……굳셀 무武. ……울타리 천栫."

사내의 손은 떠나고 없었지만 마치 손바닥에 정인의 모습이 새겨지기라도 한 듯 아루는 한동안 그것을 바라만 보았다.

"그래, 굳센 울타리. 그것이 내 이름자이다."

그녀의 얼굴이 순간 흐려졌다. 천자가 될 몸, 함자의 뜻이 왜 그러한지 알 것도 같았다.

"송구하옵니다."

아루의 말에 그가 낮게 웃었다.

"무에 송구한데? 나는 돌아가신 어머니께서 진정 이 이름을 잘 지어주셨다고 생각한다."

잠시 뜸을 들인 뒤 사내가 아루를 더 바짝 끌어안으며 말했다.

"다른 것은 능력이 닿질 않아 놓아버렸으나 너에게만은 무슨 일이 있어도 내 이름자가 부끄럽지 않도록 그리 살고 싶다."

그녀는 눈물을 참으며 고개를 끄덕였다. 그리고는 간신히 그의 말에 응답했다.

"멋있네요."

그가 껄껄 웃더니 다시 말을 이었다.

"네 평소에도 내게 그리 사근사근하지 그랬더냐?"

아루도 웃었다. 지금 이 순간의 햇살처럼 침묵이 따스하게 두 사람 사이에 내려앉아 있었다.

"안개바람의 저편……. 진정일까요?"

"그건 모르지. 너와 내가 함께라면 그곳이 낙원이 아니겠느냐?"

"지도에 대한 이야기를 해주셔요."

미소를 머금은 무천이 멀리 어딘가를 응시하며 아루를 그곳으로 이끌었다.

"상商을 칠 때였지. 궐에 들어갔는데 비로 그 구중심처九重深處에서 그것을 발견했다. 처음에는 진귀한 보석들 사이에 놓인 낡은 지도가 조금 의아했었다. 나중에는 점차 빠져들게 되었지만. 그때 우리는 한참 혈기가 넘치는 나이였고 이국을 떠돌다 보니 남는 시간은 몽상을 많이 했었어. 무심한 척했으나 나 역시 다른 귀중품들을 가라한으로 실어 보낼 때 이것만큼은 보내지 못했다. 어쩐지 가지고 싶었으니까."

"……그 뒷 내용이 무엇인가요? 안개바람이 의미하는 것이 서책에 나올 듯했는데 채 읽지를 못했어요."

잠시 침묵했다가 그가 다시 입을 열었다.

"도착하면 알겠지."

그 말에 아루가 번쩍 고개를 들었다.

"저하께서도 모르신다는 거여요?"

그가 여인의 코를 쥐고 흔들며 씩 웃었다.

"저하라니! 이제 서방님이라 부르라 했지 않느냐."

아루를 안심시켜 주고 싶었다. 허나 화제를 엉뚱하게 돌려놓은 무천도 마음 한구석이 불안해 오기는 마찬가지였다. 그저 막연히 떠나는 그 낙원이란 곳, 그곳에서 너와 백년해로하고 싶구나, 그리 생각만 할 뿐. 무천답지 않은 충동적인 행동이었으나 그는 그것이 최선의 선택이라 믿고 싶었다.

코가 붙잡혀 우스꽝스런 표정을 짓고 있는 여인이 귀여워 사내는 붉은 입술을 머금었다. 그 부드러움을 음미하며 무천은 애써 불안함을 밀어내 버렸다.

'설마, 운명의 장난질이 어디 다시 시작되겠느냐. 진귀한 것을 먹고 값비싼 옷을 입으며 발아래 수많은 자들을 무릎 꿇게 하지는 못해도 너 하나 행복하게 해줄 자신은 있다. 그곳에 도착하면 나는 한낱 촌부村夫가 된다 해도 기꺼이 너를 위해 바지런히 일하고 땀 흘릴 것이니.'

驟騏感悲泉

달리는 천리마는 슬픈 샘물 소리를 느끼니

상양의 건강은 악화일로를 치닫고 있었다. 비단 어의 금석주의 죽음 때문만은 아닌 듯했다. 그것은 태자에 대한 분노에서 비롯된 것이었다. 황제가 기침을 쏟아내며 편전의 대신들을 노려보았다.

이빨 빠진 호랑이였으나 아직도 그는 천자였고 근래에는 몹시 심기가 어지러운 듯 보여 모두가 몸을 사렸다. 얼마 전에는 태자를 헐뜯어대는 황후를 처소 밖으로 한 발자국도 나오지 못하게 명을 내릴 정도였으니. 길조 또한 근신謹身이 떨어져 편전에서 보이질 않았다.

황제의 기분은 수시로 바뀌어 태자에 대한 간언을 올려도 불호령이 떨어지기 일쑤였고 사태를 방관만 하는 자들에게도 매섭게 눈을 치켜뜨곤 했다. 모두가 안절부절못했다.

상양의 눈이 대신들 속에 섞이어 앉은 위사좌평에게로 향했다.

"더 이상 여색에 빠진 태자를 방관할 수는 없을 터."

기실 모두 태자가 여인을 데리고 나라를 등졌다는 사실을 이제는 받아들이고 있었다. 그럼에도 황제는 굳이 저리 말했다. 여색에 빠진 것일 뿐이라고.

마호의 얼굴이 어두웠다.

"당장 잡아들여라!"

지기知己를 보면 태자가 마음을 바꿀까 상양은 희망을 품고 있었다. 그러나 마호는 바닥에 얼굴을 조아리며 나직이 그 명을 거부했다.

"제 임무가 궐의 안위를 지켜내는 것이오나 태자저하께서는 소인의 주군 되시기도 하옵니다. 미천한 신분으로 어찌 감히 옥체에 손을 댈 수 있을는지요?"

"쿨럭쿨럭! 오호라! 네 태자의 몸에 손을 댈 수 없으니 황제인 내 말을 거역하겠다는 것이냐! 허면 내가 너희 집안을 멸문시켜도 할 말이 없겠지?"

마호가 번쩍 고개를 치켜올렸다. 그의 눈이 당황으로 굳어져 있었다. 그러나 그는 얼른 그 빛을 지워내며 검을 들어 올렸다.

"존명尊命."

그것이 가라한의 위사좌평 사마호의 운명이었으니.

*

달포하고도 반이 지나 있었다. 낮에는 산짐승을 잡아먹고 남의 밭에서 서리를 하며 그들은 소꿉놀이를 벌이듯 달려왔고 밤이 되면 쏟아지는 별을 천장 삼아 서로의 몸이 이불이 되어 잠이 들곤 했다. 때로는 지는 석양 아래 풀을 뜯는 무풍의 모습을 가만 바라보며 긴 꿈을 꾸기도 했다.

간혹 아루가 민족을 그리듯 허공을 바라볼 때면 무천은 가만 여인을 품에 안아 말없는 걱정을 달래주곤 했다. 그러면 그녀는 사내의 가슴팍을 파고들며 찬갈이나, 을라, 죽은 바눈다, 그녀를 배신했던 자군, 그리고 소야까지도 무천에게서 위로를 받았다.

긴 여정이 가능했던 것은 날씨가 풀려서도 그러했지만 이렇듯 순전히 두 사람의 마음이 함께였기에 이뤄낼 수 있는 것이었다.

"이리로 가는 것이 진정 맞아요? 참말 머릿속에 지도가 있는 것입니까?"

"아닐 것 같으냐?"

올곧게 앞을 바라보고 있었으나 무천은 살며시 미소를 짓고 있었다.

"내 계산이라면 곧 그곳에 이르게 된다. 헌데……."

"헌데?"

아루가 조심스레 그의 말을 되묻자 그가 고개를 숙이며 그녀의 귓가에 나지막이 속삭였다.

"너무 기대는 하지 마라."

행여 기대만큼 좋은 곳이 아니어서 그녀를 실망시킬지 모른다는 생각을 무천은 내내 품어왔었다. 여인이 가만 고개를 끄덕이는 것이 느껴졌다.

"어쩌면 너나 나나 촌부가 되어 살지 모른다. 너는 시골 사는 나의 아내[村婦]로, 나는 밭을 일구는 사내[村夫]로, 그리 살지 몰라. 낙원이란 것이 별다른 것이 아닐진대 그래도 괜찮겠느냐?"

아루의 얼굴이 흐려지고 있었다.

"소녀는 괜찮사오나 마마께오서……."

"그리 부르지 말라 했잖느냐."

"허면 무어라 부릅니까?"

무천이 씩 웃으며 그녀의 귓가에 대고 농弄을 읊었다.

"서방님."

여인의 얼굴이 뜨거워는 것을 느끼며 그가 껄껄 웃었다.

'도착하면 변변치 않아도 혼례부터 올리자꾸나. 아루야.'

가만 속으로 다짐하는 무천이었다.

"후회는 없으셔요?"

여인의 목소리가 어두웠다. 반면 그의 목소리는 단호했다.

"없다!"

'있다면……. 지난 5년의 삶, 너에게 고통을 안겨준 것이 아닐까? 나는 그것이 정말이지 미안하구나. 이제 다 잊어라. 늘 곁에서 지켜줄 터이니.'

사내의 그러한 속내를 여인도 들은 것인지 말고삐를 쥔 무천의 손 위로 눈물이 떨어져 내렸다. 그도 아무런 말을 하지 않았다.

한참을 말없이 달릴 때 정인이 고개를 돌리는 것을 아루는 느꼈다. 그녀도 따라 고개를 돌렸지만 사내가 어깨로 그녀를 감싸며 시야를 막아버렸다. 무슨 일일까?

보이는 것이라곤 먼지구름 자욱이 일어나는 땅. 순간 아루의 머릿속에 불길함이 스쳤고 가슴이 빠르게 뛰기 시작했다.

"아무것도 아니다."

그녀를 안심시키려는 듯 무천이 그리 말했으나 아루는 덜덜 떨리는 손을 어쩌지 못하고 안장을 부여잡았다.

다그닥 다그닥!

둘 다 말이 없었다. 그러나 수많은 말발굽 소리가 점차 가까워 온다는 것은 알고 있었다. 그리고 그들이 가라한의 병사들이라는 것도 두 사람 모두 알고 있었다.

'오거라, 운명아! 나는 무슨 일이 있어도 내 여인과 나의 행복을 지킬 것이다!'

무천은 희망을 버리지 않으며 말고삐를 바짝 쥐었다. 두 사람을 태우고서 먼 길을 쉬지 않고 달려왔을 무풍이나 주인의 마음을 아는 것인지 그도 마지막 힘을 내고 있었다. 오랜 여정으로 지쳐 버린 것인지 말은 근래 부쩍 여위고 비실댔는데 그랬던 녀석이 맞나 싶을 정도였다.

애마의 기세에 무천의 팔에도 힘이 실렸다. 그곳에 먼저 당도해 서책에 쓰인 것처럼 세상에 그들의 존재 자체를 지워 버리면 된다고 그는 그리 생각했다.

마호는 어두운 얼굴로 멀리 사라지려 하는 까만 점을 보고 있었다. 분명 태자와 여인, 그리고 두 정인을 태운 무풍일 터였다. 자신들이야 각 지역에서 말을 바꾸어 타며 왔기에 비교적 힘이 떨어지지 않았으나, 녀석은 많이 지쳤을 텐데 어째 저리 달릴 수 있는 것인지 참으로 무천의 애마로구나, 마호는 생각했다. 그러면서 그는 마음을 쪼개놓는 두 갈래의 상반된 생각에 끝내 마음 안이 어지러웠다. 태자가 그 낙원이란 곳을 찾아 얼른 사라져 주길 바라는 마음, 그리고 친우를 다시 데리고 가라한으로 가고 싶은 마음, 두 가지가 그의 마음을 갈라놓고 있었다. 그리고 이 순간 마호의 뒤를 따르고 있는 나머지 친우들 역시 모두가 같은 생각이 되어 어둡게 가라앉아 있었다.

아무런 말없이 모든 것을 버리고 여인을 선택한 태자였으나 그럼에도 이리 다시 마주하게 되자 어쩐지 서운함은 가시고 반가움이 깊어져 있었다. 서글프게도 신기한 일이라 모두의 눈이 아련했다.

아루는 거센 바람을 맞으며 마지막까지 힘을 내는 말과 무천에 대한 염려로 얼굴을 찌푸렸다. 그녀야 사내의 품에서 쉴 때도 있었다지만 그와 무풍은 쉼 없이 달려왔으니 지금 이 순간 얼마나 힘이 들까? 다행인 것은 점차 그들을 쫓아오는 소리가 멀어져 간다는 것이었다.

'네 참 용타.'

그녀가 살며시 무풍을 내려다보며 웃는데 힘을 너무 소진했는지 녀석은 어느 순간 급격히 속력을 줄이고 있었다. 무천이 고삐를 바짝 그러쥐고 말 허리를 차는 것이 느껴지는데도 무풍은 점차로 느릿해졌다. 마치 주인의 명을 거부하듯.

"이랴!"

무천의 박차에도 이상할 정도로 놈은 말을 듣지 않았다. 무슨 일일까, 아루가 고개를 드는데 순간 하얀 구름 떼가 습기를 잔뜩 머금고 사방에 깔려 있는 것이 눈에 들어왔다. 참으로 기묘했다.

'이것이 안개바람이란 것인가?'

어쩐지 불안함에 심장이 주체를 못하고 뛰어댔다. 그녀가 사내의 품에 등을 더욱 가져다 대며 마음을 안심시키고자 노력했다. 무천의 얼굴을 볼 수 없음이 이 순간 몹시도 안타까웠다.

그녀가 몹시 보고 싶어하는 그 사내의 얼굴은 그러나 결코 밝지가 않았다. 기실 몹시 어두워져 있었으니.

콰콰콰콰콰콰!

여인의 얼굴도 새하얗게 질려갔다. 귓가를 때리는 엄청난 소음이 들려오고 있었다.

히히히히힝!

말은 이미 앞다리를 치켜들며 전진하기를 거부했다. 무천도 더는 애마를 재촉하지 않았다.

눈앞에 펼쳐진 끝도 없이 거대한 폭포수. 그곳으로부터 물보라와 물안개가 마구 밀려오고 있었다.

'이제 다 왔다는데……. 하늘은 대체 왜 이런 것인가? 안개바람, 그 자욱한 희미함이란 곧 이런 운명을 뜻하는 것이었던가?'

아루의 웃음이 서글펐다.

"멈추어라!"

뒤에서 들려오는 마호의 목소리도 정말이지 반갑지가 않았다.

아루가 움직였다.

생각에 잠겨 있던 무천이 자신의 팔을 조심히 치워내며 말에서 내리는 여인을 나중에야 알아채고 내려다보았다. 아루의 의중을 알 수는 없었으나 사면초가四面楚歌의 순간에도 무천은 여인에게 다정히 웃어주는 것을 잊지 않았다.

"왜 그러느냐?"

"이제 그만…… 돌아가셔요."

얼굴을 쳐다보지 못하고 고개를 떨어뜨린 여인은 웃고 있는 듯하나 울음 섞인 목소리를 감추지 못해 애를 먹고 있었다. 무천은 말없이 은애하는 여인의 얼굴을 바라보았다.

그녀가 용기를 낸 듯 고개를 들어 올리며 마지막으로 웃음을 지어 보였다.

'당신에게는 악연인 계집입니다. 부디 이제는 저를 버리시고 가라한에서 행복하게 사셔요.'

"얼른! 얼른 가셔요!"

그러나 순간 아루의 팔이 사내에게 붙잡히며 억센 악력에 의해 다시 말에 태워졌다.

"너는 사내 마음을 들었다 놓았다 하는 재주가 참으로 대단하구나. 너와 끝까지 함께한다는 내 말을 왜 그리 자주 잊는 것인데?"

그녀의 몸이 굳어졌다. 아루가 고개를 저으며 어떻게 해서든 말에서 내리려 했지만 사내의 힘을 이겨낼 수는 없었다.

"이러지 마시어요. 제발!"

"쉬!"

그가 여인을 달래며 속삭이듯 나지막이 말했다.

"그 서책의 나머지 부분 말이다. 무어라 했는지 아느냐?"

의아함과 불신을 함께 담아 아루가 그의 얼굴을 올려다보았다.

"눈앞에 펼쳐진 저것은 가짜다. 진짜가 아니란 말이다! 좋은 생각을 하며 저곳으로 향하는 순간 분명 다른 세상으로 넘어간다 했다!"

거짓임을 느낀 그녀가 울면서 고개를 저었다. 그런데도 무천은 그녀를 향해 태연히 웃기만 했다. 소년처럼.

"진짜인데. 네 정녕 서방 말을 믿지 못하느냐?"

도저히 믿기지 않고 또 믿을 수도 없는 말이 무천에게서 덤덤히 흘러나오자 아루는 그것이 진정 사실인 것처럼 느껴졌다. 그것을 알아챈 사내가 여인의 정수리에 가만 턱을 얹으며 말했다.

"저곳을 보아라. 저 안개바람 너머 우리의 행복이 펼쳐져 있잖느냐? 보라고, 여난아루!"

그의 말에 홀려 아루의 심장이 급격히 뛰기 시작했다.

"그래, 그리로 가는 거다."

무천이 애마의 허리를 찼다.

히히히히힝!

멀리서 진정되지 않는 가슴으로 사태를 주시하고 있던 마호가 순간 말고삐를 쥐었다가 가만 내려놓았다. 무풍이 요란하게 울음을 토해내며 앞으로 가기를 거부하는 모습이 보였다. 마호가 소리를 질렀다.

"무천! 와라! 제발! 계집을 버리고 오란 말이다!"

신기루처럼 절규하는 친우의 목소리에 태자가 잠시 고개를 돌렸던 듯하다. 그러나 사위를 희미하게 만드는 안개바람 속에서 친우들에게로 향한 것만 같은 무천의 웃음은 선명하지가 않았다. 마호의 가슴이 안타까움으로 타들어갔다. 모두가 그러했다.

뚜렷하게 앞이 보이질 않아 더욱 애가 끓는데, 다가가면 그를 절벽으로 밀어낼까 두려워 마호는 뒤를 향해 아무런 명도 내리지 못했다.

"이름값을 해야지, 이놈아! 비무풍飛霧風!"

히히히히힝!

자신의 이름이 주인에 의해 불리자 무풍이 그에 응답하듯 길게 울었다.

"그래, 괜찮다. 괜찮으니 우리 용기를 내어보자."

무천이 말 머리를 가만 쓸어주었다.

그때 정말이지 신기한 일이 벌어졌다. 무풍이 앞으로 달려가려는 듯 콧김을 내뿜으며 앞발로 힘껏 땅을 몇 번이나 박찼던 것이다. 진짜로 저곳을 날아오를 듯한 움직임.

여인을 향해 마지막으로 사내가 무언가를 속삭였다. 안타깝게도 폭포수의 거센 소리가 그것을 먹어버렸다.

그는 대체 무엇을 여인에게 새겨주려 했던 것일까?

마호의 눈이 커다래졌다.

"휘랑!"

그의 눈에서 눈물이 주르륵 흘러내렸다. 무풍이 친우와 여인을 태우고 안개바람 속으로 사라져 버린 것이었다.

'너를 만나 진정으로 행복했구나.'

뿌연 안개 사이로 몸을 맡긴 채 사내의 말을 가슴 안에 새기며 아루는 눈을 감았다. 습기 머금은 공기가 얼굴에 잔뜩 와 닿았지만 여인은 마지막까지 등 뒤에서 느껴지는 사내의 온기만을 기억했다. 아루가 운명을 향해 고맙다며 가만 웃었다.

'그를 만나게 해주어 정말로 고맙다.'

무천도 웃으며 여인을 꼭 끌어안았다.

編簡爲誰靑

역사에 기록하여 누구 위해 길이 전하려나

시간이 날아갔다. 가라한의 영광은 역사책의 한 부분으로 남게 되었다. 사람들은 역사서 가라한유기遺記를 통해 대제국의 흥망성쇠를 더듬곤 했다. 그중 후대는 한 인물을 특히 기억했으니 잠시 이를 들여다보자.

—가라한 유기

천자의 자字는 현상양이었다. 34년의 즉위 기간 동안 그의 말년, 가라한은 세상을 호령하는 대제국이 되었다. 그러나 천하통일이라는 대국 건설의 영광은 그리 오래가지 못한다.

건국 442년 주무제 즉위 34년에 나라는 큰 위기를 맞게 된다. 공신功臣 사마호와 그를 따르는 세력들이 황후세력의 척거에 나섰는데 이것이 곧 반란으로 이어진 것이다. 그들이 왜 하필 황후에 반기를 들었는지 그에 대한 뚜렷한 이유는 전해지지 않는다. 무튼 이로써 천하를 호령하던 제국은 다시 여러 왕국으로 뿔뿔이 나뉘어졌고 가라한 또한 황족의 성씨가 현에서 군으로 바뀌었다. 그러나 정작 병사들을 이끌고 황실세력을 척거한 사씨는 공직에 뜻을 두지 않았다 한다. 이 대목은 여전히 후대 역사가들의 의문으로 남아 있다.

사마호가 황권을 노리거나 황제를 허수아비 삼아 정무에 개입하지 않았다는 사실은 그가 지방으로 내려가, 죽을 때까지 조용히 시간을 보냈다는 점에서 쉽게 유추할 수 있다. 많은 사람들이 그를 찾았으나 그는 단 한 번도 세상에 모습을 드러내지 않은 채 은둔했다고 한다.

유기에는 등장하지 않으나 전해 내려오는 이야기로 현씨 가라한을 흥하게도 망하게도 한 인물이 있었으니 믿기 어려우나 그는 주무제의 아들이며 당대 가라한의 태자였다. 아버지인 현상양이 대표적인 성군으로 기억되고 있으나 정작 나라를 부국으로 만들었다는 그의 아들은 이름조차 전해지지 않는다. 아직도 그자에 대한 설이 분분한 것은 그러한 까닭이다.

그와 관련해 전해 내려오는 또 다른 이야기로, 당시 그는 전쟁을 끝내고 돌아와 자신에 의해 망국이 되어버린 한 부족국가 출신의 공주와 사랑에 빠졌다고 한다. 이를 지키기 위해 나라와 목숨을 스스로 버렸다고 하니 후대는 이를 전설처럼 기억한다. 이것이 사실인지 입을 타고 전해오는 구전인지는 그러나 역시 알 길이 없다.

그럼에도 사람들은 이 전설적인 인물과 더불어 이와 관련된 이야기를 매우 좋아하니 여전히 사당에 가면 그와 그가 사랑했던 여인을 모신 위패가 곳곳에 있다. 실존인물인지 허구 속 인물인지는 모르나 이렇듯 그들은 후대에 의해 영원한 삶을 부여받게 되었다.

이 기록은 가라한 멸망 후, 200년의 세월이 지나 쓰인 것으로 사람들은 위에 등장하는 인물 중 특히 이름조차 전해지지 않는 가라한의 태자와 그가 사랑한 망국의 공주를 기리고 또 기억했다.

그들의 사랑은 과연 실존하는 것이었을까? 만일에 그러하다면 사랑을 위해 죽음마저 초월해 버린 이들의 모습은 진정 어떠한 것이었을까?

8장

吟誦不窮春

끝없는 봄을 노래했도다

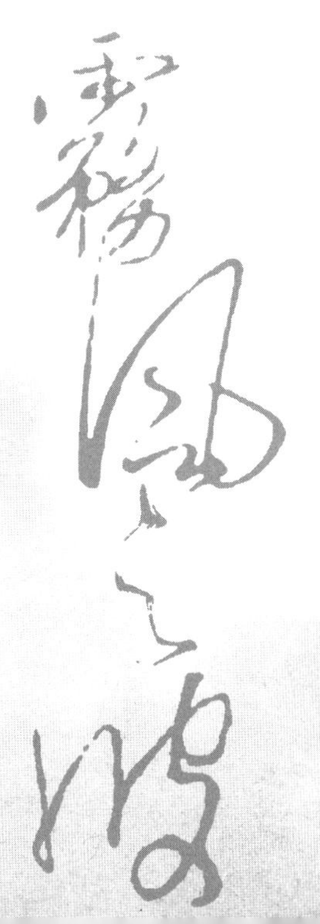

生同一個衾 死同一個槨

살아서 한 이불, 죽어서도 한 무덤이기를

"아지……. 아지……."

아루는 저잣거리의 모습이 더 이상 눈에 들어오질 않았다. 분명 몰래 궐을 나왔을 때까지만 해도 그녀 곁에는 유모상궁과 찬갈이 따르고 있었다. 헌데 대체 이들이 어디로 갔단 말인가. 차분함을 유지하려 애써보지만 두려움이 밀려와 눈가에 눈물이 어린다.

"아씨, 비단 좀 구경하고 가셔요!"

그녀를 부르는 소리에 몸을 돌린 아루는 습관처럼 정중히 허리를 숙이며 말했다.

"비단이 아름답기는 하나, 저는 현재 가진 돈이 없습니다. 다음에 들르도록 하지요."

거절의 말조차 공손한 그녀, 이름자는 여난아루였다. 엄한 왕실교육을 바탕으로 타인에 대한 예절만큼은 철두철미하게 몸에 밴 그녀였으나 어린 나이라고는 믿기지 않을 만한 인품이 그 너머 뒷받침되어 있었다.

그러나 상인에게서 몸을 돌리는 순간 소녀의 미소는 금세 걷히었으니.

"가라한 사람들이 모여 사는 곳을 어찌 그리 가려 하십니까? 정 가고 싶으시면 호위무사를 거느리고 가십시오."

유모상궁의 말이었다. 그에 아루가 잔잔히 웃으며 대꾸했었다.

"내가 호위무사를 데리고 가면 그것이 오히려 사람들 눈을 사로잡을 것이다. 생활상을 살피기에는 여염집 아낙처럼 차림하는 것이 나는 더 좋을 듯싶은데?"

"하오나, 마마. 듣기로 가라한 사람들은 온풍족보다 꽤나 거칠다 하던데……."

"그리 말하지 마라. 내가 혼례를 올리면 나 역시 가라한 사람이 되는 것이다. 어쩌면 아지도 가라한의 궐에 들어갈 수 있는데 그런 생각은 떨쳐 버리는 것이 좋지 않겠느냐?"

어린 상전의 말에 유모상궁은 말을 잇지 못했다. 아루가 미소를 지으며 아지를 향해 손을 내밀었다.

"구해온 가라한의 의복을 이제 그만 내주어라. 정 께름칙하다면 찬갈을 데리고 가마."

결국 아루는 가라한 사람처럼 하고서 저잣거리로 나왔던 것이다.

처음에는 이민족의 생소한 풍경에 신기해했더랬다. 소문처럼 사람들이 억세 보이지 않았고 모두가 친절한 웃음으로 서로를 대하고 있었다.

다소 놀란 것은 이제 봄인데도 곳곳에 과실이 열려 있는 모습이었다. 길가의 주인도 없는 나무인 듯한데 거름을 했을 리 만무한 그곳에 이름 모를 과실들이 주렁주렁 달려 있다니. 그러나 길을 지나는 누구도 그 탐스러운 과실에 욕심을 내지 않는 모습이 참으로 기이하기까지 했다. 다만 아이들이 손을 뻗으면 지나던 어른들은 친절하게도 그네들을 위해 그것을 따주었다.

'소문처럼 커다란 대궐의 기왓장들이 하늘을 찌를 듯한 모습은 아니었구나. 불어오는 따스한 봄바람 덕분인가? 산 너머 옹기종기 숨어 있는 집들이 마치 태평한 낙원 같은 것이 가라한이 이토록 성한 것은 다 이유가 있었어. 좋지 않은 소문들은 아마 질시의 시선이었음이 분명해.'

멍하니 바라보는데 누군가 그녀의 팔을 살며시 잡아왔다.

"아지?"

뒤돌아서니 한 초로初老의 여인이 그녀를 향해 따사로이 웃고 있었다.

"의복이 특이합니다. 어디서 오셨는지요?"

아루의 얼굴에 의아함이 서렸다.

'나는 분명 이들과 같은 가라한의 복장을 했…….'

멈칫 눈이 굳었다. 마주한 여인도 그러했고 거리를 지나는 사람들도 결코 가라한의 복장을 입고 있지 않았던 것이다.

아루가 여인을 향해 물었다.

"여기가 가라한이 아닙니까?"

의아한 듯 눈을 커다랗게 뜨던 여인이 곧 해사하게 웃어 보였다.

"이곳은 무풍지피변霧風之彼邊입니다."

"무풍지…… 피변이라니 뜻이 무엇입니까?"

"안개바람을 넘은 땅이라는 의미이지요."

아루가 고개를 갸웃하는 사이 고개를 꾸벅 숙인 여인이 스쳐 지나갔다.

'가라한이 아니란 말인가? 대체 이곳은 어디이지?'

문득 지아비가 될 이국異國의 태자가 떠올랐다. 얼마 전 사람들이 바글바글하기에 조용히 대열 끝에 섰다가 그의 뒷모습을 본 적이 있었다. 모든 전쟁을 휩쓴다는 젊은 소년에게 사람들이 보내는 열렬한 환호는 정말이지 절대적으로 보였었다. 하기야 그의 이름은 이미 다른 나라에도 경외와 공포의 대상이 되어버렸으니.

저런 자에게 내가 시집을 가는 것인가? 아루는 그녀답지 않게 깨금발을 하고서 얼굴을 쭉 내밀었었다. 보이는 것이라고는 말을 타고 가는 소년의 뒷모습뿐인데도 호기심이 일었던 것이다. 그러면서 다시 생각하길 내가 가라한의 궐에 들어가면 잘 적응할 수 있을까, 하는 염려가 들었다. 헌데 이곳이 가라한 사람들이 사는 곳이 아니란 말이지? 인접한 곳인 듯한데 이곳 사람들도 그의 명성을 알고는 있겠지? 염치없지만 그의 이름자를 알면 대보기라도 하겠는데.

지나친 상념을 했던 것일까? 아루는 아지도, 찬갈도 잊어버린 채 거리를 걷고 있었다. 더구나 당황했던 것인지 갑자기 그들의 얼굴이 떠오르지가 않는다.

이제 어쩌지? 결국 눈가에 물방울이 커다랗게 맺히는데…….

따스한 바람이 화악 불어왔다. 벚꽃의 연분홍 잎들이 그녀에게로 우수수 쏟아져 내렸다. 순간 모든 근심을 잊고 아루는 가만 서서 그것들을 맞았다.

'꼭 별천지 같아.'

그리 생각할 때,

털썩!

"엄마야!"

"엄마야?"

벚꽃나무의 가지에 걸터앉아 있었음인지 소년이 그 높은 곳에서 뛰어내려 바로 그녀 앞에 섰다. 아루는 그만 화들짝 놀라

버렸다. 그가 그런 그녀를 물끄러미 내려다보며 짓궂게도 위아래로 훑고 있었다.

당황한 아루가 얼굴을 붉게 물들이며 황급히 소년을 지나쳐버리는데…….

"여난아루!"

뒤에서 그녀의 이름이 들려왔다. 가슴이 급격히 뛰기 시작했다. 대체 저자는 누구이기에 내 이름을 아는 것일까?

아루가 천천히 뒤를 돌아 소년을 응시했다. 그가 거만한 얼굴로 웃고 있었다.

"너! 나 몰라?"

그 말에 소녀가 미간을 찌푸리며 생각을 더듬었다. 누구지?

순간 아루의 눈에 섬광이 스치고 지나갔다. 아씨라고 부르는 것을 허락해 주었더니 이젠 궐 밖에 나와 함부로 내 이름자를 불러? 궐에 돌아가면 녀석을 다시 조용히 타일러야겠다.

소녀가 짐짓 엄한 눈으로 소년을 바라보았다.

"찬갈."

나직한 그 말투에는 분명 상대를 제압하려는 기운이 스며 있었다. 헌데 소년의 얼굴이 갑자기 찌푸려지더니 어쩐지 너무도 슬퍼 보인다. 평소 찬갈의 성정과는 너무 다른 모습이라 의아해졌다. 그러나 그보다도 그의 표정이 자신의 코끝까지 시리게 하니 대체 이게 무슨 일인가.

하지만 그의 얼굴에는 금세 짓궂은 표정이 들어찼다. 잘못 보았나? 아루는 어쩐지 불편하고 어색해 확 뒤를 돌며 말했다.

"찬갈, 얼른 궐로 향하자꾸나!"

아루가 발걸음을 제법 빨리 했으나 뒤에서는 아무런 기척이 느껴지질 않았다. 가만 고개를 돌리는데……. 소년의 슬픔에 잠긴 표정이 다시 보였다. 그런데 그녀의 얼굴과 마주치자마자 다시금 표정을 바꾼다.

열댓 발자국 정도 차이가 나는 다소 먼 거리. 소녀와 소년의 시선이 허공에서 얽혔다.

그가 아루의 얼굴을 바라보며 서글픈 듯 천천히 웃었다.

'여난아루, 나를 기억해 달라 그리 빌었는데 너는 어째서 내게서 놈의 흔적을 찾는 것이냐?'

그의 생각이 시간을 넘어 이동했다. 과거인지 현재인지 미래인지 모를 그곳으로. 어쩌면 영원의 시간 속으로.

"아루야, 아루야! 정신을 좀 차려보아라."

흠뻑 물에 젖은 아루를 바닥에 누이며 무천은 절규했다. 희망을 느끼기도 전에 은애하는 여인을 잃을까, 그것이 두려워 그는 하얀 낯빛으로 여인의 입에 숨을 불어넣고 있었다.

"걱정 마라! 죽지 않았으니."

위에서 들려온 목소리에 무천이 번쩍 고개를 들어 올렸다. 하얀 수염이 허리까지 내려온 백발노인이 지팡이를 짚고서 그를 내려다보고 있었다. 웃은 듯도 하나 수염에 가려진 노인의 미소는 희미하기만 했다.

"보통은 가난하고 헐벗은 자들이 희망을 잃고 이곳에 뛰어드는데 참으로 괴이한 일이로군. 모든 부귀영화를 다 버리고 이곳에 온 모양인데 이곳은 네가 사는 세상보다 그리 낙원이 아닐지도 모른다."

무천은 노인의 말을 흘려들으며 물음을 던졌다.

"여인을 살릴 수 있습니까?"

"흠! 마지막에 겁을 먹어 저럴 뿐, 여인은 필시 살아 있다! 그나저나 사내놈이 그리 울어서야 쓰겠냐? 눈물이나 거두어라."

그제야 무천은 자신도 모르게 눈물을 쏟고 있었다는 것을 알았다. 노인의 성화에도 그는 그것을 닦을 생각은 않고 고개를 흔들며 정신을 집중하려 노력했다.

"어찌해야 합니까?"

두루뭉술한 그 질문에 노인이 수염을 쓰다듬으며 태평하게 말했다.

"새로운 인생이 펼쳐질 것이니 벌써부터 낙담은 말아라. 세계가 변할 것이고 시간 또한 그러할 것이다. 공간이란 외아外我의 경험이나 시간은 오롯이 자기 안에 속한 내아內我의 것일 수밖에 없는 법. 너는 어서 시간을 선택하여 여인과 저놈을 썩 데려가거라! 네가 끌고 온 저 녀석이 내 상추를 죄다 뜯어먹고 있질 않느냐."

무천이 잠시 무풍을 바라보다 노인에게로 황급히 고개를 돌렸다.

"시간이라니요?"

"서책은 공으로 보았느냐?"

순간 무천의 머리에 문구 하나가 스치고 지나갔다.

―역경을 딛고 이곳을 지나치는 동안 당신은 기억 속 가장 좋았던 나날들을 회고할 수 있을 것이다. 그리고 안개바람의 저편에 당도하게 되었을 때, 선택하라! 당신의 시간을! 무엇이든 행복이 기다리고 있을진대…….

그의 상념을 깨우듯 신선처럼 보이는 노인이 다시 입을 열었다.

"몸고생은 보장을 못한다만 마음고생은 예전만 안 할 것이야. 나쁘지 않을 것이니 한번 살아보아라."

귀찮은지 심드렁한 음성이었다.

그런 늙은이에게서 시선을 내린 무천이 깊은 고민에 잠겼다. 그가 아루의 얼굴을 물끄러미 내려다보는데 한 번 흘린 적 없는 눈물이 다시 뺨을 타고 비 오듯 흘러내렸다.

'너를 위한다면 우리의 시간 속에서 5년의 세월은 지워야 마땅하겠지? 그리할 터이니 깨어나거든 네 나를 꼭 찾아주어라. 그래야만 한다.'

그가 아루의 뺨을 쓸며 눈물을 뚝뚝 떨어뜨렸다.

"다른 사내를 만나면 그때는 나도 너의 행복 따위 모른다. 너를 데리고 다시 이곳을 빠져나갈 거야. 그러니 꼭 나를, 나를……."

무천이 여인의 차가운 입술에 마지막 입맞춤을 했다. 그가 고개를 들어 올려 노인을 올려다보았다.

"결정했습니다. 5년 전으로 돌아가고자 합니다. 그러나 반드시 여인과 혼례 말이 오가던 그때로, 꼭 그 무렵으로 시간을 돌려주십시오."

"흐음."

노인이 수염을 쓸며 생각에 잠겼다. 무천이 다시 천천히 입을 열었다.

"그리고…… 청이 하나 더 있습니다."

"무에 또?"

산신령 같은 자가 이맛살을 찌푸렸음에도 무천은 아랑곳하지 않았다.

"시간을 거스르더라도 5년의 기억을 제가 고스란히 가져가도록 해주십시오."

그에 노인이 허연 눈썹을 들어 올려 그를 바라보았다. 의아한 눈동자가 무천에게로 향해 있었다.

"내 알기로 지난 5년은 너도 생사를 넘나드는 지옥 같은 때였지 않느냐? 어째 그 시긴을 지우려 하지 않지?"

그 물음에 무천이 가만 웃으며 말했다.

"……여인을 기다려 온 시간입니다."

물기 묻은 목소리가 가느다랗게 떨리고 있었다.

'내가 착각을 한 것인가?'

아루의 마음 안에 문득 두려움이 스치고 지나갔다. 찬갈이 아니라면 어째 이 낯선 곳에 나의 이름을 아는 이가 있더냐?

그녀가 입술을 가만 깨물다가 휙 몸을 돌렸다. 그리고 한 발 두 발 천천히 내딛다가 재빨리 뛰기 시작했다.

"어이쿠! 조심하십시오, 아씨!"

사람들과 어깨를 부딪치거나 진열대의 물건들을 치고 가는 일이 벌어졌으나 그녀는 아랑곳 않고 무조건 내달리기 시작했다. 가라한의 태자와 혼약이 오가는 이때, 타 부족들의 세력에 의해 목숨을 잃을 수도 있는 것이었다.

헌데 그를 피해 달아났다고 생각한 순간 드넓게 펼쳐진 녹차밭이 보였다.

'참말 길을 잃었나 보다. 어디로 가야 한단 말이냐?'

아루가 이리저리 고개를 돌리는데 멀리서 말발굽 소리가 들려왔다. 번쩍 고개를 돌리니 검은 가라말을 탄 소년이 여전히 그녀를 쫓아오고 있었다. 가슴이 맹렬히 뛰며 무조건 도망가라 마음속 어딘가에서 외치는 소리가 들려왔다.

만약을 대비해 품에서 황급히 은장도를 꺼낸 뒤 그녀는 쫓아오는 가라말을 뒤로하고 휙 몸을 돌렸다. 헌데 순간 그녀의 머릿속에 어떤 장면 하나가 스치고 지나갔다.

가두행진 때 보았던 그 검은 말. 바로 그 말이었다! 허면 저자는…….

멍하니 얼굴을 드는데 그녀가 순식간에 녹차밭 사이로 털썩 쓰러졌다. 정신을 차려보니 소년이 말에서 뛰어내려 그녀를 덮친 것이었다.

"살려……."

지나던 농부라도 들어라, 아루가 살려달라 소리를 지르려 하는데 그녀를 덮친 소년이 황급히 입을 막았다.

"읍, 읍!"

고개를 비틀던 그녀가 여의치 않자 자유로운 손으로 은장도의 칼집을 빼낸 뒤 소년의 목 가까이에 겨누었다. 그 은빛 번쩍이는 날에 아루를 뚫어지게 바라보던 소년이 슬그머니 시선을 내렸다. 그러더니만 그녀의 입에서 손을 치우며 피식 웃었다.

"이것으로 나를 죽이게?"

정신만 차리면 산다, 아루가 침착한 표정으로 소년을 바라보며 물었다.

"원하는 것이 무엇이옵니까? 가라한의 태자시여!"

순간 소년의 눈에 형용하기 어려운 빛이 넘실댔다.

"나를…… 아냐? 나를…… 기억하냐?"

그 물음에 아루가 매서운 눈빛을 거두지 않으며 고개를 끄덕였다.

"혹, 어른들의 정략혼례가 마음에 들지 않는다면 절차를 밟아주십시오. 소녀를 해하는 것은 오히려 국가 간 상황을 악화……. 읍!"

말캉한 것이 갑자기 내려왔다. 난생처음 겪어본 사내의 입술에 그녀의 눈이 크게 뜨였다. 전혀 예상치 못했던 일.

헌데 어째 이리 소년은 힘을 주어 입술을 빠는지 몹시 이상한 느낌에 숨도 쉬기 어려워졌다. 가만 입술을 벌리는데, 헉! 그의 혀가 입안으로 미끄러져 들어오는 것이 아닌가. 아루는 사내에 의해 유린당했다 생각하며 몸에서 힘을 쭉 빼버렸다. 분명 실의에 빠진 것인데 가슴 안을 휘젓는 이 울렁거림은 무엇일까. 싫지 않은 것이…….

부러 소년에게서 눈을 비켜 녹차나무의 가지를 노려보는데 자꾸만 눈동자가 풀린다. 희미한 시야로 연푸른빛을 더듬어 나갈 때 뺨에 축축한 기운이 느껴졌다.

뭐지? 소년이 긴 입맞춤을 끝내고 고개를 들어 올리는 순간, 아루의 눈이 크게 뜨였다. 그가 울고 있었던 것이다.

"그래! 처음부터 넌 나의 운명에 속한 내 것이었다."

눈물바람임에도 목소리만큼은 당당하다. 이 상황이 너무도 당혹스러워 아루가 눈을 깜빡이며 소년을 응시하는데 어디선가 봄바람이 넘실넘실 불어와 그들을 감쌌다. 소년과 엉킨 몸, 그러나 아무도 보지 못하는 이곳. 코끝에 스치는 풀내음이 너무도 진해 아루는 그만 머리가 어질어질했다.

*

봄이 오면 안개바람 골의 풀벌레 울음은 여전히 평온한 달밤을 소담스럽게 장식해 왔다.

찌르르르르 찌르르르르. 소쩍 소쩍. 찌르르르르 찌르르르르.

때 이른 소쩍새 울음소리까지 더해지자 아루의 흐릿했던 눈동자가 조금은 제 빛을 되찾았다. 어둠 속에서 부러 바깥 소리에 집중하려 그녀는 애를 쓰고 있었다.

오늘 밤은 단단히 마음을 먹었던지라 처음에는 조용히 흐르는 냇물 소리까지도 귀에 들어왔었다. 그러나 또다시 점차 소리들이 멀어져 간다. 아루는 끝내 그것을 놓지 않으려 미간을 모았다.

"하아……."

그러나 사내의 거친 호흡이 기어이 아루의 귓가로 파고들었다. 비단 귓속만이 아닌, 머릿속, 마음 속, 심장 속, 혈관 속, 배 속 할 것 없이 심지어 손톱 끝까지 어느 한 군데 빠짐없이 모조리……. 정신이 흐트러지기 시작했다. 그녀를 타고 오르내리는 무천의 움직임에 아루 역시 제 뜻대로 숨을 쉬기 어려워졌다.

그녀로서는 도저히 이해할 수 없는 일이었다. 이곳에서 맞는 봄도 어느덧 세 빈째였고 그와 더불어 보낸 밤도 셀 수 없이 많았다. 오늘도 그러한 날 중의 하나였다.

하지만 아무리 그와 몸을 섞어도 왜 매번 이리 정신이 아득해지고 몸 안이 뜨거워지는가. 밤만 되면 고민이었다. 아니, 때로 낮에도 이것은 아루의 심중을 괴롭히는 일 가운데 하나였으니 어두워지지 마라, 빙그레 웃는 태양을 쏘아보기도 수차례.

'필시 음탕한 여인을 색시 삼았다고 그가 속으로 욕할지 몰라.'

그러한 생각에 머리를 싸매다가도 그녀에게로 향한 낭군님의 미소를 불현듯 발견하게 되면 아루의 머릿속은 터져 나갈 듯 어지러워졌다. 그와 나누었던 그전 밤의 일이 떠올라 가슴이 울렁거리면서 저도 모르게 얼굴을 붉히게 되고 마는 것이었다.

때문에 아루는 여인으로서 진정 몸가짐이 바르지 못한 것만 같아 그와 보낸 밤들이 좋으면서도 참으로 부끄럽기 그지없었다. 아이를 여럿 둔 아낙들과 친분도 쌓았고 또 건너 마을에는 그녀와 같은 시기, 남정네와 신방을 차린 벗도 있었지만 차마 망측스러워 누구에게도 이 고민을 말할 수가 없는 것이었다.

"아루야……. 아루야……."

무천의 움직임이 빨라지자 아루의 뱃속도 따라 요동을 쳐댔다. 이젠 아무리 집중하려 애를 써도 도저히 풀벌레 울음 따위 전연 들리지가 않는다. 입술도 깨물어보았지만 흐느끼듯 새어 나오는 신음을 참말이지 어찌할 수가 없다.

저도 모르게 아루가 무천의 어깨를 움켜쥐었다. 고개가 꺾이면서 안개바람 골의 밤하늘에 수놓아졌을 무수히 많은 별들이 그녀 안으로 쏟아져 들어오는 느낌이었다.

"하아, 하아……."

그녀 안으로 넘나들던 사내의 움직임은 이미 멈추어 있었지만 호흡만큼은 여전히 거칠었다. 그가 더운 숨을 아루의 얼굴에 흩뿌리며 일을 끝내면 매번 그랬듯 그녀의 입술을 찾았다.

부드러운 입맞춤이 이어졌고 그 순간까지도 아루는 가슴이 떨려와 그것을 지아비에게 들킬까 조마조마했다.

'아냐. 이미 들켜 버렸을 거야. 이리도 젖어버렸는데.'

그의 것도 그의 것이지만 흘러내린 끈끈한 점액질 속에는 아루의 것도 섞여 있을 것이었다.

"아루야."

매번 그랬듯 그녀를 불러오는 그의 목소리는 참으로 다감했다. 하지만 아루는 스스로에게 바짝 약이 올라 어쩐지 속이 상해 버렸다. 눈물이 비어져 나와 그것을 감추려 아루가 그로부터 고개를 돌려 버렸다.

"왜 또 토라진 것이야?"

웃음기 서린 서방님의 목소리가 그녀를 더 창피하게만 만들었다.

입술을 옴팡지게 깨물며 버티는 아루를 물끄러미 내려다보던 무천이 얼굴을 쥐어 그에게로 향하게 했다. 어둠 속에서 반짝 스치는 저것은 필시 눈물이었다.

순간 그의 마음에 스산한 바람이 스치고 지나갔다.

"왜 그러는데? 오늘은 왜 눈물인 것이야?"

그 말에 아루가 참지 못하고 끅끅 서러운 울음을 터뜨렸다. 그 앞에서는 늘 조심조심, 말도 가만가만, 있는 듯 없는 듯 그가 아무리 졸라도 낮에는 옷고름도 안 된다, 버선발도 보여줄 수 없다, 버티던 그녀였는데 이리 아이처럼 눈물을 쏟아내다니. 아루도 싫었다. 이런 자신의 모습이. 그럼에도 잘 보이고 싶은 낭군님 앞에서 매번 민망한 꼴을 보이게 되니 스스로가 미워서 견딜 수가 없다.

"윽윽."

누가 그 온풍의 콧대 높은 공주, 여난아루가 아니라 할까 늘 조신하게 행동해 오던 그녀였는데 얼마나 맺힌 게 많았으면 이리 서럽게 울어댈까. 설움이 북받치는지 격한 울음을 참아내려 애쓰는 아루의 모습에 무천은 그만 마음이 무겁게 내려앉았다. 조심스러워 만지지도 못하겠다. 안아줄까, 얼굴을 어루만져 줄까, 고민하던 그가 결국 아루를 끌어안고 가만 흔들어주었다.

"쉬이. 우리 색시 착하다."

등을 토닥이고 어깨를 쓰다듬는 그의 손길에 아루는 그만 다른 감정으로 부끄러워졌다.

"이러지 마시어요. 소녀는 어린애가 아닙니다."

물기 어린 목소리로 또박또박 생각을 읊어대는 그녀가 귀여워 무천이 품에서 가만 떼어 조막만 한 얼굴을 들여다보았다. 부끄러운지 예의 그 긴 속눈썹을 파르르 떨며 얄밉게도 고운 눈망울을 스르르 감추어 버린다.

"네 참말 많이 컸다."

농弄인 듯 속삭였으나 무천은 정말이지 열네 살의 그녀가 이리 예쁘게 자라주어 고맙고도 대견했다. 그때 그 시절, 너는 검댕을 묻히고 이렇게 컸었겠구나, 무천은 늘 그녀를 바라보며 때로 이렇듯 가슴 시린 한숨을 토해낼 때가 있었다.

"여난아루 크는 모습 보느라 해가 가는 줄도 몰랐다."

그 말에 아루가 미간을 찌푸렸다. 감정을 드러내지 않으려 노력했지만 목소리에 불만이 묻어나는 것을 어찌할 수가 없다.

"소녀는 아이가 아닙니다. 더는 그런 말씀 마시어요."

다른 여인에게 이태 한눈을 판 적은 없었지만 행여 아이 같은 여인 데리고 살면서 서방님이 답답하다 느낄까 아루는 마음 한켠이 매번 조마조마하곤 했다. 그를 힐끔거리는 젊은 처자들의 눈빛을 한두 번 목도한 것이 아니었기에.

"네 참말 아이가 아니냐?"

그 말에는 성정 고운 아루도 험하게 인상을 구길 수밖에 없었다.

이럴 때 아루를 놀리면 엄청 토라진다는 것을 알기에 그는 짐짓 웃음을 참으며 다시 되물었다.

"참말 아이가 아니란 말이지?"

"아니이요."

부루퉁한 목소리가 들려왔다. 무천이 부러 잔뜩 정색을 하며 얼굴을 그녀에게로 가까이 가져갔다. 골이 났는지 매번 부끄러워하더니만 지금은 그의 눈을 잘도 쳐다본다.

"허면 네 왜 손님이 없는데?"

그의 태연한 물음에 뜻을 이해하지 못한 아루가 얼굴 가득 궁금증을 담아냈다. 불안으로 반짝 빛나는 여인의 눈동자를 한껏 즐긴 무천이 더는 뜸을 들여서는 안 될 것 같아 입을 열었다.

"아기씨를 품을 수 있는 손님이 왜 여직 안 찾아와?"

방 안, 정적이 흘렀다. 그대로 굳어버린 아루 때문에 무천은 더 이상은 웃음을 참지 못하고 어깨를 들썩이며 여인을 끌어안았다. 가슴에 닿은 얼굴이 뜨끈뜨끈한 것이 너 왜 이리 귀엽니, 그가 아루를 안은 팔에 힘껏 힘을 주었다. 조그만 비명 소리가 그의 가슴팍을 간질였다.

하지만 무천은 이내 웃음을 멈출 수밖에 없었다. 아까 전 흘린 눈물이 식은 것인지 서늘한 감촉이 피부에 닿아온 때문이었다. 그가 다시 아루를 떼어낸 뒤 자꾸만 돌아서려 하는 여인을 강하게 붙잡고 물었다.

"해가 뜨면 건너 마을에 데려다 줄까? 민순네 가서 놀다 올래?"

하지만 아루는 단단히 토라졌는지 목소리에 꽁한 기운이 잔뜩 배어 있었다.

"소녀는 아이가 아닙니다."

잠시 침묵을 지키던 무천이 아루의 얼굴을 천천히 쓰다듬으며 말했다.

"나도 안다. 어찌 네가 내게 아이일 수 있겠느냐?. 그리 생각했다면 맨 처음 그날부터 나는 너를 색시 삼아버릴 생각 따위 하지도 못했을 것이야."

그를 처음 만났던 녹차밭의 민망한 기억이 스치고 지나가자 식어버린 줄로만 알았던 열기가 다시 아루의 얼굴로 뻗쳐 올라왔다. 그것을 애써 지워내며 그녀가 물었다.

"허면, 왜 자꾸 놀리십니까? 소녀도 미천하나 서방님을 도와 가세에 보탬이 될 만한 일을 할 수 있는데 왜 자꾸 밖에 나가 놀라 하십니까?"

무천이 꿀꺽 침을 삼켰다. 손에 물 안 묻히고 험한 일도 안 시키고 영원히 그의 곁에서 고운 웃음만 짓게 하고 싶은데. 그 말을 받아줄 아루의 성정도 그러하거니와 그것을 건넬 그의 성정도 그리 유들거리지 못했다. 하여 단 한 번 그것을 입 밖으로 꺼낸 적이 없었다.

그가 용기를 내어 물었다.

"외롭지 않느냐?"

아루의 눈이 멈칫 흔들렸다. 서방님이 필시 또 자신의 눈물을 오해한 모양이었다. 처음 여기 와 살면서 사실 그녀는 몇 달 간은 밖에 나가 몰래 눈물을 흘린 적이 있었다. 그에게 걸린 적도 여러 번. 그럴 때면 그는 그녀를 품에 안고 내가 너의 부모형제, 친우 몫까지 다 하마, 하고 늘 부드러이 위로를 해주곤 했다. 그러다 보니 영문도 모를 이 낯선 곳에 왜 나는 저 사내와 살게 된 것이야, 하고 울음을 토해내던 것도 점차 옅어지고 세 해가 지나니 이제 막연한 원망은 거의 잊히고 없는 일이 되어버렸다.

서방님, 그렇지 않아요. 말해주고 싶은 마음이 순간 간절해졌으나 그리하면 이 밤 눈물을 보인 것의 이유를 달리 둘러댈 말이 없어 아루는 어쩔 수 없이 입을 다물 수밖에 없었다. 대신 조그맣게 이 말만을 전했다.

"외롭지는…… 않아요."

'이젠 서방님과 함께하는 이 시간이 너무도 행복한 걸요.'

뒷말은 삼켜 버렸다.

그러나 이어지는 그의 목소리가 자못 어두웠다.

"아이가 생기면 좀 나을 것이다. 너와 나의 아이들이 태어나고 환한 웃음을 지으며 이곳을 뛰노는 모습을 보게 되면 그리움도 조금은 잊힐 것이야. 그러니 슬퍼도 조금만 참고 나를 따라와 주어라. 혼자 몰래 울지는 말고."

세 해를 함께한 낭군님임에도 순간 그가 너무 멋있게 느껴져 아루의 등줄기로 서늘한 기운이 스치고 지나갔다. 그것이 마치 처음 이 낯선 곳을 헤맬 때의 그 두려움의 감정과 닮아 있다고 생각하는데…….

가만! 언제 또 이런 느낌을 경험해 본 적이 있었던가? 마치 언젠가 나는 분명 이 강렬한 느낌에 몸서리쳐 본 적이 있는데……? 또다시 찾아든 원인 모를 기시감에 아루는 멍청히 눈을 깜빡였다.

"왜 그러는 것이야? 아직도 마음 안이 어지러워?"

사내의 물음에 아루가 얼른 고개를 들어 최대한 환하게 웃어 보였다.

"아니어요. 소녀, 전혀 그렇지 않습니다."

그 모습을 바라보던 무천의 눈매도 소년처럼 곱게 접히었다.

"그리 웃지 마라. 참말 아이 같구나."

순진하게도 대번에 아루에게서 웃음이 걷히자 무천이 껄껄 웃으며 너 왜 이리 사내 마음을 쥐고 흔드는 것이야, 하며 그녀를 끌어안았다.

그리고 그의 호쾌한 웃음이 옅어질 무렵, 아루는 사내의 체온이 다시 달아오르고 있음을 느꼈다. 이번은 어쩐지 마음 한 자락을 서방님에게 조금은 비추고 싶어 달려드는 사내를 아루는 조심히 받아들였다.

정념 섞인 호흡을 토해내는 그를 소중히 어루만지며 아루는 정신이 가물가물해지기 전 잊어버릴까 두려운 생각 하나를 머릿속에 새겨 넣었다.

'내일은 서방님 모르게 소산 할아범의 한약방에라도 들러보아야겠다.'

*

곳간에서 창과 검 따위를 들고 나오던 무천이 싸리울 밖, 정겨운 풍경을 보고 흙벽에 조용히 기대어 섰다. 아루가 무풍의 콧등을 쓸어내리며 무어라 소곤거리고 있었다. 간간이 보이는 미소가 어째 서방인 나보다 저 녀석에게 더 다정한 것만 같다. 그래도 가라한에서였다면 당장에 아루를 구석진 곳으로 끌고 가 괜한 시비를 걸며 다그쳤을 텐데 이제 그는 그러지 않았다. 아끼고 어여쁘다 해주어도 모자랄 시간, 그 옛 시절은 내가 왜 그랬던가 하는 후회가 드는 요즘이었다.

또 하나, 무천도 이제는 알고 있었다. 아루가 본디 얼마나 조용한 성품인지를. 온풍국에서 고이 자라 곧바로 이곳으로 온 아루에게서는 깜부기의 모습 따위 한 톨도 찾아볼 수가 없었다. 때로 그 모습이 보고 싶지 않은 것은 아니었지만 행여 그녀가 그 모진 세월을 기억하게 될까 무천은 절대 그런 일만큼은 상상조차 하고 싶지 않았다.

열일곱이 된 아루는 싱그럽고 예뻤다. 게다가 자랄수록 행동에서 고결함이 풍기는 것이 옛날처럼 누가 따라다니며 예법을 가르치는 것도 아닌데 그는 아루가 마냥 신기할 때가 있었다. 세 칸짜리 흙벽집에, 비단옷 입혀주지 못하고 살림도 풍족하지 않아 마음이 몹시 좋지 않았지만 때로 사람들이 그 집 여인은 왜 그리 귀티가 난대, 하고 물어오면 그는 제 여인의 일임에도 팔불출마냥 웃음을 감추지 못했다.

헌데 때로는 아루의 그런 면이 그의 마음을 타들어가게도 했으니. 그 앞에서 하도 마음을 표현하지 않아 한때 그는 여인 앞에서 꽤나 전전긍긍한 적이 있었다. 은애한다 말해주지 않는 것은 괜찮아도 아플 때 아프다고 하지 못할까 그것이 저어되었던 것이다. 하지만 이젠 아무리 무표정한 얼굴을 하고 있어도 그는 아루가 어떤 상태인지 단번에 알아챌 수 있었다.

'지금은 기분이 좋은 모양이로구나, 여난아루.'

그가 저벅저벅 걸어가 아루 곁에 섰다. 뭐가 그리 좋은지 서방 온 줄도 모르고 아루는 무풍의 목을 끌어안고 까르르 웃음을 흘려대고 있었다.

"이보시오, 색시."

"엄마야!"

무천이 허리를 숙여 아루의 얼굴을 내려다보며 씩 웃었다.

"엄마야?"

아루가 얼굴을 붉히며 가만 고개를 숙였다.

"서방님 오셨어요?"

"색시는 참말 말을 못 타오?"

"그, 그게……."

말을 더듬는 여인을 보며 무천이 짐짓 웃음을 깨물었다. 조신한 여인처럼 보이고 싶은 것인지 분명 말을 탄 기억이 있을 텐데 무풍의 등에 타보라 하면 아루는 언세나 못 탄다며 고개를 저어왔다.

"참말이오?"

그가 그녀의 귓가에 입술을 가져가 낮게 속삭이자 아루의 얼굴이 홍시처럼 붉어졌다.

"오…… 오늘은 왜 존대를 하셔요? 남세스럽습니다."

그리 말하곤 아루가 얼른 무풍의 뒤에 매단 수레로 걸어갔다. 무천이 성큼성큼 뒤따라가 아루의 허리를 잡아 으이차 하며 나무바닥에 올려주었다. 준비해 둔 방석도 잘 정돈해 주고 추우면 덮어라 담요도 건넨 뒤 그가 말에 올랐다.

다그닥 다그닥 다그닥.

한참을 가던 무천이 뒤를 돌아보니 아루가 담요를 덮고 수레 밖으로 발을 내밀며 풍경을 감상하고 있었다. 낮은 산등성이와 끝없이 펼쳐진 하늘, 푸르고 너른 들, 그 위에서 나물을 캐는 아낙들, 어느 하나 아름답지 않은 것이 없었지만 무천의 눈에는 그것을 눈에 담아 어딘가로 미소를 흘려보내는 아루가 제일 아름다워 보였다.

"어이, 현 선생!"

인근 민가에 사는 나이 지긋한 어르신의 목소리에 무천이 그녀에게서 고개를 돌려 쾌활하게 인사를 건넸다.

"안녕하신지요."

뒤에서 아루의 목소리도 들려왔다.

"밭에 가세요?"

소달구지에 탄 아주머니가 아루를 향해 말했다.

"우리는 좀 게으른가 봐. 어쩌겠는가. 형편대로 사는 거지, 뭐."

그러더니만 그녀가 고개를 돌려 무천에게 넉넉한 웃음을 지어 보였다.

어느덧 길 한복판에는 무천의 수레와 장씨 일가의 수레가 멈추어 서 있었다. 장씨가 무천을 향해 물었다.

"자네가 여기 온 지 세 해가 지난 듯한데 그러면 올해 나이가 어찌 되지?"

"스물하나입니다."

그러자 아주머니께서 무릎을 탁 치며 그와 아루를 번갈아 쳐다보았다.

"왜 애가 여직 안 들어서? 무예 선생질도 좋지만 가르치는 데는 적당히 힘을 쓰고 부지런히 애부터 만들어. 응?"

그녀의 말에 무천이 껄껄 웃으며 뒤를 돌아 색시를 살폈다. 헌데 붉어진 작달막한 얼굴 안에는 어쩐지 속이 상한 기운마저 읽힌다. 그도 얼른 미소를 감추며 장씨 내외분에게 나머지 인사를 하고 동구 밖을 나섰다.

다그닥 다그닥 다그닥.

어느 정도 시간이 지났다 생각이 되었을 때, 무천이 아루에게 조용한 음성으로 말했다.

"너무 조바심 낼 거 없다."

그러자 아루에게서 예의 그 정중한 대답이 들려왔다.

"송구스럽습니다, 서방님."

사내가 이토록 온 마음을 다해 정성을 보이면 응당 여인은 앙탈도 부리고 떼도 쓰고 교태도 부리게 되는 것인데 아루는 그런 것이 전혀 없다. 외려 마음을 좀처럼 비추지 않아 그것이 또 무천을 흔들어놓기 일쑤이니.

"네 진정 사내를 잡는구나, 잡아."

무천이 허공에 대고 중얼거렸다.

"책무를 다하지 못해 진정…… 송구스럽기 그지없습니다."

갑자기 들려온 물기 어린 음성에 그가 화들짝 놀라 얼른 무풍에서 뛰어내렸다. 그리고는 수레로 황급히 다가가 처량 맞게 고개를 숙인 아루의 얼굴을 들여다보며 부드럽게 미소를 지어 보였다.

"내 말은 그런 뜻이 아니었다. 너더러 빨리 아기 낳아라, 내 언제 까탈을 부린 적이 있더냐?"

"아니옵니다."

"허면 왜 우는 얼굴이야?"

깨물고 있던 아랫입술을 가만 놓으며 아루가 살며시 그의 얼굴을 응시해 왔다.

"저도…… 아이가 생겼으면 좋겠는데 그러질 못하니……."

개미만 한 목소리로 그리 말해 오는 아루가 너무 어여뻐 무천이 그녀의 허리를 잡아 품에 끌어안고 급히 입을 맞추었다. 놀랐는지 그를 밀어내던 아루도 어느덧 사내의 입술과 혀를 받아들이고 있었다. 천천히 입술을 떼었지만 촉촉이 젖은 여인의 붉은 것이 다시 한 번 그를 유혹해 왔다. 그가 다시 고개를 내리자 아루가 얼른 그것을 피하며 조곤 조곤 생각을 전해왔다.

"날이 밝사옵니다. 누가 볼까 저어되어요."

분명 아무것도 아닌 말인데 왜 이리 여인이 사랑스러운지, 결국 무천은 아루를 번쩍 안아 들고 길 위에서 한바탕 웃음을 토해내야만 했다.

"내가 언제고 그놈 바느질그릇을 갖다 버릴 것이야!"

무천의 말에 아루가 미간을 살짝 접으며 면구스런 웃음을 지어 보였다.

"제가 진정으로 좋아서 하는 일인 걸요?"

그러나 화가 났는지 그녀의 낭군님은 아루가 끌어안은 보퉁이를 사납게 노려볼 뿐이었다.

"나 없는 동안 바람도 쐬고 꽃구경도 다니라 했더니 온종일 방에서 이것만 했더냐?"

"아니어요. 참말 아니어요."

아루의 눈에 안타까움이 스미어 있었다. 이쯤하면 한동안은 삯바느질에 열을 올리지 않겠지, 싶어 무천도 화를 거두었다. 그리고는 부드럽게 말을 이었다.

"갖고 싶은 게 있으면 언제든 말을 하여라. 무예 일 말고도 내가 좀 더 부지런을 떨어 논밭도 일구고 또 이곳저곳 글도 기르치러 다니면 되니."

"네, 서방님."

살림에 도움이 되고 싶다고 말을 하면 행여 사내 자존심을 건드릴까 아루는 늘 그렇게만 대답을 했다. 이번도 마찬가지였다.

"그럼 예서 기다릴 테니 이것을 얼른 주인 될 자에게 가져다 주어라."

"아닙니다. 필요한 것이 따로 또 있어 장을 좀 보고 갈까 합니다."

"허면 건너 마을 민순네는 어찌 가려고?"

아루는 거짓이 들킬까 그의 눈을 피하며 얼른 말을 이었다.

"지나는 이에게 부탁해 수레를 얻어 타고 가면 되니 제 걱정은 마시어요."

"그리는 못한다!"

지아비의 단호한 말에 아루가 입술을 깨물었다. 이곳 사람들 모두가 마음씨가 좋다는 것을 알면서도 서방님은 늘 그녀를 노심초사, 물가에 내놓은 아이 다루듯 할 때가 있었다. 그녀와 관련한 모든 일에 너그러우셨지만 당신 눈 밖에서 멀리 벗어나는 것은 절대 용납지 않으셨던 것이다.

다른 이유에서가 아니라 아루도 어느 순간부터는 그녀를 살피는 일이 그를 무척이나 신경 쓰이게 한다는 것을 알고서 매번 이런저런 핑계를 대며 그의 관심을 돌리곤 했었다.

그러나 얼굴에 곤란한 빛을 머금은 작달막한 얼굴을 이번은 짐짓 엄하게 바라보는 무천이었다. 벗을 사귀고 싶어서요, 서방님 안 계실 때 적적해서 맛난 것이 생각납니다, 등등의 여러 말을 꺼내 오면 그도 그것이 거짓인 줄 알면서도 조금 심한가 싶어 아루의 외출을 모른 척해주곤 했었다. 삯바느질감을 얻어온다는 것을 알면서도, 때로는 갑갑함을 느낄까 그리 해줄 수밖에 없었다. 이번에도 져주어야 하는 건가?

그가 품에서 엽전을 꺼내 아루에게 내밀었다.

“맛난 것 사서 먹고 민순네에도 가져다주고 그래.”

죄인처럼 숙이고 있던 얼굴을 번쩍 들어 올리며 그녀가 도리도리 고개를 내저었다.

“어서!”

다그침에 그제야 아루가 그것을 받아 들었다. 사람 많은 곳에서는 꺼려한다는 것을 알면서도 무천이 그녀의 뺨을 살짝 쓸며 나직이 말했다.

“재미있게 놀다가 해지기 전에 돌아오너라.”

“네, 서방님.”

그랬는데도 그는 발을 돌릴 기미를 보이지 않고 있었다. 아루가 어서 가세요, 하며 낭군님의 등을 떠밀었다. 사내가 무풍의 등에 올라타 뒤를 보였을 때에야 그녀의 눈에 애틋함이 고스란히 담기었다.

아루가 서둘러 향한 곳은 바느질감을 건넬 진설 댁도 아니었고 맛난 냄새가 나는 먹거리 장터도 아니었다. 어젯밤 낭군님 닮은 아기씨 주세요, 빌며 되뇌었던 소산 할아범의 한약방이었다.

목재로 지어진 객점을 물끄러미 올려다보던 아루가 보퉁이를 꼭 끌어안고 안으로 들어갔다.

"계세요."

"뉘시오."

허리가 구부정한 노인이 안채에서 걸어나오자 아루가 꾸벅 허리를 숙여 보였다.

"어어, 무술선생의 내자內子가 아니신가? 어쩐 일이오."

그의 물음에 침을 꼴깍 삼킨 아루가 용기를 내어 입을 열었다.

"제가 아직 아이가 안 들어서서요."

"오호, 아이 들어서는 약을 지어달라?"

"예. 그런데⋯⋯ 저는 아직까지⋯⋯."

"아직까지 뭐?"

"아직까지, 달거리가 없어서⋯⋯."

그리고는 붉어진 얼굴로 아루가 얼른 보퉁이를 풀어 헤쳤다. 바느질감 사이에서 나온 것은 자그마한 은장도였다. 그녀가 그것을 어르신에게 내밀었다.

그러자 약방의 소산 할아범이 허허 하고 웃는다.

"이리 비싼 것은 필요가 없는데."

"아니요. 최고로 좋은 약재로 정성을 다해 지어주십사 간절한 저의 마음입니다."

그가 천천히 수염을 쓸며 청백리 귀부인이라 인근에 소문이 자자한 젊은 처자를 기특한 눈으로 바라보았다.

*

서책을 들여다보고는 있었지만 부엌간의 동향으로 오감이 향하는 것을 무천도 어쩌지 못했다. 흘러나오는 약재냄새를 모른 척해주고 있었지만 아루가 언젠가부터 탕약을 챙겨 먹고 있다는 것을 그도 알고 있었다. 혼자서만 좋고 귀한 것을 접할 리 없는 성정인데, 어쩐지 그는 슬며시 웃음이 나왔다. 분명 소산 할아범에게 들렀을 터인데 무엇으로 저 약값을 치렀을지 걱정이 되기도 했다. 그에게 한번 걸음해 보리라, 마음을 먹고 그가 자리에서 일어섰다.

끼이익.

"엄마야!"

갑자기 부엌문이 열리자 탕약을 마시던 아루가 엉덩방아를 찧으며 놀란 눈으로 지아비를 바라보았다.

"색시, 혼자서 무얼 먹고 있는 게요?"

탕약을 아궁이에 감추는 손이 서툴렀다. 짐짓 웃음을 감추고 무천이 그리로 슬금슬금 걸어갔다. 그녀 앞에 주저앉아 물끄러미 내려다보니 입가에 진갈색 물이 한가득 묻어 있다. 움찔하는 아루를 향해 그가 손을 뻗어 입술에 묻은 탕약을 닦아내 그의 입으로 가져갔다. 그리고는 파르르 떨리는 속눈썹을 보며 그가 씩 웃었다.

"서운한걸. 색시 혼자 몸에 좋은 걸 먹었단 말이오?"

"서방님, 그…… 그게 아니라……."

"얼른 이리 내요. 나도 좀 먹게."

그 말에 아루가 고개를 절레절레 저었다.

"어! 여기 숨겨놓으셨구려."

무천의 손이 아궁이로 향하자 아루가 황급히 그의 팔을 붙잡았다.

"아니 됩니다. 이것은 여인네가 먹는 것이어요!"

그에 무천이 아루를 향해 씩 웃음을 흘리는데 그 모습이 사뭇 야릇했다.

"여인네가 먹는 것이라고?"

아루가 붉어진 얼굴로 고개를 주억거리자 그가 턱을 쓰다듬으며 생각에 잠긴 척했다. 잠시 뒤 그가 아루에게로 얼굴을 들이밀며 나지막이 말했다.

"이보오. 색시."

"네네. 서방님."

"아이가 잘 생기게 하려면 말이오."

그 말에 아루의 눈이 대번에 커졌다. 어찌 아셨을까?

무천이 그런 아루를 갑자기 번쩍 안아 들며 부엌간을 나섰다. 그의 태연한 음성이 다시 이어졌다.

"일단 하늘을 봐야 하는 법이요."

그가 쿡쿡 웃음을 토해냈다. 문득 괴상한 신음을 흘리며 자꾸만 그의 품에서 벗어나려 하는 아루를 보고 있노라니 가라한, 어느 주막에 머물 때 그녀를 안고 무풍에게로 갔던 그 시간들이 머릿속을 스치고 지나갔다. 이렇게 선택의 여지 없이 자신만을 바라보게 해서 아루를 오롯이 얻게 되었지만 여인과 마음을 확인하고 싶은 욕구가 그라고 없는 것은 아니었다. 그런 사내의 마음도 몰라주는 이 야속한 것아! 어딘지 허무함이 생겨나는 것을 무천은 또다시 아루를 탐하는 것으로 해결하고 있는지 몰랐다.

"놔주셔요. 아직 날이 밝은데……."

그러나 무천은 이미 여인에 대한 뜨거운 소유욕에 그녀를 힘껏 끌어안아 거칠게 입술을 머금고 있었다.

너는 내 것이다. 처음부터 내 운명에 속했던 나의 것.

무천의 좁혀진 미간이 파르르 떨려 왔다. 손에 들린 은장도를 내려다보며 그는 간신히 화를 참아내고 있었다. 약방 어르신이 그런 무천의 안색을 살피며 저간의 사정을 설명했다.

"여인의 정성이라 생각해 받아둔 것이네. 귀한 소식을 기다리려면 자발 맞아서도 안 될 것이라 자네에게도 말을 못한 것이야. 하시만 언젠가는 내 이깃을 자네의 안사람에게 돌려주리라 마음은 먹고 있었으니 너무 언짢아 말게."

어르신의 말을 들으며 무천이 간신히 얼굴빛을 다스렸다.

"집안의 세간이 줄어든 것에 화가 나 이리 걸음한 것이 아니니, 어르신이야말로 노여움이 있다면 푸십시오. 이것은 제게는 무척이나 소중한 물건입니다. 저의 처에게는 비밀로 해주시고 약값은 어찌되었거나 제가 따로 값을 더 쳐서 꼭 갚아드리겠습니다."

무천은 소산 할아범에게 정중히 허리를 숙이고 약방을 나섰다. 그의 손에는 자그마한 은장도가 소중히 들려 있었다.

석 달이 지났을 무렵이었다. 그날도 무천은 안개바람 고을의 사람들을 데리고 무예훈련에 매진하고 있었다.

"야!"

사내들의 기합 소리가 우렁찼다. 이곳은 모든 게 마을 사람들 개개인의 의견을 모아 중대한 일을 꾸려 나가는 자치체제였기에 그다지 싸울 일이 없었지만 무천이 안개바람 골에 오게 되면서 모두가 무예에 관심을 보이기 시작한 터였다.

어린아이들은 체력을 키우고자, 사내들은 무술의 매력에 반해 무천을 찾아오는 경우가 부지기수였다. 공空으로 가르침을 해주던 무천도 사람들이 붐비고 그로 인해 이것이 그의 업이 되어버리자 이제는 그들이 내미는 갓 딴 채소나 과일, 참기름 따위를 받고 있었다.

한켠에서는 대련 준비에 한창이었다. 훈련이 끝나면 곧 서로의 실력을 점검해 볼 시간을 가지곤 했던 것이다. 그때 모래밭을 정리하던 훈련생들이 너나 할 것 없이 무천을 불러댔다.

"사부님, 밖에 누가 오셨는데요?"

사내들의 짓궂은 미소를 보며 무천이 몸을 돌렸다. 웬만하면 이곳에 걸음하지 않는 아루가 뛰어왔는지 벌겋게 상기된 얼굴로 싸리울 밖에서 그를 바라보고 있었다.

무천이 절로 피어오르는 미소를 감추지 못하고 한달음에 그리로 달려갔다.

"무슨 일인데 얼굴이 이런 것이야?"

그가 땀에 젖어 달라붙은 머리카락을 얼굴에서 떼어주며 묻자 아루가 멈칫 입 열기를 망설였다. 궁금증이 일어 무천이 그녀의 어깨를 잡고 조그맣게 물었다.

"왜 그러는 것인데? 안 좋은 일이야?"

그게 아루가 황급히 고개를 저었다.

"사부님! 대련 준비 마쳤습니다!"

뒤에서 훈련생의 커다란 목소리가 들려오자 그녀가 얼른 입을 열었다. 그러나 그가 알고자 하는 대답은 아니었다.

"얼른 가보셔요. 그냥 한 번 들러봤어요."

기다리는 사람들이 있다는 걸 아는데도 돌아서는 아루를 그가 붙잡아 세웠다.

"왜 들러본 것인데?"

"음……. 오늘 저녁에 고기반찬이 나오니 일찍 오시라고……."

조금 의아하긴 했지만 무천은 아루가 귀여워 그녀를 구석으로 데려가 갑갑하다 콜록거릴 때까지 끌어안고 놔주지 않았다.

밤이 되었다. 여전히 풀벌레 소리와 소쩍새의 울음이 정겨운 고요함이 안개바람 골에 내려앉아 있었다.

이제 막 씻고 나온 것인지 아루의 얼굴이 보얗게 맑았다. 서책에서 시선을 들어 올리며 무심한 듯 여인을 응시했지만 그에게 성현들의 말씀은 이미 저만치 날아가고 없었다. 심장이 반응하는 기분 좋은 설렘과 초조한 다급함이 적당히 섞여졌을 무렵, 그가 형식적으로 넘기고 있던 서책의 책장을 덮고 자리에서 일어섰다.

초롱불 밑에서 자수틀을 잡고 앉은 여인에게로 다가가자 아니나 다를까 그의 움직임을 알면서 모른 척하는 여인의 서툰 어깻짓이 보인다. 부러 무천이 아루 곁에 서서 언제까지 그를 모르쇠할 것인지 여인의 인내를 시험했다. 헌데 바늘을 잡은 손이 떨려 옴에도 요 얄미운 것이 끝내 모른 척이다.

"여인이 되어 서방 애간장을 졸이는 것이 진정 잘하는 짓이야?"

그에 바늘을 쥔 손이 멈칫했다. 그를 올려다보는 얼굴이 말갛게 빛나고 있었다.

"곤하니 이만 자리에 들자. 그거 치워놓고 따라오너라."

그가 먼저 침상을 향해 몸을 돌렸고 뒤에서는 쭈뼛거리며 바느질함을 정리하는 소리가 들려왔다. 이미 무천의 몸은 달아오르고 있었다. 저고리의 허리끈을 풀어내는 손길이 저도 모르게 다급해졌으니.

헌데 이불을 걷었는데도 뒤에 선 여인에게서는 아무런 기척이 없다. 그가 확 몸을 돌려 낚아채듯 아루를 끌어안았다. 오늘따라 더 그의 손길을 마다하는 몸짓이 얄미워 그가 아루의 옷고름을 단번에 풀어내며 곧장 동그란 젖무덤으로 입술을 가져갔다.

그제야 아루가 고개를 저으며 강하게 거부해 왔다.

"안 돼요, 오늘은……. 서방님, 놔주셔요."

그러나 조그만 입술로 얼굴을 내리는 그의 몸짓은 이미 한껏 뜨거워진 상태였다. 입안을 헤집고 선이 고운 등을 한껏 밀착시켜 몸을 탐하던 그가 여인의 치마 속으로 손을 밀어 넣었을 때였다.

강하게 도리질을 쳐대던 아루가 울먹이듯 애원해 왔다.

"사정이 있어 그러니 다음에……."

놀라 살피니 얼굴이 젖어 있다. 좋지 않은 예감에 무천의 심장도 이제는 서서히 다른 쪽으로 반응하고 있었다. 말을 하고 싶지 않은 듯 그의 시선을 피하는 아루의 모습에 결국 그는 아침까지 기다리기로 했다.

그 밤 그는 곤히 잠든 아루를 꼭 끌어안고 걱정과 열망이 뒤섞인 한숨을 번갈아 토해내며 몇 번이고 그녀의 머리를 쓸어주었다. 때문에 늦어서야 잠을 이룰 수 있었다.

무천이 눈을 떴을 때는 방에 이미 환한 햇살이 쏟아져 들어올 무렵이었다. 초여름이라지만 너무 늦잠을 잤나 싶어 그가 황급히 이불을 걷어냈다.

공기 중에 떠도는 맛난 된장국냄새에 아루 혼자 낑낑 상을 들고 올까 싶어 얼른 밖으로 뛰쳐나갔다. 헌데…….

마당 한켠에 걸린 빨랫줄로 그의 걸음이 천천히 이동했다. 하루 이틀 보는 것이 아닌데도 그의 마음은 새물내를 머금은 그것들처럼 이상한 감정으로 하얗게 부서지고 있었다. 바람결을 따라 하늘거리는 하얀 천으로 손을 뻗어 그 얇은 것을 만지는데 가라한에서의 추억이 물씬 그를 휘감아왔다.

자신 때문에 아루가 몸져누웠을 때 그는 그녀를 안고 뒤뜰의 전각으로 향했었다. 그리고 그곳의 허름한 반닫이에서 아루의 개짐을 보고 얼마나 마음이 울렁거렸던가. 그때처럼 지금도 무천의 가슴 안에 열이 오르고 있었다.

"일어나셔……."

상을 들고 부엌간을 넘던 아루가 망측한 것을 만지고 선 낭군님의 모습에 화들짝 놀라 멈추었다. 평소 그녀 몰래 큰 빨래들을 대신 빨아놓던 서방님이셨지만 기본적으로 그도 사내인지라 옷가지들에 대한 관심은 별로 없으셨다. 그럼에도 개짐을 만지는 지아비의 손에 어찌 놀라지 않을 수 있겠는가.

"서…… 서방님!"

그가 번쩍 돌아서더니 환히 웃으며 물었다.

"새 옷을 지으려나 본데, 이것은 너무 얇지 않소."

그 말과 함께 상을 받아 들기 위해 다가오는 무천을 보며 아루가 안도의 한숨을 흘렸다. 그리고는 여인의 속사정을 모르는 사내의 무지함에 배시시 몰래 웃음도 지었다.

그는 꼬치꼬치 캐묻지 않았다. 한 달에 한 번 며칠 연속 아루가 잠자리를 거부해 와도 그저 그녀를 끌어안고 잠만 잘 뿐, 무어라 타박 한 번이 없었다. 사내의 너른 가슴팍 안에서 아루는 다행이라며 따스한 온기를 그러쥐곤 했다.

하지만 그런 날이 지나고 나면 그는 어느 때보다도 열정적으로 아루를 안았다. 그녀도 정성을 다하고 싶어 조금은 용기를 내어보곤 했다. 뜨거운 사내의 몸짓을 소중히 품으며 예쁜 아가 주세요, 속으로 매일을 빌었던 것이다.

*

아루는 한 번도 이렇게 떨어본 적이 없었던 것 같았다. 현재 거세게 창문을 때려대는 이 한겨울의 세찬 바람을 닮은 긴장감이 아루를 괴롭히고 있었다. 주먹을 쥔 손 위로 소매가 접혀 있었고 소산 할아범은 안경을 찾느라 약장서랍을 이리저리 뒤지고 있었다.

"오호, 여기다 두었었군."

약재가 그득한 곳에서 안경을 찾아 꺼내들며 소산 할아범이 그녀에게로 다가왔다. 헌데…….

이 상황이 어쩐지 낯익은 것만 같다. 아루의 가슴이 순식간에 무겁게 내려앉았다. 어쩐지 누군가에게 진맥을 맡기며 마음이 무거웠던 적이 있는 것만 같은 기분. 또다시 찾아든 기시감에 아루는 정신을 놓았고 더욱이 그것이 좋지 않은 기분으로 찾아와 마음 졸이던 것도 잊어버렸다.

"너무 긴장은 말아."

그 말과 동시에 연륜이 묻어나는 노인의 딱딱한 손가락이 손목으로 내려오자 아루가 퍼뜩 상념에서 깨어났다. 다시금 주먹에 땀이 차는 게 행여 기대가 무너질까 마음이 콩닥거렸다.

두 번이나 달거리를 걸렀고 속도 메슥거리는 게 심상찮은 징조라 여겨 이리로 온 터였다.

어르신이 이윽고 손을 떼더니 콧등에 걸린 안경 너머로 아루를 흘깃 쳐다보며 무심히 말했다.

"맥이 두 개야."

순간 노인의 말을 이해하지 못한 아루가 되물었다.

"네?"

"생명 하나가 자네 몸속에 더 있다고."

붕어처럼 입술을 달싹거리던 아루가 재빨리 고개를 흔들며 정신없이 의자에서 일어섰다. 품에서 엽전을 꺼내려는데 소산 할아범이 손을 내저었다.

"됐네. 이미 값은 치렀으니."

"그게 무슨……."

"어서 가보기나 하세. 자네 서방이 알면 좋아 날뛰겠군."

안 그래도 온통 무천의 얼굴이 머릿속을 떠다녔던지라 평소답지 않게 아루는 소산 할아범의 말이 무슨 뜻인지 확인도 구하지 않고 재빨리 인사를 했다.

환한 웃음을 머금고 황급히 문을 열고 나가는 아루를 보며 노인이 흐뭇하게 혼잣말을 중얼거렸다.

"참말 곱구나. 잘살아라."

치맛자락을 살짝 들어 올렸지만 무천이 있는 곳으로 향하는 아루의 발걸음은 엎어질 듯 자빠질 듯 불안하기만 했다. 서방님의 얼굴이 너무 보고 싶어 아루의 눈에는 눈물까지 맺히어 있었다.

"하아, 하아……."

하얀 입김을 서울 공기 사이로 흘려보내며 아루가 싸리울 밖에 섰다.

"이야!"

사내들의 힘찬 함성 소리가 너무도 떠들썩해 그녀의 존재 따위 누구도 알아채질 못했다. 오늘만큼은 먼저 그를 불러볼까 하던 마음을 아루가 간신히 억누르며 초조하게 훈련이 끝나길 기다렸다.

농기구가 익숙한 사내들인지라 무기를 다루는 움직임이 일사분란함과는 거리가 멀었지만 그들에게 따스한 미소를 건네며 성심을 다하는 낭군님의 모습에 아루의 마음이 뿌듯함으로 차올랐다. 그때…….

"어! 사부님! 사모님이 오셨는데요?"

그 말에 무천이 반사적으로 몸을 돌렸다. 싸리울 밖에 아루가 서 있었다. 어젯밤에 눈이 펑펑 내려 온통 하얗게 된 천지에 그의 어여쁜 여인이 웃고 있었다. 누비저고리를 사다 입혔는데도 날이 너무 찬지 안쓰럽게도 볼이 빨갛게 얼어 있다.

어찌 온 거야, 여난아루? 발이 푹푹 패일 정도로 눈이 쌓인 곳을 어떻게 왔을까, 그는 어쩐지 아루의 모습이 마음이 미어지도록 예뻐서 자리에 서서 가만 바라만 보았다. 주변이 몹시도 소란스러웠지만 서로를 바라보며 은애하는 마음을 공유하는 두 사람에게는 또 다른 세상이 펼쳐져 있었다.

그때 아루의 눈이 커다랗게 뜨였다. 쓰러지는 무천의 모습에 심장이 덜컥 내려앉으며 시야의 것들이 정지해 버린 것이다. 주변 사람들이 그에게로 달려가는 모습, 놀란 얼굴들, 어딘가로 고함을 지르는 모습을 멍청히 바라보던 아루가 한 차례 눈을 깜빡였다.

"어찌하여 나를 찾느냐!"

그것은 그녀 자신의 목소리였다. 순식간에 기억 하나가 스치고 지나갔다. 가라한의 병사들과 온풍의 무사들이 혈투를 벌이고 있는 가운데 그녀의 무천이 외쳤다.

"멈추어라!"

몹시 긴장을 했었다. 그가 나를 해할까? 눈을 질끈 감았었다.

그러나 손목에 닿아오는 기운이 너무도 따스해 눈을 뜨자 사내가 바로 앞에 있었다. 최면에 걸린 듯 아루는 그 깊은 눈에 사로잡히게 되었다.

온 마음을 다해 너를 은애하니 내게 마음을 줘. 소년의 간절하고 애틋한 눈이 그리 말하고 있었기에.

좌악!

그리고 그가 쓰러졌다. 그녀의 얼굴에 피가 튀었다.

"으흐흑!"

아루가 눈물을 쏟으며 훈련장의 한가운데 쓰러져 있는 무천을 향해 뛰어갔다. 머릿속이 새하얗게 변해 아무런 생각을 할 수가 없었지만 서글픔에 짓눌리는 마음만큼은 선명히 느껴졌다.

그때와는 분명 다른 상황이 이어졌다. 나인의 뺨을 때려 그를 말에 태웠던 과거와 달리 아루는 창을 맞고 쓰러진 그를 놔두고 사람들을 헤치며 다시 황급히 싸리울 밖으로 뛰어나갔다. 억센 힘으로 무풍을 끌고 온 뒤 그녀가 건장한 사내들을 향해 외쳤다.

"도와주세요! 도와주세요!"

마찬가지로 경황이 없는 사내 몇이 무풍의 등에 무천을 태우자 미리 그 위에 타고 있던 아루가 말 허리를 세게 걷어찼다. 여인의 무명치마가 겨울바람 사이로 흩날렸고 떠나는 내외를 훈련장의 사람들이 밖까지 쫓아와 멍하니 지켜보았다.

"사부님 엄청 심하게 다치셨나?"

"아니, 그 꼬맹이가 무슨 힘이 있다고. 그냥 제 딴에 힘을 잔뜩 줘서 창을 던진 게 하필 사부님의 허리에 꽂혔지 뭐야."

"그래도 창끝이 날카롭긴 했잖아.

"그게 말이야, 사부님도 웃고 계시던데? 피가 옷 사이로 조금 새어 나오긴 하더라."

다그닥 다그닥 다그닥!

아루는 무풍을 몰고 가며 쉴 새 없이 눈물을 쏟아내고 있었다. 옛날, 그를 구하고 다시 말을 타고 온풍의 궐로 향하며 이렇듯 시야가 흐리고 마음이 무너졌었는데 그때와는 역시 상황이 달랐다. 나라가 망해 절망을 느끼던 그때보다 그가 잘못되었을까 그녀의 억장은 더 심하게 무너져 내렸으니. 게다가 지금 이 순간 선연히 떠오르는 가라한에서의 기억들, 죽을 운명이었던 그녀를 데리고 폭포수로 뛰어들던 사내가 떠오르자 아루는 마음이 찢어질 듯 아파 왔다. 말을 타고 달리며 그녀가 맺혀 있던 속울음을 토해냈다.

'모든 것을 다 버리고 혈혈단신 저를 데리고 와 여기 살면서 얼마나 힘이 드셨어요? 부귀도 영화도 다 버리고 미천한 계집에 대한 의리를 지키신 게 진정 행복한 나날이셨습니까? 친우들도 없는 이 세상, 짐덩어리 같은 저와의 연緣 때문에 고단하진 않으셨나요? 왜 내색 한 번 하지 않으셨던 거여요? 이년이 전생에서 지은 죄가 정말이지 큰가 봅니다. 하지만 대체 얼마나 중한 죄기에 여직 저는 당신께 이리 짐이 되고 있나요? 그래도…… 그래도 이제는 제가 당신을 놓아줄 수가 없어요. 떠난다 하시면 울며불며 바지자락 붙잡고 매달릴 터이니 마음이 떠나시면 부디 미운 정으로라도 살아주셔요.'

아직은 납작하기만 한 배를 쓰다듬으며 아루가 눈물을 줄줄 쏟아냈다. 고개를 들어 안개바람 골을 바라보니 그 한가롭게만 보였던 풍경이 가라한의 기억과 맞물려 한없이 초라하고 지루하게만 보였나. 내가 이분께 대체 무슨 짓을 저지른 것이야? 아루의 눈물이 무천의 손으로, 허벅지로 연신 흘러내리고 있었다.

무천은 부러 그를 데리고 가는 아루가 힘들지 않도록 몸에 바짝 힘을 주고 있었다. 창에 찔린 허리가 욱신거리긴 했지만 자신 때문에 이리 눈물을 쏟아내는 색시가 무척이나 어여뻐 입가에 절로 미소가 피어올랐다.

날카로운 것에 찔린 후 순간적으로 바닥에 쓰러지긴 했지만 그는 이내 정신을 차렸더랬다. 헌데 웅성거리는 사람들 틈에 아무리 기다려도 내 여인의 목소리가 들려오지 않자 유치한 마음에 시간을 끌었었다. 헌데 이리 눈물을 쏟으며 마음을 졸이는 아루를 보니 거짓을 보인 것이 잘했다는 생각마저 들었다. 게다가 아루는 귀엽기까지 했다.

엉큼한 것! 말을 못 탄다고?

그가 슬며시 고개를 들어 올려 고운 여인의 모습을 눈에 담았다. 하지만 그만 마음을 저미게 하는 기억 하나가 떠올라 무천의 미간도 금세 좁혀졌다. 이제 댕기머리가 아닌 은비녀를 꽂고 나를 이리 태우고 가는구나. 무천의 마음이 서걱거렸다.

너에게 좋은 물건을 구해주지 못하는 이 지아비의 무능함을 이해해 줄 수 있겠느냐?

가녀린 허리를 잡은 손에 힘을 주자 배에 머물러 있던 아루의 손끝이 느껴졌다. 그의 손길에 대해 오해를 했는지 아루가 무풍의 허리를 차며 더 빠르게 말을 몰기 시작했다.

소산 할아범의 한약방이 저 끝에 보이자 숨을 몰아쉬던 아루가 말고삐를 죄며 무풍의 속력을 더디게 했다. 얼른 그의 상처를 어르신께 보여 드려야만 했다.

"계세요? 계십니까?"

그의 무게를 감당해 낼 수 없다고 판단한 아루가 한약방에 대고 소리를 질렀다. 이제 그만 여인을 놀라게 하지 말아야겠다는 생각에 말에서 내리려는 그때, 드르륵 문이 열리며 한약방 사람들이 빠끔히 모습을 드러냈다.

"어인……."

"저의 바깥분께서 다치셨어요. 도와주세요."

울먹이는 아루의 다급한 음성을 들은 사람들이 무풍에게로 다가와 조심히 낭군님을 끌어내리자 그녀도 따라 내리며 서둘러 저고리를 뒤졌다.

'아! 내 은장도! 약값으로 셈을 해버렸지?'

모든 것이 죄스럽고 서러워져 아루가 주저앉아 무릎에 얼굴을 파묻고 엉엉 울음을 터뜨렸다.

그러던 때,

"여난아루, 왜 그리 우는 것인데?"

서방님의 목소리가 멀쩡히 지척에서 들려오자 아루가 번쩍 고개를 들어 올렸다. 환히 웃고 있는 무천의 얼굴에 아루가 멍청히 눈을 깜빡이자 눈물이 주르륵 흘러내렸다.

꿈을 꾸는 것인가 싶어 가만 일어나 차갑게 얼어붙은 손으로 얼른 낭군님의 얼굴을 더듬어보는데…….

"아구, 우리 색시 손이 왜 이리 차?"

그리고는 그가 그녀의 손을 잡아 호호 입김을 불며 연신 비벼 주었다. 그 시절 주막에서의 일이 스치고 지나갔다. 사람들의 시선도 잊은 채 아루가 와락 그의 품을 파고들었다.

무천이 휘청거리며 껄껄 웃었다.

"과부 되는 줄 알은 것이야?"

농을 걸어보았지만 아루는 한참을 그의 품에서 눈물만 쏟아냈다. 가슴팍을 적시는 여인의 눈물에 무천이 그녀의 등을 가만 쓸어주는데 뒤에서 헛기침 소리가 들려왔다.

"흠흠, 거 날이 이리 환한데 조금 과하시오."

그 말에 눈물을 쏟아내던 아루도 천천히 힘을 빼며 진정 기미를 보이고 있었다.

소산 할아범이 그런 부부에게로 웃음기를 담아 한마디 더 건넸다.

"피가 보이는군. 어찌 된 것인지는 추후에 듣기로 하고 지혈부터 하게 안으로 드세."

지혈이라는 말에 다시 소스라치게 놀라는 아루를 보며 그가 별일 아니다, 자그만 손을 감싸며 한약방 안으로 들어갔다.

저고리를 벗고 침상에 누워 의원의 손에 상처를 맡기고 있는데 조곤조곤한 아루의 목소리가 들려왔다. 행여 그가 들을세라 상당히 목소리를 낮춘 것이었다.

"제가 나중에 꼭 셈은 할 테니 부디 최고 좋은 약재로 부탁을 드립니다."

눈물이 채 마르지 않은 얼굴로 아루가 고개를 조아리는데 무명천의 가리개가 확 걷히며 허리에 붕대를 싸맨 낭군님이 나타났다. 그가 소산 할아범에게 얼른 허리를 숙여 보인 뒤 팔짱을 끼며 아루를 쏘아보았다.

"서…… 서방님."

"여인이 남정네 할 일에 왜 신경을 쓰는데?"

입술을 떨며 고개를 숙이는 아루의 얼굴 사이로 눈물이 뚝뚝 떨어져 내렸다. 약값에 대한 걱정을 덜어주고자 한 말인데 무천도 당황해 얼른 그녀에게로 다가갔다. 그리고는 품에 안아 달래는데 많이 놀란 것인지 흐느낌이 심상찮았다.

미안하다, 우지 마라, 한참을 달래주는데 대뜸 뒤에서 소산 할아범의 목소리가 날아들었다.

"뱃속 아기도 같이 우는 법이니 그만 그치세."

아루의 등을 쓰다듬던 무천의 손이 우뚝 멈추었다. 가녀린 어깨를 잡아 품에서 떼어낸 뒤 얼굴을 살피니 소산 할아범의 말에 그제야 눈물을 훔치며 그의 얼굴을 흘깃거리는 모습이 심상찮다. 많이 울어 얼굴이 붉고 눈두덩도 그새 퉁퉁 부었지만, 너 어째 이리 예뻐?

무천이 크게 웃으며 아루를 번쩍 안아 들었다.

"내 색시 장하다! 내 색시 최고로 장해!"

사내의 커다란 음성에 아루가 화들짝 놀라 무천의 가슴팍을 떠밀었지만 여의치가 않았다. 결국 붉어진 얼굴을 지아비의 어깨로 숨겨 버리는 아루였다.

*

날이 더웠다. 해가 바뀐 것이다.

무천은 마당을 서성이며 가만있질 못했다. 집안에서 들려오는 여인의 신음 소리에 그의 애가 닳고 있었다.

"그러지 말고 소리를 질러보게. 애 낳는데 체면이 어디 있어?"

산파의 목소리에 무천이 성큼성큼 안으로 들어서려는데 그의 팔을 붙잡는 손들이 있었다. 긴장을 감추지 못하는 무천을 내내 지켜보며 웃음꽃을 피우던 마을의 어멈들이 깜짝 놀라 달려온 것이었다.

"아서! 어딜 사내가!"

땅이 꺼질 듯한 한숨과 함께 무천은 결국 발길을 돌릴 수밖에 없었다.

그 시각, 안에서는 아루가 얼굴 한가득 땀을 쏟으며 입술을 질끈 깨물고 있었다. 이미 터져서 피가 흐르는 입술에 다시 생채기가 났지만 상처 따위 아루는 느끼지조차 못했다. 허리가 끊어져 나갈 것만 같은 고통에 정신까지 혼미할 정도였으니. 그런 와중에도 그녀는 아이를 뱃속에 품고 있던 열 달 동안 내내 생각했던 다짐 하나를 간신히 떠올렸다.

'예쁜 아기 낳아서 서방님 외롭지 마시라 꼭 보답해 드릴게요. 내가 징글징글 싫어져도 우리 아이들 자라는 거 보며 웃으셔요.'

천장에 매단 끈을 그녀가 다시 한 번 억세게 감아쥐던 그때,

"으아아앙!"

무천이 번쩍 고개를 들어 올렸다. 그의 걸음이 이번에야말로 망설임 없이 빨라졌다. 하지만 이번에도 그는 문가에 바짝 붙어 선 여인들에 의해 길이 막히고 말았다. 그네들이 고개를 절레절레 저으며 산파의 부름이 있을 때까지는 참으라며 눈으로 경고를 보내고 있었다.

침상에 누운 아루는 천에 쌓인 아이를 받아 들며 눈물을 주르르 흘렸다. 붉은 얼굴로 빽빽 울어대는 아가는 분명 못났지만 그녀의 눈에는 세상천지 어느 누구보다도 예뻐 보였다.

'내가 정말 이 예쁜 아가를 낳은 건가?'

믿기지 않는 사실에 마음이 벅차올라 아이를 안고 있는 손이 부들부들 떨려 오는데 순간 또다시 마음을 아프게 하는 기억 하나가 스치고 지나갔다. 이곳으로 오기 전 잃어버렸던 아이가 생각이 난 것이다.

'네가 내게 온 것이지? 응? 못난 어미 찾아서 다시 내게로 와준 것이지?'

이루의 턱 밑으로 눈물이 뚝뚝 떨어져 내렸다. 산파가 그런 아루를 보며 기분 좋은 타박을 해댔다.

"이 좋은 날 왜 눈물바람이야?"

자그만 것을 안은 여인을 흐뭇하게 바라보던 그녀가 갑자기 퍼뜩 몸을 돌렸다.

"어구구, 내 정신 좀 봐. 애 아버지 피가 마르겠네."

그녀가 큰소리로 외쳤다.

"현 선생! 들어오시게!"

그 말과 동시에 거짓말처럼 곧장 문이 벌컥 열리며 무천이 한달음에 아루에게로 달려왔다. 눈이 뻥한 것이 필시 그 또한 엄청 긴장을 한 것이 분명했다.

하루 새 엄청 초췌해진 얼굴이었지만 아루도 그를 향해 환히 웃고 있었다.

"우리 예쁜 아가 좀 보셔요."

무천의 눈이 신기한 일을 목도한 양 경이로움으로 반짝 빛났다. 벌써부터 어미 젖을 찾는 것인지 입을 꼬물거리는 모습에 무천이 감격에 겨워 천천히 아이와 여자를 끌어안았다.

"사내아이니 이담에 커서 아비를 실컷 졸라댈 것이야. 칼을 들고 들판을 누비게 될 테니 먹는 것도 엄청날 테고. 건강하게 키우려면 부지런히 살아야 해."

산파의 입에서 흘러나온 사내아이란 말에 무천이 번쩍 고개를 들어 아기의 얼굴을 물끄러미 내려다보았다.

"이리 예쁜 것이 정녕 내 아이란 말이냐?"

아루에게 건네는 속삭임을 들은 여인들이 뒤에서 키득거렸다.

"고슴도치도 제 새끼는 예쁘다 하더니."

마을 사람들의 농에도 무천과 아루는 아이를 바라보며 그들만의 세상을 공유하고 있었다.

그간 마음을 숨겨왔지만 아루는 어쩐지 소리를 내어 그에게 처음이자 마지막으로 용서를 구하고 싶었다.

"소녀를 여기까지 데려와 살면서 힘들지는 않으셨나요?"

뜬금없는 아루의 물음에 조심스럽게 아이의 얼굴을 만져 보던 무천이 고개를 들었다.

"무슨 소리야?"

헌데 무심코 마주한 여인의 얼굴이 어쩐지 이상하다. 눈가에 아련함이 숨어 있는 것만 같아 그의 얼굴빛도 서서히 달라지고 있었다.

아루가 부르튼 입술을 달싹이며 그에게 말했다.

"서방님은 저의 정인이자, 은인…… 이십니다. 평생 동안 마음을 다할 터이니 질긴 인연因緣에 고단해지거나 운명을 막아버린 소녀가 미워진다면 잠시 속내를 비추어주셔요. 보내 드리지는 못해도 이 아이와 함께 최선을 다하고 싶습니다."

그 말에 무천의 눈동자가 흔들리기 시작했다.

'너…… 어찌 알았니? 어찌 안 거야?'

입을 벌린 사내의 멍한 얼굴을 들여다보며 아루가 미안함과 감사함을 다해 웃어 보였다.

"은애합니다, 서방님."

4년 전 녹차밭에서 아루를 처음 만났을 때를 제외하고 무천은 단 한 번도 눈물을 흘린 적이 없었다. 헌데 사내의 눈물이 지금 이 순간 다시 뺨을 타고 흘러내리고 있었다. 아루가 곱게 웃으며 손을 뻗어 그것을 가만 훔쳐 주었다.

"……아루야."

月光下情詩

달빛 아래 사랑 노래

"끝도 없구나."

소매를 걷고 마당의 우물가에서 빨래를 하던 아루가 팔을 들어 이마에 맺힌 땀을 닦았다. 하늘가에 불그스름한 노을이 걸려 있었지만 여직 집안일이 쌓여 있어 그녀를 괴롭히고 있었다.

"이 늦은 시간에 이것들을 널어놓으면 또 언제야 마를까. 참으로 내가 게을러서인 게야."

누군가 다 해보는 세상사 한탄, 한 번이나마 투정 어린 소리를 해볼 법했지만 붉게 변한 손을 내려다보며 아루는 이때에도 스스로를 탓했다. 어딘가에서 된장 구수한 냄새가 흘러나오니 낭군님을 기다리는 이 시각은 기실 행복하기만 한 것이었다. 게

다가 끊이지 않는 내 아이들의 귀여운 웃음소리.

"꺄르르르."

커다란 사내아이의 웃음소리가 들리는가 싶더니 뒤이어 나무 바닥 쿵쾅거리는 소리가 마당까지 시끄럽게 했다.

사내 녀석 둘을 기르며 집안일은 부쩍 늘고 빨랫감도 수북히 쌓이기 일쑤였지만 아루는 매 날 매 날이 행복했다. 짓궂은 사람들은 그녀더러 그새 아이를 또 낳고 뱃속에 하나를 더 넣었다며 한마디씩 놀려댔고 낭군님 또한 종종 면구스러운지 그녀를 향해 미간을 모으는 때가 있었지만 아루는 마냥 좋기만 해 늘 곱게 웃어 보이곤 했다. 사랑스러운 아이들의 얼굴을 가만 바라보다 서방님 품에 안기어 하루의 고단함을 위로받는 때가 오면 어느새 긴긴 밤 꿈속까지 고운 빛깔로 물들어 버리곤 했으니까.

이번 참은 어떤 아이가 나와 이 기쁨을 배로 늘려줄 것인가, 아루가 동그마한 배를 슬슬 문지를 때였다.

"으아아아앙."

분명 작은 녀석의 울음소리였다. 한참을 이리저리 뛰어다니며 노는가 싶었는데 어인 일인지 어미 들어라 일러바치듯 분통함을 토해내는 목소리가 온 집안에 떠들썩했다.

"어마……. 흑, 어엄마……."

몸을 조심히 하며 아루가 천천히 일어나던 그때, 사립문이 열리니 여인의 고개가 대번에 그리로 향했다. 봐도 봐도 좋은 내 낭군님이 드디어 돌아오셨네. 얼굴에 절로 웃음꽃이 피어 수줍게 미소를 머금는데 어쩐 일인가, 그의 얼굴이 사나워 보이셨다.

"내가 해준다 했지 않아! 네 진정 서방 알기를 우습게 아는 것이야!"

무천이 미간을 구기며 투명한 물 아래 빨랫감들을 노려보았다. 그러던 것이 그녀의 섬세한 손으로 눈을 돌리는데 안쓰럽게도 붉게 얼어 있다. 봄이라지만 아직 날씨가 찬데 네 왜 이리 서방 말을 안 들어! 말없이 고개를 수그린 여인에게로 그가 성큼성큼 걸어갔다. 헌데 계집은 어째 이리 숫기가 없는 것인지 가까이 다가갈수록 난처한 빛으로 얼굴마저 물들여 버리니 이제는 무슨 연유로 이리 애가 닳는지 무천 자신조차 모를 노릇이었다.

"네 이러는 거 아니야."

앙 깨문 입술을 엄지로 빼내며 볼을 쥐어 천천히 속삭여 주자 아래로 내리깐 긴 속눈썹이 깜빡깜빡한다. 그가 한마디를 더 보탰다.

"서방 왔는데 얼굴 한 번 제대로 안 보여주니 과연 지어미라 할 수 있겠어?"

"……아닙니다."

머뭇거리다 들려온 대답이 이제는 너무도 어여뻐 그가 얼굴을 더 가져가며 달래듯 나직이 읊조렸다.

"사내 낯 못 들게 하고 싶지 않으면 힘든 일은 손대지 마라."

"하, 허오나 서것은 여인네들 일이라 외려 서방……."

"어허!"

짐짓 꾸짖듯 여인의 말을 잘라내자 그제야 고운 얼굴이 그의 눈치를 살피기 위해 무천에게로 들렸다. 그가 얼굴을 내려 도톰한 과실을 담뿍 머금어 버렸다.

연분홍 봄바람이 어딘가에서 불어와 그들을 휘감으니 저녁노을 아래 정분난 두 남녀의 모습이 어찌 인연 아니라 할 것인가. 서로가 서로에게 흠뻑 취해 땡글땡글 바라보는 제 새끼들을 까맣게 잊었다뿐.

부모의 단내 나는 행동을 바라보느라 아이들이 넋을 놓고 있었다. 턱 끝에 눈물을 매달고 있기는 했으나 작은아이도 더는 울음을 토해내지 않았다. 아버지 어머니의 하는 양이 신기해 보이는지 까만 눈에 그 다정함을 새겨 넣기 바빴다.

딸그락.

바닥에 떨어진 것은 필시 무천이 아이들에게 만들어준 나무칼.

'내 정신 좀 봐.'

화들짝 놀란 아루가 뒤로 물러났지만 사내는 미동도 없이 여전히 가녀린 허리에서 손을 놓지 않고 있다. 결국 붉어진 얼굴을 그녀가 어쩌지 못하는데 어린것들의 물음은 마냥 순진하기만 하다.

"뭐해요, 아버지?"

그는 이때에도 아이들에게로 손을 뻗으며 태연히 웃었다.

"어머니 말씀 잘 듣고 있었지? 아버지 왔는데 그러고만 있을 참이야?"

큰아이가 함박웃음을 지으며 아비에게로 힘차게 뛰어갔다. 반면 작은 놈은 그쳤던 울음을 다시 서럽게 토해내기 시작했다.

"으허어엉."

애타게 어미를 찾으며 형님에게 구박당한 처지를 알아달라 그리 울어 젖혔건만 거사巨事가 허무하게 돌아가려 하자 뒤늦게 목청을 드높여 보는 것이었다.

난처한지 큰놈도 아비에게 가던 걸음을 멈칫했다. 미안하기도 하고 눈치도 보여 그가 이리저리 눈알을 굴리는데, 덥석 작은 몸뚱이가 위로 들렸다. 아버지가 그를 안아 들고 큰 걸음으로 동생에게 향했던 것이다.

"목정아, 왜 우는 것이야. 아버지에게 말해주지 않으련?"

상황이 대충 짐작이 되는데도 무천은 한껏 진지한 표정으로 아이와 눈을 맞추었다. 그에 까맣게 숯칠을 한 둘째가 안 그래도 시커먼 얼굴을 소매로 문지르며 조그만 입술을 오물거리기 시작했다.

"형님이 이것으로 저를……."

작은아이가 나무칼을 가리켜 보이는데 울먹이는 얼굴이 과장되기 그지없었다. 쏟아낸 눈물로 녀석의 긴 속눈썹과 새하얀 얼굴이 드러나자 무천이 안사람을 슬쩍 훑었다. 어째 이리 빼다 박았는지 참말 신기하구나. 그는 나오는 웃음을 집어삼키며 부러 공정한 판결을 내리듯 턱을 쓰다듬었다.

그래도 첫째라고 큰놈은 그때까지도 말없이 고개만 숙인 채다. 무천이 고개를 돌려 큰아이 마호의 작은 손을 쥐며 물었다.

"왜 그랬는지 아버지에게 말해보렴."

그제야 아비의 허벅지까지 자란 마호가 입을 열었다.

"일부러 그런 것은 아니어요. 놀다 보니 저도 모르게 그만……."

"아니에요! 형님이 저한테 막 이렇게 하고 또 이렇게……."

목정이 펄펄 뛰며 형을 이르자 아루가 다가와 나무칼을 쥐어 들었다.

"좋아. 너희들 그리 다투니 이것을 가져다 저기 아궁이에 넣어도 할 말이 없겠지?"

간신히 눈물을 참으며 마호가 마지못해 고개를 끄덕인 반면, 목정은 아루의 무명치마에 매달려 또다시 눈물바람이다.

"잘못했어요, 어머니. 흑흑. 잘못했어요."

재미난 구경거리 만난 듯 조용히 안사람과 아이들을 살피던 무천이 나직이 입을 열었다.

"그러지 마오. 내 잘 타이를 터이니."

"아버지."

"끼야!"

조그만 것들이 대번에 아비의 바지자락에 매달린다. 의젓함을 보이던 첫째 마호마저 살길을 찾았다며 펄쩍펄쩍 개구쟁이가 되어버리니 아루의 입에서는 절로 한숨이 새어 나왔다.

누가 보면 떼쟁이 사내아이들이 말을 안 들어서라 그리 생각하겠지만 지금 이 순간 무천만이 색시의 투기를 잘 알고 있었다. 새끼들이 또다시 어미를 외면하고 나를 따르니 여난아루 슬슬 골이 나는구나. 아이들을 향해 무천이 짐짓 활짝 웃어 보였다.

그의 생각은 맞았으니 안개바람 골에 어질고 현명하다 소문이 자자한 이 여인의 속내를 한 번 들여다보자.

'어째 매번 같은 그림일까? 다른 집 자식들은 아비가 무섭다며 어미에게 바짝 매달린다는데 이 집은 사내 셋이 작당한 듯 죽이 척척 맞으니 참말 속이 상하는구나.'

다른 것은 다 괜찮은데 아이들이 제 아비를 더 따르는 것은 유치하게도 그녀의 마음을 종종 서운하게 했다.

"저놈 부지깽이를 몽땅 가져다 버려야 해? 왜 얼굴에 검댕을 바르고 난리야?"

괜한 성을 내자 얼굴이 시커먼 작은 놈이 아비의 바지자락 사이로 쏙 숨어들며 살며시 어미의 눈치를 본다.

그래도 아루는 눈에서 힘을 풀지 않았다.

그런 그녀를 보고 있자니 옛 생각이 물씬 올라와 무천은 아내가 귀여웠다. 아이들이 그를 더 따를 때면 늘 정숙하고 단아하기만 한 여인도 입술을 뿌루퉁 내밀곤 했는데 보고 있노라면 이보다 더 사랑스러운 그림은 없었다.

똑같이 아이가 된 양 새끼들을 흘기던 아루가 고개를 들어 서방을 바라보는데 눈빛에 서운함이 가득하다.

큰아이를 목말 태우고 작은아이도 한 팔에 안아 올리며 무천이 짐짓 지나가는 목소리로 말했다.

"부인, 부인은 깜부기였던 시절을 잊은 모양이오."

깜부기라는 말에 아이들이 키득거리자 아루의 얼굴이 붉게 달아올랐다.

'그 옛날 내가 어이해 서방님 앞에서 그리 행동했을꼬.'

언젠가 서방님은 작은아이를 무릎에 앉히고서 우리 깜부기 새끼, 하며 손수 얼굴에 숯칠을 해주었는데 당시도 그녀는 무척이나 당혹스러웠더랬다.

대거리 한 번 못하고 낭군님을 바라보고 있자니 서운함은 이내 서러움이 되어버린다.

그때까지 이 남자 무천은 아루가 눈물을 찔끔 흘리며 부엌간으로 향하길 기다리고 있었다. 그녀를 모르쇠로 사내들끼리 어절씨구 하고 있었던 것이다.

아니나 다를까 아루가 물기를 훔치며 엎어질 듯 자빠질 듯 서둘러 몸을 돌렸다.

무천은 마호와 목정을 번쩍 안아 마당을 거닐며 천천히 시간을 벌었다. 이쯤이면 됐다 싶은 때 그가 사내아이들의 눈을 하나씩 마주하며 씩 웃어 보였다.

"너희 어머니 골 나셨다. 어찌 해야 할까?"

아비의 물음에 큰아이 마호가 딴에는 의젓하게 답을 내놓았다.

"아버지가 가서 달래주셔요."

무천이 웃으며 고개를 끄덕였다.

"좋아. 아버지가 부를 때까지 니들은 여기 있어라."

마호와 목정이 고개를 주억거리자 무천이 아이들을 바닥에 내려놓고 느릿느릿 부엌 문간을 향해 걸어갔다.

어두운 부엌 안에 이르자 아루의 모습이 보였다. 부지깽이에 괜한 분풀이를 해대는 여인을 보며 무천이 들으라고 에헴 헛기침을 해 보였다.

헌데 여난아루, 오늘은 단단히 골이 났나 보다. 평소 하늘처럼 서방 대하던 그녀가 뚱딱뚱딱 뭔가를 때려 부수기에 바빴으니.

입가가 슬그머니 올라가는 것을 감추며 안으로 들어가자 아궁이를 들쑤시던 그녀의 손짓도 점차 느려졌다. 지아비인 그 앞에서 차마 끝까지 골난 모습은 보이지 못하겠는 모양이다. 색시, 너 참말 내 여인이야?

무천이 아루 곁에 앉으며 앙증맞은 엉덩이를 바짝 끌어다 얼굴을 마주했다. 그제야 두 줄기 눈물이 도르르 미끄러지는 것이 서방이 퍽이나 원망스러웠나 보다.

"저도 체면이란 것이 있는데 서방님은 왜 자꾸만 제 앞에서 깜부기 이야기를 하시는 거여요?"

엄지로 고운 얼굴의 물기를 슥 닦아주며 무천이 환한 웃음을 지어 보였다.

"그래서, 속이 상했어?"

옆으로 스르르 향하는 고 속눈썹 참으로 새침한 것이 그만 볼

따구니를 꽉 깨물고 싶었다. 대신 그는 아루를 품에 끌어와 안으며 등허리를 토닥토닥 두드려 주었다.

"여난아루, 순전 떼쟁이네."

그 말에 아루가 바짝 몸을 굳히며 그의 품에서 빠져나오려 기를 써댔다. 하지만 무천은 쿡쿡 웃으며 그런 아루를 품에 안고 놓아주지를 않았다. 그러자 이윽고 울먹울먹하는 목소리가 뒤를 이었다.

"이번에 태어나는 아기는……. 흑. 이름을 찬갈로 할 거여요."

잔뜩 골이 난 모습이 보고 싶어 아루를 몰아대었는데 드디어 투정 어린 말들을 쏟아내기 시작했다.

아는 이 하나 없는 이곳에서 서러울 일이 왜 없을까 싶을소만 아루는 단 한 번 내색을 하지 않았었다. 그것이 안쓰럽고도 미안해 그는 때로 내 품에서라도 울어라 부러 아루의 눈물샘을 자극해 보곤 했던 것이다.

아니나 다를까, 그녀가 터졌다. 입술이 바르르 떨리는 것이 울기 바로 직전이다.

그가 환히 웃으며 그녀를 다시 끌어안았다.

"계집아이면 어찌할 건데? 그래도 이름을 찬갈로 지을 거야?"

그러자 어깨 위의 자그만 얼굴이 고집스레 끄덕끄덕한다. 그렇게 하겠다는 뜻이다.

무천이 풋 웃음을 뱉어냈다.

'각시 너, 후회할 거면서 꼭 이렇게 고집을 피우니?'

그가 진지한 얼굴로 아루를 가만 떼어 물었다.

"참말이지?"

그제야 물기 어린 눈동자가 흔들리기 시작했다. 그러더니만 얼마 못 가 고개를 흔들흔들 내젓는다.

"가만 보니 둘째도 목정이라 이름 지었다고 너 속으로 서방 욕을 했겠구나?"

그 말에 아루가 화들짝 놀라 눈을 동그랗게 치켜떴다.

"아니어요. 어찌 감히 소녀가 서방님을……."

"참말이야?"

아루가 믿어달라 애절한 얼굴이 되어 그를 물끄러미 올려다보는데 강아지 한 마리 안 키워도 될 듯싶었다. 이제 상황이 바뀐 건가? 새침한 얼굴을 흉내 내어 무천이 슬며시 여인을 흘기자 아루가 깨갱했다.

그대로 얼굴을 내려 그가 탐스런 살덩이를 이 사이에 잔뜩 베어 물었다.

"윽!"

너무 힘을 주지 않으려 노력했는데도 아픈 모양이었다. 보들보들한 뺨을 잘근잘근 씹고 핥는데 뒤에서 키득거리는 아이들의 웃음소리가 퍽이나 헤프다.

또다시 얼음이 되어버린 부인을 품에서 스르르 놓아주며 그가 고개를 돌렸다.

"마호랑 목정이 이리로 와보거라."

신이 난 아이들이 높은 부엌 문턱을 넘어 쪼르르 그들에게로 달려왔다. 자그만 것들이 그들 곁에 따닥따닥 붙어 앉아 눈망울을 반짝거린다. 무천이 흐뭇한 미소를 지으며 큰놈 작은놈 번갈아 바라보며 물었다.

"동생이 남자아이였으면 좋겠어, 여자아이였으면 좋겠어?"

"여자아이요!"

"형님, 아니야! 사내 동생!"

마호와 목정의 대답이 갈렸다.

이제 아루도 화가 풀려 아이들을 내려다보며 물었다.

"마호는 왜 여동생이면 좋겠어?"

"응, 얌전하고 말 잘 듣는 여자 동생이 태어나면 내가 진짜 예뻐해 줄 거거든요."

내색 않던 마호도 목정이와의 쌈박질이 퍽이나 싫었던지 여동생을 고대하는 눈빛이었다.

이번엔 무천이 둘째에게 물었다.

"목정이는 왜 사내아이였으면 좋겠는데?"

그러자 씩씩한 대답이 흘러나왔다.

"나도 쫄자가 한 명 생겼으면 좋겠거든요."

어린것의 깜찍한 대답에 부엌간에 한바탕 웃음이 휩쓸고 지나갔다.

가마솥에서 폭폭 허연 김이 올라오고 쇠뚜껑이 줄줄 눈물을 흘려대는 것이 저녁밥이 다된 모양이었다. 그사이 무천은 아이들을 번쩍 안아 들고 한켠에서 목욕을 시키고 있었다. 찌개의 간을 보는 아루에게로 서방님이 둘째의 낯을 씻기며 하는 말이 들려왔다.

"우리 깜부기 새끼."

그러나 이번만큼은 깜부기 소리도 그녀를 그리 기분 상하게 하지 않았다. 뒤이은 서방님의 말투가 살랑 불어오는 봄바람만큼이나 따스하기만 했다.

"너 사내 구실할 수 있겠어?"

"아버지! 제가 사내가 아니면 무어란 말이어요?"

골이 난 둘째를 향해 낭군님이 뱉어내는 웃음소리 또한 아루의 가슴을 설레게만 했다.

"맞다. 목정이 너는 사내지. 우리 목정이가 너무 예뻐서 아버지가 괜한 소릴 했다."

고뿔들 새라 광목천에 아이들을 감싸 안아 안채로 건너가는 사내의 뒷모습, 그 너른 등에서 여인은 시선을 떼지 못했다.

"아, 아이들 데려다 놓고 다시 올 터이니 상은……."

갑자기 돌아서는 낭군님 때문에 화들짝 놀란 아루가 황급히 시선을 피하자 무천이 씩 웃으며 눈을 빛냈다.

"갔다 오리다."

그리며 나가시는데 아루의 얼굴은 동백마냥 매화마냥 자꾸만 붉게 물들어간다. 어둠이 깔리지 않아 부끄러움 감출 수도 없는데.

곤했는지 금세 잠에 빠져든 아이들을 보며 아루가 빙그레 미소 지었다. 조그만 입술을 붕어처럼 벌리고서 쌕쌕 숨을 내쉬는 게 그녀는 아직도 이 예쁜 것들을 자기 뱃속으로 낳은 건지 신기할 때가 있었다. 시간을 많이 보내주지 못한 것만 같아 미안함이 밀려온다. 손을 뻗어 동그란 머리를 쓰다듬으려던 아루가 그것을 거두었다. 깰까 봐 차마 그러지 못한 것이다.

그때 그녀를 감싸 오는 부드럽지만 강한 손길이 있었다. 사내가 제 새끼를 품은 여인의 배를 살살 문지르며 그녀의 목에 더운 숨을 쏟아내기 시작했다. 천천히 뒤돌아 아루가 낭군님을 마주 안는데 무심코 시선을 던진 곳에 한지와 먹이 보였다. 생각해 보니 아까부터 방 안은 먹향이 그윽했었다.

아루는 그만 눈물이 비어져 나올 것만 같아 입술을 깨물며 지아비의 등을 천천히 쓰다듬었다. 수줍은 아내가 하는 행동에 무천도 잠시 놀라 굳어졌으나 이내 마음이 먹먹해져 왔다. 이 작은 여인이 나를 위로해 주는구나 싶어 알싸함이 가슴 안에 퍼지고 지나갔다. 그것은 곧 애틋함으로 변했다.

여인은 단 한 번도 그가 써 내려가는 서신의 내용을 물은 적 없었으나 알고 있는 듯했다. 부치지 못할 그리움인데도 내내 글로 풀어내고 있다는 것을.

"너나 나나 같지 않느냐."

무천이 입술을 내려 고운 이마에 낙인烙印을 찍었다.

"저는 괜찮습니다. 서방님과 아이들이 있어 행복하기만 한 걸요."

그러던 것이 이내 목소리에 물기가 어린다.

"하오나 서방님은 저 때문에……."

"그렇지 않다. 나도 너와 내 자식들 데리고 이리 사는 게 좋다."

그러나 이미 무천의 가슴께는 촉촉이 젖어들고 있었다. 마음 안에 맺힌 눈물이 밖으로 흘러나온 것이 아니라 지어미인 아루가 품에 안겨 그 대신 눈물을 쏟아내고 있었던 것이다. 그가 아루를 천천히 흔들며 달래주었다. 지아비를 끌어안은 여인의 팔에도 놓지 않겠다는 듯 힘이 실렸다. 그렇게 그들은 서로를 끌어안고 위로를 주고받았다.

두 사람 모두 애달픔으로 점철된 향수鄕愁를 깊고 까만 밤 서로에게 풀어내며 머나먼 고향 땅을 떠올리고 있었다. 볼 수 없어 더 그리운 사람들의 얼굴이 하나하나 스치는 시간이었다.

고운 손으로 내내 그를 위로하던 여인은 잠들지 않으려 애를 쓰는 기색이 역력했으나 아이를 밴 몸인지라 고단하지 않을 수 없을 것이었다. 내리 덮이는 눈꺼풀을 어쩌지 못하고 결국 그의 품 안에서 수마睡魔에 빠져들었다.

무천은 여인의 얼굴을 한참 바라보다 조심히 이불을 걷으며 자리에서 일어났다. 침상에서 내려온 그는 찬 기운이 들어오지 못하게 그녀의 목 근처까지 꼼꼼히 이불을 덮어주고는 탁자로 걸어갔다.

쓰다만 서신들과 가지런히 정돈된 서책들이 눈에 들어왔다. 그가 가만 웃었지만 어쩐지 그 미소 아련해 보인다.

아루가 마호를 낳았을 적 그에게 옛일을 기억해냈음을 고백해 왔을 때 얼마나 놀라고 마음이 또한 벅찼던가. 그 후 두 사람 사이는 더욱 돈독해졌다. 그러나 행여 아루가 그 일을 떠올리며 여린 마음에 생채기를 새길까 그는 늘 마음 안 그리움과 걱정을 글월로 풀어낼 수밖에 없었다.

그가 탁자 위에 놓인 서책들을 집어 안을 들춰보았다. 사람들을 가르친다는 명목으로 써 내려간 옛 성현들의 말씀 사이로 보관해 온 서신 하나가 툭 떨어져 내렸다.

開編喜見平生友

此後無因寄遠書

却從隣父學春耕

家童鼻息已雷鳴

嗟乎異代不同時

暫時分手莫躊躇

莫是長安行樂處

空令歲月易蹉跌

서책을 펼치니 평생의 친우 얼굴 보이고[1)]

이후로 멀리 서신 붙일 길 바이없네.[2)]

이웃 부형에게 봄 농사를 배우고[3)]

집안 아이들은 우레같이 코를 곤다.[4)]

슬프구나, 같은 시대 아닌 다른 시대라니.[5)]

잠시 서로 헤어져 있는 것이니 주저하지는 말게나.[6)]

장안의 풍류를 좇아 살지 말고

공연히 세월 흘리어 때를 잃지 말거라.[7)]

*

평범한 도포를 두른 사내가 지방의 어느 소도시를 지나고 있었다. 얼굴 아래가 그늘져 보이는 것은 비단 갓을 깊이 눌러쓴 때문만은 아닌 듯했다. 기본적으로 사내의 표정은 어딘지 어두운 빛깔이었다. 따각따각 느릿한 말발굽 소리마저 그의 쓸쓸한 마음을 보여주는 듯했으니.

---

1) 모춘(暮春) — 육유(陸游)

2) 동어사부도기친우(銅魚使赴都寄親友) — 유종원(柳宗元)

3) 소원(小園) — 육유(陸游)

4) 야귀림고(夜歸臨皐) — 소식(蘇軾)

5) 야별위사사(夜別韋司士) — 고적(高適) 蕭條異代不同時(소조리대부동시)를 嗟乎異代不同時(자호리대부동시)로 바꿈.

6) 송이소부폄협중왕소부폄장사(送李少府貶峽中王少府貶長沙) — 고적(高適)

7) 송위만지경(送魏萬之京) — 이기(李頎)

사내의 눈이 가라한 서민들의 삶을 훑고 지나갔다. 이제 옛 영화는 연기처럼 사라지고 없는 것이었다. 친우 사마호의 반정으로 대제국이었던 가라한은 조각이 나버렸고 무수히 많은 민족들은 제각기 살길을 찾아 뿔뿔이 흩어졌다. 선인들의 대제국 건설의 꿈은 그렇게 허무하게 사라져 버렸다.

어느 집 마당에 선 여인의 모습이 그의 눈에 들어왔다. 장독대 사이로 막 짜낸 옷가지들을 탈탈 털어 빨랫줄에 너는 아낙은 마냥 평화롭게만 보였다. 군목정이 고개를 갸웃했다. 멀리 언덕을 내려오며 이 빠진 얼굴로 함박웃음을 짓는 소녀의 모습 또한 온통 행복을 노래하고 있으니 이 어쩐 일인가?

궐을 나와 마주한 참 서민들의 모습에서 줄어든 세간으로 인한 불평은 전연 없어 보였다. 참으로 신기한 일이었다. 어쩌면 행복이란 것은 가진 것과 상관없이 주어진 현재의 것에서 만족이란 감정을 배워 나가는 일일는지도.

술잔을 비워내던 당시는 그 얼마나 무천을 원망하고 또 탓했던가. 헌데 이제 천자天子의 자리에 오르고 보니 떠나간 친우에게 부쩍 연민이 생겨나는 요즘이었다.

'네 그리 가서 행복하더냐?'

속으로 물을 때 아랫것의 부름이 들려왔다.

"나리, 어르신의 댁이 가까워 옵니다. 말머리를 트시지요."

상념에서 깨어난 목정이 목을 빼고 처음 찾는 친우의 집 담장 너머를 흘깃 바라보았다. 붉게 핀 매화꽃에서 그윽한 향이 뿜어져 나오는 것이 봄이 왔구나, 새삼 실감이 났다. 재물이며 명예 따위 죄다 마다하고 지방의 한적한 시골로 내려온 마호는 듣기로 대문 밖 출입도 삼가고 있다 했다. 그는 무천이 폭포수 아래 몸을 던진 후 허무함에 정처 없이 떠도는 듯했으나 곧장 데려온 정예부대의 말머리를 이끌고 조정으로 쳐들어갔다. 그리고 황후 무리를 척살刺殺하는 칼끝에 사정私情을 두지 않았으니 그때 그의 마음에서는 아마도 피눈물이 흐르고 있었을 것이다.

때문에 그날의 울분으로 속병이 생긴 것은 아닌가 걱정을 했는데 괜한 기우였던가 보다. 마당에 이것저것 꽃나무들을 잘 심어놓은 것을 보니 생의 의지를 놓아버린 것은 아닌 듯했다.

얼마 전 그는 마음을 담은 시 한 구절을 마호에게 보내었다.

已約年年爲此會
故人不用賦招魂
해마다 약속한 우리의 모임이니
친구여, 다시 불러들일 노래 필요 없도다.[8]

허나 풍월도들이 가지는 자리에 이번에도 나오지 않으려는 것인지 그에게서는 답신이 없었다. 천자의 위치에 오른 목정이나 결국 내내 묵묵부답인 친우를 향해 스스로 변복을 하고서 말을 몰 수밖에 없었다.

---

8) 정월이십일여반곽이생(正月二十日與潘郭二生) — 소식(蘇軾)

"이리 오너라!"

아랫것의 부름에 잠시 뒤 고풍스런 느낌의 나무문이 끼익 하고 열렸다.

"뉘신지요?"

청지기가 아래위로 목정의 행색을 살피자 변복을 한 호위무사가 한 발 앞으로 나섰다.

"주인어르신께 전하게. 멀리서 귀한 객客이 오셨다고."

심상찮은 분위기를 감지한 사씨 집의 노복은 대번에 떨떠름한 표정을 떨치고서 빠르게 짚신짝을 놀렸다.

잠시 뒤 비단저고리를 펄럭이며 마호가 목정 앞에 모습을 드러냈다. 놀랍게도 그는 환히 웃고 있었다. 헌데 절친한 벗에게로 걸음하던 그가 순간 멈칫하며 바닥에 엎드리려 했다. 지켜보는 아랫것들은 물론이거니와 목정마저 놀라 화급히 마호를 일으켜 세웠다.

"이러지 마라, 마호."

비단자락을 툭툭 털며 일어난 마호가 장난스런 미소를 씩 머금자 목정은 친우의 짓궂음에 그만 허허 웃음을 토해냈다.

사내들의 호탕한 웃음소리가 불어오는 봄바람을 타고 어딘가를 향해 퍼져 나갔다.

창호문을 활짝 열어놓은 사랑채에는 낮부터 진한 죽향이 맴돌고 있었다. 마호의 안사람이 대나무로 담근 술을 내온 것이었다. 두 사내는 술잔을 기울이며 마당 안에 찾아든 봄의 정경을 말없이 음미하고 있었다.

그렇게 꽃나무를 응시하며 서로를 보지 않은 채로 두 사람은 안부를 주고받았다.

"잘 지내었겠지?"

"아무렴. 확실히 궐의 찬饌들은 좋은 모양이군. 자네 역시 살이 올랐어."

"하하. 그런가?"

다시 침묵이 흘렀다.

목정이 진중한 목소리로 분위기를 바꾸어 입을 열었다.

"지금 이 자리에서 내려올 생각은 없네. 허나 마호 자네를 찾아대는 목소리가 있어 요즘 들어 그것이 내 골치를 썩이고 있어."

마호가 낮게 웃음을 흘리며 목정을 향해 농弄을 건넸다.

"그래서 나를 귀양이라도 보낼 참인가?"

그제야 목정이 매화꽃에서 눈을 돌려 친우의 얼굴을 바라보았다. 마호의 미소가 짓궂어 보였다.

"자네 지금 귀양 온 것이 아닌가?"

방 안에 또다시 한바탕 웃음소리가 퍼져 나갔고 사랑채는 어느덧 풍월도의 소년 두 사람이 앉아 있었다. 나이를 잊어버리고 천진한 말장난을 주고받던 그때, 대문간에서 작은 소리가 들려왔다.

"도련님 오셨어요? 지금 귀한 손님이 와 계시니 어서 사랑채로 드시지요."

열린 문 사이로 잘 자란 공자公子 하나가 보였다. 서책을 손에 낀 것이 어데 글귀라도 배우고 오는 참인가 보다. 뉘인지도 모르고 공손히 허리부터 숙이는 마호의 아들 녀석은 꽤 의젓해 보였다.

"정진아, 그리 절하지 말고 바닥에 엎드려 다시 예를 갖추어라."

소년의 눈에 의아함이 담기던 것도 잠시 그는 군말 없이 아비의 말을 따라 바닥에 책을 내려놓고 있었다. 그에 목정이 부복하려는 아이를 말렸다.

"그만두어라."

그리고는 친우를 바라보며 괜한 면박을 주었다.

"그러지 말게. 궐을 비웠다는 것이 알려지면 내가 뭐가 되겠는가. 또한 자네와 나 사이에 한낱 예법을 구구절절 따지어 관계를 어색하게 만들고 싶은 생각은 추호도 없으니."

마호 역시 그의 청請을 거절하지 않았다. 호기심이 바짝 서린 눈을 한 아들을 물린 뒤, 그가 다시 소반 위의 술잔을 집어 올렸다.

"저것이 무엇인가?"

목정의 눈은 어느새 차곡차곡 구석에 쌓인 한지들로 이동해 있었다. 늦공부를 하고 있다고 보기에는 관직 욕심이 전혀 없는 마호인지라 의아하기만 했다. 천자의 자리까지 그에게 넘기고

낙향落鄕을 선택한 마호가 아닌가.

마호의 목소리가 낮았던 것은 비단 술에 취해서만은 아닐 것이었다. 얼큰한 사내의 음성에 그리움이 한가득 배어 있었으니.

"저하께 보내는 서찰들이네."

현씨 가라한이 망하고 이제는 군씨의 세상이 온 것인데 그런 자신 앞에서 스스럼없이 무천을 저하라 칭하는 마호가 그러나 목정은 전혀 괘씸하지가 않았다. 그 역시 강인하기만 했던 무천이 하염없이 그리운 요즘이었으니.

'진정 그가 다스리는 세상은 태평했을 거야. 못난 사람아.'

그리 생각하며 술 한 잔을 다시 비울 때 마호의 목소리가 고요히 방 안을 메워 왔다. 그는 줄줄 그리움을 읊고 있었다.

故人殊未來

惜與故人違

知音世所稀

淒淒去親愛

泛泛入煙霧

積霧杳難極

滄波浩無窮

相思豈去遠

即席莫與同

옛 친우 아직 돌아오지 않고 있네. [9]

그와의 헤어짐이 너무도 아쉬워라.

진정한 지기는 세상에 드무니 [10]

쓸쓸하여라, 친하고 사랑스런 이와의 이별은.

물에 떠서 안개 사이로 들어가네. [11]

자욱한 안개 깊고 넓어 다함이 없고

차가운 물결 아득하여 끝이 없구나.

그리워라, 어찌 멀리 가버렸나.

자리에 나가서는 함께하지 못했구나. [12]

눈물 한줄기를 흘리는 친우를 보고 있자니 목정도 목이 메어 왔다. 그도 입을 열어 마음 한자락을 읊어나갔다.

聞名不可到

處所非人寰

孤臣淚已盡

虛作斷腸聲

微君人盡非

于今國猶活

---

9) 장태야사(章臺夜思) — 위장(韋庄)

10) 유별왕시어유(留別王侍御維) — 맹호연(孟浩然)

11) 초발양자기원대교서(初發揚子寄元大校書) — 위응물(韋應物)

12) 초추야좌증오무능(初秋夜坐贈吳武陵) — 유종원(柳宗元)

所合在方寸

心源無異端

이름은 들었어도 가본 적 없으니

사는 곳이 사람의 세상은 아니었으리라. [13]

외로운 신하의 눈물 이미 다 말랐는데

부질없는 애끓는 소리. [14]

군君 아니었으면 사람들은 다 죽었으니

지금까지 이리 나라가 살았으이. [15]

화합하는 것은 작은 마디로부터이니

마음 속 근원은 다를 바 전혀 없어라. [16]

넘실넘실 봄바람이 불어와 전할 길 없는 사내들의 그리움을 어딘가로 실어 나르고 있었다.

찌르르르르 찌르르르르.

---

13) 유오진사시(遊悟眞寺詩) — 백거이(白居易)

14) 등류주성누기장정봉연사주자사(登柳州城樓寄漳汀封連四州刺史) — 유종원(柳宗元)

15) 북정(北征) — 두보(杜甫), 微爾人盡非(미이인진비)를 微君人盡非(미군인진비)로 바꿈.

16) 증원진(贈元稹) — 백거이(白居易)

풀벌레 소리는 안개바람 골에 여전한데 가라한의 봄 밤은 어떠할까. 아마도 비슷한 정경이지 않을까 싶었다. 저 미물들은 넘나들 수 있는데 어찌 사람 되어 갈 수가 없단 말인가.

밤이 깊어 세상은 고요한데 호롱불마저 꺼버리니 오롯한 적막감이 무천의 마음을 적셔 왔다. 달빛이 들어와 방 한구석을 비추지 않았더라면 검은 어둠 속에서 그는 자책감에 쓰린 속을 달래야 했을 것이다.

친우들에게로 향하는 마음이야 글월로 풀어낼 수 있다지만 아버지를 떠올리면 그의 마음은 이렇듯 한없이 무너져 내리고 말았다.

처음 이곳에 와 아루를 살피느라 노심초사하던 시절에는 그러한 감정마저 사치라 여겼었는데 이제 아이들이 태어나자 조부祖父에게 핏줄을 보여줄 수 없다는 사실에 묵혀두었던 죄스러움이 다시 고개를 든다. 더구나 병든 아비와 나라를 등지고 홀로 떠나왔으니 그가 저지른 불효不孝며 불충不忠이란 그 얼마인가.

월광月光이 비추어 와 그런 지아비의 얼굴에 음영을 드리우자 그것을 몰래 훔쳐보던 아루가 이불자락을 그러쥐었다. 묵직한 알싸함이 목까지 치밀어 눈물이 스미는데 소리를 내지 않으려니 고통이 두 배이다.

무천이 걸음을 옮겨 책장으로 다가갔다.

서책들을 꽂아 넣는 지아비의 모습을 보며 아루는 생각했다. 아마도 복잡한 심경을 덮어버리시려는 거겠지.

그녀의 생각은 맞았다. 두고 온 이들에게 못내 미안함이 솟아 올라 무천은 서책 속에 꽂아놓은 서신들의 존재를 눈앞에서 치워 버리고자 하는 것이었다.

어둠 속에서 달빛에 의지해 필사한 시집 하나를 꽂아 넣을 때였다.

툭.

맑은 물방울을 뚝뚝 떨어뜨리던 아루의 눈이 커다래졌다.

'아, 안 돼. 저것은…….'

그러나 서방님의 손은 무심히도 여인의 속내를 낱낱이 풀어 헤치고 있었다.

春日遊
杏花吹滿頭
陌上誰家年少足風流
妾擬將身嫁與一生休
봄날 노니는데
살구꽃이 떨어져 내려 머리에 한가득.
거리에 어느 댁 미소년이 풍류를 즐기시나
내가 저분께 시집가면 한평생 편안할 거야.[17]

섬세한 붓자국을 훑으며 무천이 입가에 깊은 미소를 만들어

17) 사제향(思帝鄕) — 위장(韋莊)

냈다. 고개 숙인 사내의 얼굴, 그 반듯한 콧날 사이로 이제는 색다른 감정이 넘실댄다. 죄스러움은 어느새 저만치 물러나고 꽁꽁 숨겨놓은 우리 집 여인네의 마음을 찾는 것에 재미가 들린 것이다.

'새침한 것. 너 두고 봐라. 내가 그리로 가면 반드시 벌을 줄 테야.'

사내가 침상의 여인에게로 눈을 흘겼다. 어둠 속에서 홀로 잠에 빠져 있는 얄미운 여난아루의 모습이 보였다.

그의 손이 그녀의 마음 곁을 찾아 책장 근처에서 다시 움직이기 시작했다. 곱게 접은 서찰 하나가 나오자 보물을 찾은 양 그의 만면에 환희가 차올랐다. 그가 서둘러 한지를 펼쳐 들었다. 자수를 맞추어 써 내려간 글귀가 나왔다.

分明複道奉恩時
복도에서 임을 만나 은혜받던 일 또렷한데. [18)]

첫 구절을 읽은 순간 무천의 미소가 더욱 깊어지며 정情을 나누고 싶은 욕구가 아랫도리를 뜨겁게 했다. 그가 서둘러 아래 구절을 읽어 내려갔다.

山重水複疑無路

18) 장신추사3(長信秋詞3) — 왕창령(王昌齡)

柳暗花明又一村

猶自音書滯一鄉

亦知人生要有別

寒燈相對記疇昔

願寄一書謝麻姑

산 깊고 물 겹겹 갈 길 없다 싶은 곳에

버들색 짙고 꽃빛 밝은 또 한 고을이 있었네. 19)

헌데 서신마저 막히는 시골이어라. 20)

인생에 헤어짐도 있음을 알고 있지만 21)

차가운 등잔 불빛 마주하며 옛일을 기억하노니 22)

원컨대, 서신 한 장이나 마고 신녀께 들려 보내었으면. 23)

사내의 가슴이 헤아릴 수 없는 먹먹함으로 순식간에 젖어들었다. 처음 이곳에 왔을 때 몰래 눈물을 훔치곤 하던 여인인지라 그것을 볼 때면 그의 마음은 언제나 서늘해지곤 했는데 어느 순간부터 줄곧 맑은 웃음만 보여와 별다른 신경을 쓰지 않았었다. 알고 보니 마음 안에 그늘진 한구석을 만들어두고 있었다니.

---

19) 유산서촌(游山西村) — 육유(陸游)

20) 등류주성누기장정봉연사주자사(登柳州城樓寄漳汀封連四州刺史) — 유종원(柳宗元)

21) 신축십인월십구일(辛丑丨 月十九日) — 소식(蘇軾)

22) 신축십일월십구일(辛丑十一月十九日) — 소식(蘇軾)

23) 고유소사항(古有所思行) — 이백(李白)

"후우."

저도 모르게 입 밖으로 한숨이 새어 나왔다. 여인의 온기로 덮여졌을 이불을 들추려던 마음은 이미 저만치 사라지고 없었다.

'아루야, 모든 것을 다 가질 수 있다면 좋겠지만 그럴 수는 없음이니 우리 중重한 것 하나를 얻었음에 감사하자. 또한 만일 세상 천하를 모두 가졌다면 생生이 얼마나 지루했을 것이냐. 너 하나 얻은 것이 내게는 인생의 큰 기쁨이었다. 지켜주겠다는 그 약속 변함없으니 힘들다면 가끔은 못난 지아비에게 다가와 투정을 부려주지 않으련?'

그가 몸을 돌려 탁자로 걸어가 붓을 쥐었다. 달빛 아래 그의 사랑 노래가 깨끗한 한지 위를 수놓아 나갔다.

爾儂我儂 特煞情多

情多處 熱似火

把一塊泥捻一個爾 塑一個我

用水調和 再捻一爾 一個我

我泥中有爾 爾泥中有我

生同一個衾 死同一個槨

너와 나, 너무 너무 다정했지.

정이 넘쳐, 불처럼 뜨거웠지.

진흙 한 덩이 가져다가 너 하나를 빚고, 나 하나를 빚었기 때문일 거야.

이제 다시 무너뜨려 물을 붓고
너 하나 빚고, 다시 나 하나를 빚으리.
내 안에 네가 있고, 네 안에 내가 있도록.
살아 한 이불, 죽어서도 한 무덤이기를.[24)]

서신이 잘 보이도록 탁자 위에 접어놓은 뒤 무천이 자리에서 일어섰다. 이불을 들추어 어둠 속에 웅크리고 잠든 여인을 끌어와 품에 안는데 이게 어찌된 일인가.

애달프게도 부들부들 떠는 몸짓이 가련하게 가슴팍을 타고 전해온다. 무천 역시 일순 굳어지며 천천히 호흡을 골라야만 했다. 그녀를 떼어낸 뒤 이제는 어둠에 제법 익숙해진 눈으로 고운 얼굴을 살피니 반짝이는 저것은 필시 눈물방울이다.

"이 미련한 것, 아루야."

떨려 오는 어깨를 품에 가두니 그제야 여인은 가느다란 울음을 천천히 소리 내어 토하기 시작했다.

'죄송해요, 서방님.'

서로 말 한마디 없었지만 맞닿은 가슴을 통해 차고도 넘치는 진정眞情을 주고받는 두 사람이었다.

애틋함을 더한 사내의 손길이 긴긴밤만큼이나 여인에게 머무는 시간 또한 길기만 했다.

---

24) 아농사(我儂詞) — 관도승(管道昇)

푸르스름한 새벽빛, 잠이 부족하기도 하련만 아루는 아침 일찍 이렇듯 냇가에 나와 마음을 정갈히 하고 있었다. 서글픔은 밤새 낭군님 품에서 위로를 받았고 평생을 함께하자, 다정한 서찰까지 확인하고 나니 마음은 어느덧 다시금 평평하고 단단해진 상태였다.

아무도 없는 깨끗한 이곳, 대지 위의 신神들에게 가정의 평안을 빈 뒤 그녀가 저고리 안쪽에서 호리병 하나를 꺼내들었다. 그리고는 말간 웃음과 함께 굴참나무마개를 열어 긴긴 사연이 적힌 그것들을 넣고는 졸졸 흐르는 냇물에 안녕安寧을 넉넉히 떼어내어 흘려보냈다.

'모두에게 미안할 뿐이야. 하지만 나는 내 행복을 놓을 수는 없어. 정말이지 이제는 그럴 수가 없게 되어버린 걸. 너도, 그리고 다른 이들도 모두가 행복하길 바랄 뿐, 무슨 말이 더 필요할까. 이생이 아니라면 다음 생에라도 다시 만나 앞집 옆집 이웃되는 인연 맺자꾸나.'

사공이 야트막한 강어귀를 기다란 막대로 짚으며 천천히 배를 움직여 나갔다. 날카로운 그의 눈은 끊임없이 물고기를 찾아 검은 물살을 헤치고 있었다. 손수 만든 작살을 다른 한 손에 들고 있자니 아비를 졸라 조각배에 올라탄 아들 녀석의 성화가 이

만저만이 아니다.

"아버지, 그거 나 좀 줘봐요."

"안 돼. 위험해."

"히잉."

엄한 아비의 말투에 앵돌아진 아이가 찰박 물장구를 치며 애꿎은 물속에 분풀이를 해댔다. 제 핏줄을 바라보는 사내의 웃음이 물살을 가르는 나무막대처럼 호쾌하기만 한데 멀리서 아녀자의 부름이 들려온다.

"신추야! 신추야!"

어미의 부름에 아이가 번쩍 고개를 돌렸다. 어린것을 등에 업고서 소야가 손을 흔들고 있었다. 끼니때가 왔으니 들어와 밥을 먹으라는 신호였다.

찬갈의 시선도 지어미에게로 향했고 곧 그 너머 마을 사람들의 모습도 눈에 들어왔다.

'이냥저냥 살아가는 재미가 여기 있었구나.'

문득 그리움 하나가 스치고 지나간다. 이제는 분홍빛 연정이든 갈맷빛 우정이든 혹은 검푸른 충성심이든 무에라도 좋은 감정이었다.

아루가 떠나고 나자마자 신기하게도 세상은 다시 한 번 개벽을 했고 온풍은 가라한의 지배로부터 벗어날 수 있었다. 공주마마를 내쫓아 하늘이 노했다며 눈물을 쏟아내던 온풍민들은 이제는 멀리 서쪽하늘을 바라보며 종종 고운 여인의 얼굴을 떠올려 보곤 했다.

'잘 지내는 것이야?'

나루터를 향해 배를 끌고 나아가며 속엣 말을 던져 보던 그때 어린 아들놈의 목소리가 귓가를 때려 왔다.

"보물을 주웠어! 내 보물이야!"

잔뜩 신이 난 목소리에 찬갈이 고개를 내려 보는데 아이의 손에 호리병 하나가 들려 있다. 힘을 주어 마개를 뽑아낸 뒤 신추는 가느다랗게 눈을 만들어서 안을 들여다보고 있었다.

찬갈은 싱긋 웃으며 다시 마을을 향해 힘껏 나무를 저었다.

우는 젖먹이를 어르고 달래는 소야의 모습이 가까워 왔다. 온풍 사람들 사이에 섞이어 미움도 제법 받던 그녀였는데 지금은 그 어떤 여인보다 싹싹하고 바지런해 모두가 소야를 좋아했다. 얼마 지나지 않은 것 같은데 고단한 세월의 무게가 내려앉은 아내의 얼굴이 어쩐지 안쓰럽다. 그가 부러 살진 물고기들이 담긴 어망을 힘껏 들어 올려 소야에게 건네며 웃어 보였다. 그것을 받아 들며 지아비의 기氣를 살려주려는 듯 무겁다며 낑낑대는 여인의 과장이 싫지가 않은 봄날이었다.

"찬갈, 많이 잡았어?"

"응, 어멈도 한 마리 가져가."

손에 든 것을 놓아주기 싫은 기색이 역력한 아내에게서 찬갈이 힘을 주어 어망을 가져와 묶어놓은 입구를 풀어 헤치기 시작했다.

"아니야. 나는 참말 됐어."

을라의 말에 찬갈이 고개를 들어 미소를 짓는데 행여 행운이 자신에게도 돌아올까 강어귀는 애어른 할 것 없이 모여든 온풍민들로 어느새 들썩였다. 난처해진 찬갈이 슬며시 아내의 얼굴을 살피는데 바짝 골이 났는지 소야는 애꿎은 큰아이 신추를 나무란다.

"어서 내리지 않고 뭐해? 아버지를 도울 생각은 않고."

억센 어미의 손에 이끌려 배에서 내리는 아이가 울먹거리자 찬갈이 눈에 힘을 주어 안사람에게 경고의 빛을 보냈다. 속이 상하는지 소야도 슬그머니 시선을 피한다.

"아서! 그만하고 어서 가!"

눈치 빠른 을라가 어망을 잡고 소야에게 들려주자 내외는 못 이기는 척 걸음을 옮겼다. 그렇게 사람들을 스치는데 문득 다리를 저는 자군이 눈에 들어왔다. 시선이 마주치자 그가 고개를 떨어뜨리는 것이 어째 안쓰러운 사람이다. 공주를 험하게 욕하는 그를 못마땅하게 여긴 마을 사람들이 어느 날 그를 멍석에 말아 흠씬 두들겨 팼는데 애석하게도 그날 다리 하나를 못 쓰게 되었다. 미안함에 모두가 그 앞에서 어쩔 줄을 모르는데 정작 자군은 그날 이후 너무도 조용하고 잠잠해져 되레 사람들의 마음을 무겁게 했다.

내딛던 걸음을 돌려 찬갈이 자군에게로 걸어가자 그가 흠칫 놀랐다.

"왜 놀라고 그래?"

퉁명스레 말하며 찬갈은 제일 살이 오른 민어 한 마리를 잡아

머리를 때려 혼을 빼놓은 뒤 그의 품에 털썩 안겨주었다. 그것을 얼떨떨한 얼굴로 받아 들긴 했으나 자군 역시 싫지는 않은 모양이었다. 구경하던 사람들도 행운이 자군에게 돌아간 것에 마치 제 일처럼 뿌듯해하며 눈을 빛냈다.

훈훈함이 마을을 밝히고 있었다. 그때…….

“이것이 뭐대?”

을라가 나루터에서 무언가를 주워 들며 사람들에게 시선을 보냈다. 그것은 찬갈의 아들 신추가 어미 소야의 손에 이끌려 배에서 내릴 때 호리병에서 떨어진 것이었다. 모두의 관심이 그리로 쏠리자 그녀가 마을 사람들의 호기심을 담아 천천히 종이를 펼치기 시작했다.

“뭐해요? 빨리 오지 않고!”

뒤에서 소야가 찬갈을 불렀지만 이상한 두근거림이 그의 마음을 스치고 지나가 걸음을 붙들어 매고 있었다. 오히려 그의 짚신은 서찰을 손에 쥔 을라에게로 향하고 있었으니.

“뭐야, 어멈?”

“글쎄다.”

을라가 눈을 깜빡거리며 찬갈에게 그것을 내밀었다. 꼬불꼬불한 글씨가 그의 눈앞에 펼쳐졌다.

人有悲歡離合

月有陰晴圓缺

此事古難全

但願人長久

千里共嬋娟

사람에겐 슬픔과 기쁨, 이별과 만남이 있고

달에게는 흐림과 갬, 둥글어짐과 이지러짐이 있다.

이러한 일에 두 모습이 온전히 하나 되기는 어려우니

다만 바라건대, 사람이 오래 살아

천리 먼 곳에서 아름다운 모습 함께했으면.[25]

뜻을 알 수는 없었다. 그러나 하늘에서 불어오는 바람처럼, 강을 타고 흘러오는 물결처럼 인생의 한 구비 가락이 찬갈의 마음을 훑고 지나갔다. 참으로 기이한 기분이었다.

"뭔 뜻인지 자네는 알아?"

을라의 물음에 찬갈이 어리둥절한 눈을 들어 그녀를 멍하니 바라보았다. 답답했던지 그녀가 재차 물어왔다.

"뭔 말인지 아느냐고? 꼭 아는 얼굴이네."

그제야 그가 멍청히 웃으며 고개를 저었다. 그리고는 가볍게 미소를 지어 보였다.

"아니, 꼭 아루 같아서."

그 말에 을라가 화들짝 놀라며 아이를 끌고 이곳으로 발길을

25) 병진중추환음달단대취작차편겸회자유(丙辰中秋歡飮達旦大醉作此篇兼懷子由) — 소식(蘇軾)

돌린 소야를 힐끔 쳐다보았다.

"그런 말 마라. 소야 들으면 어쩌려고."

"그런가?"

찬갈이 멋쩍은 웃음을 지을 때 미풍微風이 불어와 얇은 종이를 가지고 저 멀리 날아가 버렸다.

"어어!"

그것을 놓지 않으려 뛰는 찬갈의 걸음이 헌데 어쩐지 그리 힘차지가 않다. 종내에는 그것이 강물로 떨어져 어딘가로 흘러가니 찬갈이 나루터의 끝에 서서 흐르는 물살을 물끄러미 바라보았다.

"그래. 가라. 너를 괴롭히던 번잡한 세상사世上事 잊어버리고 어디든 행복 찾아 떠나가라."

그가 혼잣말을 중얼거리는데 뒤에서 낭랑한 여인의 목소리가 들려왔다.

"어서 가서 밥 먹어야지요."

뒤를 돌아보지 않아도 이제는 찬갈도 금시 그려낼 수 있었다. 귀엽게 칭얼대는 그의 아이들과 싹싹한 여인의 웃음을.

*

여명을 끌고서 아루가 사립문을 여는데 어인 일인지 이른 아침부터 마당이 소란스럽다. 순간 가슴이 조마조마해져 그녀는 조심스레 안을 훑었다. 그녀가 들어왔음을 알 터인데 한켠에서 대련용 무기들을 점검하는 낭군님은 고개조차 들지를 않는다.

아루가 가만 지아비의 분위기를 살폈다. 아무도 없는 시각, 홀로 집을 빠져나와 혹시 노여움을 산 것은 아닌가 싶은데 입가에 알 듯 모를 듯 미소를 머금으신 서방님의 모습이 마음을 안심시킨다.

가슴을 쓸어내리며 종종걸음으로 안으로 들어서자 사립문 바로 옆, 마구간에서는 아이들이 한창 아옹다옹 놀기 바쁘다.

마호와 목정을 바라보는 어미의 미소가 부드럽게 입가를 휘감았다. 절로 손이 세 번째 기쁨을 담은 배로 향하니 쓰다듬는 손길이 온화하고 인자했다.

"히히히히힝."

마호가 멋들어지게 목에 보자기를 두르고 있었는데 그 끝을 물고서 무풍이 이리저리 흔들어대니 어린 벗도 즐거워 까르르 웃음을 토해낸다. 그보다 더 어린 벗 하나가 조르듯 무풍의 목에 매달려 대롱대롱 팔을 흔들어대고 있었다.

"목정, 무풍이 힘드니 그만해."

그러나 검은 말갈기는 힘차게 아루의 말을 부정否定했다. 무풍이 잘생긴 목을 다시 한 번 하늘로 뻗어 기운차게 울음을 뿜어 올리자 신이 난 사내아이들의 웃음소리가 요란하게 싸리울 너머를 뒤흔들었다.

사람으로 치자면 이제는 노인이 다 된 마당에 지난 세월이 만만치 않았을 터인데 무풍은 어린 주인들에게조차 나름의 충성을 해 보인다. 어쩐지 눈가가 붉어져 아루가 물기를 찍어내며 서둘러 말구유에 건초더미를 넣어 무풍의 아침부터 챙겼다.

아이들의 동그란 눈망울이 부지런히 여물을 씹어대는 친우에게로 향했고 아루는 그런 무풍이 대견해 콧잔등을 연신 쓸어주었다.

"미안하구나, 무풍아."

녀석의 생을 쥐고 흔든 것에 대한 미안함이었다. 헌데 애오라지 무풍에게 전한 말을 가로채는 임이 계셨으니 뒤돌아보니 언제부터 지키고 섰던 건지 뒷짐 진 서방님의 미소가 모두를 품고 있었다.

"녀석은 이해를 할 것이야."

그리 말하며 그가 여인의 어깨를 감싸 안았다.

환한 아침의 기운이 그들에게로 비추어 오는 가운데 지어미의 귓가에 대고 아침나절의 일을 물어오는 지아비의 음성은 퍽이나 다정한 것이었다. 그런 그들 사이를 파고들며 두 사람의 배를 빌어 태어난 어린것들이 조그만 입을 움직여 배고프다 연신 성화를 부렸다.

『안개바람의 저편』 完

작가 후기

인터넷에 처음 연재라는 것을 했을 무렵은 마음속에 언제고 항상 그만둘 준비를 하고 있었던 것 같습니다. 타고난 재능이 있는 것도 아니었고 글 쓰는 훈련을 전문적으로 받아온 것도 아니었기에 즐거운 일이지만 상황이 변하게 되면 접어야 한다고 생각을 했었습니다.

그런데 뜻밖의 기회들이 생기면서 글을 쓰는 일은 이제 어느덧 저의 시간을 가장 많이 잡아먹는 일이 되어버렸네요. 그러다 보니 다른 분들의 글을 유심히 보게 되는 일도 잦아졌습니다.

어떤 분들은 처녀작임에도 문장을 읽는 순간 사람을 압도하는 힘을 가지고 계신 반면, 저 같은 범인凡人은 쓸 때마다 매순간이 고민되고 배워야 할 것들이 산재해 있습니다. 또한 이 일을 하면서 컴퓨터에 많은 아이디어를 저장하고 계신 분들도 종종 뵈었지만 저는 연재 하나를 끝내면 늘 쥐어짜내듯이 뭔가를 찾아내야만 하는 일이 반복되더라고요.

그래도 꿈이 컸던가 봅니다. 뭣 모를 때에도 멋있어 보이던 장르가 있었는데 시대극이 그랬습니다. 다른 구상 글은 없어도 시대극 관련한 시놉시스는 두어 개 정도 있었으니까요. 하지만 준비가 되어 있질 않다 보니 연재는 멈추지 않아도 꿈에 그리던 시대극 쓸 날은 요원해 보이기만 하더라고요. 그러던 어느 날 갑자기 자고 일어나니 한 번 써보고 싶었습니다. 그리고 정말 그냥 써서 한 편씩 올렸던 것 같습니다.

그렇게 나온 글이 〈안개바람의 저편〉입니다. 하지만 말 그대로 준비가 안 되어 있어서인지 이 글은 카스와 호가든이 써준 글이기도 했습니다. 쓰는 즐거움을 알려주고 그것에 대한 자부심도 가르쳐 준 글이지만 연재하는 내내, 심적인 괴로움이 있어 그만둘까 고민을 퍽도 했었습니다. 그랬던 것이 이제 종이책의 형태로 빛을 보게 되었네요.

마무리 단계에 이르니 역시 저도 고마운 분들을 언급하고 싶어졌습니다. 첫 종이책 때는 출판 관계자분을 언급하는 것이 어쩐지 민망해서 하지 않았는데 청어람의 이수민 님에 대한 감사함을 빼놓을 수가 없네요. 글에 대해 지적을 해주셔야 하는 입장이라 부딪힘도 당연히 있을 법했지만 항상 웃는 목소리로 슬기롭게 관계를 이끌어주신 점, 고맙습니다. 그리고 독자분이신 빨간*자 님에 대한 감사함도 표현하고 싶습니다. 특정 독자님을 지칭하는 것이 과연 현명한 일인가, 하는 고민을 해보았지만 이 글을 마무리하는 시점에서는 진짜 생각이 나는 분이네요. 왜냐하면 안개바람의 저편을 엎으려고 하루에도 몇 번씩 마음이 오가던 때, 단순한 말이지만 글 잘 보고 있다는 쪽지를 많이 주셔서 마음을 다스리고 다시 파일을 열었던 기억이 있습니다. 당시는 표현을 하지 않았지만 후기를 쓰려 하니 진심으로 생각이 납니다.

역시 오그라들지만 부모님께도 감사하다고 말씀드리고 싶어요. 사실 죄송한 게 많네요. 저의 짜증과 불평을 무차별적으로 참고 계시다는 것을 나중에야 알고 지금은 말을 많이 줄였어요^^ 서랍에서 빈 깡통이 발견되는 일도 거의 없어졌으니 이거는 꼭 알아주셨으면 합니다.

마지막으로 〈안개바람의 저편〉 속 인물들이 세계를 끝맺지 않고 열어나갔듯이 글은 끝이 났지만 저 역시 이 경험을 통해 보다 더 새로운 곳으로 향할 수 있기를 소망해 봅니다.